众里寻他千百度

南北宋之交词

经典宋词

顾易生 徐培均 袁震宇 主编
徐培均 修订

黄山书社

图书在版编目(CIP)数据

众里寻他千百度：南北宋之交词 / 顾易生，徐培均，袁震宇主编. —合肥：黄山书社，2016.12
ISBN 978-7-5461-6001-6

Ⅰ.①众… Ⅱ.①顾… ②徐… ③袁… Ⅲ.①宋词-选集 Ⅳ.①I222.844

中国版本图书馆 CIP 数据核字(2016)第 304778 号

众里寻他千百度：南北宋之交词　　顾易生　徐培均　袁震宇主编

责任编辑　欧阳慧娟　胡晓雪
装帧设计　观止堂_未氓
出版发行　时代出版传媒股份有限公司(http://www.press-mart.com)
　　　　　黄山书社(http://www.hspress.cn)
地址邮编　安徽省合肥市蜀山区翡翠路 1118 号出版传媒广场 7 层 230071
印　　刷　安徽国文彩印有限公司
版　　次　2016 年 12 月第 1 版
印　　次　2016 年 12 月第 1 次印刷
开　　本　700mm×1000mm　1/16
字　　数　220 千
印　　张　28.25
书　　号　ISBN 978-7-5461-6001-6
定　　价　28.00 元

服务热线　0551-63533706
销售热线　0551-63533761
官方直营书店(http://hsssbook.taobao.com)

原版前言

顾易生

宋词是中国古代文学皇冠上光辉夺目的巨钻，历来与唐诗并称双绝，都代表一代文学之胜。

唐诗的兴盛和发展，达到了古代诗歌史上的巅峰。词萌芽于隋唐之际，兴于晚唐五代而极盛于宋。从广义上来说，词本属诗之一体，然逐渐与传统诗歌分庭抗礼，宋代无数词人于此倾注深情，寄托豪兴，驰骋才华，精心琢磨，创作出大量晶莹、灿烂、温润、磊落，反映时代精神风貌而具有不同于传统诗歌艺术魅力的瑰宝，遂与唐诗如双峰并峙，各有千秋。

近代学者王国维在《人间词话》中说："词之为体，要眇宜修，能言诗之所不能言，而不能尽言诗之所能言。诗之境阔，词之言长。"这里比较诗词体制的短长，也是对唐宋之诗与词进行比较，抓住了关键，颇具特识，当然也不可能将两者特征全部概括。下面拟就词体的特殊性与审美价值、宋词的基本风貌作浮光掠影的介绍，附述一些有关词的常识，以供读者参考。

一、曲子词与长短句

词初名曲、曲子、曲子词，简称“词”，又名乐府、近体乐府、乐章、琴趣，还被称作诗余、歌曲、长短句。归纳起来，这许多名称分别说明词与音乐的密切关系及其与传统诗歌不同的形式特征。我国古代诗乐一体，《诗三百》与汉魏六朝乐府诗大都是合于音乐而可歌唱的。“乐府”原为汉时政府音乐机关之名。汉以后的五、七言古体诗和唐以后的近体诗始为徒诗而不可歌。唐人的拟乐府古题与新乐府不再合乐，实为古体诗了。唐代绝句也有可配乐歌唱的，或称“唐人乐府”，有时与词相混，如《阳关曲》《杨柳枝》等，也被作为词调名。

唐宋之词，系配合新兴乐曲而唱的歌词，可说是前代乐府民歌的变种。当时新兴乐曲主要系民间乐曲和边疆少数民族及域外传入的曲调，其音节抑扬顿挫、变化多端，与以“中和”为主的传统音乐大异其趣；歌词的句式也随之长短错落、奇偶相间，比起大体整齐的传统古近体诗歌来大有发展，具有特殊的表现力。曲子词、近体乐府、诗余、长短句之名由此而得。作词一般是按照某种乐调曲拍之谱填制歌词。曲调的名称如《菩萨蛮》《蝶恋花》《念奴娇》等叫作“词调”或“词牌”，按照词调作词称为“倚声”“填词”。宋词唱法虽早已失传，但读当时的倚声或后来依谱所填的词，仍然可以从其字里行间感受到音乐节奏之美，或缠绵宛转，或闲雅幽远，或慷慨激昂，或沉郁顿挫，令人回肠荡气，别有一种感染力量。

前人按各词调的字数多少分别称之为“小令”“中

调”或“长调”。有的以58字以内为小令,59字到90字为中调,91字以上为长调;有的则主张62字以内为小令,以外称“慢词”,都未成定论。词调中除少数小令不分段称为“单调”外,大部分词调分成两段,甚至三段、四段,分别称为“双调”“三叠”“四叠”。段的词学术语为“片”或“阕”。“片”即“遍”,指乐曲奏过一遍。“阕”原是乐终的意思。一首词中的两段分别称上、下片或上、下阕。词虽分片,仍属一首。故上、下片的关系,需有分有合,有断有续,有承有起,句式也有同有异,而于过片(或换头)处尤见作者的匠心和功力。我们看到宋代许多词人于此惨淡经营,创造出离合回旋、若往若还、前后映照的艺术妙境,在一首词中增添了层次、深度和波澜。

大部分词的句式长短不齐,押韵也变化多端。例如为唐宋词人所常用的《菩萨蛮》词调,系唐代时据从东南亚传入的乐曲所制[①]。北宋魏夫人依此调所填的词云:

> 溪山掩映斜阳里,楼台影动鸳鸯起。隔岸两三家,出墙红杏花。　　绿杨堤下路,早晚溪边去。三见柳绵飞,离人犹未归。

本词调全首八句,句句押韵。上片前两句七言押仄韵,本词用仄声中上声“纸”韵;后两句五言押平韵,本词押平声中“麻”韵。下片四句均是五言,前两句押仄韵,本词用仄声中的去声“遇”和“御”韵;后两句押平韵,本词

---

①唐苏鹗《杜阳杂编》谓“女蛮国”,据今学者杨宪益、任二北考证,《菩萨蛮》为“骠苴蛮”或“符招蛮”之异译,乃古缅甸乐。

押平声中“微”韵。通常近体诗八句的，全篇都是七言句，或都是五言句，隔句押同一个韵，首句也有押韵的。两者比较，词调显然别呈错综参差之美。本词上片写景色，下片写女主人公的行动与心理活动，环境与人物、人物的动作与内心，通过五、七言长短参差的句式、“麻”“微”平韵和“上”“去”仄韵的交替更迭，臻于多角度、多层次地情景交融的美妙境界。

平仄诸韵分别具有声情之美。一般来说，平声声调长，不升不降，宜于曼声吟唱，表达不尽的情意、盎然的韵味。仄也称“侧”，是不平之意。诗词中仄声包括上、去、入三声，声调都是短的。上声是升调，去声是降调，入声特别短促。以欹侧短促的仄声押韵，易于寄寓奇拗不平的感慨，令人激动不已。不少词调中平仄诸韵递押，也就是长短声调递用、平调与升降调或促调递用，不仅声调抑扬顿挫，激荡而和谐，蕴蓄的感情也显得更加丰富曲折。这是我们诵读宋词时值得注意的。

词调中有一般诗体中罕见的一字、两字句，或八字以至十字以上长句，交错迭出。例如蔡伸《苍梧谣》（即《十六字令》）：

天！休使圆蟾照客眠。人何在？桂影自婵娟。

开头以一字句振起全篇，接以七字、三字、五字句，又有摇曳的余韵。再看辛弃疾的《唐河传》：

春水，千里。孤舟浪起，梦携西子。觉来

村巷夕阳斜。几家？短墙红杏花。　　晚云做造些儿雨，折花去。岸上谁家女？太狂颠！那岸边，柳绵，被风吹上天。

这里二字句、三字句、四字句、五字句、七字句，押平韵的，仄韵中上、去声的，错综递用，宛如大珠小珠落玉盘，描绘出无边春色的生意盎然，青春少女的天真娇憨。全词在写作上对前举魏夫人《菩萨蛮》似有所借鉴，而写来更加清新活泼、跌宕多姿，也与所用词调更加灵活多变有关。相对来说，《菩萨蛮》句式保留了较多五、七言诗体的痕迹。

词中的长句也能使情意更加宛转，气势更见浩瀚：

对潇潇暮雨洒江天，一番洗清秋。渐霜风凄紧，关河冷落，残照当楼。（柳永《八声甘州》）

柳词中“渐”字下领三个四字句，实为十三字句。再如刘克庄《沁园春》的“叹年光过尽，功名未立；书生老去，机会方来”，也当为十七字长句。

长短句比诸齐言体提供了选词用语方面远为灵活的条件。李清照《声声慢》运用大量叠字就是著名的例子：

寻寻觅觅，冷冷清清，凄凄惨惨戚戚。……梧桐更兼细雨，到黄昏点点滴滴。

前人对此评价极高："此乃公孙大娘舞剑器手……出奇制胜，真匪夷所思。"王又华《古今词论》略云："晚唐诗人好用叠字语，义山（李商隐）尤甚，殊不见佳。""如《菊诗》：'暗暗淡淡紫，融融冶冶黄。'亦不佳。"李清照《声声慢》"起法似本于此，乃有出蓝之奇。盖此等语，自宜于填词家耳"。晚唐诗人李商隐是造语的高手，李清照却更能"出奇制胜""青出于蓝"，除其绝世才华外，还因为"曲子词""长短句"这个在当时来说属于现代化的有多功能设备的舞台使她得以充分施展其绝技。本词开端一连十四个叠字，一波三折而一气贯穿，诗中无此句法。"到黄昏点点滴滴"，七字句而上三下四，于诗属拗句，而在句法参差的词中则读来十分自然，断续连绵细雨凄清入耳的声情也充分而又有余不尽地传达出来了。

当然，词调中也有全首齐言的，如《生查子》上、下片实为两首五言绝句，《玉楼春》上、下片实为两首七言绝句。词体并不完全丢掉整齐之美。

二、词体的格律与自由

李清照《词论》对词的音律提出很严格的要求："盖诗文分平侧（仄），而歌词分五音，又分五声，又分六律，又分清、浊、轻、重。"有些词调既押平韵，又押仄韵。仄声之中，有要求专押上、去或入声的。各个词调句式的长短与句中词语的平仄也是有规定的。传统诗歌中，以律诗的格律最严，字数、平仄、对偶都按修辞、审美、音韵学原则规定。故元代方回《瀛奎律髓》说："文之精者为诗，诗之精者为律。"倚声填词，每个字都须按照曲拍调谱填写，在审音协律方面有比律诗要求更加严密之处，这使词的语言音调显得特别精美。然而词体之所以为广大作者所乐于运用、成功运用，除精审的格律外，更因其在运用时还有相当大的自由。词律也有比诗律远为解放者。

首先，词有大量不同音律句式的调和体，作者可以在极为广泛的范围内选择符合创作需要的词调。据清康熙时编的《康熙词谱》所载，有826调、2306体，还有好多尚未收入。各种词调的长短、句式、声情变化繁多，适合于表达和描绘各种各样的情感意象，或喜或悲，或刚或柔，或哀乐交进，或刚柔兼济，均有相应的词调可作为宣泄的窗口。再者，词调与体的变化和创造原是没有先例的。懂得音律的作者可以自己创调与变体。康熙《钦定词谱序》云："词寄于调，字之多寡有定数，句之长短有定式，韵之平仄有定声，杪忽无差，始能谐合。"然试看《钦定词谱》所载同一词调诸体的句式、平仄、押韵、字数常颇有出入，可见古人填写时有着相当大的自由。词韵常比诗韵宽，有时平仄以至四声可以通押或者代替，也有押方言音的。如《满江红》词调，一般押仄声中入声韵，以寄寓磊落不平之感，岳飞的《满江红》(怒发冲冠)，抒发激烈的壮怀，读来使人慷慨悲愤，押的便是入声韵。然而姜夔的《满江红》(仙姥来时)，遐想湖上女神，却换押平韵，声情遂变作缓和舒徐，富有潇洒优游的情趣。姜夔《长亭怨慢》自序云："予颇喜自制曲，初率意为长短句，然后协以律，故前后阕多不同。"该词中有句如："阅人多矣，谁得似长亭树？树若有情，不会得青青如此！日暮，望高城不见，只见乱山无数。韦郎去也，怎忘得玉环分付？”写景抒情，卷舒自如，浑如散文。但由于作者深谙音律，故虽随意为长短之句，而自然合乎律度，适应歌者口吻。“从心所欲不逾矩”，这是一种自由与规律高度统一的产物。

词的格律宽严有一个发展过程。唐到北宋前期还比较宽松，而北宋后期至南宋则越来越严密。各时期不同作家对审音协律也有不同要求。如有人认为苏轼的词不协音律，有人则为之辩护。陆游《老学庵笔记》云：“世言东坡不能歌，故所作乐府多不协律。”晁以道谓：“绍圣初，与《跋东坡七夕词后》又云：‘歌之曲终，东坡别于汴上，东坡酒酣自歌《阳关曲》。’则公非不能歌，但豪放，不喜剪裁以就声律耳。”《跋东坡七夕词后》又云：“歌之曲终，觉天风海雨逼人。”从其他记载也可看到苏轼的代表作如《水调歌头》（明月几时有）、《念奴娇》（大江东去）也都被“善讴者”歌唱或赞赏过，说明还是合乐可歌的，只是有些地方突破声律的束缚。大凡过于不守音律也许失却词的韵味，遵律过严也会成为枷锁，重要的是运用音律为情意服务。如《声声慢》调在李清照以前作者多押平韵，而李清照却选押仄韵，又用了许多齿音字、舌音字，创造了情景交融的特殊艺术效果。可见她要求作词的严辨音律，却正是自由地运用之以突破陈规进行创造，而不是作茧自缚。宋代许多绝妙好词，虽然长短错落，自由卷舒，有的类同口语、散文，而吟诵起来韵味盎然，富有节奏感。个中奥妙是很值得我们体味的。有些例子，则未必可取。如张炎《词源》记其父张枢“作《惜花春早起》云：‘琐窗深’。‘深’字音不协，改为‘幽’字；又不协，再改为‘明’字，歌之始协。此三字皆平声，胡为如是？盖五音有唇、齿、喉、舌、鼻，所以有轻清重浊之分，故平声字可为上、入者此也。”按“深”“幽”与“明”情景大不相同，竟如此改来改去，即使改得完全适应歌喉，遵律虽严，却并不是值得效法的文学创作态度。

三、词境的有限与无限

词体也有其局限性。一般说来，词的篇幅不长。《钦定词谱》所载，最短的单调《竹枝》为 14 字，最长的《莺啼序》为 240 字，不比诗歌行数可以无限增多。王国维所谓词“不能尽言诗之所能言”，并云：“诗之境阔，词之言长。”言下之意，词的境界比诗要狭窄。词的篇幅短小，是对词境及其表现能力的一种严酷限制。

然而，有限制必有反限制。明王夫之《薑斋诗话》云：“论画者曰：‘咫尺有万里之势。’‘势’字宜若眼。若不能势，则缩万里于咫尺，直是《广舆记》前一天下图耳。五言绝句以此为落想时第一义。”艺术作品欲于有限篇幅内涵蕴阔远意境，关键在于写出所描绘形象的磅礴气势。诗中最短小的是五绝，尤宜注意于此。词的篇幅亦不盈尺，但宋代许多杰出词人挥洒其传神妙笔，成功地在这画框里渲染出浩瀚无际、绵邈不尽的景象和情意，激发读者丰富的联想、杳渺的遐思。这些词的意境，既“长”而“阔”。

孕蓄无限于有限，以有限体现无限。这是宋代词人创造的艺术辩证法。例如秦观《鹊桥仙》的“金风玉露一相逢，便胜却人间无数”及“两情若是久长时，又岂在朝朝暮暮”诸句，概括天上人间的悲喜剧，歌颂地久天长的爱情，由一变到无数，在刹那中见永恒，欢乐中有悲哀，悲哀中有欢乐。苏轼《送参寥师》云：“酸咸杂众好，中有至味永。”王夫之《薑斋诗话》云：“以乐境写哀，以哀景写乐，一倍增其哀乐。”《鹊桥仙》个中滋味，是哀？是乐？难以分辨，读来但觉意味深长，咀嚼不尽，在时间、空间、情意方面都是无限的。

晚清谭献《复堂词话》云：“侧出其言，旁通其情，触类以感，充类以尽，甚且作者之用心未必然，而读者之用心何必不然；言思拟议之穷，而喜怒哀乐之相发，向之未有得于诗者，今遂有得于词。”此论旨趣颇有与近代西方接受美学思想相通之处。宋代许多作者努力加深和扩大词境的创作，为这种理论批评的产生提供了基础。

四、词为“小道”与“别是一家”

诗余之名，一说是由于唐人乐府七言绝句之衍变为长短句；一说是指诗降为词，词是诗之余绪，这里反映对词的轻视。当初民间新曲主要是通过歌女们的曼吟低唱传到文人手中的。这些文人大都生活比较浪漫，在对酒当歌之际，为了佐欢遣兴，消愁解闷，漫笔偶成，付诸歌喉。在这种条件下产生的歌词，自然多属描写男女情爱、留连光景之作，而词也就被视为“小道”“艳科”，不登大雅之堂。作者们对于这具有许多优越性的新兴诗体，既非常喜爱，又当作一种游戏笔墨。正如南宋初年胡寅《酒边词序》所说：“词曲者，古乐府之末造也。……然豪放之士，鲜不寄意于此者，随亦自扫其迹，曰：谑浪游戏而已。"这使当时有些流传之词常常作者难明，更有大量佚失。南宋大诗人陆游也因存在轻视词体观念而抑制自己这方面的创作。其《长短句自序》云："乃有倚声制辞，起于唐之季世。则其变愈薄，可胜叹哉！予少时汩于世俗，颇有所为，晚而悔之。"并表示"今绝笔已数年"，不再犯此"过失"了。可见这观念给词坛造成多大损失。

词之被轻视虽是其不幸，在另一种意义上却是其大幸。因为作者们于此卸下在作传统诗歌时的庄重礼服，换上轻便装，得以没有顾忌地尽量抒发自己心底蕴蓄的哀感顽艳之情，形式上也解除峨冠博带的束缚，只求赏心悦耳，随意采用新鲜活泼的语言、"里巷""胡夷"的曲调，使作品具有活跃的生命力。

在中国古代，诗受到特殊重视。《诗·大序》云："正得失，动天地，感鬼神，莫近乎诗。"诗的社会作用与价值被如此尊崇，诗坛上出现了大量反映现实的不朽之作。到了宋代，在诗中说理、博学的成分越积越重，文学之士不能自已的一往深情、万种闲愁便习惯倾吐于"诗余""小道"。宋诗自有巨大成就，但或谓整个南北宋可称道的言情之诗，只数陆游《沈园》两首七绝，这也可说是其时诗坛的遗憾了。

北宋欧阳修是一位兼擅古文诗词的大文学家。他论诗主张"触事感物，文之以言，善者美之，恶者刺之"。他在词中则大谈其儿女私情，不讲什么"美刺"。其《玉楼春》云："人生自是有情痴，此恨不关风与月。"大胆揭示"情"是人自身所固有的，表示了对爱情的热烈、执着追求。这里反映出某种新意识的萌芽，具有反封建礼教性质。宋代词人多倡言“多情”。豪放如苏轼，王保珍《东坡词研究》中列举其“重复使用‘多情’一辞”达十八处之多。“痴亦绝人”“疏于顾忌”的晏几道《点绛唇》公然宣称“天与多情”，谓其有情出于天所赋予，殆为人性之觉醒。此类观念实为明汤显祖“世总为情，情生诗歌”等论点的先导。

正式宣布词的独立地位的是李清照的《词论》。她挂出词“别是一家”的招牌，总结词的特殊创作规律，把那些“学际天人”的大学问家、诗人、文章家视为门外汉，而睥睨一切，大有唯我独尊的气概。李清照倾注其主要精力于词。南宋王灼《碧鸡漫志》说她“作长短句，能曲折尽人意，轻巧尖新，姿态百出，闾巷荒淫之语，肆意落笔，自古搢绅之家能文妇女，未见如此无顾忌也。”从其论的侧面可以看到李清照词的高度艺术成就及其词中的反传统精神。

以清新之笔抒写多情善感是初期歌词的特色，也是当时词人的开辟与新探，对传统诗歌来说是一种解放；但仅以如此写法为词的“本色”，也会成为限制词体发展的框套，故北宋中期苏轼等“以诗为词”，赋予词体以诗歌的多种职能，大幅度地丰富了“小词”的表现能力与范围，实为词之再解放。

五、婉约与豪放——宋词中两种主要艺术风格

明张綖：“少游多婉约，子瞻多豪放，当以婉约为主。”清王士祯加以补充道：“仆谓婉约以易安为宗，豪放惟幼安称首。”（见《花草蒙拾》）这些从宏观角度概括

宋词中两种主要艺术风格，而以秦观、李清照和苏轼、辛弃疾分别为其代表作者。这几乎已成为宋词研究中的通论。前代论词者多崇尚婉约而以豪放为别调，近世论者则有独推豪放为积极而以婉约为低靡。那些硬把宋代词人划分为截然对立的两派并在其间强分优劣的，均不免有其片面性或属机械论，有些学者完全否认两种风格流派的存在，也似矫枉过正。按词中之豪放与婉约乃属艺术风格范畴，犹南宋严羽论诗之"大概"有"优游不迫"与"沉着痛快"，清姚鼐论散文风格之分"阳刚"与"阴柔"，近世王国维论美学之有"宏壮"与"优美"。两种概念本身有着相当的模糊性，两者相互关系也是辩证的，并非壁垒分明。宋代词人之分派乃后人参照其代表作品的主要特色而作大概的归纳，不是说其作品都清一色，不妨碍他们创作或欣赏多种艺术风格，尤其大作家往往是多面手，更不是说婉约、豪放之外，词坛别无其他艺术风格存在。

"婉约"一词，最早见于先秦古籍《国语·吴语》的"故婉约其辞"，晋陆机《文赋》用以论文学修辞："或清虚以婉约，每除烦而去滥。"按诸诂训，"婉""约"两字都有"美""曲"之意。分别言之："婉"为柔美、婉曲；"约"的本义为缠束，引申为精炼、隐约、微妙。故"婉约"与"烦滥"相对立。南北宋之际《许彦周诗话》载女仙诗："湖水团团夜如镜，碧树红花相掩映。北斗阑干移晓柄，有似佳期常不定。"并评云："亦婉约可爱。"此诗情调一如小词。"婉约"之名颇能概括一大类词的特色。从晚唐五代到宋，温庭筠、冯延巳、晏殊、欧阳修、秦观、李清照等一系列词坛名家的词风虽不无差别、各擅胜场，大体上都可归诸婉约范畴。其内容主要写男女情爱，离情别绪，伤春悲秋，光景留连；其形式大都婉丽柔美，含蓄蕴藉，情景交融，声调和谐。因之，形成一种观念，词就应该是这个样子的。北宋中期时人曾说：苏轼的“以诗为词”为“要非本色”（见陈师道《后山诗话》）；秦观“诗似小词”，苏轼“小词似诗”（见《王直方诗话》）。“本色”“小词”之论当属婉约派的主张。李清照“别是一家”说中认为只有晏几道、贺铸、秦观、黄庭坚“始能知之”（《词论》），反映她所崇尚也是婉约一宗，虽然贺铸以至李清照都有并不婉约之作。宋末沈义父《乐府指迷》标举的作词四个标准：“音律欲其协，不协则成长短之诗；下字欲其雅，不雅则近乎缠令之体；用字不可太露，露则直突而无深长之味；发意不可太高，高则狂怪而失柔婉之意。”可说是对婉约艺术手法的一个总结。

宋人也有以婉约手法抒写爱国壮志、时代感慨的，如辛弃疾《摸鱼儿》（更能消几番风雨）及宋末周密、张炎等一些词章。但其表现多用“比兴”象征手段，旨意朦胧，需读者去体味。有些论者对原来也许并无专门寄托的委婉隐约之词，也深求其微言大义，如清代词论家张惠言《词选》评欧阳修《蝶恋花》（庭院深深深几许）、苏轼《卜算子》（缺月挂疏桐），句句为之落实时事，以为讽喻政治，那就不免穿凿附会，反而缩小这些词作的感慨万端而难以名状的典型意义。

婉约词自有其思想艺术价值，已见上文。然而有些词人把它作为凝固程式，不许逾越，以至所作千篇一律，或者过于追求曲折隐微以至令人费解，这就走到创作的穷途了。

“豪放”一词，其义自明。南唐后主李煜“金剑已沉埋，壮气蒿莱”（《浪淘沙》），已见豪气。范仲淹《渔家傲》（塞下秋来风景异）也是“沉雄似张巡五言”。正式高举豪放旗帜的是苏轼，其《答陈季常书》云：

> 又惠新词，句句警拔，诗人之雄，非小词也。但豪放太过，恐造物者不容人如此快活。

又其《与鲜于子骏书》云：

> 近却颇作小词，虽无柳七郎（永）风味，亦自是一家。呵呵！数日前猎于郊外，所获颇多，作得一阕，令东州壮士抵掌顿足而歌之，吹笛击鼓以为节，颇壮观也。

这也说明他有意识在当时盛行柔婉之风的词坛别开生面。这里谈到的近作当即其《江城子·密州出猎》（老夫聊发少年狂）。词中抒写自己“亲射虎，看孙郎”的豪情和“会挽雕弓如满月，西北望，射天狼”的壮志，与辛弃疾“马作的卢飞快，弓如霹雳弦惊”（《破阵子》）及“看试手，补天裂”（《贺新郎》）等“壮词”先后映辉。

豪放之作在词坛振起雄风，注入词中强烈的爱国精神，唱出当时时代的最强音。然而可以看到，苏轼的审美观念认为“短长肥瘠各有态”，“淡妆浓抹总相宜”，“端庄杂流丽，刚健含婀娜”。他是崇尚自由而不拘一格的。他提倡豪放是崇尚自由的一种表现，然而也不拘泥于豪放一格。如所作《蝶恋花》(花褪残红青杏小)，即为王士祯《花草蒙拾》称为“恐屯田(柳永)缘情绮靡未必能过。孰谓坡但解作‘大江东去’耶?”有些豪放词的作者气度才力不足而虚张声势，徒事叫嚣，或堆砌过多典故，也流于偏失了。

总之宋词中婉约、豪放两种风格流派的灿烂存在，两者中词人又各有不同的个性特色，加上兼综两格而自成一家如姜夔的“清空骚雅”等等，使词坛呈现双峰竞秀、万木争荣的气象。还应看到，两种风格既有区别的一面，也有互补的一面。上乘词作的风格即有偏胜，往往豪放而含蕴深婉，并非一味叫嚣，力竭声嘶；婉约而清新流畅，隐有豪气潜转，不是半吞半吐，萎弱不振。辛弃疾《沁园春》云：“青山意气峥嵘，似为我归来妩媚生。”董士锡说秦观词“正以平易近人，故用力者终不能到。”(《介存斋论词杂著》引)冯煦《六十一家词选·例言》说：秦观、晏几道“淡语皆有味，浅语皆有致”。刘过词为辛弃疾词“附庸”，“然得其豪放，未得其婉转”。可见峥嵘生妩媚、平易清浅而深致永味，乃辛弃疾、秦观等豪放、婉约词的极诣。

六、列岳峥嵘、百花竞艳的宋代词坛

公元960年赵宋政权建立后，先后兼并了各地割据势力。耐人寻味的是，西蜀、南唐政权虽为北宋所灭，可是后蜀赵崇祚所编《花间集》及南唐中主李璟、后主李煜及大臣冯延巳的词风却深深影响着北宋词坛。特别是李煜入宋以后所作，正如王国维所说：“词至李后主而眼界始大，感慨遂深，遂变伶工之词而为士大夫之词。”王鹏运说李煜是“词中之帝，当之无愧色矣”。所以李煜在政治上是亡国之君，在词坛则无愧为开创一代风气的魁首。

北宋前期重要词家如张先、晏殊、宋祁、欧阳修以至晏几道等，都是承袭南唐、《花间》遗韵的，晏欧之词，甚至有与《花间》《阳春》（冯延巳词集名）“相杂”者。然而试读他们的代表作，其气象高华而感情深沉，也各具个性，“士大夫之词”的格调成熟了。尤其晏殊之子晏几道，贵介公子而沉沦下位，落拓不羁，其词“清壮顿挫”，更胜乃父，故论者以晏氏父子比拟南唐李璟、李煜。柳永则是其时进一步发展词体的重要作者。他长期落魄江湖，因此其词中更能体现一部分城市市民的生活和思想感情，而且能采用民间俗曲和俗语入词，善用铺叙手法，创作大量慢词。柳词具有广泛的社会基础，形成宋词的新潮。

北宋中期苏轼的登场，词坛上耸峙起气象万千的巨岳。他不仅倡导豪放词风，“指出向上一路”（王灼《碧鸡漫志》），且“无意不可入，无事不可言”（刘熙载《艺概》），词的境界更大为拓展。苏门弟子及追随者秦观、黄庭坚、贺铸等都能各自开辟蹊径，卓然成家，在词坛呈现万紫千红的繁荣景象。尤其秦观的词深婉而疏荡，与周邦彦的富艳精工、李清照的清新跌宕如天际三峰，各超婉约词之顶巅。前代论者或谓周邦彦是词艺的“集大成”者。周邦彦与柳永并称“周柳”，主要指他们在词调方面的创造；与秦观并称“周秦”，主要指他们词中的情意缠绵；与南宋姜夔并称“周姜”，则主要指他们对音律的精审，故也有称周姜为格律派的。然而在“淡语有味”“浅语有致”“轻巧尖新”“姿态百出”方面，周邦彦是不及秦观、李清照以及柳永的。故明、清人推秦、李为婉约宗主，是很有见地的。李清照生当南北宋过渡时期，南渡以后词风由明丽而变为凄清，沈谦谓“男中李后主，女中李易安”（见《填词杂说》），以与李煜相提并论，确也当之无愧。

南宋以后，由于民族矛盾的尖锐，从宋金抗争到元蒙灭宋，爱国歌声始终回荡词坛，悲壮慷慨之调，应运发展，把豪放词风提高到一个新层次。张元幹、向子諲、岳飞、张孝祥、陆游、辛弃疾、陈亮、刘过、刘克庄、吴潜、刘辰翁、文天祥等，如连峰叠嶂，峥嵘绵亘。其中以辛弃疾的成就为最高，他一生有词六百多首，其中有抒写抗金和恢复中原的宏愿，壮志被抑的悲愤，对苟安投降派的批判，也有对自然风景、田园风光的赞美，深挚情意的低诉；风格以雄深雅健、激昂慷慨为主，也有潇洒超逸、清丽妩媚的。辛弃疾在宋代词人中创作最为丰富，历来与北宋苏轼并称“苏辛”，也各有特色。前人或在苏、辛之间比较高低，正如唐人之作李（白）、杜（甫）优劣论，是很困难的。陈毅《吾读》曾说：“东坡胸次广，稼轩力万钧。”不加轩轾，允称卓识。南宋时期还有许多杰出词人对婉约词风进一步开拓，宛如丛丛奇葩竞艳争胜，也不可能用婉约一格来概括。姜夔的“清空骚雅”，史达祖的“奇秀清逸”，吴文英的“如七宝楼台”，蒋捷的“洗练缜密”，周密的“有韶倩之色”“绵渺之思”，王沂孙的“运意高远”“吐韵妍和”，张炎的“清远蕴藉”“凄怆缠绵”，等等。他们都是在词的音律与修辞艺术上精益求精，有时也在所作中寓托家国之感。值得注意的还有与南宋大约同时的北方金朝地区之词，大致都是受宋词的影响，而与南方桴鼓相应，故当为当时词坛的组成部分。金末元好问词为北国之冠，足与两宋词家媲美。在艺术上他学习苏（轼）辛（弃疾）而广泛吸取各家之长，兼有豪放、婉约多种风格。元郝经《祭遗山先生文》说他“乐章之雅丽，情致之幽婉，足以追稼轩（辛弃疾）。”张炎《词源》谓其词“深于用事，精于炼句，风流蕴藉处不减周（邦彦）、秦（观）”。故可作为宋、金时代词艺发展的终结者。

宋词佳作，美不胜收。近人唐圭璋辑《全宋词》，约得二万首。孔凡礼《全宋词补辑》又收四百三十余首。本书选两宋词，主要依据《全宋词》，也参考了其他的经过整理注释的重要专集与选集，同时还选了由五代入宋的李煜词为冠首及与南宋时代相当的金词为后殿，共得一千四百余首。庶几比较全面反映一代词坛风貌。我们选录时注意兼顾思想性与艺术性、各种风格流派、大家与小家，并试加简明注释，间附古今有影响的评语，以期为弘扬中华优秀传统文化，吸取其精华为精神文明建设服务。由于我们水平的限制，工作中肯定存在许多不足或谬误之处，诚恳地祈求广大读者与专家们的批评指正。

一九九四年暮春之初于上海复旦大学

经典宋词　修订序

徐培均

这本书原名《宋词精华》，1995 年 6 月由巴蜀书社出版，迄今已 20 周年，所印 9500 册，早已销售一空。在此期间，曾听到一些好评，这里毋须多说；但也有人提过一些批评。对待批评，有三种态度：一是置之不理；二是加以反驳，甚至倒打一耙；三是虚心接受，尽力改正。作为一个负责任的学者，对待批评，应取第三种态度，且应以此为鉴，举一反三，对全书作过细的检视，并参阅有关典籍及今人著作，进行认真的修改和补充。这样庶几不致误导读者，贻笑大方。基于此，本书作了很大修改，由全国百佳出版单位黄山书社付梓，易为丛书《经典宋词》，冀能以焕然一新的面貌现身于当代词坛。下面谨作以下四点说明，以便读者了解“凤凰涅槃”的过程。

一、欢迎批评

原《宋词精华》在巴蜀书社初版后，曾收到韶关学院胡昭著、徐国华两先生一篇论文《白璧无瑕——评

〈宋词精华〉》。论文长达5000余字，2003年11月发表于《文艺理论与批评》。论文中既承谬奖，又赐中肯意见。前者不必引述，兹就后者择要如下：

第一条意见是针对北宋女词人卢氏《凤栖梧·题泥溪驿》的注释。我们原注引《清朝文献通考》，谓“泥溪，在屏山县西三里……”屏山，今属四川省。胡、徐两先生在文中指出：“从词的内容看，女词人是随父离汉州县（今四川广汉市）任所，先到成都入锦江，由锦江入岷江南下，到宜宾入长江再顺长江东下赴京，因而这泥溪必须在岷江两岸或入长江后东下的长江某处的南北两岸。”（着重号乃原文所加，下同）两位先生为此查阅了《中国地图集》，发现“女词人之父返京述职，是不会花两天时间从宜宾市往西去屏山西的‘泥溪’的”。然后两位又查了《中国古典诗词地名词典》《中国古今地名大辞典》《中华人民共和国地名辞典·四川分册》，以及《中国历史地图集》等五种书籍，终于找到：“泥溪河源出四川井研县，西南流至四川乐山市再向东南流入岷江。”并谓“如果这条河入岷江口叫泥溪，就正符合女词人出川路线”。结论是：“位于宜宾市西北45公里处的岷江东岸有一泥溪乡（镇），是唐代泥溪河入岷江口，现泥溪河已改为文星河。……这才是女词人出川必经路线上的泥溪驿。”

第二条意见是针对南宋词人张炎《梅子黄时雨·病后别罗江诸友》一条注释的。我们原注只提供一在四川省彭县与什邡县界，一在广东翁源东，而未知究在何处。胡、徐两先生既查阅了冯沅君《张玉田年谱》、邱鸣皋《张炎评传》，所列罗江，皆在浙江瑞安市，名罗阳。

他们未予采信，最后在《中国古今地名大辞典》上查到"一个名叫罗江的地名，在浙江慈溪县西南15里的后江南岸"，"此地有水有村子，倒正是词中所说'流水孤村'"，后经电话咨询，此地已划归余姚。在《中华人民共和国地名词典·浙江省·余姚县》中，他们发现："罗江是五代后梁时一名罗甫的隐者率家人避难于此，勤耕授礼，江名罗江，村以江名，村成块状。这正是一个隐者居住地。"两先生认为"此地离张炎住地绍兴只100公里，有水道可通，张炎是很容易到此访友的"。谨案：张炎尝游浙东，远达舟山，慈溪（今余姚）在舟山与绍兴之间，故两先生之说，甚合情理。

第三条意见是针对南宋词人阎苍舒《水龙吟》一词的注释。我们原注谓"此词出使金朝抵达汴京时作"，并引宋刘昌诗《芦浦笔记》卷十云："蜀人阎侍郎苍舒使北，过汴京，赋《水龙吟》。"词之换头处云："谁料此生亲到，十五年、都城如旧。"所据的版本是《全宋词》第三册1724页；而《全宋词》篇末注："《芦浦笔记》。"《全宋词》乃权威性著作，应该没有问题。然而经胡、徐两先生考证，问题就出在这"十五年"上。他们指出其错有三：①《芦浦笔记》明明说"过汴京"，不是"抵达"，该抵达的地方应是金之都城上京会宁府，即今黑龙江省阿城市南的白城。②原注谓"本篇应作于高宗绍兴十一年(1141)"，也是错误的。阎苍舒乃于是年中进士，刚中进士怎能以侍郎身份出使金国？其间必须经过16年的升迁，才能达到侍郎这一职务。而"按规定，宋金双方贺正旦节的正使必须是尚书级（今正部级）的人才能担任，阎苍舒当时是以'试（任用之意）吏部尚书'任正使的”，所说甚是。③两先生从以上两点推断，“十五年”是错误的，应是“五十年”。并从《宋史·孝宗纪》查出，阎苍舒是淳熙三年(1176)使金，淳熙四年(1177)返回。这离靖康之难(1126—1127)，不正好“五十年”吗？这一推断证明阎苍舒《水龙吟》系作于由金返回过汴京时所作。所论十分正确，不仅对我们有帮助，对纠正《全宋词》偶尔发生的错误也是一个贡献。

第四条意见是针对姜夔《一萼红》“朱户粘鸡”一句的注释。我们原注为：“古代于人日剪纸为鸡，贴于门上以辟邪，见《岁时广记》。”这一注释也符合《荆楚岁时记》所载：“人日贴画鸡于户，悬苇索其上，插符于旁，百鬼畏之。”一般是看不出问题的。然而胡、徐两先生不但查了30种宋词选本，还查了《汉语大词典》，发现在所引《岁时广记·人日·最重人》后释云：“粘鸡：旧时礼俗。正月初一为鸡日，画鸡贴在门上，以示谨始。”鸡司晨，初一为一年之始，故贴鸡以示谨。据此，他们认为，“姜夔写自己人日外游，在长沙看到粘鸡，正与《岁时广记》说法相合。只不过这时的鸡并不是人日贴的，而是初一贴上，到人日仍然可见。”如此分析，细致入微，令人信服。

胡、徐两先生的赐教，对我们是很大的策励，特别是对我个人，作为《宋词精华》的统稿者，昔日在统改全书初稿时，竟没有发现和纠正这些问题，以致在一定程度上影响了第一版的质量。因此我更应对他们致以谢忱。现在此书与巴蜀书社已过合约期多年，将由全国百佳出版单位黄山书社重新出版。2010年9月中旬，侨居美国多年、年届八十六岁高龄的顾易生教授回复旦小住，听说此书将要重印的消息，不胜欣喜，当面嘱咐对本书精加校阅，改正错误，尽量吸收新的研究成果，加以充实与提高。他与其他几位主编也都写了委托书，授权给我处理《宋词精华》出版事宜。因此，我当不负重托，将此书的修订作为一项科研任务来认真完成。

二、关于错字及词人小传

经过将近五年的校阅，我发现原《宋词精华》中的讹错之处比胡、徐两先生所指出的要多出几十倍。从词人的生平、词的选目、词的作年、词中涉及的人名、本事到字句，都存在或多或少的问题。此处特择其要者加以说明。

首先在字句的讹脱方面，就有近千条。例如辛弃疾《贺新郎·别茂嘉十二弟》中"绿树听鹈鴂"句中的"鴂"字，都误作"䴗"字。在这首词的正文及注释中，此字共错了五个。他词凡有"鴂"字，几乎一律皆错。其馀错字，指不胜屈。

在词人小传方面，原版既有对的，也有错的。对的多，错的也不少。例如北宋词人马瑊，《全宋词》作马成。我们据史容《山谷外集》卷十七《寄忠玉提刑》诗之题下注释，将他改正为马瑊，字忠玉。其实此人与苏轼及其门人多有交往，在秦观《淮海集》卷八中就有《次韵马忠玉喜王定国还自宾州》一诗。经我考证，马瑊，茌平人，（元祐六年）官两浙提刑，其前尝与苏轼以《木兰花令》相唱和。参见《宋诗纪事补遗》卷二十八。此处《宋词精华》原注已改正《全宋词》之误。但原注中错的地方也不少。例如南宋词人李泳，本为扬州人，李正民之子，其兄洪、漳，弟泾、澥，并有文名，有《李氏花萼集》五卷载其一门之作。但原版却误作庐陵（今江西吉安）人。又如王炎，同名者有两人。前者字公明，生于高宗绍兴七年（1137），卒于宁宗嘉定十一年（1218），曾为四川宣抚使，陆游在其麾下任夔州通判。后者字晦叔，生于绍兴八年（1138），卒于宁宗嘉定十一年（1218），张栻帅江陵，檄入幕府。如果对这两人的生卒年月及仕履搞不清，就会给他们的词作带来许多误解，并影响他与大诗人陆游的关系。又如苏庠，原注澶州人或澧州人，澶与澧乃形近而误，故删去前者。

其他改正或补充生卒年月的还有30余人。如林逋生于宋太祖乾德六年（968），原注却提前了一年；夏竦卒于1051年，原注也提前一年；柳永的生卒年应为987？—1055后，而原注却作987—1053，乃过于肯定。杜安世原来只写其生活年代，现补上"生当宋仁宗康定（1041）前后"。孙洙生时原误作1032年，今改作1031年。晏几道，原注生"卒年不详"，今补作约1030—1106年。女词人魏夫人，乃北宋宰相曾布之妻，生平简略；兹据曾燠《江西诗征》补上她的小传。王诜原注生卒年不详，今补上神宗熙宁二年（1069）选尚英宗女蜀国大长公主，则有利于对其生平的了解。孔平仲，与秦观善，守衡阳时，尝和秦之《千秋岁》一词，在词史上很重要，原注不知其生卒年月，兹补为1042—1105。赵令畤出生时原注误为1051年，今改正为1061年。谢逸，原注不知出生时间，今补为1068年。毛滂，原注无卒年，今补为1124年后。谢逸从弟谢薖，补上生卒年为1074—

1116年。陈克，死于高宗绍兴七年（1137）庐州郦琼之变，此次补上卒年。韩驹，补上生卒年（1080—1135）。吕胜己，补上“约1173年前后在世”。汪莘，补上卒年1277年。郑域，补生卒年（1152—1173）。高观国，生卒年原不详，从他的《东风第一枝·访梅溪》及又一首贺陆放翁七十八岁生日的词中，知其宁宗嘉泰二年（1202）尚活跃于词坛。曹豳，补上生卒年（1170—1249）。韩嘐，生卒年原不详，特补上宁宗嘉定（1208—1213）前后在世。吴泳，特补上生卒年（1181—?）。王埜，原不详生卒年，今补上（？—1260）。黄孝迈，里籍不详，兹补为“三山（今福州）人，黄师参（子鲁）之子，生当宋宁宗朝（1196—1223）”。著名词选家黄昇，生平原不详，兹补为“淳祐（1188—1248）间在世”。徐霖，原卒年误为1262，兹改为1261。著名词乐家杨缵，原误作严陵人，今改为“开封人，度宗洪后外甥杨石的养子，原籍开封，先人徙钱塘，见周密《齐东野语》。尝官司农卿，帅浙东，赠少师”。杨缵以善音律著称，然其生卒年原不详，兹补作（1210—1269），对其身世及其倚声业绩，更作了较详细的介绍。杨韶父，补“淳熙元年（1241）进士”。宋末著名词人周密，原卒年误作1308，兹改正为1298。民族英雄文天祥卒年误作1283，兹订正为1282。刘壎，由宋入元，生年被误作1204，兹改作1240。汪元量，生卒年原不详，兹补作（1241—1317?）。王沂孙，生卒年不详，兹定为周密晚辈，张炎平辈。张炎，生卒年原作（1248—1320），卒年尚有疑，故加一“?”号。凡此种种，尚有多人，不遑枚举。

词人小传中的身世与仕履，原版尚较翔实，但也有少数需作补充或订正的。如晏几道，补上“曾任太常寺太祝，熙宁七年(1074)，以郑侠上书反对王安石变法，受株连入狱。元丰五年(1082)，监颍昌府许田镇，‘年未至乞身，退居京师赐第’”(见《碧鸡漫志》卷二)。孔夷，补“孔旼之子，孔子47世孙”。司马槱，补“司马光从孙”。葛立方，补“隆兴二年(1164)，命知宣州”。杨炎正，补“初为宁远主簿，又任吏部阁架。嘉定三年(1210)，改大理司直，七年，知藤州，被论罢”。王澜，补“因功授从事郎”。方岳，补“绍定五年(1232)进士……尝忤史嵩之、贾似道而罢官，为江湖诗派诗人，与刘克庄齐名”。陈允平，号西麓，原生卒年不详，今补为(1205？—1285?)。又补“淳祐三年(1243)为余姚令。咸淳九年(1273)，佐四明郡守刘黻创慈湖书院。元至元十五年(1278)，因事被捕，获释后，隐居万叠楼”。文及翁，补“景定三年(1262)以太学录召试馆职，除秘书省正字”。周密，补“景定二年(1261)，为临安府幕僚，监和剂局。咸淳间，历两浙运司掾……景炎初(1276)，任义乌令。宋亡不仕，迁居杭州，学词于杨缵”。文天祥，补“至元十九年(1282)在大都(今北京)柴市口慷慨就义”。邓剡，补“祥兴元年(1278)六月，从驾至厓山”。汪元量，补“钱塘(今杭州)人，咸淳间入太学，度宗时以善琴奉侍南宋宫廷谢后……至元二十五年(1288)，赐为道士南归”。蔡松年，补“宋宣和末守燕山，战败，随父降金；天会间(1128后)，尝随兀朮攻宋”。为这些词人补上身世与履历，当有助于对其生平与词作的研究。

此书今改为丛书，名曰《经典宋词》，所谓经典者，言其特色之鲜明，艺术质量之精粹，影响之深远，皆经过历代词学家之点赞与评定，披沙见金，著于典籍，成为典范者也。2014 年，沪宁两地有关教育单位以“减轻孩子压力”为借口，删除语文教材中多首诗词，最终引起了习近平同志的批评：“我很不赞成把古代经典诗词和散文从课本中去掉，‘去中国化’是很悲哀的。应该把这些经典嵌在学生脑子里，成为中华民族文化的基因。”（引自上海建交委党校教授刘惠恕《新文化运动的功过浅议》，见上海炎黄文化研究会编《炎黄子孙》2015 年第 2 期第 10 页）故书中所选，以大家、名家为主，对小家、无名氏的词作，凡有杰出成就者，也酌予采摭，以免遗珠之憾。作品本身出色是基本的，历代词学名家的品评鉴定也很重要。因此在选词时，即特别注重这一点；而此次修订，更补足了数百项评语。有的是补在作者小传（介绍）中，藉以证明作者的词学风格及其在词学发展史上地位；多数是补在作品“注释”的第①条中。这些评语，或显现词之本事、创作背景，或点明词之内涵和特色，以及作词之手法与对后世的影响。所引评语大多从前人词话、笔记和正史中择来，其中得惠于唐圭璋先生《词话丛编》最多。词话所未及者，间亦采用今人评语及本人的浅见，以供参考。

原版《宋词精华》在词人小传中间亦引用前人评语，但疏漏者仍有不少，此次也作了大量补辑，约占全部辑评的百分之八十左右。现举一些名家为例。如欧阳修小传中，补上刘熙载《艺概·词概》：“冯延巳词，晏同叔得其俊，欧阳永叔得其深。”以说明南唐词与宋初词的传承关系。黄庭坚小传中，补上陈师道《后山诗话》：“今代词手，惟秦七、黄九尔，唐诸人不逮也。”向子諲小传中补上胡寅《向芗林〈酒边集后序〉》："观其退江北所作于后，而进江南所作于前……以枯木之心，幻出葩华。"并引其语谓向词"上承苏轼"。吴叔姬小传中，补《花庵词选》云："叔姬女流中黠慧者，有词五卷名《阳春白雪》，佳处不减易安也。"在康与之小传中，补陈廷焯《云韶集》评："其人不足取，其词则哀感顽艳，尽有佳者。"在张孝祥小传中，补汤衡《张紫薇雅词序》："见公平昔为词，未尝著稿，笔酣兴健，顷刻即成，初若不经意，反复究观，未有一字无来处。"在孙惟信小传中，补沈义父《乐府指迷》："孙花翁有好词，亦善运意，但雅正中忽有一两句市井句，可惜。"在词选名家黄昇小传中，补上冯煦《蒿庵论词》，谓其自作"专尚细腻"。如此等等，以期有助于对词人整体风格及其在词史上地位的研究。

尤须指出的是对作品的品评，如姜夔《齐天乐》咏促织词，清许昂霄《词综偶评》曰："将蟋蟀与听蟋蟀者层层夹写，如环无端，真化工之笔也。"又如清陈廷焯《词则·大雅集》评王沂孙《水龙吟·落叶》词云："笔意幽冷，寒芒刺骨，其有慨于厓山乎。"王沂孙咏物词皆有寄托，但大都不明其本意，经陈氏一点拨，则此词与宋帝昺崖山投海有关。近人唐圭璋评词，亦多真知灼见，如其评史达祖《三姝媚》云："此首忆旧游，辞情俱胜，最得清真之神理。"此则指周邦彦对后世词风之影响，为一般读者所不易窥见。所引评语，类多点睛之笔，若与所评之词结合起来，可以加深对原作之理解，举此数例，以窥一斑。

三、关于词的选目

在中国古典文学的研究中，自《昭明文选》以来，就有一种"选学"。因为列朝列代的作品，浩如烟海；有些作家的"别集"，也动辄数万言。其中精粗杂糅，瑕瑜互见。就读者方面而言，多无暇通读全集，更何况长达五大册的《全宋词》。因此必须加以选编。所选作品，或为其代表作，或为读者所广泛喜爱。由于选者的学术水平、鉴赏能力不一，故其选集，亦有高下之分，优劣之别。

此丛书既名《经典宋词》，因此在选目上必须重在"经典"二字。《宋词精华》第一主编、复旦大学资深教授顾易生先生以高屋建瓴之笔撰写了《前言》，且又自选自注了李煜、苏轼、洪皓与岳飞的词，为全书之选注作出了典范。其余篇目，悉数交由我来选。唐圭璋《全宋词》二万余首，孔凡礼《全宋词补辑》又得四百三十馀首，数量极大。加之本书以公元纪年，从宋朝立国的建隆元年(960)起，至宋亡祥兴二年(1279)止；而金朝与南宋时间相当，也在本书应选范围之内，故词之总数超过二万首。在这庞大的原著中，要选一千四百馀首，殊非易事。当年我战战兢兢接过这个任务，不敢稍懈，调动了从事词学多年的积累，进行这项工作。就小令而言，是在拙著《唐宋词小令精华》的基础上加以扩展、精择；其中长调则参考了多种唐宋以迄明清的词选。其中特别重要的是业师龙榆生先生的《唐宋名家词选》和太老师朱祖谋先生的《宋词三百首》。至于明陈耀文的《花草粹编》、沈际飞诸家的《草堂诗馀》等等，则是必读和必用的参考书。选好以后，便分发各位先生执笔撰著。现在看来，所选篇目基本可靠。但今天重读，仍发现一些不够"经典"或争议较大的词作，兹列于下：

①欧阳修的《蝶恋花》二首，一首起句为"谁道闲情抛掷久"，一首起句为"几日行云何处去"，皆见于王鹏运四印斋所刻词本《阳春集》，可见为南唐冯延巳作，故删去此二首。

②杜安世的《菩萨蛮》（游丝欲堕还重上）和《凤栖梧》（任在芦花最深处）。案：宋人陈振孙《直斋书录解题》对其人评价不高。《四库全书总目提要》则称其词"往往失之浅俗，字句犹多凑泊"。二词确有此弊，故删之。

③晏几道为北宋大词人，本书原收其词45首，似嫌太多，而《生查子》（关山魂梦长），宋黄昇《唐宋绝妙词选》卷五作王通叟（王观）词，甚是。《归田乐》亦无甚特色，故皆删之。

④汪辅之《行香子》（晚绿寒红），此人仅此一首，而又欠佳，故删。

⑤周邦彦《菩萨蛮·梅雪》，虽较好，却与他作不称，故删。

⑥刘仙抡《霜天晓角·题蛾眉亭》，此首不但将"蛾眉"释为女子之眉，其他注释全错。本篇实乃韩元吉词，前已录。故删刘作。

此次重审选目，觉得该删则删，该补的还应补。李冠为宋初词人，所作不多，原选《六州歌头》（秦亡草昧）一首，而其《蝶恋花·春暮》则备受前人推崇，如陈师道《后山诗话》载："介甫（王安石）谓张先'云破月来花弄影'，不如李冠'朦胧淡月云来去'也。"张先以"张三影"著称，但其中最有名的一句，却不如李冠的这一句。《宋词精华》未收李冠此词，确有"沧海遗珠"之憾，所以本丛书应当补上。

四、关于词的注释

李清照说，词"别是一家"，因为"词之为体，要眇宜修，能言诗之所不能言，而不能尽言诗之所能言"（王国维《人间词话》）。诗言志，既"缘情而发"，亦能反映广阔的社会生活，所以更以叙事见长。而词则着重抒情，故曰："凡词无非言情。"（清徐釚《词苑丛谈》卷四《品藻》）叙事诗多用典，抒情词用典虽少，却如羚羊挂角，无迹可求。因此前人以为注诗难，注词尤难。尽管难，作为全宋词的选本，必须让人读懂，并能从中得到艺术享受，且对宋词的各种风格及其演变概貌，有一个深刻的了解，所以再怎么难，也得克服。我们克服困难的办法是在注释中力求贯彻以下几点：一、注明创作年代和背景，也就是有关词的本事；二、引证前人评语指出本词的主要特色，或径自行评点；三、解释词语和用典；四、宋词常化用唐诗，凡词中化用唐诗，应尽力指出；五、南宋自稼轩始，词中常化用经、史、子、集语言，也应注明；六、词提倡以俗为雅，常用方言俗语，有的已过时，必须释之。

《宋词精华》原来的注释，就是按照以上六点要求来做的，但因执笔者的情况有异，故整体水平参差不齐，而我在统稿时也有所疏忽。有些问题已经胡昭著、徐国华两先生指出（见前），还有300多处错误与不足，也应逐一订正和增补。此处难以列举，择其要者，概述如下：

第一，洪皓《江梅引》作年，原未明确指出，兹引洪迈《容斋五笔》卷三《先公诗词》，谓其父壬戌（绍兴十二年）在燕京作此词，"所引用句语，一一有来处。北方不识梅花，士人罕有知梅事者"；"每首有一'笑'字，北人谓之'四笑梅花引'，争传写焉"。增补此条，庶几对词之创作背景与影响，也可增加一些理解。

第二，朱熹《念奴娇·用傅安道和朱希真梅词韵》，原注"朱希真，字秋娘，建康府朱将仕女。"此亦有据，《词苑丛谈》卷八《纪事》云："《名媛集》载朱希真，名秋娘，适徐必用。"然《丛谈》亦有夹注云："花庵词客云：希真名敦儒，此则别是一人也。"故此朱希真应是词人朱敦儒，其生活年代（1081—1159）早于朱熹（1130—1200），词名甚著。一查他的《樵歌》，果有《念奴娇》七首，第一首起云："见梅惊笑，问经年何处，收香藏白。"朱熹和词，全用此韵，遂加以订正。

第三，戴复古妻《祝英台近》的本事，原未注。今承湘潭大学刘庆云教授赐教，元陶宗仪《辍耕录》及万历《黄岩县志》载其本事，谓戴复古流寓武宁（今属江西），有一富翁爱其才，以女妻之，留二三年，忽言故乡（台州黄岩）已有妻，欲归。翁大怒，女婉为之说，并赠以路资及此词。夫既别，此女遂投水死。可见这是一个悲剧。了解此一本事，读词时则更加催人泪下，而词的艺术价值也更加突显出来。

第四，林外《洞仙歌》原注引叶绍翁《四朝闻见录》丙集以明其本事，固佳；然周密《齐东野语》卷十三更云："林外，字岂尘，泉南人。词翰潇爽，诙谲不羁……尝为垂虹亭词，所谓'飞梁遏水'者，倒题桥下，人传为吕翁作；惟高庙识之曰：'是必闽人也，不然，何得以锁字协扫字韵。'已而知其果外也。"宋词中，尝有黄庭坚辨闽音之事；今则又增一例，对研究词之音韵，当有裨益。

第五，周密《浩然斋词话》云："周美成长短句，纯用唐人诗句。"又云："贺方回尝言，吾笔端驱使李商隐、温庭筠常奔走不暇。"如此，渐成风气。如周邦彦《满庭芳·夏日溧水无想山作》中，就化用了杜甫《陪广文游何将军山林》《绝句漫兴九首》、杜牧《赴京初入汴口晓景即事先寄兵部李郎中》、白居易《琵琶行》中的诗句，原《宋词精华》多不曾注明。化用或引用隋唐诗入词者不自周、贺始，较前的晏几道在《临江仙》一词中用五代翁宏《春残》诗"落花人独立，微雨燕双飞"，恍如己出。秦观《满庭芳》（山抹微云）词中"斜阳外，寒鸦数点，流水绕孤村"，化用隋炀帝诗句，晁补之认为"虽不识字人，亦知为天生好言语"。这里体现了文学上继承与发展以及诗词之间相互影响的关系，是一个重要命题。因此我在修订本书时，特别加以关注。例如陈亮《鹧鸪天·怀王道甫》，乃写其不合时宜的满腹牢骚，起二句"落魄行歌记昔游，头颅如许尚何求"，《宋词精华》原注云："落魄：穷困失意。"以下则是一些不重要的解释，完全可省去。其实"头颅"一句有典。据北宋赵令畤《侯鲭录》卷六，宋真宗时，隐士杨朴应召赴官，其妻作诗送之曰："更须落魄贪杯酒，亦莫猖狂爱咏诗。今日捉将官里去，这回断送老头皮。"陈亮乃化用此诗，谓头颅已老，夫复何求！陈亮曾上《中兴五论》，又三次下狱，故而有此牢骚。

有些词化用唐诗，必须狠下功夫才能找出。如崔与之《水调歌头·题剑阁》云："乱山极目无际，直北是长安。"长安在四川剑阁之北，自然是写实；但我凭印象，觉得是化用杜诗，然又不知在何处。由此下决心查《钱注杜诗》，整整花了一天工夫，才发现杜甫在《小寒食舟中坐》诗中写道："云白山青万馀里，愁看直北是长安。"可见注释之难。

第六，有些词看似无典，实际有典，需敏锐地加以观察。姜夔自度曲《疏影》云："苔枝缀玉，有翠禽小小，枝上同宿。"翻遍了许多有关选注本，皆未解释"翠禽"为何鸟，又有何典故。实即苏轼《西江月·梅》词所说的"海仙时遣探芳丛，倒挂绿毛幺凤"也。对此，苏轼在《十一月二十六日松风亭下梅花盛开》一诗的《再用前韵》中有自注，云："岭南珍禽有倒挂子，绿毛红啄，如鹦鹉而小，自东海来，非尘埃中物。"庄绰《鸡肋编》卷下也在解释苏轼此词时说："广南有绿羽丹嘴禽，其大如雀，状类鹦鹉，栖集皆倒悬于枝上，土人呼为倒挂子。"

那么，姜夔何以叫它为"翠禽"，亦有来历。洪皓在《江梅引·访寒梅》词"引领罗浮，翠羽幻青衣"句下自注云："赵师雄罗浮见美人在梅花下有翠羽啾嘈相顾，诗云：'学妆欲待问花神。'"又相传隋开皇中，赵师雄"过罗浮山，天寒日暮，见林间有酒肆，旁茅舍。一美人淡妆靓色，素服出迎，相与叩酒家门，共饮。雄不觉醉卧。既觉，乃在大梅树下，有翠羽嘈啷其上，月落参横，惆怅不已"（见《尚友录》，又见《龙城录》）。由此可知，

"翠羽"即苏词中的"倒挂子",姜词中的"翠禽",而姜因平仄所限,改"羽"为"禽"。它们都与梅花有关,惜前人皆未注,而《宋词精华》原注又忽略。

最后还得说明一下,《宋词精华》原注犹有二十多篇出现了错误,甚至常识性的错误,比如:刘仙抡《霜天晓角·题蛾眉亭》,前韩元吉已有此词,是我所误选,而注释者更错,他不知此亭在当涂采石矶上,而说这是女人的蛾眉,因此今天我把它全删了。又如刘壎的《菩萨蛮·和詹天祐》、蒋捷的《一剪梅·宿龙游朱氏楼》、陈以庄的《水龙吟·记钱塘之恨》、后一李好古的《谒金门》、刘辰翁的《柳梢青》(铁马蒙毡),或因不悉时代背景和词之本意,或望文生义,仅从字面上作与词无关的解释,而这些字面又大多是常用语,不免乱说一通。因此不得不推倒重来,另行注释。这一点,当怪我在初版前统稿因为赶时间造成的疏忽。此次修订,我不惜时间与精力,务期一一改正与补充。但效果如何,尚希有关专家与广大读者不吝赐教。

改革开放以来,在词学研究中,已涌现了许多令人可喜的成就,本书在修订过程中备受沾溉。尤为可喜的是,不少名家别集的笺注相继问世,如前辈学者龙榆生师的《东坡乐府笺》、夏承焘的《姜白石词编年校注》、邓广铭的《稼轩词编年笺注》、杨铁夫的《吴梦窗词笺释》、吴则虞的《清真集校点》《花外集笺注》、钱仲联的《后村词笺注》、罗忼烈的《清真集笺注》。同行专家则有马兴荣、祝振玉的《山谷词校注》、钟振振的《东山词校注》、邓子勉的《樵歌校注》、史克振的《草窗词校注》、曹济平的《芦川词校注》、吴企明的《须溪词校注》等等,各有所长，本书多有借鉴。特别是周笃文、马兴荣两先生主编的《全宋词评注》也于近年问世，实为词坛一大贡献。在我校对小样时蒙笃文先生赠我一套《全宋词评注》，这对解决一些疏漏的问题，起了很大作用。在此，谨致以衷心的感谢。拙著《淮海居士长短句笺注》和《李清照集笺注》，自然是必须利用的了，此处不应多讲。

本人承其他主编委托，历经五载，修订两遍，然年已八十有八，幸不至过于衰眊，虽尽心竭力，而讹脱之处，在所难免。敬请同行专家与广大读者不吝赐教！

现在这本凝聚了多位前辈和当代学人心血的著作即将问世了，不幸的是，我们的第一主编、复旦大学著名教授顾易生教授已于2013年8月18日下午2时57分(北京时间19日凌晨2时57分)在美国华盛顿溘然仙逝，不禁引起我们内心的震撼。伤痛之馀，谨赋小词《思佳客》，以示哀悼：

一去西洋竟不归，浦江东望雨凄凄。玖园篱槿沿阶泣，复旦师生掩泪啼。　　思往事，忆同师，西窗剪烛论诗词。新书将印君先逝，忍看寝门映夕霏。

先生已矣，虽万人何赎！呜乎痛哉！

2015年8月于上海社会科学院文学研究所

目　录

周邦彦

陈　克

朱敦儒

慕容嵓卿妻

周紫芝

吕本中

向 滈

曹 冠

陆 游

唐　婉

范成大

王　质

杨万里

李　泳

严　蕊

张孝祥

赵善扛

朱　熹

阎苍舒

周邦彦

周邦彦(1056—1121),字美成,自号清真,钱塘(今浙江杭州)人。神宗元丰初,为汴京太学生,因献《汴都赋》召为太学正。以后十余年间,出为庐州教授、溧水县令等。哲宗绍圣三年(1096)还京,为国子监主簿。旋召对,除秘书省正字,历校书郎。徽宗时提举大晟府,后出知顺昌府,徙知处州,提举南京鸿庆宫,卒。他精通音律,能自度曲。沈义父曰:"凡作词当以清真为主。盖清真最为知音,且无一点市井气。下字运意,皆有法度。"(《乐府指迷》)周济曰:"美成思力,独绝千古……读得清真词多,觉他人所作,都不十分经意。"(《介存斋论词杂著》)有《清真集》,一名《片玉集》。近人吴则虞有《清真集》辑校本、罗忼烈《清真集笺注》。主要写"悲欢离合,羁旅行役",风格沉郁顿挫、浑厚和雅、缜密典丽。下开南宋姜夔、史达祖、吴文英等派,对后世词坛有巨大影响。

琐窗寒[①]

暗柳啼鸦,单衣伫立,小帘朱户。桐花半亩,静锁一庭愁雨。洒空阶、夜阑未休,故人剪烛西窗语[②]。似楚江暝宿,风灯零乱[③],少年羁旅。　　迟暮,嬉游处。正店舍无烟,禁城百五[④]。旗亭唤酒,付与高阳俦侣[⑤]。想东园、桃李自春,小唇秀靥今在否[⑥]。到归时,定有残英,待客携尊俎[⑦]。

【注释】

①此词一本调下题作"寒食"。清黄苏《蓼园词选》云:"前阕写宦况凄清。次阕起处,点清寒食。以下引到思家情怀,风情旖旎可想。"

②"故人"句:唐李商隐《夜雨寄北》诗:"君问归期未有期,巴山夜雨涨秋池。何当共剪西窗烛,却话巴山夜雨时。"

③风灯零乱：化用杜甫《船下夔州郭宿》诗："风起春灯乱。"

④"正店舍"二句：《荆楚岁时记》："去冬节一百五日，即有疾风甚雨，谓之寒食，禁火三日。"《东京梦华录·清明节》："此三日皆出城上坟。但一百五日最盛。"禁城：指京城。

⑤旗亭：指卖酒之处。高阳俦侣：指酒徒。高阳，今河南杞县西南。《史记·郦生列传》：汉郦食其（lì yì jī）以儒冠见沛公刘邦，刘邦以其为儒生，不见。食其按剑大呼："吾高阳酒徒也。"

⑥小唇秀靥：用李贺《兰香神女庙》诗"浓眉笼小唇"，及《恼公》诗"晓奁妆秀靥"。

⑦尊俎：盛酒肉的器具。尊为酒器，俎为陈肉之具。

瑞龙吟[①]

章台路[②]。还见褪粉梅梢，试花桃树[③]。愔愔坊陌人家[④]，定巢燕子，归来旧处。　　黯凝伫。因念个人痴小[⑤]，乍窥门户[⑥]。侵晨浅约宫黄[⑦]，障风映袖，盈盈笑语。　　前度刘郎重到[⑧]，访邻寻里，同时歌舞。惟有旧家秋娘[⑨]，声价如故。吟笺赋笔，犹记燕台句[⑩]。知谁伴、名园露饮，东城闲步。事与孤鸿去。探春尽是，伤离意绪。官柳低金缕。归骑晚，纤纤池塘飞雨。断肠院落，一帘风絮。

【注释】

①龙榆生《清真词叙论》以为还京任国子主簿时所作，即哲宗绍圣二年（1095），时年四十二岁。清周济《宋四家词选》评曰："不过桃花人面旧曲翻新耳。看其由无情入，结归无情，层层脱换，笔笔往复处。"此词为双拽头，前两段句式、字数均相同。

②章台路：汉长安章台之下街名，旧时用为歌妓聚居之处的

代称。

③试花：唐张籍《新桃行》："植之三年余，今年初试花。"

④坊陌人家：明杨慎《词品》："唐制，妓女所居曰坊曲……周美成词：'小曲幽坊月暗。'又'愔愔坊曲人家'。"愔愔（yīn）：安静貌。

⑤个人：伊人。

⑥乍窥门户：宋人称妓院为门户人家，此即倚门卖笑之意。

⑦宫黄：古代宫人以黄粉涂额，谓之约黄，后来民间加以仿效；因出之于宫廷，故曰宫黄。

⑧"前度"句：唐刘禹锡《再游玄都观》有句："种桃道士知何处，前度刘郎今又来。"但此处字面用刘禹锡典，实乃用东汉刘晨入天台山遇仙女之故事。

⑨旧家秋娘：旧家，即从前的意思，是当时口语。见《诗词曲语辞汇释》卷六。秋娘：唐金陵歌妓，杜牧有《赠杜秋娘诗》，此处借指伊人。

⑩"燕台"句：唐李商隐曾作《燕台诗》四首，洛阳女子柳枝闻之起爱慕之心，两情相悦；后因故柳枝别嫁。此处以伊人比柳枝，抒发其知音之感。

风流子①

新绿小池塘。风帘动，碎影舞斜阳。羡金屋去来，旧时巢燕；土花缭绕②，前度莓墙。绣阁凤帏深几许，曾听得理丝簧③。欲说又休，虑乖芳信④；未歌先咽，愁近清觞⑤。　遥知新妆了，开朱户，应自待月西厢⑥。最苦梦魂，今宵不到伊行⑦。问甚时说与，佳音密耗，寄将秦镜⑧，偷换韩香⑨。天便教人，霎时厮见何妨⑩。

【注释】

①宋王明清《挥麈余话》云："周美成为江宁府溧水令，主簿

之姬有色而慧，美成尝款洽于尊席之间。世所传《风流子》词，盖所寓意焉。”录以备考。

②土花：指苔藓。

③丝簧：指管弦乐器。

④乖：违误。芳信：美好的消息。

⑤清觞：指美酒。

⑥待月西厢：参见贺铸《吹柳絮·月痕依约到西厢》注②。

⑦伊行（háng）：她那儿。

⑧秦镜：汉代秦嘉妻徐淑赠秦嘉明镜，秦嘉《赠妇诗》答云："宝钗好耀首，明镜可鉴形。"见《西溪丛话》。

⑨韩香：西晋贾充之女贾午，爱上美仪容的韩寿，窃御赐西域奇香赠寿；贾充闻寿身有香，知贾午所赠，因以贾午许配韩寿。见《晋书》。这里用"秦镜""韩香"典故，借指双方互赠定情信物。

⑩厮见：相见。

风流子　秋怨[①]

枫林凋晚叶，关河迥，楚客惨将归[②]。望一川暝霭，雁声哀怨；半规凉月，人影参差[③]。酒醒后，泪花销凤蜡，风幕卷金泥[④]。砧杵韵高[⑤]，唤回残梦；绮罗香减，牵起余悲。　　亭皋分襟地，难拚处[⑥]，偏是掩面牵衣。何况怨怀长结，重见无期。想寄恨书中，银钩空满，断肠声里，玉箸还垂[⑦]。多少暗愁密意，唯有天知。

【注释】

①此词作于哲宗元祐间离别荆州之际。况周颐评其结句："此等语愈朴愈厚，愈厚愈雅，至真之情由性灵肺腑中流出，不妨说尽而愈无尽。"（《蕙风词话》卷二）

②迥：远。楚客：作者为江南人，作客荆州，故自称楚客。

③望：此为领字，直贯以下两对偶句。半规：半圆。语本南朝宋谢灵运《游南亭》诗："远峰隐半规。"

④凤蜡：蜡烛之美称。金泥：幕布上之烫金或嵌金线者。

⑤砧杵：古代捣衣工具。

⑥亭皋：水边的平地。难拚：难以割舍。

⑦银钩：铁画银钩，指字迹。亦或指月，由上弦月至月圆。玉箸：指眼泪。李白《闺情》诗："玉箸日夜流，双双落朱颜。"

兰陵王 柳[①]

柳阴直，烟里丝丝弄碧。隋堤上，曾见几番，拂水飘绵送行色[②]。登临望故国。谁识，京华倦客？长亭路[③]，年去岁来，应折柔条过千尺。　　闲寻旧踪迹。又酒趁哀弦，灯照离席。梨花榆火催寒食[④]。愁一箭风快，半篙波暖，回头迢递便数驿[⑤]。望人在天北。　　凄恻，恨堆积。渐别浦萦回[⑥]，津堠岑寂[⑦]。斜阳冉冉春无极[⑧]。念月榭携手[⑨]，露桥闻笛。沉思前事，似梦里，泪暗滴。

【注释】

①此为周邦彦创调，此词作于徽宗重和元年（1118），时词人离京赴真定。千百年来，脍炙人口。宋毛幵（jiān）曰：绍兴初，盛行都下，"西楼南瓦皆歌之，谓之'渭城三叠'，以周词凡三换头，至末段声犹激越"。（《樵隐笔录》）

②飘绵：柳絮飘扬。行色：指行人出发时的情景。

③长亭：古时驿路上五里一短亭，十里一长亭，都是供行人休息、饯别的处所。

④"又酒趁"三句：毛泽东颇赏之。徐培均案：夏承焘《天风阁学词日记》1964 年 12 月 22 日，谓"陈毅副总理来看予……予问毛主席诗词"，陈毅云："主席好三李（白、贺、商隐），好苏辛，

亦好秦周词，不喜梦窗、草窗，不主纯用白描，好象征性。尝闻其在马上诵‘飞絮落花时节怯登楼’（徐培均案：此为秦观《江城子》词句），亦时哼‘酒趁哀弦，灯照离席，梨花榆火催寒食’诸句。”榆火：旧俗寒食禁火，节后另取榆柳之火以赐百官。故称。

⑤迢递：遥远貌。数驿：即数站。

⑥别浦：江河的支流。

⑦津堠：码头上可供守望、住宿的处所。

⑧“斜阳”句：梁启超评曰：“斜阳七字，绮丽中带悲壮，全首精神振起。”（见《艺蘅馆词选》）冉冉：慢慢移动貌。

⑨月榭：建筑在临水台上的房屋叫“榭”。月榭即月光下的榭。它和下句中的露桥均指夜游的地方。

隔浦莲近拍 中山县圃姑射亭避暑作[1]

新篁摇动翠葆[2]，曲径通深窈。夏果收新脆，金丸落[3]，惊飞鸟。浓霭迷岸草。蛙声闹，骤雨鸣池沼。

水亭小。浮萍破处[4]，帘花檐影颠倒。纶巾羽扇[5]，困卧北窗清晓。屏里吴山梦自到[6]。惊觉，依然身在江表[7]。

【注释】

①此词与《满庭芳》《花犯》等，皆作于知溧水时期，写景工致，层次鲜明。近拍，以《隔浦莲》令词（今已失传，唯白居易有此诗，乃五言四句，七言三句形式）翻制新腔。中山：《景定建康志》：“中山，在溧水县一十五里，高一十丈，周回五里。”溧水县，在今江苏省西南部。姑射：《庄子·逍遥游》：“藐姑射之山，有神人居焉。肌肤若冰雪，绰约若处子。”后人因以姑射为仙子之称。此为溧水亭子名。

②篁：竹林，泛指竹子。翠葆：谓绿色如伞盖，此处喻指竹叶茂密。

③金丸：喻黄梅。

④浮萍破处：张先《西溪》诗："浮萍破处见山影，小艇归时闻草声。"

⑤纶(guān)巾：冠名，一称"诸葛巾"，以青丝绶为之。苏轼《念奴娇·赤壁怀古》："羽扇纶巾，谈笑间，强虏灰飞烟灭。"

⑥吴山：在杭州市东南，一称胥山。此指作者故乡。

⑦江表：泛指长江以南地区，此处指江苏溧水县。

苏幕遮[①]

燎沉香，消溽暑[②]。鸟雀呼晴，侵晓窥檐语[③]。叶上初阳干宿雨，水面清圆，一一风荷举[④]。　　故乡遥，何日去。家住吴门[⑤]，久作长安旅[⑥]。五月渔郎相忆否？小楫轻舟[⑦]，梦入芙蓉浦[⑧]。

【注释】

①此为作者青年时期初入汴京之作。清陈廷焯《云韶集》评曰："不必以词胜，而词自胜。风致绝佳，亦见先生襟怀恬淡。"

②溽暑：潮湿的暑天。南朝梁沈约《休沐寄怀》诗："临池清溽暑，开幌望高秋。"

③窥檐：秦观《蝶恋花》："晓日窥轩双燕语，似与佳人共惜春将暮。"义相近。

④"叶上"三句：王国维《人间词话》云："此真能得荷花之神理者，觉白石《念奴娇》《惜红衣》二词，犹有隔雾看花之恨。"宿雨：昨夜的雨。

⑤吴门：指古时吴地，包括今浙江北部。作者钱塘(杭州)人，故曰"家住吴门"。

⑥长安：汉唐故都，此处借指汴京。

⑦楫：船桨。

⑧芙蓉浦：浅水流动的荷花塘。唐张宗昌《太平公主山亭侍宴》诗："折桂芙蓉浦，吹箫明月湾。"

齐天乐 秋思[①]

绿芜凋尽台城路[②]，殊乡又逢秋晚。暮雨生寒，鸣蛩劝织[③]，深阁时闻裁剪。云窗静掩[④]。叹重拂罗裀[⑤]，顿疏花簟[⑥]。尚有练囊，露萤清夜照书卷[⑦]。　荆江留滞最久[⑧]，故人相望处，离思何限。渭水西风，长安乱叶[⑨]，空忆诗情宛转。凭高眺远。正玉液新篘[⑩]，蟹螯初荐[⑪]。醉倒山翁[⑫]，但愁斜照敛。

【注释】

①周济《宋四家词选》云："此清真荆南作也，胸中犹有块垒。南宋诸公多模仿之。"陈廷焯《云韶集》云："下字用意，无不精炼。沉郁苍凉，太白'西风残照'后有嗣音矣。"

②台城：宋洪迈《容斋随笔》云："晋、宋间谓朝廷禁近为台，故称禁城为台城。"遗址在今南京玄武湖西侧。

③蛩（qióng）：蟋蟀，其声似劝人纺织，又名促织。

④云窗：唐韩愈《华山女》诗："云窗雾阁事慌惚，重重翠幔深金屏。"

⑤罗裀：褥子，床垫。

⑥花簟：织有花纹的竹席。晋《子夜四时歌》："反复花簟上，屏帐了不施。"颜师古《急就篇》注："织竹为席谓之簟。"

⑦"尚有"二句：用车胤读书典。练，一种稀疏的夏布。据《晋书·车胤传》：车胤好学不倦，家贫，少油点灯，夏月则以练囊装数十萤火虫以照书，夜以继日攻读。

⑧"荆江"句：作者哲宗元祐五年至七年（1090—1092）在荆州，达二年有余，故云。

⑨"渭水"二句：唐贾岛《忆江上吴处士》诗："秋风吹渭水，

落叶满长安。”长安即今西安，唐朝京城，渭水流经长安附近。

⑩玉液：喻美酒。篘(chōu)：竹制的漉酒器。新篘，指刚过滤的新酒。

⑪蟹螯：《世说新语·任诞》：“毕茂世(卓)云：‘一手持蟹螯，一手持酒杯。拍浮酒池中，便足了一生。’”螯，蟹之前脚，亦可作蟹之代称。

⑫山翁：晋朝山简守襄阳，每置酒辄醉。儿童歌曰：“山公出何许，往至高阳池。日夕倒载归，酩酊无所知。”见《晋书》本传。

六丑　落花[①]

正单衣试酒[②]，恨客里、光阴虚掷。愿春暂留，春归如过翼[③]。一去无迹。为问花何在，夜来风雨，葬楚宫倾国[④]。钗钿堕处遗香泽[⑤]。乱点桃蹊，轻翻柳陌[⑥]。多情为谁追惜。但蜂媒蝶使，时叩窗隔[⑦]。　东园岑寂，渐蒙笼暗碧。静绕珍丛底[⑧]，成叹息。长条故惹行客。似牵衣待话，别情无极。残英小、强簪巾帻[⑨]。终不似一朵，钗头颤袅，向人攲侧[⑩]。漂流处、莫趁潮汐。恐断红尚有相思字[⑪]，何由见得。

【注释】

①此为作者创调，或题“蔷薇谢后作”，乃后人所加。清蒋敦复《芬陀利室词话》评云：“精深华妙，后来作者，罕能继踪。”

②试酒：据《武林旧事》卷三载，夏历四月初，酒库呈样品尝，谓之试酒。陈廷焯《云韶集》云此词“如泣如诉，语极呜咽，而笔力沉雄，如闻孤鸿，如听江声。笔态飞舞，反复低徊，词中之圣也。”

③过翼：一掠而过的飞鸟，喻其快速。唐杜甫《夜》二首：“城郭悲笳暮，村墟过翼稀。”

④"葬楚宫"句：唐韩偓《哭花》诗："若是有情争不哭，夜来风雨葬西施。"倾国：容华绝代的美人。汉李延年歌："北方有佳人，绝世而独立。一顾倾人城，再顾倾人国。"此处借喻蔷薇。

⑤钗钿：妇女发上的一种首饰，形状如花朵，喻陨落的花瓣。

⑥桃蹊、柳陌：桃柳树下的路径。唐刘禹锡《踏歌词》："桃蹊柳陌好经过，灯下妆成月下歌。"秦观《望海潮》："柳下桃蹊，乱分春色到人家。"

⑦窗隔：一作"窗槅"，古人称"窗棂"为槅子。

⑧珍丛：珍贵的树丛，指蔷薇。梁刘缓《看吴人摘蔷薇》诗："绕架寻多处，窥丛见好枝。"此用其意。

⑨巾帻(zé)：裹发之巾。即帽子。

⑩攲侧：倾斜。

⑪断红：指落花。此处用唐人卢渥红叶题诗典。相传卢渥在御沟得一红叶，上有诗句，后无意中娶遣放宫女，恰为题诗之人。见《云溪友议》。

夜飞鹊 别情①

河桥送人处②，凉夜何其。斜月远堕余辉。铜盘烛泪已流尽，霏霏凉露沾衣。相将散离会处③，探风前津鼓④，树杪参旗⑤。花骢会意⑥，纵扬鞭、亦自行迟。

迢递路回清野，人语渐无闻，空带愁归。何意重经前地，遗钿不见，斜径都迷⑦。兔葵燕麦⑧，向残阳、欲与人齐。但徘徊班草⑨，欷歔酹酒⑩，极望天西。

【注释】

①此为作者创调。清黄苏评云："一首送别词耳。自将行至远送，又自去后写怀望之情，层次井井而意致绵密，词采秾深，时出雄厚之句，耐人咀嚼。"(《蓼园词选》)

②河桥：指汴京隋堤上的河桥。

③相将:《诗词曲语辞汇释》卷三:“犹云行将也。”

④津鼓:古代河边渡口设置的信号鼓。唐李端《古别离》:“天晴见海樯,月落闻津鼓。”

⑤参旗:星名。《晋书·天文志》:“参旗九星在参西,一曰天旗,一曰天弓。”

⑥花骢:骏马名,又名菊花青。

⑦“何意”三句:谓重游前地,已觉行人稀少,一片荒凉景象。《新唐书·杨贵妃传》谓杨氏姊妹出游时,“遗钿堕舄,瑟瑟玑琲,狼藉于道,香闻数十里”。

⑧兔葵燕麦:唐刘禹锡《再游玄都观并引》:“重游玄都观,荡然无复一树,惟兔葵燕麦,动摇于春风耳。”兔葵:草名,生于沼泽和田野;燕麦:谷类植物,俗称野麦。

⑨班草:铺草而坐。

⑩欷歔酹酒:扬雄《方言》:“哀而不泣曰欷歔。”酹(lèi),以酒浇地。

满庭芳 夏日溧水无想山作[①]

风老莺雏[②],雨肥梅子[③],午阴嘉树清圆[④]。地卑山近,衣润费炉烟[⑤]。人静乌鸢自乐[⑥],小桥外、新绿溅溅[⑦]。凭栏久,黄芦苦竹,疑泛九江船[⑧]。　　年年,如社燕[⑨],飘流瀚海[⑩],来寄修椽[⑪]。且莫思身外,长近尊前[⑫]。憔悴江南倦客[⑬],不堪听、急管繁弦[⑭]。歌筵畔,先安簟枕[⑮],容我醉时眠[⑯]。

【注释】

①溧水:今江苏省县名,位于南京市东南。《江宁府志》:“无想山,在溧水县南十五里。其山巅有泉,下注成瀑布。”此词清许昂霄《词综偶评》曰:“通首疏快,实开南宋诸公之先声。”近人俞平伯《清真词释》以为“在本集固无第二首,求之两宋,亦罕

见其倖”。梁启超亦云：“最颓唐语，却最含蓄。”（《艺蘅馆词选》）

②“风老”句：唐杜牧《赴京初入汴口晓景即事先寄兵部李郎中》诗：“露蔓虫丝多，风蒲燕雏老。”“老”“肥”两字此处都作使动用法，意谓暖风吹得莺雏长大。

③“雨肥”句：唐杜甫《陪郑广文游何将军山林》：“绿垂风折笋，红绽雨肥梅。”

④嘉树：佳木。清圆：树荫清凉而树影又成圆形。唐刘禹锡《昼居池上亭独吟》：“日午树阴正。”

⑤“衣润”句：因地势低下潮湿，需烘干衣服，故云“费炉烟”，亦有时间绵长之意。

⑥乌鸢（yuān）：《尔雅·释鸟》：“鸢，乌丑，其飞也翔。”古以鸢为乌类，故二字连举。

⑦新绿：新涨的绿水；溅溅：水浅急流貌。

⑧“黄芦”二句：唐白居易《琵琶行》：“住近湓江地低湿，黄芦苦竹绕宅生。”九江：今属江西。白诗写浔阳江，即在此。

⑨社燕：燕子每于春社日来，秋社日去，故称社燕。

⑩瀚海：沙漠。此处泛指东海，旧传燕子从海上飞来，故云。

⑪修椽（chuán）：承屋瓦的长檐子，燕子往往筑巢于此。唐杜甫《陈拾遗故宅》诗：“拾遗平昔居，大屋尚修椽。”

⑫“且莫思”二句：化用杜甫《绝句漫兴》诗：“莫思身外无穷事，且尽生前有限杯。”身外：谓功名事业为身外之物。尊：同“樽”，酒杯。

⑬江南倦客：词人自称。倦客谓倦于作客他乡、做官。

⑭急管繁弦：管弦原指乐器，这里借指音响激越、繁复的音乐。唐钱起《玛瑙杯歌》：“繁弦急管催献酬，倏若飞空生羽翼。”

⑮簟：竹席。古人常用“簟枕”比喻闲居生活。

⑯“容我”句：语本《宋书·陶潜传》：“潜若先醉，便语客：‘我醉欲眠卿可去。’其真率如此。”

花犯 梅花[1]

粉墙低，梅花照眼[2]，依然旧风味。露痕轻缀。疑净洗铅华，无限佳丽。去年胜赏曾孤倚[3]。冰盘同燕喜[4]。更可惜[5]、雪中高树，香篝熏素被[6]。　今年对花最匆匆，相逢似有恨，依依愁悴。吟望久，青苔上、旋看飞坠。相将见[7]，脆丸荐酒[8]，人正在、空江烟浪里。但梦想、一枝潇洒，黄昏斜照水[9]。

【注释】

①此为作者创调。宋哲宗元祐八年（1093）至绍圣三年（1098）二月知溧水。此词作于溧水任上。宋黄昇《花庵词选》云："此只咏梅花，而纡徐反复，道尽三年间事。昔人谓好诗圆美流转如弹丸，余于此词亦云。"

②梅花照眼：化用杜甫《酬郭十五判官》诗："药裹关心诗总废，花枝照眼句还成。"

③胜赏：快意的游赏。

④冰盘同燕喜：冰盘：冰样洁净的瓷盘；燕喜：饮宴的愉快。燕，通"宴"。

⑤可惜：可爱。

⑥香篝：即熏笼，内燃香料，用以熏烘衣服。

⑦相将：行将、将要。

⑧脆丸荐酒：以青梅就酒。脆丸指梅子。林洪《山家清供》："剥梅浸雪酿之，露一宿，取去，蜜渍之，可荐酒。"

⑨"但梦想"二句：语本林逋《山园小梅》诗："疏影横斜水清浅，暗香浮动月黄昏。"

大酺 春雨[1]

对宿烟收，春禽静，飞雨时鸣高屋。墙头青玉旆[2]，洗铅霜都尽[3]，嫩梢相触。润逼琴丝[4]，寒侵枕障[5]，虫网吹粘帘竹。邮亭无人处[6]，听檐声不断，困眠初熟。奈愁极顿惊，梦轻难记，自怜幽独。　　行人归意速。最先念、流潦妨车毂[7]。怎奈向[8]、兰成憔悴[9]，卫玠清羸[10]，等闲时、易伤心目。未怪平阳客，双泪落、笛中哀曲[11]。况萧索、青芜国[12]。红糁铺地[13]，门外荆桃如菽[14]。夜游共谁秉烛[15]。

【注释】

①此调为周邦彦首创，宋周密《浩然斋雅谈》云："宣和中……朝廷赐酺，师师又歌《大酺》《六丑》二解。"此说可议。清许昂霄《词综偶评》："通首俱写雨中情景。"可信。

②青玉旆(pèi)：旆，古时末端形状像燕尾之旗，此处形容新竹。

③洗铅霜：指竹上的箨粉，被雨洗尽。

④润逼琴丝：谓琴弦受潮而松弛，此用王充《论衡》："天且雨……琴瑟缓"意。

⑤枕障：隔开床铺的屏风。

⑥邮亭：指驿站、旅舍。本为传书之舍。

⑦"流潦"句：流潦，四处蔓延的积水。车毂，车轮中心的圆木，周围与车辐的一端相接，中有圆孔，用以插轴。此指车轮。梁启超云："'流潦妨车毂'句，托想奇拙，清真最善用之。"(见《艺蘅馆词选》)

⑧怎奈向：怎奈，无奈。向，语助词。

⑨兰成：南北朝诗人庾信，小字兰成，原仕梁，出使后被留滞北方。常思念家乡，遂作《哀江南赋》《愁赋》。此处借兰成以喻思乡之愁。

⑩卫玠：晋卫玠，美仪容。人闻其名，每出游观者如堵。因先有羸疾，体不堪劳，年二十七病死。(见《世说新语·容止》)此处借卫玠以喻体衰。

⑪“平阳客”二句：东汉马融性好音乐，能鼓琴吹笛。为督邮，独卧平阳时，闻旅客吹笛触动心事，念己离京已逾年，甚悲，乃作《笛赋》。（见其《长笛赋序》）

⑫青芜国：杂草丛生地区。唐温庭筠《春江花月夜词》：“玉树歌阑海云黑，花庭忽作青芜国。”

⑬红糁（sǎn）：糁，米粒。红糁，喻地上落花。唐韩愈《送无本师归范阳》诗：“始见洛阳春，桃枝缀红糁。”

⑭荆桃：樱桃的别称；菽，豆类。此谓樱桃初生似豆。

⑮“夜游”句：《古诗十九首》：“昼长苦夜短，何不秉烛游。”

渡江云[1]

晴岚低楚甸[2]，暖回雁翼，阵势起平沙。骤惊春在眼，借问何时，委曲到山家。涂香晕色，盛粉饰、争作妍华[3]。千万丝、陌头杨柳，渐渐可藏鸦[4]。　堪嗟。清江东注，画舸西流，指长安日下[5]。愁宴阑[6]、风翻旗尾，潮溅乌纱[7]。今宵正对初弦月[8]，傍水驿、深舣蒹葭。沈恨处，时时自剔灯花。

【注释】

①此为作者创调，调下《花庵词选》题作“春景”。《蓼园词选》云：“想是待制出守时，水程舣舟时作也。”徐培均案：邦彦于徽宗重和元年（1118）由徽猷阁待制提举大晟府，出守真定府（今河北正定）。暮春出都赋此词。此词清陈廷焯《云韶集》云：“写秋去春来，意亦犹人，而笔法自别，雅韵欲流，视花间、秦柳如皂隶矣。”

②晴岚：岚，山气蒸润，晴时尤甚，故曰晴岚。唐郑谷《华山》诗：“峭仞耸巍巍，晴岚染近畿。”楚甸：长江中下游地区，古代属楚国。甸，古指郊外，此处泛指原野。

③妍华：华同“花”，指美丽的花朵。

④"千万丝"二句：陌头，泛指田间的道路。唐王昌龄《闺怨》诗："忽见陌头杨柳色，悔教夫婿觅封侯。"梁简文帝《金乐歌》："槐香欲覆井，杨柳正藏鸦。"

⑤"长安"句：长安，今陕西西安。汉、唐时曾为京都；日下，日之下。唐王勃《秋日登洪府滕王阁饯别序》："望长安于日下，指吴会于云间。"

⑥宴阑：宴席将尽时。

⑦乌纱：乌纱帽，起自东晋，唐以后官民所常服。

⑧初弦月：上弦月。

应天长[①]

条风布暖[②]，霏雾弄晴，池塘遍满春色。正是夜台无月[③]，沉沉暗寒食。梁间燕，前社客[④]。似笑我、闭门愁寂。乱花过，隔院芸香[⑤]，满地狼藉。　　长记那回时，邂逅相逢[⑥]，郊外驻油壁[⑦]。又见汉宫传烛，飞烟五侯宅[⑧]。青青草，迷路陌。强载酒、细寻前迹。市桥远，柳下人家，犹自相识。

【注释】

①此为悼亡词。清先著、程洪《词洁》云："美成《应天长》，空淡深远，石帚（此指姜夔）专得此种笔意。"清毛先舒云："前半泛写，后半专叙，盖宋人多此法。……周清真寒食词，后段只说邂逅，乃更觉意长。"（见王又华《古今词论》）

②条风：立春以后的风。《易纬》："立春，条风至。"

③夜台：指墓穴。李白《哭善酿纪叟》诗："夜台无李白，沽酒与何人？"

④前社客：社，旧时祭社神的日子，有春秋两社。燕子于春社前从南飞北，故叫前社客。

⑤芸香：草本植物，花叶香气浓烈，可避蠹驱虫。

⑥邂逅：不期而遇。

⑦油壁：指古代一种车壁以香料涂饰的车子，供女子乘坐。乐府古辞《苏小小歌》："妾乘油壁车，郎骑青骢马。何处结同心？西陵松柏下。"

⑧"又见"两句：语本唐韩翃《寒食》诗："日暮汉宫传蜡烛，轻烟散入五侯家。"五侯，东汉桓帝封宦者单超、徐璜、具瑗、左悺、唐衡为侯，世称五侯。后泛指达官贵人。

玉楼春①

桃溪不作从容住②，秋藕绝来无续处。当时相候赤栏桥③，今日独寻黄叶路。　　烟中列岫青无数④，雁背夕阳红欲暮。人如风后入江云，情似雨余粘地絮⑤。

【注释】

①罗忼烈《清真词笺注》云："此词当是元祐四年任满去庐州，祖帐留别时付声歌之作。味'今日独行黄叶路'一语，其行当在秋冬间。"陈廷焯《云韶集》评云："只纵笔直写，情味愈出。"

②桃溪：据明《一统志》："桃溪在庐州府舒城县北二十五里。发源自六安州界河，流入巢湖。"巢湖在今安徽合肥之南。但桃溪又合刘晨、阮肇入天台采药，于桃花溪上遇仙女故事。见《续齐谐记》。清周济谓此词"只赋天台事，态浓意远"（《宋四家词选》）。陈廷焯《白雨斋词话》云："上言人不能留，下言情不能已。呆作两譬，别饶姿态，却不病其板，不病其纤，此中消息难言。"

③赤栏桥：栏杆漆成红色的桥。

④列岫：列，排列，岫，峰峦。语本南齐谢朓《郡内高斋闲望》诗："窗中列远岫。"

⑤"情似"句：化用参寥子《书裙带》诗："禅心已作粘泥絮，不逐春风上下狂。"

蝶恋花 秋思[①]

月皎惊乌栖不定。更漏将残，轣辘牵金井[②]。唤起两眸清炯炯[③]，泪花落枕红绵冷[④]。　　执手霜风吹鬓影。去意徊徨[⑤]，别语愁难听。楼上阑干横斗柄，露寒人远鸡相应[⑥]。

【注释】

①此词一本题作“早行”，清黄苏《蓼园词选》云：“首阕言未行前闻乌惊、漏残、辘轳响，而惊醒泪落；次阕言别时情况凄楚，玉人远而唯鸡相应，更觉凄婉矣。”

②轣辘：一种绞轮式的汲水器。

③炯炯：光亮貌。明沈际飞云：“‘唤起’句，形容睡起之妙。”（《草堂诗余正集》）

④绵：装枕的丝绵。红绵冷：谓胭脂妆泪沾湿枕绵。

⑤徊徨：心中彷徨无主貌。梁武帝《孝思赋》：“晨孤立而萦结，夕独处而徊徨。”

⑥“楼上”句：阑干，横斜貌。斗柄，指北斗七星中四星像斗、三星像柄，故北斗星称斗柄。此谓斗柄位置低落，仿佛横斜于楼头，意味着夜将尽。

少年游[①]

并刀如水[②]，吴盐胜雪[③]，纤手破新橙。锦幄初温[④]，兽香不断[⑤]，相对坐调笙。　　低声问：向谁行宿？城上已三更。马滑霜浓，不如休去，直是少人行[⑥]。

【注释】

①宋张端义《贵耳集》云："道君（宋徽宗）幸李师师家，偶周邦彦先在焉，知道君至，遂匿于林下。道君自携新橙一颗，云江南初进来，遂与师师谑语。邦彦悉闻之，檃括成《少年游》。"此为传说，不可信。用作参考。清谭献《谭评词辨》评此词云："丽极而清，清极而婉，然不可忽过'马滑霜浓'四字。"陈廷焯《云韶集》评曰："秀艳。情急而语甚婉约，妙绝古今。"

②并刀：并州（今山西太原）出产的刀，以锋利著称。唐杜甫《戏题王宰画山水图歌》："焉得并州快剪刀，剪取吴淞半江水。"

③吴盐：盖指淮盐，一种优质盐，此处大约用来中和橙之酸味。此处语本李白《梁园吟》："吴盐如花皎白雪。"

④锦幄：犹锦帐。

⑤兽香：炉盖作兽形的香炉。此指炉中吐出的香气。

⑥直是：即使，可能。《诗词曲语辞汇释》卷一："韩偓《南浦》诗：'直教笔底有文星，亦应难状分明苦。'"

解连环①

怨怀无托。嗟情人断绝，信音辽邈②。纵妙手、能解连环③，似风散雨收，雾轻云薄。燕子楼空④，暗尘锁、一床弦索⑤。想移根换叶，尽是旧时，手种红药。

汀洲渐生杜若⑥。料舟依岸曲，人在天角。谩记得、当日音书，把闲语闲言，待总烧却。水驿春回⑦，望寄我、江南梅萼⑧。拚今生，对花对酒，为伊泪落⑨。

【注释】

①此词明李攀龙《草堂诗余隽》云："形容闺妇哀情，有无限怀古伤今处，至末尤见词语壮丽，体度艳冶。"

②辽邈：渺茫。

③解连环：《战国策·齐策》载："秦始皇尝遣使者遗君王后以玉连环，曰：'齐多智，而解此环不？'君王后以示群臣，不知解。君王后引椎破之，谢秦使曰：'谨以解矣。'"此处喻解开难分的感情纠葛。

④燕子楼空：白居易《燕子楼三首》序云："徐州故张尚书有爱妓曰盼盼，善歌舞，雅多风态。……尚书既殁，归葬东洛；而彭城有张氏旧第，第中有小楼名燕子，盼盼因念旧爱而不嫁，居是楼十余年，幽独块然，于今尚在。"后皆附会于唐时尚书张建封。据陈振孙考证，关盼盼乃是张建封之子张愔的歌妓。苏轼《永遇乐》云："燕子楼空，佳人何在？空锁楼中燕。"此用其语。

⑤弦索：指乐器。

⑥杜若：多年生香草，产于林野荫地。

⑦水驿：水边的驿站，即码头。

⑧江南梅萼：《荆州记》载：吴陆凯从江南将梅花寄给长安的好友范晔，并赠诗云："折梅逢驿使，寄与陇头人。江南无所有，聊赠一枝春。"

⑨伊：犹言"她"或"那人"。古时男女皆可用"伊"指称。

忆旧游①

记愁横浅黛②，泪洗红铅③，门掩秋宵。坠叶惊离思，听寒蛩夜泣④，乱雨潇潇。凤钗半脱云鬓，窗影烛光摇。渐暗竹敲凉，疏萤照晓，两地魂消。　　迢迢。问音信，道径底花阴，时认鸣镳⑤。也拟临朱户，叹因郎憔悴，羞见郎招⑥。旧巢更有新燕，杨柳拂河桥⑦。但满目京尘，东风竟日吹露桃⑧。

【注释】

①本篇似哲宗元祐初作于汴京，因鱼雁往来而忆旧。陈廷

焯《云韶集》云:“无限凄凉,炼字炼句,精劲绝伦。”

②黛:青黑色的颜料,古代女子用来画眉。此借指眉。

③红铅:胭脂和铅粉。唐李贺《金铜仙人辞汉歌》:“忆君清泪如铅水。”

④寒蛩:似蝉而小,一说即寒蝉。唐高适《宋中遇林虑杨十七山人因而有别》诗:“朔风忽振荡,昨夜寒蛩啼。”

⑤镳:马勒。在马口中为衔,在口旁为镳。引申为骑马。

⑥“叹因郎”二句:唐元稹《会真记》莺莺赋诗念张生曰:“不为旁人羞不起,为郎憔悴却羞郎。”

⑦河桥:在汴京隋堤上,为送别之所。

⑧露桃:水灵灵的桃花。顾况《瑶草春歌》:“露桃秾李自成蹊。”

拜星月慢 秋思①

夜色催更,清尘收露②,小曲幽坊月暗③。竹槛灯窗,识秋娘庭院④。笑相遇,似觉琼枝玉树相倚⑤,暖日明霞光烂。水眄兰情⑥,总平生稀见。　　画图中、旧识春风面⑦。谁知道、自到瑶台畔⑧。眷恋雨润云温⑨,苦惊风吹散。念荒寒、寄宿无人馆。重门闭、败壁秋虫叹。怎奈向、一缕相思,隔溪山不断。

【注释】

①此为周邦彦创调,清黄苏《蓼园词选》:“按美成以内廷供奉出守顺昌,道中寂寞,旅况凄清,自所不免,而依依恋主之情,‘隔溪山不断’,饶有敦厚之致。”徐培均案:邦彦于徽宗宣和元年(1119)由知真定府改顺昌(今安徽阜阳),故蓼园说,本篇似作于此时。清周济评此词曰:“全是追思,却纯用实写。但读前半阕,几疑是赋也。换头再为加倍跌宕之,他人万万无此力量。”(《宋四家词选》)

②“夜色”二句：为倒装句式。即“更催夜色，露收清尘”。

③小曲幽坊：唐制，妓女所居曰“坊曲”。《北里志》有南曲、北曲之称。

④秋娘：唐金陵歌妓。杜牧有《赠杜秋娘》诗，并有序。这里借指女子身份。

⑤琼枝玉树：喻美好的体态与风姿。此处语本柳永《尉迟杯》：“绸缪凤枕鸳被，深深处，琼枝玉树相倚。”

⑥水眄兰情：眼波似水流明媚，性情幽静像兰花。语本唐韩琮《春愁》诗：“吴鱼岭雁无消息，水眄兰情别来久。”

⑦“画图”句：语本杜甫《咏怀古迹五首》之三：“画图省识春风面，环佩空归月夜魂。”春风面：喻女子美丽多情的容貌。

⑧瑶台：仙人所居，见《拾遗记》。此指妓馆。

⑨雨润云温：喻男女相爱悦。见宋玉《高唐赋》。

关河令①

秋阴时作渐向暝，变一庭凄冷。伫听寒声，云深无雁影②。　　更深人去寂静，但照壁、孤灯相映。酒已都醒，如何消夜永③。

【注释】

①清周济《宋四家词选》评此词曰：“淡永。”近人陈洵《海绡说词》云：“神味拙厚，总是笔力有余。”

②“云深”句：陈廷焯《云韶集》评曰：“五字千古。”

③“酒已”二句：《云韶集》评曰：“不必说借酒消愁，偏说‘酒已都醒’，笔力劲直，情味愈见。”夜永：长夜。

解语花　元宵①

风销焰蜡②，露浥烘炉③，灯市光相射。桂华流瓦④，纤云散、耿耿素蛾欲下[⑤]。衣裳淡雅，看楚女、纤腰一把[⑥]。箫鼓喧，人影参差，满路飘香麝[⑦]。　　因念都城放夜[⑧]，望千门如昼[⑨]，嬉笑游冶。钿车罗帕[⑩]，相逢处，自有暗尘随马[⑪]。年光是也，唯只见、旧情衰谢。清漏移，飞盖归来[⑫]，从舞休歌罢。

【注释】

①此词作者于徽宗政和五年（1115）知明州（今浙江宁波市）时所作。宋张炎《词源》评云："如此等妙词，不独措辞精粹，又且见时序风物之盛，人家宴乐之同。"元宵：农历正月十五日，俗称"灯节"。

②焰蜡：一作"绛蜡"，即蜡烛。

③浥（yì）：沾湿。烘炉：用以取暖的火炉。

④桂华：月光。相传月中有大桂树，故以桂代月。唐韩愈《明水赋》："桂华吐辉，兔影腾精。"王国维《人间词话》："周美成《解语花》之'桂华流瓦'，境界极妙，惜以'桂华'二字代月耳。"

⑤耿耿：光明貌。素娥：指嫦娥。谢庄《月赋》："引玄兔于帝台，集素娥于后庭。"

⑥楚女纤腰：《韩非子·二柄》："楚灵王好细腰，而国中多饿人。"杜牧《遣怀》诗："楚腰纤细掌中轻。"这里用来指美人。

⑦香麝：即麝香。刘遵《繁华应令诗》："腕动飘香麝，衣轻任好风。"

⑧放夜：开放夜禁。《太平御览》卷三十引唐韦述《西京新记》："西都京城街衢，有执金吾，晓暝传呼以禁夜行。惟正月十五日夜，敕许弛禁，前后各一日以看灯，谓之放夜。"

⑨千门：原指皇宫里的千门万户。杜甫《哀江头》诗："江头宫殿锁千门。"此处借指平民百姓的千家万户。

⑩钿车：钿，金片做成花朵形的装饰品；以钿装饰的车曰钿车。白居易《春来》诗："曲江碾草钿车行。"

⑪暗尘随马：语出苏味道《正月十五夜》诗：“暗尘随马去，明月逐人来。”

⑫盖：飞驶的车辆。盖：车篷。曹植《公宴》诗：“清夜游西园，飞盖相追随。”

过秦楼[1]

水浴清蟾[2]，叶喧凉吹[3]，巷陌马声初断。闲依露井[4]，笑扑流萤，惹破画罗轻扇[5]。人静夜久凭阑，愁不归眠，立残更箭[6]。叹年华一瞬，人今千里，梦沈书远。

空见说、鬓怯琼梳[7]，容销金镜[8]，渐懒趁时匀染[9]。梅风地溽[10]，虹雨苔滋，一架舞红都变[11]。谁信无聊，为伊才减江淹[12]，情伤荀倩[13]。但明河影下，还看稀星数点。

【注释】

①清陈廷焯《云韶集》评此词云：“婉约芊绵，凄艳绝世，满纸是泪，而笔墨极尽飞舞之致。”

②清蟾：俗传月中有蟾蜍，清蟾借代月亮。

③凉吹：凉风。这是倒装句，即凉风吹来，树叶发出飒飒的喧闹声。

④露井：没有井亭覆盖的井。

⑤“笑扑”二句：用杜牧《秋夕》诗“银烛秋光冷画屏，轻罗小扇扑流萤”之意。画罗：罗为质地稀疏的丝织品，上面描花样，故称画罗。

⑥更箭：古代用铜壶滴漏报时，壶中立箭以计时。

⑦琼梳：玉梳。

⑧金镜：铜镜的美称。

⑨趁时匀染：作时新打扮。匀染，指傅粉施朱，亦即梳妆打扮。

⑩梅风：梅子熟时的风。溽：潮湿。

⑪舞红：指落花。

⑫才减江淹：《南史·江淹传》云："江淹少时，宿于江亭，梦人授五色笔，因而有文章。后梦郭璞取其笔，自此为诗无美句，人称才尽。"

⑬情伤荀倩：《世说新语·惑溺》："荀奉倩妻曹氏有艳色，妻常病热，奉倩以冷身熨之。妻亡，叹曰：'佳人难得。'人吊之，不哭而神伤。未几，奉倩亦亡。"

绕佛阁[1]

暗尘四敛，楼观迥出[2]，高映孤馆。清漏将短[3]，厌闻夜久，签声动书幔[4]。桂华又满[5]，闲步露草，偏爱幽远。花气清婉。望中迤逦[6]，城阴度河岸。　　倦客最萧索，醉倚斜桥穿柳线。还似汴堤，虹梁横水面[7]。看浪飐春灯[8]，舟下如箭。此行重见。叹故友难逢，羁思空乱[9]。两眉愁、向谁舒展[10]。

【注释】

①《词洁》评此词曰："玩其笔意，亦颇似梦窗（吴文英），然'望中迤逦''浪飐春灯'，则多属美成本色语。"

②迥出：远出。此处谓楼台显现。

③清漏：古时计时器。

④签声：更漏计时的滴水声。签指漏箭，多木制，上刻时辰。书幔：书架上的帷幔。

⑤桂华：见《解语花·元宵》注④。

⑥迤逦：连绵曲折。

⑦虹梁：即虹桥，在汴京东郊汴河上。孟元老《东京梦华录》卷一："自东水门外七里至西水门外，河上有桥十三。从东水门外七里，曰虹桥，其桥无柱，皆以巨木虚架，饰以丹雘，宛如

飞虹。”

⑧飐：物因风吹而颤动。

⑨羁思：旅思。作者钱塘人，仕于汴京，怀念故乡，故有羁旅之思。

⑩两眉愁：唐韩偓《闺情》诗：“敲折玉钗歌转咽，一声声入两眉愁。”

氐州第一[①]

波落寒汀[②]，村渡向晚，遥看数点帆小。乱叶翻鸦，惊风破雁，天角孤云缥缈。官柳萧疏[③]，甚尚挂、微微残照。景物关情，川途换目[④]，顿来催老。　　渐解狂朋欢意少。奈犹被、思牵情绕。座上琴心[⑤]，机中锦字[⑥]，觉最萦怀抱。也知人、悬望久，蔷薇谢、归来一笑[⑦]。欲梦高唐[⑧]，未成眠、霜空又晓。

【注释】

①此为周邦彦创调，词为忆内而作。清陈廷焯《云韶集》评曰：“写景物凄凉，如闻商音羽奏。语极悲惋，一波三折，曲尽其妙。美成词大半皆以纡徐曲折制胜，妙于纡徐曲折中有笔力有品骨，故能独步千古。”

②汀：汀洲，水中小块陆地。

③官柳：官道旁的杨柳。

④川途：水路。

⑤座上琴心：《史记·司马相如传》：“是时卓王孙有女文君新寡，好音，故相如……而以琴心挑之。”

⑥机中锦字：《晋书·列女传》：“窦滔妻苏氏，……善属文。滔，苻坚时为秦州刺史，被徙流沙，苏氏思之，织锦为回文旋图诗以赠滔，宛转循环以读之，词甚凄惋。”

⑦“蔷薇”句：唐杜牧《留赠》诗：“不用镜前空有泪，蔷薇花

谢即归来。”

⑧高唐：用宋玉《高唐赋》典，此处借指与妻子于梦中相会。

尉迟杯 离恨[①]

隋堤路[②]。渐日晚、密霭生深树。阴阴淡月笼沙[③]，还宿河桥深处。无情画舸，都不管、烟波隔南浦。等行人、醉拥重衾，载将离恨归去[④]。　　因念旧客京华，长偎傍、疏林小槛欢聚。冶叶倡条俱相识[⑤]，仍惯见、珠歌翠舞[⑥]。如今向、渔村水驿，夜如岁、焚香独自语。有何人、念我无聊，梦魂凝想鸳侣[⑦]。

【注释】

①清黄苏《蓼园词选》：“按此词应是美成由待制出知顺昌，初出汴京时作。自汴水买船东下，因念京中旧友，故曰‘想鸳侣’也，情辞自尔凄切。”可备一说。清周济《宋四家词选》评此词云：“南宋诸家所断不能到者，出之平实，故胜。”

②隋堤：指汴河堤，隋炀帝时筑。

③月笼沙：唐杜牧《泊秦淮》诗：“烟笼寒水月笼沙。”

④“无情画舸”四句：宋初郑文宝《柳枝词》：“亭亭画舸系寒潭，直到行人酒半酣。不管烟波与风雨，载将离恨过江南。”与此四句义相近。画舸：船的美称。南浦：南面的水滨，语出江淹《别赋》：“春草碧色，春水绿波。送君南浦，伤如之何！”后遂泛指送别的地方。

⑤冶叶倡条：语出李商隐《燕台诗》：“冶叶倡条遍相识。”借喻歌女。

⑥珠歌翠舞：《杨妃外传》：“明皇令宫妓佩七宝璎珞舞《霓裳羽衣曲》。曲终，珠翠可扫。”

⑦鸳侣：喻情侣。

西河 金陵怀古[1]

佳丽地[2]。南朝盛事谁记[3]。山围故国绕清江[4]，髻鬟对起[5]。怒涛寂寞打孤城[6]，风樯遥渡天际[7]。　断崖树，犹倒倚。莫愁艇子曾系[8]。空余旧迹郁苍苍，雾沉半垒。夜深月过女墙来[9]，伤心东望淮水[10]。　酒旗戏鼓甚处市[11]。想依稀王谢邻里。燕子不知何世，入寻常巷陌人家相对[12]，如说兴亡斜阳里。

【注释】

①此词作于知溧水时。为周邦彦创调。金陵，今江苏南京。清陈廷焯《云韶集》云："此词纯用唐人成句融化入律，气韵沉雄，苍凉悲壮，直是压遍古今。"

②佳丽地：指金陵。南齐谢朓《入朝曲》："江南佳丽地，金陵帝王州。"

③南朝：吴、东晋、宋、齐、梁、陈六朝，皆建都于金陵，故称。

④故国：此句语本唐刘禹锡《石头城》诗："山围故国周遭在。"

⑤髻鬟对起：谓钟山与石头山相对。髻鬟：喻青翠山峰。

⑥孤城：指金陵石头城。语本刘禹锡《石头城》诗："潮打孤城寂寞回。"

⑦风樯（qiáng）：指张着风帆的船。樯，船上张帆用的桅杆。唐刘禹锡《鱼复江中》诗："风樯好住贪程去，斜日青帘背酒家。"

⑧莫愁：传为南朝的民间女子。南朝乐府《莫愁乐》："莫愁在何处？莫愁石城西。艇子打双桨，催送莫愁来。"今南京水西门外有莫愁湖。

⑨女墙：城垣上的短墙。言其卑小，比于城，若女子之于丈夫。此句语本刘禹锡《石头城》诗："淮水东边旧时月，夜深还过

女墙来。”

⑩伤心:别本作“赏心”,指赏心亭。《景定建康志》:“赏心亭在下水门之城上,下临秦淮,尽观览之胜,丁晋公建。”淮水:指秦淮河。

⑪酒旗戏鼓:指酒楼、戏馆等繁华热闹场所。

⑫“王谢”三句:语本刘禹锡《乌衣巷》诗:“旧时王谢堂前燕,飞入寻常百姓家。”

瑞鹤仙①

悄郊原带郭②。行路永,客去车尘漠漠。斜阳映山落。敛余红、犹恋孤城栏角。凌波步弱③。过短亭、何用素约④。有流莺劝我,重解绣鞍,缓引春酌。　不记归时早暮,上马谁扶,醒眠朱阁⑤。惊飙动幕⑥。扶残醉,绕红药。叹西园、已是花深无地,东风何事又恶。任流光过却。犹喜洞天自乐⑦。

【注释】

①《西湖游览志余》卷十二:“美成晚归钱塘,梦中得《瑞鹤仙》词一阕云云。未几方腊乱,自桐庐入杭,时美成方宴客,仓皇出奔……忽逢故人之妾,奔逃而来,乃与小饮于道旁旗亭,闻莺声于木杪。”据此,词当作于徽宗宣和二年(1120)残冬。清周济《宋四家词选》评此词云:“结构精奇,金针度尽。”

②郭:古时在城的外围加筑的一道城墙。

③凌波:曹植《洛神赋》:“凌波微步,罗袜生尘。”步弱:唐韩愈《南溪始泛》诗:“足弱不能步。”

④短亭:古时驿站名。素约:旧约,预先约定。此谓与故人小妾不期而遇。

⑤“上马”二句:化用李白《鲁中都东楼醉起作》:“昨日东楼醉,还应倒接䍦。阿谁扶上马,不省下楼时。”晏几道《玉楼春》:

“来时醉倒旗亭下，不省阿谁扶上马。”

⑥惊飙：突起的暴风。

⑦洞天：道家谓神仙所居之地。《云笈七签》：“十大洞天者，处大地名山之间，是上天遣群仙通知之处。”

浪淘沙慢[①]

晓阴重[②]，霜凋岸草，雾隐城堞[③]。南陌脂车待发[④]。东门帐饮乍阕[⑤]。正拂面、垂杨堪揽结。掩红泪、玉手亲折[⑥]。念汉浦、离鸿去何许[⑦]，经时信音绝。　　情切。望中地远天阔。向露冷风清无人处，耿耿寒漏咽[⑧]。嗟万事难忘，唯是轻别。翠尊未竭[⑨]，凭断云留取，西楼残月。　　罗带光消纹衾叠[⑩]。连环解、旧香顿歇[⑪]。怨歌永、琼壶敲尽缺[⑫]。恨春去不与人期，弄夜色，空余满地梨花雪。

【注释】

①此为怀人之作。《浪淘沙》本为小令，慢为延长引申之意。宋张炎《词源》曰：“慢曲不过百余字，中间抑扬高下……累累乎端如贯珠之语，斯为难矣。”清万树《词律》评此词云：“精绽悠扬，真千秋绝调！其用去声字，尤不可及。”清陈廷焯《云韶集》评此词曰：“美成善于摹写秋景，每读晏欧词后，再读美成词，正如水逝云卷，风驰电掣，觉万汇哀鸣，天地变色。”

②晓阴：别本作“昼阴”。

③城堞：城上的短墙。

④南陌：朝南去的道路。脂车：犹加油，即以油脂涂车辖，使之灵活转动。梁简文帝《大同八年秋九月》诗：“时余守西掖，脂车归北宫。”

⑤东门帐饮：《汉书·疏广传》载疏广辞归，公卿大夫设祖道，供帐东都门外送行。此指饯行。阕：终了。

⑥“正拂面”二句：谓掩泪折柳以赠别。五代韦庄《河传》：“翠娥争劝临邛酒，纤手，拂面垂杨柳。”为此二句所本。红泪：旧题王嘉《拾遗记》谓魏文帝时，薛灵芸入宫，以玉唾壶承泪，壶则红色，后遂以红泪喻女子泪水。

⑦汉浦：汉江之滨。此处暗用郑交甫汉皋遇仙女故事，见《韩诗外传》。离鸿：喻女子。曹植《洛神赋》：“翩若惊鸿。”

⑧耿耿：形容心中不安、有所挂念。

⑨翠尊：酒杯的美称。

⑩纹衾：带花纹的被子。

⑪连环：见《解连环》（怨怀无托）注③。

⑫“琼壶”句：《晋书·王敦传》云：“每酒后辄咏魏武帝乐府，歌曰：‘老骥伏枥，志在千里；烈士暮年，壮心不已。’以如意打唾壶为节，壶口尽缺。”

绮寮怨 思情[①]

上马人扶残醉[②]，晓风吹未醒。映水曲、翠瓦朱檐，垂杨里、乍见津亭[③]。当时曾题败壁，蛛丝罩、淡墨苔晕青。念去来、岁月如流，徘徊久、叹息愁思盈。　去去倦寻路程。江陵旧事[④]，何曾再问杨琼[⑤]。旧曲凄清。敛愁黛、与谁听。尊前故人如在，想念我、最关情。何须渭城[⑥]，歌声未尽处，先泪零。

【注释】

①此为周邦彦创调。近代陈洵《抄本海绡说词》：“此重过荆南途中作……顾曲周郎，其亦有身世之感乎？”

②上马人扶：见前《瑞鹤仙》（悄郊原带郭）注⑤。

③津亭：渡口的亭子。

④江陵旧事：指作者哲宗元祐五年（1090）至七年任荆州教授期间听歌赏舞之事。

⑤杨琼:江陵歌者。唐元稹《和乐天示杨琼》长诗首云:"我在江陵少年日,知有杨琼初唤出。腰身瘦小歌圆紧,依约年应十六七。"白居易《问杨琼诗》云:"古人唱歌兼唱情,今人唱歌唯唱声。欲说向君君不会,试将此语问杨琼。"此处借指荆州歌妓。

⑥渭城:即《阳关曲》,用王维《送元二使安西》诗为歌辞。此云别时所唱之曲。

浣溪沙

雨过残红湿未飞[①]。珠帘一行透斜晖[②]。游蜂酿蜜窃香归。　　金屋无人风竹乱[③],衣篝尽日水沉微[④]。一春须有忆人时[⑤]。

【注释】

①湿未飞:南北朝庾信《同颜大夫初晴》诗:"湿花飞未远,阴云敛向低。"

②一行:《百家词》作"一桁",是。南唐李煜《浪淘沙》:"一桁珠帘闲不卷,终日谁来。"

③金屋:汉武帝欲娶阿娇,曰欲以金屋藏之,后遂指豪华第宅。唐李白《长门怨》:"天回北斗挂西楼,金屋无人萤火流。"

④衣篝:熏衣竹笼,下焚香料。宋人通称衣篝。水沉:即沉水香。

⑤须有:应有。

浣溪沙[①]

楼上晴天碧四垂[②]。楼前芳草接天涯。劝君莫上最高梯。　　新笋已成堂下竹,落花都上燕巢泥[③]。忍听林表杜鹃啼[④]。

【注释】

①此词毛晋《诗词杂俎》本《漱玉词》作李清照作。今人俞平伯《清真词释》云:“此词一气呵成,空灵完整,对句极自然,《浣溪沙》之正格也。”

②碧四垂:如蔚蓝色帷幕垂于四周。唐韩偓《有忆》:“泪眼倚楼天四垂。”

③“落花”句:五代皮光业诗:“行人折柳和轻絮,飞燕衔泥带落花。”义相近。

④忍听:怎忍听。林表:林外。唐李中《钟陵禁烟寄从弟》诗:“交亲书断竟不到,忍听黄昏杜宇啼。”

夜游宫[①]

叶下斜阳照水。卷轻浪、沉沉千里。桥上酸风射眸子[②]。立多时,看黄昏,灯火市。　　古屋寒窗底,听几片、井桐飞坠。不恋单衾再三起。有谁知,为萧娘,书一纸[③]。

【注释】

①周济《宋四家词选》评曰:“此亦是层层加倍写法,本只‘不恋单衾’一句耳,加上前阕,方觉精力弥满。”

②酸风:刺眼的冷风。唐李贺《金铜仙人辞汉歌》:“魏官牵车指千里,东关酸风射眸子。”

③萧娘:唐人泛称女子为萧娘。杨巨源《崔娘》诗:“风流才子多春思,肠断萧娘一纸书。”

虞美人

疏篱曲径田家小,云树开清晓。天寒山色有无中[①],野外一声钟起送孤篷[②]。　　添衣策马寻亭堠[③],愁抱惟宜酒[4]。菰蒲睡鸭占陂塘[5]，纵被行人惊散又成双。

【注释】

①“天寒”句：唐王维《汉江临泛》诗：“江流天地外，山色有无中。”

②孤篷：犹孤舟。

③亭堠：亦作“亭候”。《后汉书·光武纪》：“筑亭候修烽燧。”注：“亭候，伺候望敌之所。”此指供行人置酒休息之所。

④愁抱：愁怀。此云以酒消愁。

⑤菰蒲：今名茭白。陂塘：池塘。

醉桃源[1]

冬衣初染远山青。双丝云雁绫[2]。衣寒袖湿欲成冰。都缘珠泪零。　　情黯黯，闷腾腾[3]，身如秋后蝇。若教随马逐郎行，不辞多少程。

【注释】

①调名即《阮郎归》。《神仙记》载刘晨、阮肇入天台山采药，遇二仙女，留住半年，思归甚苦。既归，则乡邑零落，已经十世。曲名本此，故作凄音。

②云雁绫：织有云和雁花纹的丝绸。

③腾腾：慵懒貌。

西平乐[1]

元丰初，予以布衣西上[2]，过天长道中[3]。后四十余年辛丑，正月二十六日，避贼复游故地[4]。感叹岁月，偶成此词。

稚柳苏晴，故溪歇雨，川迴未觉春赊[5]。驼褐寒侵[6]，正怜初日，轻阴抵死须遮[7]。叹事逐孤鸿尽去，身与塘蒲共晚[8]，争知向此，征途迢递，伫立尘沙。追念朱颜翠发[9]，曾到处、故地使人嗟。　　道连三楚[10]，天低四野，乔木依前，临路敧斜。重慕想、东陵晦迹[11]，彭泽归来，左右琴书自乐，松菊相依[12]，何况风流鬓未华。多谢故人，亲驰郑驿[13]，时倒融尊[14]，劝此淹留，共过芳时，翻令倦客思家。

【注释】

①徐培均案：此为宋徽宗宣和三年(1121)作者临终前所作，情辞凄凉怨慕。故龙榆生师《清真词叙论》评曰："细玩此阕，一种萧飒凄凉景象，想见作者内心之悲哀，结构亦不及前述诸作之谨严，所谓'深劲'之风格，骎不复有。年龄环境与作风之消长，从可知矣。"

②"元丰初"二句：回忆词人于神宗元丰初年(1078)赴汴京入太学就读，尚未入仕，故云"布衣"。

③天长：县名，今属安徽，在南京江北。

④辛丑：宋徽宗宣和三年(1121)。贼：指方腊农民起义军。本年正月，过天长县，至南京(河南商丘)，卒于鸿庆宫之斋厅。此为绝笔词。

⑤赊：长久，遥远。

⑥驼褐：内衬驼毛的粗布衣。

⑦抵死：竭力。须：却。

⑧"身与蒲塘"句：唐李贺《还自会稽歌》："吴霜点秋鬓，身与蒲塘晚。"此言与蒲草同衰。

⑨翠发：青发，实指黑色头发。

⑩三楚：战国楚地，有南楚、东楚、西楚之分，约当今之安徽、湖北、湖南、江西、江苏、浙江一带。

⑪东陵晦迹：指召平。《史记·萧相国世家》："召平者，故

东陵侯。秦破，为布衣。贫，种瓜于长安城东。”晦迹：隐蔽踪迹。

⑫“彭泽”三句：晋陶潜曾为彭泽令，后耻为五斗米折腰，弃官归隐。有《归去来辞》云：“悦亲戚之情话，乐琴书以消忧。”又云：“三径就荒，松菊犹存。”

⑬亲驰郑驿：《史记·郑当时传》：“郑当时者……孝景时为太子舍人，每五日洗沐，常置驿马长安诸郊。存诸故人，请谢宾客，夜以继日，至其明旦，常恐不遍。”

⑭时倒融尊：《后汉书·孔融传》：“及退闲职，宾客日盈其门，常叹曰‘坐上客恒满，尊中酒不空’，吾无忧矣。”

李　廌

李廌(zhì)(1059—1109),字方叔,华州(今陕西华县)人。因其父李惇与苏轼同年举进士,少时以文章谒苏轼于黄州,轼谓其笔墨澜翻,有飞沙走石之势。元祐六年(1091),苏轼知贡举,廌应试未取,轼不胜慨叹,时为"苏门六君子"之一。中年绝意仕进,以颍州为人物渊薮,故定居于州之长社。著有《济南集》《师友谈记》。

虞美人令

玉阑干外清江浦,渺渺天涯雨。好风如扇雨如帘,时见岸花汀草涨痕添①。　　青林枕上关山路②,卧想乘鸾处③。碧芜千里信悠悠,惟有霎时凉梦到南州④。

【注释】

①"好风"二句:况周颐《蕙风词话》卷一评云:"春夏之交,近水楼台,确有此景。'好风'句绝新,似乎未经人道。"

②青林:青色树林,多指清净避世之处。北周庾信《任洛州酬薛文学赠别》诗:"白石仙人芋,青林隐士松。"

③乘鸾:犹乘凤,喻遨游天际。

④碧芜:绿草。况周颐评此二句云:"尤极淡远清疏之致。"

孔　夷

孔夷，字方平，孔文之子，孔子四十七世孙。汝州龙兴（今河南宝丰）人。哲宗元祐时隐士，与李廌为诗酒侣，自号滍皋渔父，又隐名为鲁逸仲。

南　浦 旅怀[①]

风悲画角，听单于、三弄落谯门[②]。投宿骎骎征骑[③]，飞雪满孤村。酒市渐闲灯火，正敲窗、乱叶舞纷纷。送数声惊雁，下离烟水，嘹唳度寒云[④]。　　好在半胧溪月[⑤]，到如今、无处不销魂。故国梅花归梦，愁损绿罗裙[⑥]。为问暗香闲艳，也相思、万点付啼痕。算翠屏应是[⑦]，两眉余恨倚黄昏。

【注释】

①清陈廷焯《白雨斋词话》评云："此词遣词琢句，工绝警绝，最令人爱。……'好在'二语，真好笔仗。'为问'二语，淋漓痛快，笔仗亦佳。"

②"听单于"二句：单于，曲名，又名《小单于》。谯门：城门楼。以上二句谓军中号角吹奏《小单于》乐曲，远远从城门楼传来。

③骎骎（qīn）：骏马疾行貌。

④嘹唳：雁鸣声。

⑤半胧溪月：谓溪上月色不明不暗。

⑥绿罗裙：唐牛希济《生查子》："记得绿罗裙，处处怜芳草。"此指闺中女子。

⑦翠屏：室内屏风的美称。此处代指闺中之人。

阮阅

阮阅,字闳休,自号散翁,亦号松菊道人。舒城(今属安徽)人。神宗元丰八年(1085)进士,榜名美成。初为钱塘幕官,后以户部郎官知巢县。徽宗宣和七年(1125)以朝散大夫知郴州。高宗建炎元年(1127),以中奉大夫知袁州。致仕后定居宜春。有《郴江百咏》《诗话总龟》。所著《松菊集》,今不传。有辑本《阮户部词》。

眼儿媚[①]

楼上黄昏杏花寒,斜月小栏干。一双燕子,两行征雁,画角声残。　　绮窗人在东风里[②],洒泪对春闲。也应似旧,盈盈秋水,淡淡春山[③]。

【注释】

①宋胡仔《苕溪渔隐丛话》前集卷十一云:"闳休尝为钱塘幕官,眷一营妓,罢官去后,作此词赠之。"此首别又误作秦观、赵长卿、左誉词。当以苕溪为准。又《花庵词选》卷六云:"闳休小词,惟有此篇见于世,英妙杰特,所谓百不为多,一不为少。"徐培均案:花庵所云不确,阮阅尚有《感皇恩·上元》《踏莎行·和田守》《减字木兰花·冬至》《锦堂春·留合肥林倅》《洞仙歌》等作,见《全宋词》。《蓼园词选》评曰:"案:此久别忆内词耳,语语是意中摹想而得,意致缠绵中绘出,尽是镜花水月。"

②绮窗:雕绘的窗棂。唐王维《扶南曲歌辞》:"朝日照绮窗,佳人坐临镜。"

③"盈盈"二句:四印斋本陈钟秀校刊《草堂诗余》卷上注:"谓佳人眼如秋水之清,眉如春山之秀也。"

谢逸

谢逸(1068—1113),字无逸,号溪堂,临川(今江西抚州)人。少孤,博学,工于文词,曾作《咏蝶》诗三百首,一时盛传,人称"谢蝴蝶"。屡举进士,不中,以布衣终,吟咏自适。著有《溪堂集》十卷,《溪堂词》一卷。毛晋跋其词曰:"皆小令,轻倩可人。"冯煦《蒿庵论词》谓:"溪堂温雅有致,于此事酝酿甚深,子晋只称其轻倩,犹为未尽。"

玉楼春①

弄晴数点梨梢雨②,门外画桥寒食路。杜鹃飞破草间烟,蛱蝶惹残花底雾。　　东君着意怜樊素③,一段韶华都付与。妆成不管露桃嗔④,舞罢从教风柳妒⑤。

【注释】

①此词《花庵词选》调下题作"寒食",明沈际飞评曰:"'飞破''惹残',极推敲之致。桃嗔柳妒,对仗工整。"(见《草堂诗余正集》)

②弄晴:阴晴不定天气。

③樊素:唐白居易歌女,白有诗云:"樱桃樊素口,杨柳小蛮腰。"

④露桃:露井桃。唐贺知章《望人家桃李花》诗:"桃李从来露井旁。"露井,没有井亭覆盖的水井。

⑤风柳:风中杨柳,此指"杨柳小蛮腰"。

如梦令①

花落莺啼春暮,陌上绿杨飞絮。金鸭晚香寒②,人在洞房深处③。无语,无语。叶上数声疏雨。

【注释】

①此词别作周邦彦、赵简夫词，实误。

②金鸭：鸭形铜香炉。

③洞房：深邃的内室。

千秋岁[①]

楝花飘砌，簌簌清香细[②]。梅雨过，蘋风起[③]。情随湘水远[④]，梦绕吴峰翠。琴书倦，鹧鸪唤起南窗睡。　密意无人寄，幽恨凭谁洗？修竹畔[⑤]，疏帘里。歌余尘拂扇，舞罢风掀袂。人散后，一钩淡月天如水[⑥]。

【注释】

①《花庵词选》题作“夏景”。清黄苏《蓼园词选》评此词云：“词意不过写其宦情淡泊耳。笔墨潇洒，自饶一种幽隽之致。”

②簌簌：象声词。

③蘋风：见晏几道《蝶恋花·初撚霜纨生怅望》注⑤。

④湘水：湘江，在湖南境内。

⑤修竹：长长的竹子。唐杜甫《佳人》诗：“天寒翠袖薄，日暮倚修竹。”

⑥“人散”二句：近代大画家丰子恺有画题作“人散后，一钩淡月天如水”，诗情画意，撩人清兴。

江神子[①]

一江秋水碧湾湾，绕青山，玉连环。帘幕低垂，人在画图间。闲把琵琶寻旧曲，弹未了，意阑珊[②]。　飞鸿数点拂云端，倚栏看，楚天寒。拟倩东风，吹梦到长安[③]。恰似一枝梨花春带雨，愁满眼，泪阑干[④]。

【注释】

①调名即《江城子》,清陈廷焯《词则·别调集》评此词云:“词意幽怨,几可步武少游。”

②阑珊:将尽。李煜《浪淘沙》:“帘外雨潺潺,春意阑珊。”

③“拟倩”二句:南朝乐府《西洲曲》:“南风知我意,吹梦到西洲。”长安:今陕西西安,因系汉唐故都,宋人多借指汴京。

④“恰似”三句:化用白居易《长恨歌》:“玉容寂寞泪阑干,梨花一枝春带雨。”泪阑干,形容泪水纵横。徐培均案:“恰似”句依律应为七字,“一枝”二字,疑衍。

江神子[①]

杏花村馆酒旗风,水溶溶,飏残红[②]。野渡舟横[③],杨柳绿阴浓。望断江南山色远,人不见,草连空。

夕阳楼外晚烟笼,粉香融,淡眉峰。记得年时[④],相见画屏中。只有关山今夜月,千里外,素光同[⑤]。

【注释】

①调名即《江城子》。此词盛传一时,据沈雄《古今词话·词品》引《复斋漫录》云:“临川谢无逸,尝过黄州杏花村馆,题《江神子》于驿壁,过者索笔于馆卒,卒苦之,因以泥涂焉。其为人所赏重可知。”清陈廷焯《词则·别调集》评曰:“情深文明。”

②“水溶溶”二句:《复斋漫录》作“烟重重,水溶溶”。飏残红:谓落花飘扬。

③“野渡”句:唐韦应物《滁州西涧》:“春潮带雨晚来急,野渡无人舟自横。”

④年时:当时、那时。

⑤“只有”三句:化用苏轼《水调歌头》:“但愿人长久,千里共婵娟。”

晁冲之（生卒年不详），字叔用，初字用道，人称具茨先生，补之从弟，少颖悟绝伦，被称为晁氏“宗族中最才华”者。早岁遨游长安，颇豪纵。在汴京甚久，尝受知于陈师道。徽宗政和间（1111—1118）为大晟乐府丞。绍圣初，畏党祸，卜居新郑（今属河南）具茨山，从事著述。有《晁具茨集》十卷。近人赵万里辑其词 16 首。刘乃昌有《晁叔用词校注》，本书多所借鉴。词风婉丽清妍，闲雅而有韵致。况周颐评曰：“晁叔用慢词，纡徐排调，略似柳耆卿。”（《历代词人考略》卷十六）

汉宫春[1]

黯黯离怀，向东门系马，南浦移舟[2]。薰风乱飞燕子[3]，时下轻鸥。无情渭水[4]，问谁教、日日东流？常是送、行人去后，烟波一向离愁[5]。　回首旧游如梦，记踏青殢饮，拾翠狂游[6]。无端彩云易散[7]，覆水难收[8]。风流未老，拚千金、重入扬州[9]。应又是、当年载酒，依前名占青楼[10]。

【注释】

①本篇疑早年离别长安时所作。

②“黯黯”三句：化用江淹《别赋》“黯然销魂者，唯别而已矣”及“帐饮东都”“送君南浦”等句。

③薰风：和风，指暮春时的东南风。《吕氏春秋·有始》：“东南曰薰风。”

④渭水：源出甘肃渭源，东流入陕西境，至潼关入黄河。

⑤“烟波”句：唐崔颢《黄鹤楼》诗：“日暮乡关何处是，烟波江上使人愁。”

⑥殢饮：耽于饮酒。拾翠：谓踏青时捡鸟羽以为饰物。杜甫《秋兴》八首之八：“佳人拾翠春相问。”

⑦“彩云”句：唐李白《宫中行乐词》：“只愁歌舞散，化作彩云归。”白居易《简简吟》：“大都好物不坚牢，彩云易散琉璃脆。”

⑧“覆水”句：语本《后汉书·何进传》：“覆水不可收。”后指离异夫妇不可复聚。李白《妾薄命》：“雨落不上天，水覆难再收。”

⑨“拚千金”句：语本《殷芸小说》：“腰缠十万贯，骑鹤上扬州。”

⑩“应又是”二句：唐杜牧《遣怀》诗：“落魄江湖载酒行，楚腰纤细掌中轻。十年一觉扬州梦，赢得青楼薄倖名。”

玉蝴蝶①

目断江南千里，灞桥一望②，烟水微茫。尽锁重门，人去暗度流光③。雨轻轻，梨花院落；风淡淡，杨柳池塘④。恨偏长，佩沉湘浦⑤，云散高唐⑥。　清狂。重来一梦，手搓梅子⑦，煮酒初尝。寂寞经春，小桥依旧燕飞忙。玉钩阑⑧，凭多渐暖；金缕枕，别久犹香。最难忘，看花南陌，待月西厢⑨。

【注释】

①《花庵词选》题作“春思”。词为作者重到长安时追念旧游而作。

②灞桥：在长安（今陕西西安）东灞水上。

③流光：流逝的光阴。

④“雨轻轻”四句：化用晏殊《无题》诗：“梨花院落溶溶月，杨柳池塘淡淡风。”

⑤“佩沉”句：屈原《九歌·湘君》：“遗余佩兮澧浦。”此指与恋人告别。

⑥“云散”句：用宋玉《高唐赋》典，参见聂冠卿《多丽·李良定公席上赋》词注⑧。

⑦“手搓”句：唐韩偓《偶见》：“见客入来和笑走，手搓梅子映中门。”

⑧钩阑：随屋势高下而曲折的栏杆。

⑨“待月”句：参见贺铸《吹柳絮·月痕依约到西厢》注②。

感皇恩[1]

蝴蝶满西园[2]，啼莺无数。水阁桥南路[3]，凝伫[4]。两行烟柳，吹落一池飞絮。秋千斜挂起，人何处？

把酒劝君，闲愁莫诉。留取笙歌住，休去。几多春色，禁得许多风雨[5]。海棠花谢也，君知否？

【注释】

①本篇作于汴京。《花庵词选》题作“春情”。清沈雄《古今词话·词品》曰：“冲之，巨野人，其《感皇恩》二曲，最工。”

②西园：指汴京金明池、琼林苑一带。孟元老《东京梦华录》卷七：“三月一日，州西顺天门外开金明池、琼林苑。”

③“水阁”句：《东京梦华录》卷七：“池门内南岸，西去百余步，有面北临水殿……又西去数百步，乃仙桥……桥之南立棂星门，门里对立彩楼。每争标作乐，列妓女于其上。”

④凝伫：《诗词曲语辞汇释》卷五：“有为凝态义者，犹之徘徊或小立。”

⑤禁得：禁，禁受、担当。

感皇恩[1]

寒食不多时，牡丹初卖[2]。小院重帘燕，飞碍。昨宵风雨，只有一分春在[3]。今朝犹自得，阴晴快。

熟睡起来，宿醒微带。不惜罗襟揾，眉黛[4]。日高梳洗，看着花阴移改。笑摘双杏子，连枝戴。

【注释】

①明杨慎《词品》卷一评此词云："晁叔用《感皇恩》云（词略），此词连用数韵，酌古斟今，尤妙！……可为用韵之式，不独绮语之工而已。"

②"牡丹"句：《东京梦华录》卷七："是月季春，万花烂熳，牡丹、芍药、棣棠、木香，种种上市，卖花者以马头竹篮铺排。歌叫之声，清奇可听。"

③"昨宵"二句：苏轼《水龙吟》："宵来雨过，遗踪何在？春色三分，二分尘土，一分流水。"

④"熟睡"三句：《东京梦华录》卷七："宿酒未醒，好梦初觉，闻之（指卖花声）莫不新愁易感，幽恨悬生。"宿酲：隔夜醉酒。揾（wèn）：擦拭。眉黛：以青黛（一种颜料）所画之眉。

临江仙

忆昔西池池上饮[①]，年年多少欢娱。别来不寄一行书[②]。寻常相见了，犹道不如初。　　安稳枕衾今夜梦[③]，月明好度江湖。相思休问定何如[④]。情知春去后，管得落花无[⑤]？

【注释】

①西池：即金明池，参见《感皇恩》（蝴蝶满西园）注②。

②"别来"句：唐杜甫《寄高三十五詹士适》诗："相看过半百，不寄一行书。"

③"安稳"二句：化用唐李白《梦游天姥吟留别》诗："我欲因之梦吴越，一夜飞度镜湖月。"枕衾：《全宋词》作"锦屏"。

④定何如：指问起居如何。《能改斋漫录》卷二："今世书问往还，必曰'不审比来起居何如'。"

⑤"情知"二句：清许昂霄《词综偶评》："淡语有深致，咀之无穷。"

传言玉女[①]

一夜东风，吹散柳梢残雪。御楼烟暖，正鳌山对结[②]。箫鼓向晚，凤辇初归宫阙。千门灯火，九街风月。

绣阁人人[③]，乍嬉游，困又歇。笑匀妆面，把朱帘半揭。娇波向人[④]，手撚玉梅低说[⑤]。相逢常是，上元时节。

【注释】

①本篇写上元（元宵）灯节，当作于汴京。清王闿运《湘绮楼词选》评云："此逢旧时娼女也，然词语绮丽，自有情韵。"

②"御楼"二句：御楼：指东京宣德楼。鳌山：北宋时大型彩灯。《东京梦华录》卷六："正月十五日元宵，大内前自岁前冬至后，开封府绞缚山棚（状似鳌山），立木正对宣德楼……灯山上彩，金碧相射，锦绣交辉。"

③人人：《诗词曲语辞汇释》卷六："人人，对于所昵者之称，多指彼美而言。"

④娇波：指女子眼波。

⑤玉梅：一种头饰。《东京梦华录》卷六谓元宵"市人卖玉梅、夜蛾、蜂儿、雪柳"。

汉宫春[①]

潇洒江梅，向竹梢稀处，横两三枝[②]。东君也不爱惜，雪压风欺[③]。无情燕子，怕春寒、轻失佳期。惟是有、南来归雁，年年长见开时。　清浅小溪如练[④]，问玉堂何似，茅舍疏篱[⑤]。伤心故人去后[⑥]，冷落新诗。微云淡月，对孤芳、分付他谁。空自倚、清香未减，风流不在人知。

【注释】

①相传宋徽宗政和年间，晁冲之作此词献蔡攸，攸又携此词呈其父蔡京云："今日于乐府中得一人！"京喜，即除大晟乐府丞。（见《苕溪渔隐丛话》前集卷五十九）宋陈鹄《耆旧续闻》则以为冲之送别王仲甫作此词。许昂霄《词综偶评》评云："圆美流转，何减美成。"黄苏云："借梅写照，丰神蕴藉。……按其风骨，应为李汉老作，恐非叔用所为。"（见《蓼园词选》）陈廷焯云："宋李汉老有'问玉堂何似，茅舍疏篱'之句，一时脍炙人口。然此语似雅而俗。"（见《白雨斋词话》）陈又在《云韶集》中评此词曰："起数语不减东坡、和靖梅花诗，而骨韵更胜，宜其传播一时也。"徐培均案：据宋胡仔《苕溪渔隐丛话》及陈鹄《耆旧续闻》所云，本篇当为晁冲之词。黄苏、陈廷焯皆为清人，所云李汉老作，皆后出，不足信。

②"潇洒"三句：江梅，一种野生梅花，又名直脚梅。此处化用苏轼《和秦太虚梅花》诗："江头千树春欲暗，竹外一枝斜更好。"

③雪压风欺：《全芳备祖》前集卷一引范仲淹《梅花》诗："雪压霜欺未放妍。"

④"清浅"句：语本林逋《山园小梅》诗："疏影横斜水清浅。"如练：形容小溪像一条白练。

⑤玉堂：《耆旧续闻》"指翰苑之玉堂。"翰苑：即翰林院。

⑥故人：指王仲甫，字明之，曾为翰林，因应制作狎邪词罢职，自号为逐客。见《耆旧续闻》。

苏庠

苏庠(1065—1147),字养直,澧州(今湖南澧县)人,后徙居丹阳(今属江苏)之后湖。因有眼疾,自号眚翁,又号后湖居士。苏轼曾称他为"吾家养直"。少能诗,不事科举。高宗绍兴二年(1132),徐俯荐于朝,令赴堂官审察,固辞。又命镇江以敦礼遣赴行在,以衰明不至。卒年八十三。刘毓盘辑有《后湖词》一卷。

阮郎归[①]

西园风暖落花时[②],绿阴莺乱啼。倚栏无语惜芳菲,絮飞蝴蝶飞。　　缘底事,减腰围[③]?遣愁愁着眉[④]。波连春渚暮天垂[⑤],燕归人未归。

【注释】

①清黄苏《蓼园词选》云:"此首意在句中……乃闺怨词耳。前句好在'絮飞',后句好在'人未归'。'絮飞'句,言花飞而蝶亦无可采也,言之黯然自伤。次阕是心系闺人也。"

②西园:泛指一般园囿。

③减腰围:言人已瘦损。用梁沈约《与徐勉书》典,前多见,不引。

④"遣愁"句:明沈际飞《草堂诗余》评曰:"愁不可讳,亦不可遣,各领一奇。"

⑤春渚:布满春色的江中小洲。

菩萨蛮　宜兴作[①]

北风振野云平屋,寒溪淅淅流冰谷[②]。落日送归鸿,夕岚千万重[③]。　　荒陂垂斗柄[④],直北乡山近[⑤]。

何必苦言归，石亭春满枝[6]。

【注释】

①宜兴：今属江苏，北邻丹阳。

②澌澌：象声词，此指流水声。

③夕岚：傍晚山林中的雾气。

④斗柄：北斗星之柄，亦称斗勺。北斗七星，四星像斗，三星像勺。

⑤"直北"句：丹阳后湖为作者所居，地当宜兴之北，故云。

⑥石亭：地名，似在宜兴境内。

木兰花

江云叠叠遮鸳浦[1]，江水无情流薄暮[2]。归帆初张苇边风，客梦不禁篷背雨[3]。　　渚花不解留人住，只作深愁无尽处。白沙烟树有无中，雁落沧洲何处所[4]。

【注释】

①鸳浦：即鸳鸯浦，此泛指有鸳鸯戏水的河流。

②"江水"句：与唐杜甫《秦州杂诗二十首》之二："清渭无情极，愁时独向东。"义相近。

③篷背雨：打在船篷的雨。

④沧洲：犹言水滨之地。

鹧鸪天　过湖阴席上赠妓[1]

梅妒晨妆雪妒轻[2]，远山依约学眉青[3]。樽前无复歌金缕[4]，梦觉空余月满林。　　鱼与雁，两浮沉[5]，浅颦微笑总关心。相思恰似江南柳，一夜春风一夜深[6]。

【注释】

①《花庵词选》题作"和康伯可韵"。湖阴:疑指湖阴先生杨逢,逢住金陵钟山,为王安石邻居,安石有《书湖阴先生壁》诗赠之。今人吴世昌《词林新语》卷三云:"此词前用庚青韵,后用侵韵。闽粤人读之,必大不为然。然由此可见,平水韵在北宋已不通行。口语谐韵,与今吴语无别。"

②梅妒晨妆:相传南朝宋武帝女寿阳公主,人日卧于含章殿檐下,梅花落于额上,成五出之花,拂之不去,自后有梅花妆。

③"远山"句:汉刘歆《西京杂记》卷二:"(卓)文君姣好,眉色如望远山。"

④金缕:即《金缕衣》,曲名。唐李锜宠姬谢秋娘善唱此曲,首句为"劝君莫惜金缕衣"。《贺新郎》词调亦名《金缕曲》。

⑤鱼与雁:指书信。相传鸿雁、鲤鱼可传书,见《汉书·苏武传》及汉乐府《饮马长城窟行》。

⑥"相思"二句:清潘游龙《古今诗余醉》卷九:"'恰似'二句,比拟妙绝。"

祖可

祖可，僧人，字正平，澧州（今湖南澧县）人，苏庠之弟，原名苏序，住庐山，被恶疾，人称癞可。为北宋著名诗僧，与陈师道、徐俯、谢逸等结江西诗社。宋吴曾《能改斋漫录》卷十七云："释可正平，工诗之外，其长短句尤佳。"

菩萨蛮

西风簌簌低红叶，梧桐影里银河匝[①]。梦破画帘垂，月明乌鹊飞[②]。　新愁知几许？欲似丝千缕[③]。雁已不堪闻，砧声何处村[④]。

【注释】

①匝（zā）：环绕。《能改斋漫录》引作"侧"。

②"月明"句：三国曹操《短歌行》："月明星稀，乌鹊南飞，绕树三匝，何枝可依。"

③"新愁"二句：与张先《千秋岁》："心似双丝网，中有千千结。"义相近。

④砧声：捣衣声。砧：捣衣石。

毛滂

毛滂(1060—1124),字泽民,衢州江山(今属浙江)人。哲宗元祐年间为杭州法曹。苏轼曾以“文章典丽可备著述,荐之”。元符二年(1099),知武康县。徽宗崇宁初,除删定官;五年(1106),送吏部与监当。政和中,知秀州,后为曾布所赏识,擢至馆阁。曾布南迁,滂亦遭谪。与蔡京同为王氏婿,蔡京当政时,滂上一词,因骤得进用,从此为人所轻。诗文豪放恣肆,词作较婉约,清人陈廷焯《白雨斋词话》卷一评其词曰:“意境不深,间有雅调。”有《东堂词》。

惜分飞 富阳僧舍代作别语[①]

泪湿阑干花著露[②],愁到眉峰碧聚[③]。此恨平分取。更无言语空相觑[④]。　　短雨残云无意绪,寂寞朝朝暮暮[⑤]。今夜山深处,断魂分付潮回去。

【注释】

①富阳:今属浙江。相传哲宗元祐年间,苏轼守杭,毛滂为法曹,任期届满,离杭至富阳。此时苏轼闻人歌唱此词,遂发信召回,挽留数月,毛滂以此知名。宋周晖《清波杂志》卷九以此词与秦观《踏莎行》相比,云:“语尽而意不尽,意尽而情不尽,何酷似少游也!”

②泪湿阑干:泪水纵横。唐白居易《长恨歌》:“玉容寂寞泪阑干,梨花一枝春带雨。”

③眉峰碧聚:双眉紧蹙如碧山攒聚。

④觑:细看。

⑤“短雨”二句:形容欢会时间极短。见聂冠卿《多丽·李良定公席上赋》词注⑧,此用其意。

浣溪沙 泛舟还余英馆[1]

烟柳风蒲冉冉斜[2]，小窗不用著帘遮。载将山影转湾沙。 略彴断时分岸色[3]，蜻蜓立处过汀花。此情此水共天涯。

【注释】

①余英馆：疑在武康（今并入浙江德清），临余英溪。作者有《夜行船·余英溪泛舟》词云："桃花春浸一篙深。"本篇当作于同时。

②冉冉：渐渐、缓缓。

③略彴（zhuó）：独木桥。

玉楼春 至盱眙作[1]

长安回首空云雾[2]，春梦觉来无觅处。冷烟寒雨又黄昏，数尽一堤杨柳树。 楚山照眼青无数[3]，淮口潮生催晓渡[4]。西风吹面立苍茫，欲寄此情无雁去。

【注释】

①盱眙：宋时泗州县名，今属江苏。此词为词人离京南下途中所作。

②长安：今西安，汉唐时为都城，宋人多借指汴京。

③楚山：盱眙唐时曾称西楚州，故称其地之山为楚山。盖即都梁山也。

④淮口：淮河在盱眙北入泗州，与汴水相接，因称淮口。

菩萨蛮 富阳道中[1]

春潮曾送离魂去[2]，春山曾见伤离处。老去不堪愁，凭栏看水流。　　东风留不住，一夜檐前雨。明日觅春痕，红疏桃杏村[3]。

【注释】

①富阳：县名，今属浙江。

②春潮：指富春江（钱塘江上游）之潮水。

③红疏：谓雨后花稀。

临江仙　都城元夕[1]

闻道长安灯夜好[2]，雕轮宝马如云[3]。蓬莱清浅对觚棱[4]。玉皇开碧落[5]，银界失黄昏[6]。　　谁见江南憔悴客，端忧懒步芳尘[7]。小屏风畔冷香凝。酒浓春入梦，窗破月寻人[8]。

【注释】

①都城：指汴京（今河南开封）。孟元老《东京梦华录》卷六："正月十五日元宵，大内前自岁前冬至后，开封府绞缚山棚，立木正对宣德楼，游人已集御街两廊下，奇术异能，歌舞百戏。鳞鳞相切，乐声嘈杂十余里。"

②长安：汉唐都城，今陕西西安，此借指汴京。

③雕轮宝马：装饰华丽的车马。

④蓬莱：传说为海中仙山。《神仙传》载麻姑云："向到蓬莱，水又浅于往日会时略半耳。"汉代洛阳的国家藏书处东观，人称道家蓬莱山；后世因称秘书省为蓬莱。此从后一义。觚棱：殿堂屋角的瓦脊。

⑤碧落：天空。

⑥银界：银色世界，形容灯夜如同白昼。

⑦端忧：即忧端，形容忧虑之重。唐杜甫《自京赴奉先县咏怀》诗："忧端齐终南，澒洞不可掇。"懒步：懒得行走。

⑧“酒浓”二句：清贺裳《皱水轩词筌》评云：“此晚唐五律佳境也。”张宗橚《词林纪事》卷七引柯寓匏曰：“真词家佳境也。”近人吴梅《词学通论》云：“何减‘云破月来’风调！”

烛影摇红　松窗午梦初觉[①]

一亩清阴，半天潇洒松窗午。床头秋色小屏山[②]，碧帐垂烟缕[③]。　　枕畔风摇绿户，唤人醒，不教梦去。可怜恰到，瘦石寒泉，冷云幽处。

【注释】

①清许昂霄《词综偶评》评此词云：“水穷云起，写入梦境，已极变化。说到梦觉，则更匪夷所思矣！此清空之妙也。”

②屏山：屏风。古人常置于床头，又称枕障、枕屏。

③《全宋词》按：“‘帐’原作‘长’，从吴讷本、毛校本。”

刘焘

刘焘(生卒年不详),字无言,长兴(今属浙江)人。哲宗元祐三年(1088)进士。徽宗建中靖国元年(1101),为秘书省正字;政和八年(1118),提点淮南东路刑狱。宣和三年(1121),自秘书省少监提点嵩山崇福宫;七年(1125),除秘阁修撰。靖康事变中,擅离职守,为李光所劾。《乐府雅词》收其词3首,另8首见《回文类聚》卷四。有《南山集》,不传。

转调满庭芳①

风急霜浓,天低云淡,过来孤雁声切。雁儿且住,略听自家说。你是离群到此,我共那人才相别。松江岸②,黄芦影里,天更待飞雪。　　声声肠欲断,和我也,泪珠点点成血。一江流水,流也呜咽。告你高飞远举,前程事,永没磨折。须知道,飘零聚散,终有见时节。

【注释】

①今人刘永济云:"此托雁以写别情也。词中忽记告雁之语,亦有古乐府之遗意,词中颇少见。"(《唐五代两宋词简释》)

②松江:即吴淞江,太湖最大支流,经上海汇入黄浦江入海,今名苏州河。

司马槱

司马槱(yǒu)(生卒年不详),字才仲,陕州夏台(今河南陕县境内)人。司马光从孙。哲宗元祐六年(1091),为河中府司理参军,以苏轼荐,应试贤良方正能直言极谏科,名列第五等,赐同进士出身,堂除初等职官,调关中第一幕官,后易杭州幕官。存词2首。

黄金缕[①]

家在钱塘江上住[②],花落花开,不管年华度。燕子又将春色去。纱窗一阵黄昏雨[③]。　　斜插犀梳云半吐[④]。檀板清歌[⑤],唱彻黄金缕[⑥]。望断云行无去处[⑦]。梦回明月生南浦[⑧]。

【注释】

①《全宋词》案:"《张右史文集》及《云斋广录》卷七,并以上半首为司马槱梦中见一女子所歌,下半首槱续。《春渚纪闻》卷七则以下半首为秦觏所续。今从《乐府雅词》。"所云"女子",相传即苏小小也。

②钱塘江:即浙江。苏小小墓在杭州西湖北岸,故云"妾本钱塘江上住"。

③"燕子"二句:明王世贞《艺苑卮言》云:"吾爱司马才仲'燕子衔将春色去,纱窗几阵黄梅雨',有天然之美,令斗字者退舍。"又将:作"衔将",义较胜。原作"几阵",此作"一阵"。

④犀梳:用犀牛角制成之梳子。云半吐:形容黑发吐露于梳外。

⑤清歌:别本作"轻笼"。

⑥黄金缕:词调名。

⑦云行:犹行云,喻所梦女子,语本宋玉《高唐赋》。

⑧南浦:《全宋词》作"春浦"。

谢　薖

谢薖(1074—1116),字幼槃,号竹友,临川(今江西抚州)人,谢逸之从弟,比逸小七岁。兄弟并有诗名,时称二谢。屡试不中。卒于宋徽宗政和六年(1116)。有《竹友词》。

鹊桥仙①

月胧星淡,南飞乌鹊,暗数秋期天上②。锦楼不到野人家,但门外、清流叠嶂。　一杯相属,佳人何在,不见绕梁清唱③。人间平地亦崎岖,叹银汉、何曾风浪④!

【注释】

①此词写落第心情,而以情语出之。

②乌鹊:相传七月初七,牛郎织女渡过银河相会,乌鹊为之架桥。秋期天上:指七夕牛郎织女相会之期。

③绕梁:《列子·汤问》:"昔韩娥东之齐,匮粮,过雍门,鬻歌假食,既去,而余音绕梁欐,三日不绝。"

④"人间"二句:喻仕路的坎坷不平,并以下句反衬,愈觉深挚感人。

苏　过

苏过（1072—1123），字叔党，自号斜川居士。眉山（今属四川）人，苏轼第三子。曾任右承务郎、中山府通判。存词1首。

点绛唇[①]

新月娟娟[②]，夜寒江静山衔斗[③]。起来骚首，梅影横窗瘦。　　好个霜天，闲却传杯手[④]！君知否，乱鸦啼后，归兴浓如酒[⑤]。

【注释】

①此词《能改斋漫录》卷十六及《玉照新志》卷四以为汪藻作，惟黄昇《花庵词选》作苏过词，并云："此词作时，方禁（东）坡文，故隐其名以传于世。今或以为汪彦章所作，非也。"

②娟娟：美好貌。

③山衔斗：谓星斗在两山之间，状似口衔。

④"好个"二句：清黄苏《蓼园词选》评曰："霜天无酒，落寞可知，写来却蕴藉。"

⑤"君知否"三句：清王士禛《花草蒙拾》云："'乱鸦啼后，归兴浓于酒'，苏叔党词也。'拟倩东风浣此情，情更浓于酒'，秦处度词也。二公可谓有子。"二公，指苏轼、秦观。

秦 湛

秦湛，字处度，高邮（今属江苏）人，秦观之子。官奉议郎，宋高宗绍兴二年（1132），添差通判常州，绍兴四年致仕。存词1首。

卜算子 春情[①]

春透水波明，寒峭花枝瘦[②]。极目烟中百尺楼，人在楼中否[③]？　四和袅金凫[④]，双陆思纤手[⑤]。拟倩东风浣此情，情更浓于酒。

【注释】

①此词《蓼园词选》评曰："怀人之作，自饶清微淡远之致，自是俊才，可药纤秾恶俗之病。"

②"春透"二句：明沈际飞曰："山谷词'春未透，花枝瘦'，极为学者称赏，秦盖本此。"徐培均案：山谷词，调名《蓦山溪》。寒峭：春寒料峭。

③"人在"句：沈际飞曰："人在否，从'宛在水中央'悟出。"（并见《草堂诗余正集》卷一）

④四和：香料名，一称四合香。金凫：即金鸭，鸭形香炉。句谓香烟从炉内袅袅升起。

⑤双陆：古代博戏，常以两人相博，局如棋盘。

赵子发

赵子发，字君举，宋宗室，燕王德昭五世孙，官保义郎。与黄庭坚游。近人赵万里辑有《赵子发词》。

阮郎归

马蹄踏月响空山，梅生烟壑寒①。水妃去后泪痕干②，天风吹佩兰③。　纫香久，怕花残，与君聊据鞍④。一枝欲寄北人看，如今行路难⑤。

【注释】

①烟壑：烟雾笼罩的山谷。

②水妃：原谓火。《左传·昭公九年》："火，水妃也。"此处疑指湘妃。相传舜南巡不返，其二妃投湘江而死，泪滴竹枝成斑，称湘妃竹。唐岑参《秋夕听罗山人弹三峡流泉》诗："楚客肠欲断，湘妃泪斑斑。"

③佩兰：屈原《离骚》："纫秋兰以为佩。"

④据鞍：谓年已老而壮志不减，尚能骑马。汉代马援年六十二，请出征，曰："臣尚能披甲上马。"帝令试之。援据鞍顾盼，以示可用。帝笑曰："矍铄哉是翁也！"（见《后汉书·马援传》）。

⑤"一枝"二句：谓北方沦入金人之手，欲折梅远赠而不可能。参见陆凯《赠范晔诗》，不备举。

徐俯

徐俯(1075—1141),字师川,洪州分宁(今江西修水)人,黄庭坚之从甥。十岁能诗。父徐禧,殁于永乐之役。俯以父恩授通直郎、转奉议郎、司门郎。金兵入汴,立伪楚,遂致仕。高宗绍兴二年(1132),赐进士出身,三年,兼侍读,旋兼翰林学士、签书枢密院事;四年,参知政事;九年,知信州。为江西诗派诗人。有《东湖集》,不传。

卜算子①

天生百种愁,挂在斜阳树②。绿叶阴阴占得春③,草满莺啼处。　不见生尘步④,空忆如簧语⑤。柳外重重叠叠山,遮不断,愁来路⑥。

【注释】

①清黄苏《蓼园词选》评此词曰:"意象壮阔,大约为忧时而作。"

②"天生"句:一本作"胸有千种愁"。化用唐李白《金乡送韦八之西京》诗:"狂风吹我心,西挂咸阳树。"

③占得春:一本作"自得春",义较胜。

④生尘步:一本作"凌波步",皆语本曹植《洛神赋》:"凌波微步,罗袜生尘。"

⑤如簧语:《诗·小雅·巧言》:"巧言如簧。"此喻美人语音之美。簧:乐器中发声部件。

⑥"柳外"三句:清沈东江以之与欧阳修"强将离恨倚江楼,江水不能离恨去"相比,云:"古人语不相袭,又能各见所长。"(见《词林纪事》卷八引)

叶梦得

叶梦得(1077—1148)，字少蕴，号石林居士，苏州吴县(今属江苏)人。哲宗绍圣四年(1097)进士。徽宗朝，自婺州教授召为编修官，累迁翰林学士，知汝州、蔡州，移帅颍昌府。南渡后，除资政殿学士，迁尚书左丞。出为江东安抚使，兼知建康府，移知福州。高宗绍兴十六年(1146)致仕，居湖州之卞山。生平以经术文章著称。所作歌词，初极婉约，有温、李之风；晚岁洗尽铅华，能于简淡中表现雄杰的气韵。宋人王灼说："后来学东坡者，叶少蕴、蒲大受亦得六七，其才力比晁(补之)、黄(庭坚)差劣。"(见《碧鸡漫志》卷二)有《石林词》一卷。

贺新郎①

睡起啼莺语。掩青苔，房栊向晚，乱红无数。吹尽残花无人见，惟有垂杨自舞。渐暖霭、初回轻暑②。宝扇重寻明月影，暗尘侵、尚有乘鸾女③。惊旧恨，遽如许。　　江南梦断横江渚④。浪黏天，葡萄涨绿⑤，半空烟雨。无限楼前沧波意，谁采蘋花寄取⑥？但怅望、兰舟容与⑦。万里云帆何时到？送孤鸿，目断千山阻。谁为我，唱金缕⑧。

【注释】

①宋刘昌诗《芦蒲笔记》卷十："庆元庚申(1200)，石林之孙筠守临江……谓赋此词时，年方十八。"宋张侃《拙轩词话》谓此词为叶氏"平日得意之作也，名振一时，虽游女亦知爱重。帅颍日，其侣乞词，石林书此词赠之。后人亦取'金缕'二字名词。虽然豪逸而迫近人情，纤丽而摇动闺思"。

②暖霭初回：暖气初回。霭，云雾之气。

③"宝扇"二句：秦观《次韵罗正之惠绵扇诗》："有人充户修明月，无女乘鸾向紫烟。"乘鸾女：指秦穆公之女弄玉。相传与

其夫萧史乘凤凰飞升而去。见《列仙传》。

④横江:亦名横江浦,隔长江与南岸采石矶相对,古称要津。东汉末孙策攻刘繇,隋韩擒虎伐陈,皆由此渡江。南宋虞允文曾在采石矶大败金兵。此云“梦断横江渚”,指对抗金失望。

⑤浪粘天:明毛晋云:“韩文‘洞天漫汗,黏天无壁’……叶梦得词‘浪粘天、蒲桃涨绿’……‘粘’字极工,且有出处。”(见《淮海词·满庭芳》词末附注)葡萄:喻江水之清。李白《襄阳歌》:“遥看汉水鸭头绿,恰似葡萄初酦醅。”

⑥“无限”二句:唐柳宗元《酬曹侍御过象县见寄》诗:“春风无限潇湘意,欲采蘋花不自由。”义相近。

⑦兰舟:木兰舟,船之美称。容与:船徘徊不进貌。

⑧金缕:曲名。唐谢秋娘曾作《金缕衣》,《贺新郎》词调因此词而改名《金缕曲》。

水调歌头①

九月望日②,与客习射西园,余偶病不能射,客较胜相先。将领岳德弓强二石五斗③,连发三中的,观者尽惊。因作此词示坐客。前一夕大风,是日始寒。

霜降碧云静,秋事促西风。寒声隐地④,初听中夜入梧桐。起瞰高城回望,寥落关河千里,一醉与君同。叠鼓闹清晓⑤,飞骑引雕弓。　　岁将晚,客争笑,问衰翁。平生豪气安在,沈领为谁雄⑥?何似当筵虎士,挥手弦声响处,双雁落遥空⑦。老矣真堪愧,回首望云中⑧。

【注释】

①近人俞陛云《两宋词选释》云:“此词上阕起结,咸有峭劲之致。下阕清气往来,十句如一句写出,自谓‘豪气安在’,其实

字里行间，仍是百尺楼头气概也。”

②九月望日：指绍兴八年（1138）九月十五，作者此时帅建康（今南京）。此即作词之时。

③岳德：生平不详。

④寒声：寒秋风声。隐：通“殷”，状声音震动。

⑤叠鼓：指连击战鼓。

⑥沈领：疑为沈顿之误。一作“走马”。《文选》吴季重《在元城与魏太子笺》：“小器易盈，先取沈顿。”注引孔安国《尚书传》：“沈，谓醉冥也；顿，犹弊也。”此谓落拓不羁。

⑦“何似”三句：《北史·长孙晟传》谓晟射技高超，能一箭中双雕。此以长孙晟喻岳德。

⑧“老矣”二句：云中，古郡名。《史记·冯唐列传》谓魏尚守云中，匈奴不敢犯境。然汉文帝却“削其爵，罚作之”。时冯唐上言辩其功，文帝悦，令冯唐持节赦之，复以为云中守。迨至武帝立，求贤良，举冯唐，而唐已老。此词“老矣”句以冯唐自况，“回首”句乃希望宋时边境能有魏尚这样的守将出现。

水调歌头[①]

秋色渐将晚，霜信报黄花[②]。小窗低户深映，微路绕欹斜。为问山翁何事[③]？坐看流年轻度，拚却鬓双华。徙倚望沧海[④]，天净水明霞。　　念平昔，空飘荡，遍天涯。归来三径重扫，松竹本吾家[⑤]。却恨悲风时起，冉冉云间新雁[⑥]，边马怨胡笳[⑦]。谁似东山老，谈笑静胡沙[⑧]？

【注释】

①本篇当为高宗建炎三年（1129）后作者闲居湖州卞山时所作。

②黄花：即菊花。

③山翁：即山简，晋人，致仕后居襄阳，饮酒不羁，见《晋书·山涛传》附。此以自喻。

④徙倚：站立。《文选》司马相如《长门赋》："闲徙倚于东厢兮，观夫靡靡而无穷。"吕向注："徙倚，立也。"

⑤"归来"二句：化用陶渊明《归去来辞》："三径就荒，松菊犹存。"

⑥冉冉：渐渐，缓缓。

⑦胡笳：古代北方民族管乐器，其音悲凉。相传东汉蔡文姬作有《胡笳十八拍》。此指金人军中号角。

⑧"谁似"二句：唐李白《永王东巡歌》之二："但用东山谢安石，为君谈笑静胡沙。"东晋时谢安（字安石）曾隐会稽上虞之东山，后起用，率弟谢石、侄谢玄等大破苻坚百万之众于淝水，捷报至，时方弈棋，谈笑自若。此喻企望有人击退金人，收复中原。

八声甘州　寿阳楼八公山作①

故都迷岸草②，望长淮、依然绕孤城③。想乌衣年少，芝兰秀发④，戈戟云横⑤。坐看骄兵南渡⑥，沸浪骇奔鲸。转盼东流水，一顾功成。　千载八公山下，尚断崖草木⑦，遥拥峥嵘。漫云涛吞吐，无处问豪英。信劳生⑧、空成今古；笑我来、何事怆遗情。东山老⑨、可堪岁晚，独听桓筝⑩。

【注释】

①寿阳：今安徽寿县。八公山：在寿县，淝水之北，淮河之南。东晋孝武帝太元八年(383)，谢安、谢玄叔侄率师在此大破前秦苻坚百万之众，史称"淝水之战"。见《资治通鉴·晋纪》。

②故都：战国时楚考烈王二十二年（前241）攻秦失利，迁都寿春，因称故都。

③孤城：寿春因处金兵对峙之中，故称。淮水在城北流过，

淝水经城东入淮，故云绕孤城。

④“乌衣”二句：乌衣巷，在今南京市东南。东晋时，王谢等贵族居此。芝兰：喻佳子弟。《世说新语·言语》：“谢太傅（安）问诸子侄：‘子弟亦何预人事，而正欲使其佳？’诸人莫有言者。车骑（谢玄）答曰：‘譬如芝兰玉树，欲使其生于阶庭耳。’”

⑤戈戟云横：指谢玄等率师战前秦。

⑥骄兵：指前秦苻坚之兵。苻坚将攻晋，石越以为晋有长江之险，不宜兴兵。坚曰：“以吾之众旅，投鞭于江，足断其流。”见《晋书·苻坚载记》。

⑦断崖草木：淝水之战时，苻坚与弟苻融登寿春城而望八公山，山上草木皆类人形，以为晋兵。故称“草木皆兵”。见《资治通鉴·晋纪》。

⑧劳生：人生多劳苦，故曰劳生。《庄子·大宗师》：“夫大块载我以形，劳我以生，佚我以老，息我以死。”

⑨东山老：指谢安，见前《水调歌头》（秋色渐将晚）注⑧。

⑩“可堪”二句：谢安晚年，见疏于孝武帝。一日，帝召桓伊宴，谢安侍坐，酒间，桓伊弹筝歌曹植《怨歌行》，词云：“为君既不易，为臣良独难。忠信事不显，乃见有疑患。”声情慷慨，谢安闻而泪下。（《晋书·桓伊传》）

临江仙 与客湖上饮归

不见跳鱼翻曲港[①]，湖边特地经过。萧萧疏雨乱风荷。微云吹尽散，凉月堕平波。　　白酒一杯还径醉，归来散发婆娑[②]。无人能唱采莲歌[③]。小轩欹枕簟[④]，檐影挂星河[⑤]。

【注释】

①“不见”句：苏轼《永遇乐》（明月如霜）：“曲港跳鱼，圆荷泻露，寂寞无人见。”港：在杭州西湖之南。

②“归来”句：谓挂冠归隐。《后汉书·袁安传附袁闳》谓东汉末年，朝政紊乱，袁闳“散发绝世，欲投迹深林”。唐李白《宣州谢朓楼饯别校书叔云》：“人生在世不称意，明朝散发弄扁舟。”婆娑：舞蹈。《诗·陈风·东门之枌》：“子仲之子，婆娑其下。”

③采莲歌：乐府曲名。南朝梁武帝作《江南弄》七曲，其三为《采莲》，见《乐府诗集》卷五十。

④簟(diàn)：竹席。《全宋词》脱“簟”字。

⑤星河：银河。

临江仙

熙春台与王取道[①]、贺方回[②]、曹公衮[③]会别。

自笑天涯无定准，飘然到处迟留。兴阑却上五湖舟[④]。鲈莼新有味[⑤]，碧树已惊秋。　　台上微凉初过雨，一尊聊记同游[⑥]。寄声时为到沧洲。遥知欹枕处，万壑看交流。

【注释】

①熙春台：酒楼名，在临安(今杭州)，《武林旧事》卷六云：“已上皆市楼之表表者。每楼各分小阁十余，酒器悉用银，以竞华侈。每处各有私名妓数十辈，皆时妆袪服，巧笑争妍。”王取道：王资深，字取道，山阳(今江苏淮安)人，累官尚书郎，以忤蔡京，出知扬州、明州。见《京口耆旧传》。

②贺方回：见本书前“贺铸”介绍。

③曾公衮：即曾纡，前宰相曾布之子，绍兴初除直显谟阁，历知抚、信、衢三州。晚号空青道人。

④兴阑：兴致将尽。五湖舟：指浪迹江湖，语本《越绝书》：“越大夫范蠡于灭吴后，载西施同泛舟五湖而去。”

⑤鲈莼：鲈鱼莼菜。相传西晋张翰在京，见秋风起，遂动鲈鱼莼菜之思，欲归江东。见《世说新语·识鉴》。

⑥一尊：一杯，指饮酒。

虞美人[1]

雨后，同干誉、才卿置酒来禽花下作[2]。

落花又作风前舞，又送黄昏雨。晓来庭院半残红，惟有游丝千丈罥晴空[3]。　殷勤花下同携手，更尽杯中酒。美人不用敛蛾眉，我亦多情无奈酒阑时[4]。

【注释】

①此词作于徽宗宣和初，时作者知颍昌府。清彭孙遹《金粟词话》云："词以自然为宗，但自然不从追琢中来，则亦率易无味。如所云绚烂之极，仍归平淡。……石林词云'美人不用敛蛾眉，我亦多情无奈酒阑时'，自然而然者也。"清沈雄《古今词话·词辨》引关注云："叶丞相词……尤以《虞美人》为绝唱。"

②干誉：姓许，名亢宗，饶州（今江西上饶）人，徽宗政和间进士，有《行程录》。才卿：姓名不详。来禽：即林檎，又名花红、沙果。

③游丝：荡漾在晴空中的昆虫吐出之丝。罥（juàn）：牵挂缠绕。

④酒阑：行酒结束时。明沈际飞《草堂诗余正集》卷二评以上二句云："下场头话，偏自生情生姿，颇播妙耳。"

李 光

李光(1078—1159),字泰发,上虞(今属浙江)人。徽宗崇宁五年(1106)进士,知常熟县。钦宗靖康元年(1126),擢右司谏;高宗绍兴元年(1131),擢吏部侍郎,历参知政事。因反对秦桧,谪昌化军;桧死,复朝奉大夫,还至江州,卒,谥庄简。有《庄简词》。

水调歌头

过桐江,经严濑[①],慨然有感。予方力丐官祠,有终焉之志,因和致道《水调歌头》呈子我、行简[②]。

兵气暗吴楚[③],江汉久凄凉[④]。当年俊杰安在?酌酒酹严光[⑤]。南顾豺狼吞噬[⑥],北望中原板荡[⑦],矫首讯穹苍[⑧]。归去谢宾友,客路饱风霜。 闭柴扉,窥千载,考三皇[⑨]。兰亭胜处[⑩],依旧流水绕修篁[⑪]。傍有湖光千顷[⑫],时泛扁舟一叶,啸傲水云乡。寄语骑鲸客,何事返南荒[⑬]?

【注释】

①桐江:在富春江,今浙江桐庐县北,即钱塘江中游(自严州至桐庐一段)的别称。严濑,即严陵濑,在桐庐县南。相传东汉高士严光(字子陵)曾在此垂钓。濑带山,山有石室,为严子陵所居。见《水经注·浙水》。

②致道:程俱,字致道,号北山,开化人,历官中书舍人兼侍讲,《宋史》有传。子我:江端友,字子我,开封人,有诗名。行简:刘一止,字行简,详下一首。

③吴楚:古代吴国、楚国,今长江中下游地区。

④江汉:长江和汉水。

⑤酹:以酒洒地而祭祀。严光:会稽余姚人,少时与东汉光

武帝(刘秀)游,有高名。后隐遁,帝授谏议大夫,不受,隐于桐江之富春山。见《后汉书·隐逸传》。

⑥“南顾”句:指金人南侵。

⑦板荡:《诗·大雅》有《板》《荡》二篇,讽刺周厉王无道,败坏国家。后因以板荡指政局变乱与社会动荡。庾信《伤心赋》:“在昔金陵,天下丧乱,王室板荡,生民涂炭。”

⑧穹苍:苍天。

⑨三皇:指上古伏羲、神农、黄帝。

⑩兰亭:在今浙江绍兴市西南。东晋穆帝永和九年(353),王羲之与谢安、孙绰等四十余人,在此修禊,蔚为盛事。

⑪“依旧”句:东晋王羲之《兰亭集序》:“此地有崇山峻岭,茂林修竹。又有清流激湍,映带左右。”修篁:即修竹。

⑫湖光千顷:指绍兴一带鉴湖。

⑬骑鲸客:唐诗人李白自称“海上骑鲸客”。此处盖借指李纲。绍兴八年(1138),南宋向金屈膝求和,李纲上书反对,后罢居福建长乐。故云“返南荒”。

刘一止

刘一止（1078—1161），字行简，湖州归安（今浙江吴兴）人。徽宗宣和三年（1121）进士。高宗建炎三年（1129）召试，除秘书省校书郎，迁监察御史，历给事中，绍兴二十二年（1152），以秘阁修撰致仕，进敷文阁待制。有《苕溪词》一卷。

喜迁莺 晓行[①]

晓光催角[②]，听宿鸟未惊，邻鸡先觉。迤逦烟村，马嘶人起，残月尚穿林薄。泪痕带霜微凝，酒力冲寒犹弱[③]。叹倦客，悄不禁，重染风尘京洛[④]。　追念人别后，心事万重，难觅孤鸿托。翠幌娇深[⑤]，曲屏香暖[⑥]，争念岁寒飘泊[⑦]？怨月恨花烦恼，不是不曾经著。这情味，望一成消减，新来还恶。

【注释】

①宋陈振孙《直斋书录解题》卷二十一云：刘一止“尝为《晓行》词，盛传于京师，号‘刘晓行’”。

②晓光催角：角，画角，军中号角，晨起吹奏。

③“听宿鸟”七句：清许昂霄《词综偶评》云：“字字真切，觉晓行情景，宛在目前。”迤逦（yǐ lǐ）：曲折连绵。林薄：草木丛杂之处。《楚辞》屈原《九章·涉江》：“露申辛夷，死林薄兮。”注：“丛木曰林，草木交错曰薄。”

④风尘京洛：晋陆机《为顾彦先赠妇》诗：“京洛多风尘，素衣化为缁。”

⑤翠幌：绿色的帐子。

⑥曲屏：曲折的屏风。

⑦争念：怎念。

汪　藻

汪藻(1079—1154)，字彦章，婺源(今属江西)人，或作饶州德兴人。徽宗崇宁五年(1106)进士，钦宗靖康元年(1126)，为太常少卿。高宗朝，累官中书舍人兼直学士院，擢给事中，迁兵部侍郎，拜翰林学士。绍兴九年(1139)，知徽州、徙宣州，因曾为蔡京门客，被削职，居永州。有《浮溪集》，内收词3首。清沈雄《古今词话》云："汪藻词亦美赡，一时不为流传者，曾为张邦昌雪罪故也。"有《浮溪集》。

点绛唇[①]

高柳蝉嘶，采菱歌断秋风起[②]。晚云如髻，湖上山横翠。　　帘卷西楼，过雨凉生袂。天如水。画楼十二，有个人同倚[③]。

【注释】

①《全宋词》案："此首别作苏过词。"

②采菱歌：古乐府有《采菱曲》。

③个人：那人，多指恋人。

小重山[①]

月下潮生红蓼汀[②]。残霞都敛尽，四山青。柳梢风急堕流萤，随波处，点点乱寒星。　　别语寄丁宁。如今能间隔，几长亭？夜来秋气入银屏[③]。梧桐雨，还恨不同听[④]。

【注释】

①清黄苏《蓼园词选》云："前阕不过写闺中寂寞耳。次阕

始入怀人。末句妙在‘梧桐’二字。”

②红蓼：草名，多生于水边。宋朱弁《曲洧旧闻》卷四：“红蓼，即《诗》所谓游龙也，俗呼水红。江东人则别泽蓼呼之为火蓼。”

③银屏：屏风的美称。

④梧桐雨：唐温庭筠《更漏子》：“梧桐树，三更雨，不道离情正苦。一叶叶，一声声，空阶滴到明。”

曹 组

曹组，字元宠，颍昌阳翟（今河南禹县）人。宋徽宗宣和三年（1121）进士，召试中书，换武阶，兼阁门宣赞舍人，仍给事殿中，睿思殿应制。词中时近滑稽，王灼《碧鸡漫志》卷二称其“每出长短句，脍炙人口”。近人赵万里辑有《箕颍词》。

忆少年

年时酒伴，年时去处，年时春色①。清明又近也，却天涯为客。　　念过眼、光阴难再得。想前欢，尽成陈迹。登临恨无语，把栏干暗拍②。

【注释】

①年时：那时，当时。

②“把栏干”句：形容愁闷之极。辛弃疾《水龙吟》：“把吴钩看了，栏干拍遍，无人会，登临意。”《全宋词》注：“‘暗’字据《唐宋诸贤绝妙词选》卷八补。”

青玉案

碧山锦树明秋霁，路转陡，疑无地。忽有人家临曲水，竹篱茅舍，酒旗沙岸，一簇成烟市①。　　凄凉只恐乡心起②。凤楼远③，回头谩凝睇。何处今宵孤馆里。一声征雁，半窗残月，总是离人泪。

【注释】

①徐培均案：此词上阕写突然发现之新鲜感，乃继承昔人手法，如晋宋间帛道猷诗曰：“茅茨隐不见，鸡鸣知有人。”又《高斋诗话》云：“东坡长短句云：‘村南村北响缫车。’参寥诗云：‘隔林

仿佛闻机杼，知有人家在翠微。'秦少游云：'菰蒲深处疑无地，忽有人家笑语声。'三诗大同小异，皆奇句也。"曹组则借鉴诸家所长，又加以发展，使意境更为幽美。陡：山势峻峭。

②乡心：思乡之心。

③凤楼：指女子居处。语本《列仙传》秦穆公为其女弄玉、婿萧史筑凤台。

品 令

乍寂寞。帘栊静，夜久寒生罗幕[①]。窗儿外，有个梧桐树，早一叶、两叶落。　　独倚屏山欲寐[②]，月转惊飞乌鹊[③]。促织儿[④]，声响虽不大，敢教贤睡不著[⑤]。

【注释】

①罗幕：罗帐。

②屏山：屏风。

③"月转"句：夜间乌鹊畏光，见明月而惊起。

④促织儿：即蟋蟀。

⑤贤：《诗词曲语辞汇释》卷六："贤，第二人称之敬辞，犹云君或公。"清况周颐《蕙风词话》评以上三句云："至今不嫌其俗，转觉其雅。"

万俟咏

万俟咏，字雅言，自号大梁词隐。徽宗崇宁中（1104 前后），充大晟乐府制撰，与晁端礼齐名。他的词“源流从柳氏来”（王灼《碧鸡漫志》）。著有《大声集》五本，周邦彦为之作序，然不传，近人赵万里有辑本。黄庭坚称他为一代词人。黄昇称其词“发妙旨于律吕之中，运巧思于斧凿之外，工而平，和而雅，比诸刻琢句意而求精丽者远矣”（《花庵词选》卷七）。近人赵万里辑有《大声集》，得词 29 首。

梅花引 冬怨①

晓风酸，晓霜干，一雁南飞人度关。客衣单，客衣单，千里断魂，空歌行路难②。　寒梅惊破前村雪③，寒鸡啼破西楼月。酒肠宽，酒肠宽，家在日边④，不堪频倚栏。

【注释】

①清黄苏《蓼园词选》评此词云：“写得寒气凛凛，客中人更难为怀。”

②《行路难》：乐府《杂曲歌辞》篇名。《乐府解题》云：“《行路难》，备言世路艰难及离别悲伤之意。”

③“寒梅”句：唐僧齐己《咏早梅》诗：“前村深雪里，昨夜一枝开。”

④日边：比喻帝都。唐李白《行路难》之二：“闲来垂钓碧溪上，忽复乘舟梦日边。”

长相思 山驿①

短长亭②，古今情。楼外凉蟾一晕生③。雨余秋更清。　　暮云平，暮山横。几叶秋声和雁声，行人不要听。

【注释】

①山驿：山中馆驿，供行人住宿。清黄苏《蓼园词选》评此词曰："'一晕生'三字，仍带有'古今情'之意。末句'不要听'三字，含有无限惋恻。"

②短长亭：古代道路上十里一长亭，五里一短亭。

③凉蟾：指秋月。古代神话谓月中有蟾蜍。

长相思　雨①

一声声，一更更，窗外芭蕉窗里灯。此时无限情。梦难成，恨难平。不道愁人不喜听，空阶滴到明②。

【注释】

①此词明沈际飞《草堂诗余别集》（卷一）评曰："口齿妙甚，能使人老。"

②不道：《诗词曲语辞汇释》卷四："不道，犹云不管或不顾也。"唐温庭筠《更漏子》："梧桐树，三更雨，不道离情正苦。一叶叶，一声声，空阶滴到明。"为此词所本。

忆秦娥　别情

千里草，萋萋尽处遥山小。遥山小，行人远似，此山多少。　　天若有情天亦老①，此情说便说不了。说不了。一声唤起，又惊春晓。

【注释】

①"天若"句：用唐李贺《金铜仙人辞汉歌》成句。

忆秦娥

天如洗，金波冷浸冰壶里[1]。冰壶里，一年得似，此宵能几？　　等闲莫把栏干倚，马蹄去便三千里。三千里，几重云岫[2]，几重烟水。

【注释】

①金波：指月光。《汉书·礼乐志·郊祀歌》："月穆穆以金波。"注："言月光穆穆，若金之波流也。"冰壶：盛冰的玉壶。此喻天宇澄清。

②云岫：笼罩云气的山峰。陶渊明《归去来辞》："云无心以出岫，鸟倦飞而知还。"

诉衷情　送春

一鞭清晓喜还家。宿醉困流霞[1]。夜来小雨新霁，双燕舞风斜。　　山不尽，水无涯，望中赊[2]。送春滋味，念远情怀，分付杨花。

【注释】

①宿醉：谓昨夜醉酒。流霞：指酒。南北朝庾信《卫王赠桑落酒奉答》诗："愁人坐狭斜，喜得送流霞。"

②赊：遥远。唐李白《扶风豪士歌》："我亦东奔向吴国，浮云四塞道路赊。"

田为

田为，字不伐，善弹琵琶。徽宗政和末年，充大晟乐府典乐。宣和元年(1119)，为大晟乐府乐令。宋王灼《碧鸡漫志》云："田不伐才思与雅言(万俟咏)抗行，不闻有侧艳。"近人赵万里辑其词为《洋呕集》，共6首。

南柯子 春景①

梦怕愁时断，春从醉里回。凄凉怀抱向谁开？些子清明时候被莺催②。　　柳外都成絮，栏边半是苔。多情帘燕独徘徊，依旧满身花雨又归来③。

【注释】

①此词明沈际飞读后曰："魂动。"(《草堂诗余别集》卷二)

②"些子"句：谓莺声将老而清明时候又极其短暂。些子：一些。

③"多情"二句：沈际飞评曰："说燕，治。"(引同上)

江神子慢

玉台挂秋月①。铅素浅②，梅花傅香雪，冰姿洁。金莲衬、小小凌波罗袜③。雨初歇。楼外孤鸿声渐远，远山外、行人音信绝。此恨对语犹难，那堪更寄书说！

教人红销翠减④，觉衣宽金缕⑤，都为轻别。太情切！销魂处、画角黄昏时节，声呜咽⑥。落尽庭花春尽也，银蟾迥、无情圆又缺⑦。恨伊不似余香，惹鸳鸯结⑧。

【注释】

①玉台：指天空。《楚辞》王逸《九思·伤时》："登太乙兮玉

台，使素女兮鼓簧。”注：“太乙，天帝所居，以玉为台也。”

②铅素：指铅粉。

③金莲：喻女子之足。《南史·齐东昏侯纪》：“又凿金为莲花以帖地，令潘妃行其上，曰：‘此步步生莲花也。’”凌波罗袜：曹植《洛神赋》：“凌波微步，罗袜生尘。”

④红销翠减：柳永《八声甘州》：“是处红衰翠减，苒苒物华休。”此处形容形体消瘦，多指女子。

⑤衣宽金缕：谓所着金缕衣渐觉宽松，亦喻消瘦。

⑥画角：军中号角，发声亢厉悲楚，故曰“声呜咽”。

⑦银蟾：指月，古代神话月中有蟾蜍。迥：远。

⑧伊：指男方。余香，指梅花所余香气。多叶红梅，一蒂可结两只梅子，故称鸳鸯结。此喻结为夫妇。

徐伸

徐伸，字干臣，号青山翁，三衢(今浙江衢县)人。善音律，徽宗政和中，为太常典乐，出知常州。有《青山乐府》，今不传，词存一首，见《乐府雅词拾遗》。黄昇《花庵词选》云："青山词多杂调，惟《二郎神》一曲，天下称之。"

转调二郎神①

闷来弹雀，又搅碎一帘花影。谩试著春衫②，还思纤手，熏彻金猊烬冷③。动是愁端如何向④，但怪得新来多病。嗟旧日沈腰⑤，而今潘鬓⑥，怎堪临镜？　重省⑦。别时泪渍，罗衣犹凝。料为我厌厌⑧，日高慵起，长托春酲未醒⑨。雁足不来⑩，马蹄难驻，门掩一庭芳景。空伫立，尽日栏干倚遍，昼长人静。

【注释】

①此词录自王明清《挥麈余话》卷二，谓一侍婢"为亡室不容逐去"，词中所叙乃侍婢语。

②谩：徒然，空自。

③金猊：狻猊(狮子)形的铜香炉。

④愁端：犹忧端，指忧愁。向：《诗词曲语辞汇释》卷三："向，语助辞，专用于'怎奈''如何'一类之语，加强其语气而为其语尾。……凡云'如何向'，犹云如之何也。"

⑤沈腰：《梁书·沈约传·与徐勉书》："百日数旬，革带常应移孔，以手握臂，率计月小半分。"谓因多病而腰围减损。

⑥潘鬓：化用晋潘岳《秋兴赋》文句。指头发花白。

⑦重省：即回忆。

⑧厌厌：通"恹恹"，精神不振貌。

⑨春酲：指醉酒。唐多称酒为春，如"荥阳之土窟春，富平

之石冻春,剑南之烧春"(见《唐国史补》)。酲,《急就篇》卷三:"侍酒行觞宿昔酲。"注:"病酒曰酲。"

⑩雁足:用《汉书·苏武传》典,见李煜《清平乐·别来春半》注③。

陈克

陈克(1081—1137),字子高,号赤城居士。临海(今属浙江)人,侨寓金陵(今江苏南京)。宋哲宗元符中,吕祉帅建康,辟其入幕府为参议官。宋高宗绍兴中,为敕令所删定官。绍兴七年(1137),随吕祉赴淮西(今合肥)抚军,八月郦琼叛,与吕祉同时遇难。有《赤城词》,收入《彊村丛书》。清人周济云:"子高不甚有重名,然格韵绝高,昔人谓晏(殊、几道)、周(邦彦)之流亚。"(《介存斋论词杂著》)陈廷焯云:"陈子高词,婉雅闲丽,暗合温、韦(温庭筠、韦庄)之旨。晁无咎、毛泽民、万俟雅言等,远不逮也。"

谒金门[①]

愁脉脉[②],目断江南江北[③]。烟树重重芳信隔[④]。小楼山几尺。　细草孤云斜日,一向弄晴天色[⑤]。帘外落花飞不得,东风无气力[⑥]。

【注释】

①此词《蓼园词选》评曰:"前阕言事多阻隔,次阕言少吹嘘之力,总是为身世而感也。"

②愁脉脉:含愁凝视、情思绵长。

③目断:犹望断、望尽。

④芳信:指书信。

⑤"一向"句:《诗词曲语辞汇释》卷三:"一向,犹云一片或一派也。……陈克《谒金门》词:'细草孤云斜日,一向弄晴天色。'犹云一片弄晴天色也。"

⑥"东风"句:清王士禛《花草蒙拾》:"'落花无气力',五字妖甚;如'落花无可飞',便不佳。"

谒金门[①]

花满院，飞去飞来双燕。红雨入帘寒不卷[②]，晓屏山六扇[③]。　翠袖玉笙凄断，脉脉两蛾愁浅[④]。消息不知郎近远，一春长梦见。

【注释】

①《全宋词》案："此首误入王惠庵本《东山词》。"清陈廷焯《词则·大雅集》云："和凝词：'拂水双飞来去燕，曲槛小屏山六扇。'此词用其语，更觉婉丽。"

②红雨：落花。李贺诗："桃花乱落如红雨。"

③"晓屏"句：谓早晨室内置有六扇屏风。

④"翠袖"二句：谓美人吹笙，音调凄楚，愁锁双眉，含情不语。唐杜甫《佳人》诗："天寒翠袖薄，日暮倚修竹。"

菩萨蛮[①]

赤栏桥尽香街直[②]，笼街细柳娇无力[③]。金碧上青空[④]，花晴帘影红。　黄衫飞白马，日日青楼下[⑤]。醉眼不逢人，午香吹暗尘[⑥]。

【注释】

①清张惠言《词选》谓此词"此刺时也"。谭献《谭评词辨》则谓此词"似李义山诗，最善学杜"。

②赤栏桥：装有红色栏杆的桥梁。

③笼街：指柳荫浓密，遮住街道。

④金碧：金碧辉煌。形容华丽高楼。

⑤"黄衫"二句：黄衫，即黄衫客。唐蒋防《霍小玉传》谓一豪士着黄纻衫，骑骏马，将李益带至小玉住所，使二人和好。此

指豪侠之士。青楼：妓女所居之处。

⑥“醉眼”二句：《谭评词辨》云：“讽刺显然。”

菩萨蛮[①]

绿芜墙绕青苔院，中庭日淡芭蕉卷。蝴蝶上阶飞，烘帘自在垂[②]。　　玉钩双燕语，宝甃杨花转[③]。几处簸钱声，绿窗春睡轻[④]。

【注释】

①清谭献《谭评词辨》谓此词可“以见不闻不见之无穷也”。清张惠言《词选》云：“此自寓也。”陈廷焯《词则·大雅集》评此词曰：“工雅纤丽，温韦流派。”

②“蝴蝶”二句：梁启超曰：“亡友陈通父最赏此语。”见《艺蘅馆词选》。

③宝甃(zhòu)：水井的美称。甃：井壁。

④“几处”二句：明卓人月《古今词统》云：“一‘轻’字全首俱灵。”

临江仙

四海十年兵不解[①]，胡尘直到江城[②]。岁华销尽客心惊。疏髯浑似雪，衰涕欲生冰。　　送老齑盐何处是[③]？我缘应在吴兴[④]。故人相望若为情。别愁深夜雨，孤影小窗灯。

【注释】

①“四海”句：宋代靖康之变发生在公元1127年，此云“十年兵不解”，约在1137年，即高宗绍兴七年，下距词人之死不久。

②“胡尘”句：谓金兵南下，逼近长江沿岸。据《宋史·高宗

纪》,绍兴五年,金人至盱眙,韩世忠驻镇江,刘光世驻太平,张俊驻建康,进行防御。以上皆所谓“江城”也。

③齑(jī)盐:切成碎块的腌菜或酱菜。

④吴兴:今浙江湖州。

朱敦儒

朱敦儒(1081—1159),字希真,洛阳(今属河南)人,自号“清都山水郎”。靖康事变后,流亡江左,屡召不起,辗转至南雄州。高宗绍兴三年(1133),以荐补右迪功郎。五年,赐进士出身,为秘书省正字、擢兵部郎中,迁浙东提刑。后因与主战派李光“交通”,被劾。晚应秦桧召,为删定官及鸿胪少卿,思想消极。桧死,依旧致仕,居嘉禾。《宋史》本传称“敦儒素工诗及乐府,婉丽清畅”。清阮元说他“音律谐婉,情至文生,宜其独步一时也”。(见《四库未收书目提要》)其词可分三期:南渡前较婉丽,南渡后转悲凉,晚年则变为乐天自适。有《樵歌》三卷。

鹧鸪天 西都作[①]

我是清都山水郎[②],天教分付与疏狂[③]。曾批给雨支风券,累上留云借月章[④]。　　诗万首,酒千觞,几曾着眼看侯王!玉楼金阙慵归去,且插梅花醉洛阳[⑤]。

【注释】

①今人吴世昌《词林新语》评此词云:“自然纯熟,古今罕匹。”西都:宋时以洛阳为西京,故称。

②清都:天帝的金阙。《列子·周穆王》:“(穆)王实以为清都紫微,钧天广乐,帝之所居。”山水郎:管理山水的郎官。

③疏狂:狂放不羁,不受礼法约束。

④“曾批”二句:谓自己能支使风雨云月,乃是上帝所批给,也是自己屡次请求而获得的。券,帝王批给的证件。章,奏章。

⑤玉楼金阙:指汴京金殿。据《宋史》本传,靖康中召至京师,将处以学官,敦儒辞而不就。

卜算子[①]

旅雁向南飞[②]，风雨群初失。饥渴辛勤两翅垂，独下寒汀立[③]。　　鸥鹭苦难亲，矰缴忧相逼[④]。云海茫茫无处归，谁听哀鸣急！

【注释】

①此词写靖康事变中的离乱之苦而以孤雁为喻。

②旅雁：旅行中的鸿雁。

③寒汀：寒冷的水中小洲。

④矰缴（zēng zhuó）：猎取飞鸟的射具。矰，短箭；缴，系住短箭的丝绳。《淮南子·说山训》："好弋者先具缴矰。"

采桑子　彭浪矶[①]

扁舟去作江南客，旅雁孤云[②]。万里烟尘[③]，回首中原泪满巾。　　碧山对晚汀洲冷[④]，枫叶芦根。日落波平，愁损辞乡去国人。

【注释】

①此词《花庵词选》题为"乱后作"。即靖康之难中，作者逃亡江南时舟经彭浪矶途中所作。彭浪矶，在今江西彭泽县长江南岸。王象之《舆地纪胜》引《同安志》："江州有彭浪矶，语转为彭郎矶。"江州，今九江市。

②旅雁：旅行的鸿雁。词人自喻。

③烟尘：喻战乱。此指金兵侵宋。

④"碧山"句：宋陆游《入蜀记》："彭浪矶……三面临江，倒影水中，亦占一山之胜。"词意似之。

相见欢[①]

金陵城上西楼[②],倚清秋。万里夕阳垂地,大江流。 中原乱[③],簪缨散[④],几时收?试倩悲风吹泪过扬州。

【注释】

①清陈廷焯《白雨斋词话》卷六评此词曰:"慷慨激烈,发欲上指。词境虽不高,然是以使懦夫有立志。"

②金陵:今江苏南京。

③中原乱:指靖康事变后金人占领北宋中原地区。

④簪缨:贵族、大官的帽饰,代指贵族、官僚。

临江仙[①]

直自凤凰城破后[②],擘钗破镜分飞[③]。天涯海角信音稀。梦回辽海北,魂断玉关西[④]。 月解重圆星解聚,如何不见人归?今春还听杜鹃啼[⑤]。年年看塞雁,一十四番回[⑥]。

【注释】

①据此词歇拍,知为宋高宗绍兴十一年(1141)所作,时词人流落江南。

②"直自"句:指靖康事变中汴京失守。凤凰城:指京城。

③"擘钗"句:写夫妇在战乱中离散。白居易《长恨歌》写李隆基与杨玉环在安史之乱中分离:"钗留一股合一扇,钗擘黄金合分钿。"又孟棨《本事诗》写乐昌公主与夫徐德言在隋兵攻破金陵时,"乃破镜各执其半",约他时正月望日卖于都市。

④"梦回"二句:写两地相思。辽海:指东北边境。玉关:玉

门关。

⑤杜鹃：相传为古代蜀帝杜宇之魂所化，鸣声凄苦。似“不如归去”，易动旅客归思。

⑥“年年”二句：塞雁，从边塞飞来的鸿雁，每年一次。此云“一十四番回”，自1127年靖康事变至高宗绍兴十一年（1141），正为十四年。

水龙吟

放船千里凌波去，略为吴山留顾①。云屯水府②，涛随神女③，九江东注④。北客翩然⑤，壮心偏感，年华将暮。念伊嵩旧隐⑥，巢由故友⑦，南柯梦，遽如许⑧！
回首妖氛未扫⑨，问人间、英雄何处？奇谋报国，可怜无用，尘昏白羽⑩。铁锁横江，锦帆冲浪⑪，孙郎良苦⑫。但愁敲桂棹⑬，悲吟梁甫⑭，泪流如雨。

【注释】

①吴山：泛指吴地（今苏南、浙西一带）之山。

②水府：水神所居之处。唐韩愈《贞女峡》诗：“悬流轰轰射水府，一泻百里翻云涛。”

③神女：巫山神女。见宋玉《高唐赋》。以上二句似应作“涛屯水府，云随神女。”

④九江：《书·禹贡》：“九江孔殷。”蔡沈注引《寻阳记》：“九江之名，一曰乌江，二曰蚌江，三曰乌白江，四曰嘉靡江，五曰畎江，六曰源江，七曰廪江，八曰提江，九曰菌江。”此指九江合流于长江而东流。

⑤北客：作者自指。翩然，一作“苍颜”。

⑥伊嵩：伊阙与嵩山，皆在今河南洛阳之南。

⑦巢由：巢父、许由，皆为远古隐士，此指作者友人。

⑧南柯梦：唐李公佐《南柯记》记淳于棼梦中至槐安国，被

招为驸马，授以南柯太守，享尽荣华富贵。醒后方知是梦。

⑨妖氛：指金兵侵宋。

⑩“奇谋”三句：白羽：殷芸《小说》谓三国时诸葛亮与司马懿战，“持白羽扇指麾，三军随其进止。宣王（司马懿）叹曰：‘真名士也！’”此指奇才被埋没。

⑪“铁锁”二句：三国末，东吴沉铁锁（铁链）于长江，以阻止晋军进攻，然被晋军烧断。见《资治通鉴》卷八十二。唐刘禹锡《西塞山怀古》诗：“千寻铁锁沉江底，一片降幡出石头。”即指此。锦帆，相传隋炀帝幸江都，以纹锦制船帆。此指晋将王濬的楼船。

⑫孙郎：指吴主孙皓。晋军陷金陵。孙皓出降。此喻南宋所处困境。

⑬棹（zhào）：摇船的工具。

⑭梁甫：相传诸葛亮“躬耕陇亩，好为《梁甫吟》。”见《三国志》本传。以上二句谓悲来在船桨上打节拍，吟诵《梁甫吟》。

鹧鸪天

唱得梨园绝代声[①]，前朝唯数李夫人[②]。自从惊破霓裳后[③]，楚奏吴歌扇里新[④]。　　秦嶂雁，越溪砧[⑤]，西风北客两飘零。尊前忽听当时曲，侧帽停杯泪满巾。

【注释】

①梨园：唐玄宗曾选乐工三百人，宫女数百人，教授乐曲于梨园，亲自订正声误，号“皇家梨园子弟”。见《新唐书·礼乐志》。绝代：旷代，形容前所未有。

②李夫人：指李师师。宋张邦基《墨庄漫录》卷八：“（徽宗）政和间，李师师、崔念月二妓，名著一时。”刘子翚《汴京纪事》诗：“辇毂繁华事可伤，师师垂老过湖湘。缕衣檀板无颜色，一曲当时动帝王。”可见“靖康事变”后李师师曾流落江南。

③霓裳：唐玄宗时乐曲，全称《霓裳羽衣曲》。白居易《长恨歌》："渔阳鼙鼓动地来，惊破霓裳羽衣曲。"谓安禄山叛军攻来时，乐曲被惊散。此喻金人攻陷汴京。

④楚奏吴歌：指南方乐曲。三国王粲《登楼赋》："钟仪幽而楚奏兮，庄舄显而越吟。"

⑤"秦嶂"二句：形容李师师歌声如来自秦地的雁声、越溪的砧声，悲凉凄苦。砧，捣衣石。

好事近[1]

春雨细如尘，楼外柳丝黄湿。风约绣帘斜去[2]，透窗纱寒碧。　　美人慵剪上元灯[3]，弹泪倚瑶瑟。却上紫姑香火[4]，问辽东消息[5]。

【注释】

①清陈廷焯《白雨斋词话》卷一："朱希真'春雨细如尘'，一阕，饶有古意。"

②风约：犹风挽。约，收束。

③上元灯：元宵节彩灯。

④紫姑：即坑三姑，传说中的厕神。《显异录》谓"世人以其日（正月十五日）作其形于厕间迎祝，以占众事"。

⑤辽东：旧郡名，今辽宁省东南部辽河以东地区。唐宋时借指边地。

好事近　渔父词[1]

摇首出红尘[2]，醒醉更无时节。活计绿蓑青笠[3]。惯披霜冲雪。　　晚来风定钓丝闲，上下是新月[4]。千里水天一色，看孤鸿明灭。

【注释】

①此词系高宗绍兴十九年(1149)后作者寓居嘉兴放鹤洲时所作。梁启超评云:“飘飘有出尘想,读之令人意境翛远。”(见《艺蘅馆词选》)

②红尘:闹市的飞尘,泛指繁华的人世间。

③活计:生计。此句语本张志和《渔歌子》:“青箬笠,绿蓑衣,斜风细雨不须归。”

④“上下”句:谓天上、水中皆是新月。水中乃月之倒影。

朝中措

先生筇杖是生涯[①],挑月更担花。把住都无憎爱,放行总是烟霞[②]。　　飘然携去,旗亭问酒[③],萧寺寻茶[④]。恰似黄鹂无定,不知飞到谁家?

【注释】

①“先生”句:《五灯会元》卷八《昭庆和尚》:“一瓶兼一钵,到处是生涯。”筇(qióng)杖:以筇竹为手杖。此句形容生活悠闲。

②“把住”二句:《五灯会元》卷十五《雪窦重显禅师》:“放行则瓦砾生光,把住则真金失色。”则“把住”犹言守住也。烟霞:指美丽的自然风景。

③旗亭:指酒楼。

④萧寺:佛寺。相传梁武帝萧衍造佛寺,命萧子云飞白大书“萧寺”二字,后世因称佛寺为萧寺。

减字木兰花

刘郎已老[①],不管桃花依旧笑[②]。要听琵琶,重院莺啼觅谢家[③]。　　曲终人醉,多似浔阳江上泪[④]。万里东风，国破山河落照红。

【注释】

①刘郎：唐刘禹锡《重游玄都观》诗："十亩园中半是苔，桃花净尽菜花开。种桃道士知何处，前度刘郎今又来。"作者姓刘，因以自喻。

②桃花依旧笑：用崔护事，见晏几道《御街行·街南绿树春饶絮》词注④。

③重院：深院。谢家，谢娘家，指妓女所住之处。唐张泌《寄人》诗："别梦依依到谢家，小廊回合曲栏斜。"

④"多似"句：唐白居易《琵琶行》写自己在浔阳江船中听弹琵琶，曲终后感伤下泪："坐中泣下谁最多，江州司马青衫湿。"浔阳江，流经江西境内的一段长江。江州司马，白居易自指。

卜算子[①]

碧瓦小红楼，芳草江南岸。雨后纱窗几阵寒，零落梨花晚。　看到水如云，送尽鸦成点[②]。南北东西处处愁，独倚栏干遍。

【注释】

①由"芳草江南岸"可知，此词作于南渡后。清陈廷焯《云韶集》评曰："清丽。"又云："情致最佳，颇似子野（张先）。"

②"看到"二句：写倚栏远眺，极目所见。明卓人月《古今词选》评秦观《满庭芳》（山抹微云）"寒鸦万点，流水绕孤村"云："朱希真又化作小词云：'看到水如云，送尽鸦成点。'"《精选古今诗余醉》云："此二句不但照管上下，且尽画家之玄妙。"

长相思

昨日晴，今日阴，楼下飞花楼上云。阑干双泪痕[①]。

江南人，江北人，一样春风两样情[②]。晚寒潮未平。

【注释】

①阑干：纵横貌。唐白居易《琵琶行》："夜深忽梦少年事，梦啼双泪红阑干。"

②"江南"二句：江南，指南宋；江北，指金人占领区，因处境不同，感情有异。

念奴娇[①]

插天翠柳，被何人、推上一轮明月？照我藤床凉似水，飞入瑶台琼阙[②]。雾冷笙箫，风轻环佩，玉锁无人掣[③]。闲云收尽，海光天影相接。　　谁信有药长生，素娥新炼就，飞霜凝雪[④]。打碎珊瑚[⑤]，争似看、仙桂扶疏横绝[⑥]。洗尽凡心，满身清露，冷浸萧萧发[⑦]。明朝尘世，记取休向人说。

【注释】

①宋张端义《贵耳集》卷上："朱希真，南渡以词得名，月词有'插天翠柳，被何人、推上一轮明月'之句，自是豪放。"

②瑶台琼阙：指天上宫殿。瑶、琼都是玉类，形容建筑之美洁。阙：宫殿前建筑，常左右各一，两阙之间有空缺，故称。

③玉锁：指宫门之锁。宋王庭珪《题宣和御画》诗："玉锁宫扉三十六，谁识连昌满宫竹。"

④"谁信"三句：古代神话传说月中有玉兔捣成长生不老药，其色莹白。素娥，即嫦娥。

⑤打碎珊瑚：《世说新语·汰侈》："石崇与王恺争豪……武帝，恺之甥也，每助恺，尝以一珊瑚树高二尺许赐恺，枝柯扶疏，世罕其比。恺以示崇，崇视讫，以铁如意击之，应手而碎。"后石崇偿以"光彩溢目"之大珊瑚。

⑥仙桂：古代神话传说月中有桂树。

⑦萧萧发：稀疏蓬松的头发。

念奴娇　垂虹亭[①]

放船纵棹，趁吴江风露[②]，平分秋色。帆卷垂虹波面冷，初落萧萧枫叶。万顷玻璃，一轮金鉴，与我成三客[③]。碧空寥廓，瑞星银汉争白[④]。　深夜悄悄鱼龙，灵旗收暮霭[⑤]，天光相接。莹澈乾坤，全放出、叠玉层冰宫阙。洗尽凡心，相忘尘世，梦想都销歇。胸中云海，浩然犹浸明月。

【注释】

①垂虹亭：旧址在今江苏吴江县长桥上，宋仁宗庆历间县令李问建。

②吴江：即吴淞江，发源于太湖，东流至上海，合黄浦江入海，今名苏州河。

③"万顷"三句：唐李白《独酌》诗："花间一壶酒，独酌无相亲。起舞弄明月，对影成三人。"义相近。"万顷"句，喻波平。金鉴，即金镜，指月。

④瑞星：《晋书·天文志》："其杂星之体，有瑞星，有妖星，有客星，有流星。"银汉：即银河。

⑤灵旗：画日月、北斗星及升龙之旗。《汉书·礼乐志·郊祀歌》："钟鼓竽笙，云舞翔翔，招摇灵旗，九夷宾将。"

慕容嵓卿妻

慕容嵓卿妻，慕容嵓卿，姑苏（今江苏苏州）人。

浣溪沙[①]

满目江山忆旧游，汀洲花草弄春柔[②]。长亭舣住木兰舟[③]。　　好梦易随流水去，芳心空逐晓云愁。行人莫上望京楼。

【注释】

①周紫芝《竹坡诗话》卷三："冯均州为余言，顷年平江府（即苏州）雍熙寺，每深夜月明，有妇女歌小词于廊庑间者，就之不见。客有闻而录之者，姑苏士子慕容嵓卿见而惊曰：'君何从得此词'？客语之故。嵓卿悲哭久之，曰：'此余亡妻之词，无知之者。'明日视之，乃其妻旅榇所在。"旅榇，即棺柩。

②弄春柔：在春风中摆弄柔枝。秦观《江城子》："西城杨柳弄春柔。"

③舣：让船停靠岸边。木兰舟：南朝梁任昉《述异记》卷下："木兰洲在浔阳江中，多木兰树……七星洲中，有鲁般刻木兰为舟，舟至今在洲中。诗家云木兰舟，出于此。"

周紫芝

周紫芝(1082—1155),字少隐,自号竹坡居士。宣城(今属安徽)人。少从李之仪、吕本中游,宋高宗绍兴十二年(1142),始以廷对第三,同学究出身,调安丰军,不赴。十五年,以迪功郎掌礼兵部;十七年,为枢密院编修官;二十一年,出知兴国军。秩满,奉祠居庐山。著有《太仓稊米集》《竹坡诗话》,并有《竹坡词》三卷。孙竞序其词云:"至其嬉笑之余,溢为乐章,则清丽婉曲。"清冯煦《蒿庵论词》云,竹坡"渐于字句间凝炼求工,而昔贤疏宕之致微矣。"

宴桃源①

林外野塘烟腻②,衣上落梅香细。瘦马步凌兢③,人在乱山丛里。憔悴,憔悴,回望小楼千里。

【注释】

①调名,即《如梦令》。

②烟腻:烟雾浓密。

③凌兢:原指寒冷的地方。《汉书·扬雄传·甘泉赋》:"驰阊阖而入凌兢。"注:"入凌兢者,言寒凉战栗之处也。"此处仅指战栗而言。

鹧鸪天

一点残釭欲尽时①,乍凉秋气满屏帏。梧桐叶上三更雨,叶叶声声是别离②。　调宝瑟,拨金猊③,那时同唱鹧鸪词。如今风雨西楼夜,不听清歌也泪垂。

【注释】

①残釭：即残灯。一作"残红"，非。

②"梧桐"二句：语本温庭筠《更漏子》："梧桐树，三更雨，不道离情正苦。"清陈廷焯《词则》云此二句是"从愁人耳中听得"。

③拨金猊：拨去铜香炉中的灰烬，便于燃烧。金猊，狻猊（狮子）形香炉。

醉落魄

江天云薄，江头雪似杨花落。寒灯不管人离索[①]，照得人来，真个睡不著。　　归期已负梅花约[②]，又还春动空飘泊。晓寒谁看伊梳掠？雪满西楼，人在栏干角。

【注释】

①离索：离群索居之省语，语本《礼记·檀弓》上。

②梅花约：谓行人曾约定梅花开时归来。

朝中措

雨余庭院冷萧萧，帘幕度微飙[①]。鸟语唤回残梦，春寒勒住花梢[②]。　　无憀睡起[③]，新愁黯黯[④]，归路迢迢。又是夕阳时候，一炉沉水烟销[⑤]。

【注释】

①微飙：微风。

②"春寒"句：谓因春寒而花蕊未开。

③无憀：即无聊。

④黯黯：心情黯淡貌。

⑤沉水：香料名，即沉水香。

江城子

夕阳低尽柳如烟。淡平川，断肠天。今夜十分，霜月更娟娟[①]。怎得人如天上月，虽暂缺，有时圆。
断云飞雨又经年[②]。思凄然，泪涓涓[③]。且做如今，要见也无缘。因甚江头来处雁，飞不到，小楼边[④]？

【注释】

①娟娟：明媚美好貌。

②断云飞雨：形容情人离散，语本宋玉《高唐赋》。

③涓涓：细流不断貌。

④"因甚"三句：谓不见征人来信。相传鸿雁可以传书，见《汉书·苏武传》，故云。

踏莎行

情似游丝[①]，人如飞絮，泪珠阁定空相觑[②]。一溪烟柳万丝垂，无因系得兰舟住[③]。　　雁过斜阳，草迷烟渚[④]，如今已是愁无数。明朝且做莫思量，如何过得今宵去？

【注释】

①游丝：荡漾在晴空中的昆虫之丝。

②阁定：通搁定，谓泪珠含在眼眶。觑，细看。

③兰舟：木兰舟，船的美称。见慕容嵓卿妻《浣溪沙》注③。

④烟渚：雾气笼罩的小洲。

忆王孙 绝笔[①]

梅子生时春渐老。红满地，落花谁扫？旧年池馆不归来，又绿尽、今年草。　　思量千里乡关道，山共水，几时得到[②]？杜鹃只管怨残春，也不管、人烦恼[③]。

【注释】

①此词系宋高宗绍兴二十五年（1155）词人临终前作，故称绝笔。

②“思量”三句：语本《楚辞·招隐士》：“王孙游兮不归，春草生兮萋萋。”

③“杜鹃”三句：相传杜鹃鸣声似“不如归去”，此时词人未归洛阳，故思归惹起“烦恼”。

赵 佶

赵佶(1082—1135),即宋徽宗,神宗第十一子,哲宗弟,元符三年(1100)即位,在位二十六年。崇拜道教,自称教主道君皇帝。筑艮岳于汴京,以花石纲扰民。任用蔡京、童贯,国政紊乱,导致多处农民起义。宣和七年(1125),金兵南下,传位于太子赵桓,是为钦宗。靖康二年(1127),父子被金兵所俘,北宋遂亡。后死于五国城(今黑龙江依兰)。工书画,书法称瘦金体,善画花鸟,能诗词,近人曹元忠辑有《宋徽宗词》。

眼儿媚①

玉京曾忆昔繁华②,万里帝王家。琼林玉殿③,朝喧弦管,暮列笙琶④。　　花城人去今萧索,春梦绕胡沙⑤。家山何处,忍听羌笛⑥,吹彻梅花⑦!

【注释】

①此词作于靖康事变(1127)以后。明陈霆《渚山堂词话》云:"宋二帝北狩,金人徙之云州。一日,夜宿林下,时碛月微明,有胡雏吹笛,其声呜咽,太上(徽宗)因占《眼儿媚》。此词少帝(钦宗)有和篇,意更悽怆,不欲并载。吾谓其父子至此,虽噬脐无及矣。每一披阅,为酸鼻焉。"

②玉京:指北宋首都汴京(今河南开封)。

③琼林玉殿:指北宋的宫殿苑囿。当时有琼林苑,在汴京新郑门外,与金明池相对,为皇帝赐宴新科进士之处。

④笙琶:即凤笙和琵琶,即上句所云弦乐器和管乐器。

⑤胡沙:指金人统治区,因其地多风沙,故称。

⑥羌笛:相传笛子出于古羌族。汉马融《长笛赋》云:"近世双笛从羌起。"故名。

⑦吹彻梅花:梅花,即《梅花三弄》,笛曲名。一曲吹毕谓之"彻"。

燕山亭[1]

裁剪冰绡[2]，打叠数重[3]，冷淡燕脂匀注。新样靓妆[4]，艳溢香融，羞杀蕊珠宫女[5]。易得凋零，更多少、无情风雨！愁苦。闲院落凄凉，几番春暮。　　凭寄离恨重重，这双燕，何曾会人言语。天遥地远，万水千山，知他故宫何处？怎不思量，除梦里、有时曾去。无据[6]。和梦也、有时不做[7]。

【注释】

①此词据杨慎《词品》卷五云：乃徽宗被金人所虏北去途中见杏花作。《朝野遗记》谓下阕"天遥"以下七句云："真似（李）后主'别时容易见时难'声调也。"并云："此为绝笔。"近人梁启超云："昔人言宋徽宗为李后主后身，此词感均顽艳，亦不减'窗（应作帘）外雨潺潺'诸作。"王国维《人间词话》云："尼采谓：'一切文学，余爱以血书者。'后主之词，真所谓以血书者也。宋道君皇帝《燕山亭》词亦略似之。'"

②冰绡：形容杏花花瓣似洁白的薄绸剪裁而成。

③打叠：宋时方言，犹安排，收拾。宋苏轼《与滕达道书》之十二："晚景若不打叠此事，则大错。"此句谓将裁剪成的冰绡安排成几层。

④靓（jìng）妆：《史记·司马相如传·上林赋》："靓庄刻饬，便嬛绰约。"集解："靓庄，粉白黛黑也。"庄，通妆。

⑤蕊珠宫：道家谓天上上清宫内有蕊珠宫，为神仙所居，见《十洲记》。

⑥无据：无所依托。意为精神失去支柱。

⑦和：《诗词曲语辞汇释》卷一："和，犹连也。秦观《阮郎归》词：'衡阳犹有雁传书，郴阳和雁无。'"

李纲

李纲（1083—1140），字伯纪，邵武（今属福建）人，徽宗政和二年（1112）进士，累官太常少卿。钦宗靖康年间（1126—1127），授兵部侍郎、尚书右丞。金兵围汴京，组织抵抗，反对迁都，为主和派所排挤，罢官。高宗即位后，拜尚书右仆射兼中书侍郎（宰相），整军经武，力图恢复，忤高宗苟安意，居官七十五日而罢。后历湖广宣抚使、江西安抚使及荆湖南路安抚使，卒谥忠定。著有《梁溪集》，词名《丞相李忠定公长短句》，以抒发爱国怀抱的咏史之作为特色。

雨霖铃　明皇幸西蜀①

蛾眉修绿②，正君王恩宠，曼舞丝竹。华清赐浴瑶甃③，五家会处④，花盈山谷。百里遗簪堕珥，尽宝钿珠玉⑤。听突骑、鼙鼓声喧，寂寞霓裳羽衣曲⑥。　金舆远幸匆匆速⑦，奈六军不发人争目⑧。明眸皓齿难恋，肠断处、绣囊犹馥⑨。剑阁峥嵘⑩，何况铃声，带雨相续⑪。谩留与、千古伤神，尽入生绡幅⑫。

【注释】

①唐玄宗天宝十四载（755），安禄山叛军攻陷潼关。唐玄宗（即唐明皇李隆基）闻讯，迅速撤离长安，逃往西蜀。词即咏此事。

②蛾眉修绿：指杨贵妃的秀眉修长而青黑。

③华清：明皇尝赐杨贵妃在临潼县之华清池温泉沐浴。白居易《长恨歌》："春寒赐浴华清池，温泉水滑洗凝脂。"瑶甃：装饰华丽的浴池。甃（zhòu），井壁。

④五家：指杨贵妃大姨韩国夫人、三姨虢国夫人、八姨秦国夫人，及再从兄杨铦（封鸿胪卿）、杨锜（封侍御史），皆备受恩宠。《旧唐书·后妃传》："玄宗每年十月幸华清宫，国忠姊妹五

家扈从，每家为一队，著一色衣，五家合队，照映如百花之焕发。”

⑤“百里”二句：自西安至华清池，约百里。《旧唐书·后妃传》谓杨氏五家随玄宗出游华清池途中，“遗钿坠舄，瑟瑟珠翠，璨瓓芳馥于路。”

⑥“听突骑”二句：谓安禄山在渔阳（今河北蓟县一带）叛乱的消息传来，宫中停止作乐。《长恨歌》：“渔阳鼙鼓动地来，惊破《霓裳羽衣曲》。”鼙鼓，军中所用之鼓。《霓裳羽衣曲》，原西域乐舞，玄宗时改编。

⑦金舆：指唐明皇车驾。

⑧“奈六军”句：《旧唐书·后妃传》：“从幸至马嵬，禁军大将陈玄礼密启太子，诛（杨）国忠父子；既而四军不散，玄宗遣（高）力士宣问，对曰‘贼本尚在’，盖指贵妃也。……遂缢死于佛室。”六军，一作“四军”，《长恨歌》：“六军不发无奈何，宛转蛾眉马前死。”

⑨“肠断”句：《旧唐书·后妃传》：“初瘗时，以紫褥裹之，肌肤已坏，而香囊仍在。”后戏曲有《唐明皇哭香囊》。

⑩剑阁：栈道名。在今四川剑阁县大剑山、小剑山之间，是川陕间主要通道。唐明皇经此入蜀。

⑪“何况”二句：宋王灼《碧鸡漫志》卷五：“《明皇杂录》及《杨妃外传》云，帝幸蜀，初入斜谷，霖雨弥旬，栈道中闻铃声，帝方悼念贵妃，采其声为《雨霖曲》以寄恨。”

⑫生绡幅：指画在生绡上的杨贵妃遗像。《旧唐书·后妃传》载，唐明皇后来“令图其（杨贵妃）形于别殿，朝夕视之”。

喜迁莺 真宗幸澶渊[①]

边城寒早，恣骄虏，远牧甘泉丰草[②]。铁马嘶风，毡裘凌雪[③]，坐使一方云扰。庙堂折冲无策，欲幸坤维江表[④]。叱群议，赖寇公力挽，亲行天讨[⑤]。　缥缈。銮辂动[⑥],霓旌龙旆[⑦],遥指澶渊道。日照金戈,云随黄缴[⑧],径度大河清晓[⑨]。六军万姓欢舞,箭发敌酋难保。虏情詟,誓书来,从此年年修好[⑩]。

【注释】

①澶(chán)渊:旧县名,故城在今河南濮县西。宋真宗景德元年(1004),辽军深入宋境,宰相寇准力排众议,定御驾亲征之策。十一月,真宗至澶州,寇准遵旨专决,辽战不利,乃请定盟,宋每年输辽岁币银十万两,绢二十万匹。史称"澶渊之盟"。

②甘泉:汉代宫名,旧址在今陕西淳化县西北甘泉山上。此处借指北宋领土。据《宋史·真宗纪》,景德元年冬十一月,契丹(即辽)攻瀛州,逼冀州,至澶州北,直犯宋兵前军西阵。

③毡裘:指北方民族用毛制成的服装。《后汉书·郑兴传》附:"臣诚不忍持大汉节对毡裘独拜。"后世多指北方民族及其君主。

④庙堂:指朝廷。折冲,《吕氏春秋·召类》:"夫修之于庙堂之上,折冲乎千里之外者,其司城子罕之谓乎?"此指退敌方略。江表,即江南,在辽兵入侵时,宋大臣王钦若请真宗驾幸金陵(今江苏南京),陈尧佐请幸成都(今属四川)。

⑤"叱群议"三句:谓寇准力排众议,请求御驾亲征。见《宋史》本传。

⑥鸾辂:皇帝所乘车驾,佩有銮铃,故称。

⑦霓旌龙旆:绘有霓虹和龙的彩旗。

⑧黄缴:即黄伞,皇帝出行时的仪仗。《宋史·寇准传》谓真宗渡河登澶州北城门楼,众见黄伞,踊跃欢呼。

⑨大河:即黄河。《宋史·真宗纪》谓十一月丙子:"帝次澶州。渡河,幸北砦,御城北楼,召诸将抚慰。"

⑩詟(zhé):恐惧。《宋史·真宗纪》:"十二月庚辰朔,日有食之。契丹使韩杞求和。"以上三句指此。

李 祁

李祁,字萧远,一作肃远,雍丘(今河南杞县)人。少有诗名。进士及第,官至尚书郎。徽宗宣和间(1119—1125),责监汉阳酒税。词存14首。词风轻倩,意境欠深。

南歌子

嫋嫋秋风起,萧萧败叶声①。岳阳楼上听哀筝②。楼下凄凉江月为谁明? 雾雨沉云梦③,烟波渺洞庭④。可怜无处问湘灵⑤。只有无情江水绕孤城。

【注释】

①"嫋嫋"二句:嫋嫋,同袅袅。屈原《九歌·湘夫人》:"袅袅兮秋风,洞庭波兮木叶下。"

②岳阳楼:在湖南岳阳西门,下瞰洞庭湖,对君山,始建于唐,宋范仲淹有《岳阳楼记》。哀筝,相传秦时蒙恬所造,其声哀。

③云梦:泽名。先秦两汉称云梦泽,大致包括今湖南益阳、湘阴以北,湖北江陵、安陆以南、武汉以西地区。

④洞庭:湖名。在湖南北部、长江南岸。

⑤湘灵:即湘妃,相传舜南巡,崩于苍梧之野,娥皇、女英二妃追至湘江,溺水而亡。遂为湘水之神,故称湘妃、湘灵。

廖世美

廖世美，生平不详，有词2首，见《唐宋诸贤绝妙词选》及《乐府雅词拾遗》。

烛影摇红 题安陆浮云楼[1]

霭霭春空[2]，画楼森耸凌云渚。紫薇登览最关情，绝妙夸能赋[3]。惆怅相思迟暮，记当日、朱阑共语。塞鸿难问[4]，岸柳何穷，别愁纷絮。　　催促年光，旧来流水知何处？断肠何必更残阳，极目伤平楚[5]。晚霁波声带雨，悄无人，舟横野渡[6]。数峰江上，芳草天涯，参差烟树。

【注释】

①安陆：今属湖北。清况周颐《蕙风词话》卷二评此词云："'塞鸿难问，岸柳何穷，别愁纷絮'，神来之笔，即已佳矣。换头云：'催促年光……舟横野渡'，语淡而情深，令子野（张先）、太虚（秦观）辈为之，容或未必能到。此等词一再吟诵，辄沁人心脾，毕生不能忘。《花庵绝妙词选》中，真能不愧'绝妙'二字，如世美之作，殊不多觏。"

②霭霭：云盛貌。

③紫薇：指中书省。唐宋时中央政府组成部门。唐杜牧官至中书舍人，尝登此楼，作有《题安州浮云寺楼寄湖州张郎中》诗，故称"绝妙夸能赋"。唐白居易《紫薇花》诗："独坐黄昏谁是伴，紫薇花对紫微郎。"

④塞鸿：从边塞飞来的鸿雁。

⑤平楚：楚为丛木，登高远望，树梢平齐，故称。

⑥舟横野渡：唐韦应物《滁州西涧》诗："春潮带雨晚来急，野渡无人舟自横。"

好事近 夕景

落日水熔金[①]，天淡暮烟凝碧。楼上谁家红袖[②]？靠栏干无力。　　鸳鸯相对浴红衣[③]，短棹弄长笛。惊起一双飞去，听波声拍拍。

【注释】

①熔金：形容夕阳颜色金黄的光彩。

②红袖：指女郎。唐杜牧《南陵道中》诗："谁家红袖倚江楼。"又五代韦庄《菩萨蛮》："骑马过斜桥，满楼红袖招。"

③"鸳鸯"句：此用唐杜牧《齐安郡后池绝句》成句。红衣：指荷花。

李清照

李清照（1084—1155?），号易安居士，济南章丘明水镇（今属山东）人。父格非，“以文章受知于苏轼”，官至礼部员外郎。清照幼聪慧，工诗能文，兼擅书画音乐。年十八，嫁诸城太学生赵明诚，志同道合。明诚历知州县，清照常随居任所，协助研治金石文物，成《金石录》一书。靖康之变后，流徙江南。宋高宗建炎三年（1129），明诚病故，不久金兵南侵，清照辗转于越、杭、金华等地，伶仃孤苦，约于绍兴二十五年（1155）以后逝世。著有《李易安集》，早佚；今存辑本《漱玉词》。王学初有《李清照集校注》，徐培均有《李清照集笺注》，本书多有借鉴。其词婉约清新，能“以寻常语度入音律”（张端义《贵耳集》），被称为“易安体”。晚年所作，沉郁悲凉，反映了国破家亡之痛。

怨王孙

湖上风来波浩渺，秋已暮、红稀香少。水光山色与人亲①，说不尽、无穷好。　　莲子已成荷叶老，清露洗、蘋花汀草②。眠沙鸥鹭不回头，似也恨、人归早。

【注释】

①“水光”句：《世说新语・言语》：“简文入华林园，顾谓左右曰：‘会心处不必在远，翳然林水……觉鸟兽禽鱼自来亲人。’”此处化用其意。

②蘋花：白蘋之花。汀，水中小洲。

如梦令

常记溪亭日暮①，沉醉不知归路。兴尽晚回舟，误入藕花深处。争渡，争渡，惊起一滩鸥鹭②。

【注释】

①溪亭：山东济南名泉之一，见《嘉庆一统志》卷162《济南府·金线泉下》。

②鸥鹭：沙鸥、白鹭。

点绛唇[1]

蹴罢秋千[2]，起来慵整纤纤手。露浓花瘦，薄汗轻衣透。　　见客入来，袜刬金钗溜[3]。和羞走，倚门回首，却把青梅嗅。

【注释】

①此词作于早年，别又误作苏轼词、周邦彦词。

②蹴(cù)：踏。蹴罢秋千，荡毕秋千。

③袜刬：仅着袜子走路。

如梦令

昨夜雨疏风骤，浓睡不消残酒[1]。试问卷帘人[2]，却道海棠依旧。知否？知否？应是绿肥红瘦[3]。

【注释】

①残酒：此指残醉。

②卷帘人：指正在卷帘的侍婢。

③绿肥红瘦：形容叶盛花残。《蓼园词选》评云："无限凄婉，却又妙在含蓄。"

菩萨蛮[1]

风柔日薄春犹早，夹衫乍着心情好。睡起觉微寒，梅花鬓上残。　　故乡何处是？忘了除非醉。沈水卧时烧[2]，香消酒未消。

【注释】

①此词作于南渡之后，写对故乡的怀念。

②沈水：沈，同沉；沈水即沉水香。指沉香。《太平御览》卷九八二引《南州异物志》："沉水香出日南。……置水则沉，名沉香。"

点绛唇

寂寞深闺，柔肠一寸愁千缕。惜春春去，几点催花雨[1]。　　倚遍栏干，只是无情绪。人何处？连天衰草[2]，望断归来路。

【注释】

①催花雨：指春雨。

②连天衰草：秦观《满庭芳》："山抹微云，天连衰草。"

减字木兰花[1]

卖花担上[2]，买得一枝春欲放。泪染轻匀，犹带彤霞晓露痕[3]。　　怕郎猜道，奴面不如花面好。云鬓斜簪，徒要教郎比并看[4]。

【注释】

①此词当为与赵明诚结婚后作。

②卖花担上：孟元老《东京梦华录》卷七："是月季春，万花烂熳，牡丹芍药，棣棠木香，种种上市。卖花者以马头竹篮铺排，

歌叫之声，清奇可听。”

③彤霞：红霞。

④徒要：但要。

浣溪沙[1]

髻子伤春慵更梳，晚风庭院落梅初。淡云来往月疏疏[2]。　玉鸭熏炉闲瑞脑[3]，朱樱斗帐掩流苏[4]。遗犀还解辟寒无[5]？

【注释】

①谭献《复堂词话》评云：“易安居士独此篇有唐调，选家炉冶，遂标此奇。”

②疏疏：稀疏。

③玉鸭熏炉：形如玉鸭的熏炉。瑞脑，即冰片，一种香料。《酉阳杂俎》前集卷一：“天宝末，交趾贡龙脑如蝉蚕形，波斯言老龙脑树节方有，禁中呼为瑞龙脑。”

④斗帐：《集韵》：“斗帐，小帐也，形如覆斗。”流苏：宋庞元英《文昌杂录》卷五：“流苏，五采毛杂而垂之。”即挂在帐帏上五彩穗子。

⑤“遗犀”句：王仁裕《开元天宝遗事》卷上：“开元二年冬至，交趾国进犀一株，色黄似金。使者请以金盘置于殿中，温温然有暖气袭人。上问其故，使者对曰：‘此辟寒犀也。’”此指犀牛角。

浣溪沙[1]

绣面芙蓉一笑开[2]，斜飞宝鸭衬香腮[3]。眼波才动被人猜。　一面风情深有韵，半笺娇恨寄幽怀[4]。月移花影约重来[5]。

【注释】

①《古今女史》卷十二评此词云："摹写娇态，曲尽如画。"

②芙蓉：荷花。

③宝鸭：鸭形香炉的美称。本句谓香炉中飞升的烟缕衬托着面腮。

④"半笺"句：谓男方来信寄托一腔幽恨。

⑤"月移"句：清王鹏运四印斋本《漱玉词》注："明明是(朱)淑真'月上柳梢头，人约黄昏后'词意。"

浣溪沙

淡荡春光寒食天[1]，玉炉沉水袅残烟[2]。梦回山枕隐花钿[3]。　　海燕未来人斗草[4]，江梅已过柳生绵[5]。黄昏疏雨湿秋千[6]。

【注释】

①淡荡春光：谓春光融和摇荡。唐陈子昂《修竹篇》："春风正淡荡。"寒食，节令名。

②沉水：即沉香，见前《菩萨蛮》(风柔日薄春犹早)注②。

③山枕：旧时枕头两端隆起如山，故称。花钿(diàn)：妇女面饰。钿，金花。

④斗草：即斗百草。宋吴自牧《梦粱录》卷一："二月朔，谓之中和节……禁中宫女，以百草斗戏。"

⑤江梅：宋范成大《梅谱》："江梅，遗核野生，不经栽接者，又名直脚梅，或谓之野梅。"

⑥"黄昏"句：清黄苏《蓼园词选》评："可与'细雨湿流光''波底夕阳红湿'湿字争胜。"

一剪梅[1]

红藕香残玉簟秋[2]，轻解罗裳，独上兰舟[3]。云中谁寄锦书来[4]？雁字回时[5]，月满西楼。　　花自飘零水自流，一种相思，两处闲愁。此情无计可消除，才下眉头，却上心头[6]。

【注释】

①《古今女史》卷十二评云："此词颇尽离别之情，语意飘逸，令人省目。"

②玉簟(diàn)：竹席的美称。唐卢仝《自君之出矣》："玉簟寒凄凄。"

③兰舟：木兰舟。任昉《述异记》卷下谓浔阳江中木兰川，多木兰树，"鲁班刻木兰为舟"。

④锦书：一称锦字书，《晋书》载前秦窦滔妻苏蕙曾织锦为文以寄其夫。

⑤雁字：《汉书·苏武传》有托称雁足传书的故事。鸿雁飞时，常排成"一"字或"人"字，因称"雁字"。

⑥"此情"三句：清王士禛《花草蒙拾》谓从范仲淹《御街行》"都来此事，眉间心上，无计相回避""脱胎"，而"李特工耳"。

蝶恋花　晚止昌乐馆寄姊妹[1]

泪湿罗衣脂粉满，四叠阳关，唱到千千遍[2]。人道山长山又断，萧萧微雨闻孤馆。　　惜别伤离方寸乱[3]，忘了临行，酒盏深和浅。好把音书凭过雁[4]，东莱不似蓬莱远[5]。

【注释】

①词人于徽宗宣和三年(1121)八月由青州至莱州(时赵明诚为莱州守)，途经昌乐(今属山东)作此词。

②阳关：古代送别曲，歌辞为王维《送元二使安西》诗。相传反复歌唱，称"阳关三叠"，亦有称"四叠"者，此处极言不忍遽

别之情。

③方寸：指心。《三国志·诸葛亮传》载徐庶云："今已失老母，方寸乱矣。"

④"好把"句：谓托鸿雁传书，见前《一剪梅》注⑤。

⑤东莱：即莱州，又名掖县，今属山东。蓬莱，神话中海上仙山。可望而不可至。

蝶恋花

暖雨晴风初破冻，柳眼梅腮[1]，已觉春心动。酒意诗情谁与共？泪融残粉花钿重[2]。　乍试夹衫金缕缝，山枕斜欹[3]，枕损钗头凤[4]。独抱浓愁无好梦，夜阑犹剪灯花弄[5]。

【注释】

①柳眼：柳叶初生如睡眼乍开，故称。梅腮：梅花粉艳如人腮，故称。

②花钿：妇女面饰，见《浣溪沙》（淡荡春光寒食天）注③。

③山枕：见同上注③。

④钗头凤：即凤凰钗。

⑤"独抱"二句：清贺裳《皱水轩词筌》评云："皆入神之句。"

临江仙[1]

欧阳公作《蝶恋花》，有"深深深几许"之语[2]，予酷爱之，用其语作"庭院深深"数阕。其声即旧《临江仙》也。

庭院深深深几许？云窗雾阁常扃[3]。柳梢梅萼渐分明，春归秣陵树[4]，人老建康城[5]。　感月吟风多少事[6]，如今老去无成。谁怜憔悴更凋零？试灯无意思[7]，踏雪没心情[8]。

【注释】

①此词盖高宗建炎三年(1129)作于建康(今江苏南京)。

②“欧阳公”二句：欧阳修作有《蝶恋花》词，首三句云：“庭院深深深几许，杨柳堆烟，帘幕无重数。”

③扃(jiōng)：门，门栓，这里指关门。

④秣陵：指今南京。

⑤建康：《全宋词》作“远安”，此据四印斋所刻词本《漱玉词》。

⑥感月吟风：指作诗填词，吟咏风月。

⑦试灯：宋时正月十四日试灯，以备元宵观赏。

⑧踏雪：宋周辉《清波杂志》卷八：“明诚在建康日，易安每值天大雪，即顶笠披蓑，循城远览以寻诗，得句必邀其夫赓和。”

醉花阴[1]

薄雾浓云愁永昼[2]，瑞脑消金兽[3]。佳节又重阳，玉枕纱厨[4]，半夜凉初透。　东篱把酒黄昏后[5]，有暗香盈袖。莫道不销魂[6]，帘卷西风，人比黄花瘦[7]。

【注释】

①此词作于赵明诚远游求学之际，清陈廷焯《云韶集》卷十评云：“无一字不雅，深情苦调，元人词曲往往宗之。”

②永昼：漫长的白天。

③瑞脑：即冰片，详《浣溪沙》(髻子伤春懒更梳)注③。金兽，兽形香炉。

④纱厨：纱帐，又称碧纱厨。

⑤东篱把酒：指对酒赏菊。晋陶渊明《饮酒》诗：“采菊东篱

下，悠然见南山。”

⑥销魂：出神貌。梁江淹《别赋》：“黯然销魂者，唯别而已矣。”

⑦“帘卷”二句：明杨慎批点《草堂诗余》卷一评曰：“凄语，怨而不怒。”

凤凰台上忆吹箫[①]

香冷金猊[②]，被翻红浪[③]，起来慵自梳头。任宝奁尘满[④]，日上帘钩。生怕离怀别苦，多少事、欲说还休[⑤]。新来瘦，非干病酒，不是悲秋[⑥]。　　休休！这回去也，千万遍阳关[⑦]，也则难留。念武陵人远[⑧]，烟锁秦楼[⑨]。惟有楼前流水，应念我、终日凝眸。凝眸处，从今又添，一段新愁[⑩]。

【注释】

①此词为思念赵明诚而作，《草堂诗余评林》卷三评曰：“宛转见离情别意，思致巧成。”

②金猊（ní）：狻猊（狮子）形香炉。《潜确类书》：“金猊，宝鼎，焚香器也。”

③被翻红浪：谓锦被乱摊在床上，语本柳永《凤栖梧》词：“鸳鸯绣被翻红浪。”

④宝奁（lián）：镜匣。

⑤欲说还休：明杨慎批点《草堂诗余》卷四云：“与‘怕伤郎，又还休道’同意。”

⑥“新来瘦”三句：病酒，指醉酒。欧阳修《蝶恋花》（一作冯延巳《鹊踏枝》）：“日日花前常病酒，不辞镜里朱颜瘦。”悲秋，宋玉《九辩》：“悲哉，秋之为气也。”陈廷焯《云韶集》卷十：“‘新来瘦’三语，婉转曲折，煞是妙绝。笔致绝佳，余韵尤胜。”

⑦阳关：古代送别曲，详《蝶恋花》（泪湿罗衣脂粉满）注②。

⑧武陵人：语本陶渊明《桃花源记》武陵渔人入桃源，然后世转义为误入天台桃源洞的刘晨、阮肇。如王之涣《惆怅》诗："晨肇重来事已迷，碧桃花谢武陵溪。"宋韩琦《点绛唇》："武陵回睇，人远波空翠。"此处借指赵明诚。

⑨秦楼：传说中春秋时秦穆公之女弄玉所住之楼，一名凤台，见《列仙传》。此处词人自指妆楼，并照应调名，暗合题旨。

⑩"凝眸处"三句：《古今词论》节录《掞天词序》评曰："痴语也。"

念奴娇[1]

萧条庭院，又斜风细雨，重门须闭。宠柳娇花寒食近[2]，种种恼人天气。险韵诗成[3]，扶头酒醒[4]，别是闲滋味。征鸿过尽，万千心事难寄[5]。　楼上几日春寒，帘垂四面，玉阑干慵倚。被冷香消新梦觉，不许愁人不起。清露晨流，新桐初引[6]，多少游春意。日高烟敛，更看今日晴未？

【注释】

①此词清黄苏《蓼园词选》评曰："只写心绪落寞，遇寒食更难遣耳。"

②"宠柳"句：宋黄昇《花庵词选》："前辈尝称易安'绿肥红瘦'为佳句，余谓此篇'宠柳娇花'之句，亦甚奇俊，前此未有能道之者。"

③险韵：指一种冷僻难押的韵。作者《感怀》诗序谓在莱州用《礼韵》作诗，"偶得'子'字，因以为韵"，即险韵之一种。

④扶头：指一种易醉的烈性酒。宋贺铸《南乡子》词："易醉扶头酒，难逢敌手棋。"

⑤"征鸿"二句：谓无鸿雁为之传书，参看前《一剪梅》注⑤。

⑥"清露"二句：《世说新语·赏誉》："（王）恭尝行散至京

口射堂，于时清露晨流，新桐初引，恭目之，曰：‘王大故自濯濯’。”引，生长。清沈祥龙《论词随笔》云：“李易安此处用《世说新语》，更觉自然。”

孤雁儿

世人作梅词①，下笔便俗。予试作一篇，乃知前言不妄耳。

藤床纸帐朝眠起②，说不尽无佳思。沉香断续玉炉寒③，伴我情怀如水。笛声三弄，梅心惊破，多少春情意④！　　小风疏雨潇潇地，又催下千行泪。吹箫人去玉楼空⑤，肠断与谁同倚？一枝折得，人间天上，没个人堪寄。

【注释】

①此词托言咏梅，实为悼念亡夫赵明诚而作，当在建炎三年(1129)以后。

②藤床：藤制之床。

③沉香：一称沉水香，详前《菩萨蛮》(风柔日薄春犹早)注②。

④“笛声”三句：笛曲有《梅花三弄》。

⑤“吹箫”句：见前王安石《千秋岁引》词注⑦。

清平乐①

年年雪里，常插梅花醉。挼尽梅花无好意②，赢得满衣清泪。　　今年海角天涯，萧萧两鬓生华③。看取晚来风势，故应难看梅花。

【注释】

①词作于南渡之后，寓漂零之恨。

②“挼尽”句：挼（ruó），揉搓。南唐冯延巳《谒金门》词：“闲引鸳鸯香径里，手挼红杏蕊。”古人手挼花蕊，表示无聊或愁闷。此处以挼尽梅花反映内心痛苦。

③“萧萧”句：谓鬓发稀白。萧萧，头发稀疏貌。华，花白。

渔家傲①

天接云涛连晓雾，星河欲转千帆舞②。仿佛梦魂归帝所③，闻天语、殷勤问我归何处？　　我报路长嗟日暮，学诗谩有惊人句④。九万里风鹏正举⑤。风休住，蓬舟吹取三山去⑥。

【注释】

①此词写梦境，可能作于建炎四年（1130），时词人正追随宋高宗御舟经海上。梁启超认为“此绝似苏辛派”。（见《艺蘅馆词选》乙卷）

②星河：银河。

③帝所：上帝所居之处。《史记·扁鹊传》：“寤之日，告公孙支与子舆曰：‘我之帝所甚乐。’”

④谩有：空有。

⑤“九万”句：《庄子·逍遥游》：“有鸟焉，其名为鹏，背若泰山，翼若垂天之云，抟扶摇羊角而上者九万里。”

⑥三山：古代神话传说，海中有蓬莱、方丈、瀛洲三神山，人“且至，则船引风而去”。“未至，望之如云”。“临至，风辄引去，终莫能至云”。见《史记·封禅书》。

诉衷情

夜来沉醉卸妆迟，梅萼插残枝。酒醒熏破春睡，梦远不成归。　　人悄悄，月依依[①]，翠帘垂。更挼残蕊，更撚余香，更得些时[②]。

【注释】

①依依：恋恋不舍貌。

②“更挼（ruó）”三句：挼，搓揉，见前《清平乐》（年年雪里）注②。撚（niǎn）：通“捻”。此句谓手捻残蕊上的余香。况周颐《漱玉词笺》引玉梅词隐曰：“《漱玉词》屡用叠字……‘更挼残蕊，更捻余香，更得些时’，叠法各异，每叠必佳，皆是天籁，肆口而成，非作意为之也。”

添字丑奴儿[①]

窗前谁种芭蕉树？阴满中庭，阴满中庭。叶叶心心，舒卷有余情。　　伤心枕上三更雨。点滴霖霪[②]，点滴霖霪。愁损北人[③]，不惯起来听。

【注释】

①此词作于南渡以后。

②霖霪（yín）：喻阴雨连绵。《左传》隐公九年：“凡雨，自三日以往为霖。”霪，久雨。

③北人：北方人，李清照自指。

蝶恋花　上巳召亲族[①]

永夜恹恹欢意少[②]。空梦长安[③]，认取长安道。为报今年春色好，花光月影宜相照。　　随意杯盘虽草草[④]。酒美梅酸，恰称人怀抱。醉莫插花花莫笑，可怜春似人将老。

【注释】

①此词作于南渡以后。上巳,农历每月上旬的巳日。此指三月上巳,为古代修禊祓除祥之日。

②永夜:长夜。恹恹,精神不振貌。

③长安:今陕西西安,原汉唐故都,宋人多借指汴京(今河南开封),北宋时都城。

④“随意”句:谓酒食简单。

摊破浣溪沙

病起萧萧两鬓华[①],卧看残月上窗纱。豆蔻连梢煎熟水[②],莫分茶[③]。　　枕上诗书闲处好,门前风景雨来佳。终日向人多酝藉,木犀花[④]。

【注释】

①萧萧:头发稀疏貌。华:花白。

②“豆蔻”句:《事林广记》别集卷七《豆蔻熟水》:“白豆蔻壳拣净,投入沸汤瓶中,密封片时用之,极妙。每次用七个足矣,不可多用。多则香浊。”

③分茶:钱钟书《宋诗选注》陆游《临安春雨初霁》诗注(三)云:“‘分,就是宋徽宗《大观茶论》所谓‘鉴别’,唐代陆羽《茶经》里‘六之饮’说:‘茶有九难……二曰别’,所以陆游说‘戏分茶’,表示他不过聊以消遣。”此言水已煎熟,却无情绪去作分茶之事。

④酝藉:温雅含蓄。木犀花,即桂花。

鹧鸪天[①]

寒日萧萧上锁窗[②],梧桐应恨夜来霜。酒阑更喜团茶苦[③],梦断偏宜瑞脑香[④]。　　秋已尽,日犹长,仲宣怀远更凄凉[5]。不如随分尊前醉,莫负东篱菊蕊黄[6]。

【注释】

①此词作于南渡以后。

②萧萧:犹萧瑟,凄凉清冷。锁窗,亦称琐窗,镂刻着连琐花纹的窗棂。

③酒阑:《史记·高祖本纪》:"酒阑。"《集解》:"阑,言稀也。饮酒者半罢半在谓之阑。"团茶,即茶饼。欧阳修《归田录》:"茶之品,莫贵于龙凤,谓之团茶,凡八饼重一斤。"

④瑞脑,即龙脑香,参见前《浣溪沙》(髻子伤春懒更梳)注③。

⑤仲宣:汉末王粲字仲宣,董卓之乱时,避难荆州,作《登楼赋》云:"虽信美而非吾土兮,曾何足以少留?"《文选》五臣注:"因怀归而有此作。"

⑥东篱:晋陶渊明《饮酒》诗:"采菊东篱下,悠然见南山。"

永遇乐[1]

落日镕金[2],暮云合璧[3],人在何处?染柳烟浓,吹梅笛怨[4],春意知几许?元宵佳节,融和天气,次第岂无风雨[5]。来相召,香车宝马,谢他酒朋诗侣。　　中州盛日[6],闺门多暇,记得偏重三五[7]。铺翠冠儿,捻金雪柳[8],簇带争济楚[9]。如今憔悴,风鬟霜鬓[10],怕见夜间出去。不如向、帘儿底下,听人笑语。

【注释】

①词盖作于绍兴三年(1133)以后之某一元宵节,时作者在临安(今杭州)。宋末刘辰翁云:"余自乙亥(1275)上元,诵李易安《永遇乐》,为之涕下,今三年矣。每闻此词,辄不自堪。"(见《须溪词·永遇乐序》)

②“落日”句:形容夕阳似熔解之黄金。

③合璧:谓暮云凝聚如璧之合。

④“吹梅”句:笛曲有《梅花落》。

⑤“次第”句:张相《诗词曲语辞汇释》卷四:“言转眼恐有风雨也。”

⑥中州:今河南,此特指汴京(今开封)。

⑦三五:正月十五,即元宵节。《东京梦华录》卷六:“正月十五日元宵……游人已集御街两廊下。奇术异能,歌舞百戏,鳞鳞相切,乐声嘈杂十余里……万姓皆在露台下观看。”

⑧“铺翠”二句:写元宵妇女装饰。宋吴自牧《梦粱录》卷一“元宵”:“细旦戴花朵□肩,珠翠冠儿。”又《东京梦华录》卷六:“市人卖玉梅、夜蛾、蜂儿、雪柳、菩提叶。”

⑨簇带:犹簇戴。宋周密《武陵旧事》卷三:“茉莉花为最盛……妇人簇带,多至七插。”济楚:齐整。宋曹组《脱银袍》词:“济楚风光,昇平时世。”

⑩风鬟霜鬓:形容零乱的白发。唐李朝威《柳毅传》:“见大王爱女牧羊于野,风鬟雨鬓,所不忍视。”此处着一“霜”字,谓头发已白。

武陵春[①]

风住尘香花已尽,日晚倦梳头。物是人非事事休,欲语泪先流。　　闻说双溪春尚好[②],也拟泛轻舟。只恐双溪舴艋舟[③],载不动,许多愁。

【注释】

①词作于绍兴五年(1135),时词人避地金华。清吴衡照《莲子居词话》评曰:“其作于祭湖州(指赵明诚)以后欤?悲深婉笃,犹令人感伉俪之重。”

②双溪:《名胜志》:“双溪,在(金华)城南,一曰东港,一曰

南港。”

③舴艋（zé měng）：船形似蚱蜢，甚小。南朝《元嘉起居注》：“余姚令何玢之造作平床一，乘船舴艋一艘。”

声声慢[①]

寻寻觅觅，冷冷清清，凄凄惨惨戚戚[②]。乍暖还寒时候，最难将息[③]。三杯两盏淡酒，怎敌他、晚来风急？雁过也，正伤心，却是旧时相识[④]。　　满地黄花堆积，憔悴损，如今有谁堪摘？守着窗儿，独自怎生得黑[⑤]？梧桐更兼细雨，到黄昏、点点滴滴。这次第[⑥]，怎一个愁字了得！

【注释】

①词作于南渡后，时赵明诚已下世。明杨慎《词品》卷二云：“《声声慢》一词，最为婉妙。”

②“寻寻”三句：清徐釚《词苑丛谈》卷三：“首句连下十四个叠字，真如大珠小珠落玉盘也。”

③将息：将养休息。唐宋时方言。

④“雁过也”三句：北宋晏殊《浣溪沙》名句：“无可奈何花落去，似曾相识燕归来。”雁每年南来北去，故云“相识”。南宋时北方为金人占领，南北分裂，人无法来往，故常见“雁过”而伤怀。杨万里《初入淮河》：“却是归鸿不得语，一年一度到江南。”

⑤“独自”句：张端义《贵耳集》云：“‘黑’字不许第二人押。妇人中有此文笔，殆间气也。”

⑥这次第：《诗词曲语辞汇释》卷四：“犹言这情形这光景也。”

吕本中（1084—1145），字居仁，其先河南（府治今河南洛阳）人，南渡后徙居金华（今属浙江）。曾祖吕公著为神宗、哲宗朝宰相，本中以曾祖恩授承务郎。徽宗宣和六年（1124），除枢密院编修。高宗绍兴六年（1136），赐进士出身，历中书舍人、权直学士院，以忤秦桧罢职，提举太平观。尝为《江西诗社宗派图》，有《东莱集》《紫微诗话》《童蒙诗训》。近人赵万里辑有《紫微词》。宋曾季狸《艇斋诗话》云："东莱晚年长短句，尤浑然天成，不减唐《花间》之作。"

采桑子[①]

恨君不似江楼月，南北东西。南北东西，只有相随无别离。　　恨君却似江楼月，暂满还亏。暂满还亏，待得团圆是几时？

【注释】

①此词明沈际飞《草堂诗余别集》评云："语语无饰，似女子口授，不由笔写者。情语不在艳而在真，此也。"

南歌子[①]

驿路侵斜月[②]，溪桥度晓霜。短篱残菊一枝黄。正是乱山深处过重阳[③]。　　旅枕元无梦，寒更每自长。只言江左好风光[④]。不道中原归思转凄凉[⑤]。

【注释】

①此词作于南渡后不久，写漂流江南的羁旅情怀。

②驿路：即为传车、驿马而开辟的交通大道，沿途设驿站。

犹今之公路国道。

③重阳：节名，在农历九月初九日。

④江左：江南。

⑤不道：《诗词曲语辞汇释》卷四："不道，犹云不知也；不觉也；不期也。"

清平乐[1]

柳塘新涨，艇子操双桨[2]。闲倚曲栏成怅望，是处春愁一样[3]。　　傍人几点飞花，夕阳又送栖鸦。试问画楼西畔，暮云恐近天涯。

【注释】

①此词一本有题作"柳塘书事"。《词林纪事》引《啸翁词评》云："居仁直忤柄臣（指秦桧），深居讲道，而小词乃工稳清润至此。"

②艇子：少年船工。

③是处：处处，到处。

减字木兰花[1]

去年今夜，同醉月明花树下。此夜江边，月暗长堤柳暗船。　　故人何处，带我离愁江外去。来岁花前，又是今年忆去年[2]。

【注释】

①清许昂霄《词综偶评》："吕本中淡语自佳。"

②"来岁"二句：化用唐刘希夷《代悲白头翁》诗："今年花落颜色改，明年花开复谁在。"语浅而意深。

菩萨蛮

高楼只在斜阳里，春风淡荡人声喜[1]。携客不须频，使君如酒醇[2]。　　花光人不会[3]，月色须君醉。月色与花光，共成今夜长。

【注释】

①淡荡：柔和舒畅貌。

②使君：汉时对州郡长官的尊称。如酒醇，言其人淳朴、厚重，令人心醉。醇，厚酒。《三国志·吴书·周瑜传》："与周公瑾交，如饮醇醪，不觉自醉。"

③不会：不理解、不领悟。

踏莎行

雪似梅花，梅花似雪，似和不似都奇绝。恼人风味阿谁知[1]？请君问取南楼月[2]。　　记得旧时，探梅时节[3]。老来旧事无人说。为谁醉倒为谁醒？到今犹恨轻离别。

【注释】

①阿谁：犹言何人。

②南楼月：用庾亮典。《世说新语·容止》："庾太尉在武昌，秋夜气佳景清，使吏殷浩、王胡之之徒，登南楼理咏，音调始遒……诸贤欲起避之。公徐曰：'诸君少住，老子于此处兴复不浅。'"

③探梅：寻访欣赏梅花。

胡世将

胡世将(1085—1142),字承公,晋陵(今江苏常州)人。徽宗崇宁五年(1106)进士,高宗时历监察御史、尚书右司员外郎,进中书舍人,出知镇江府。绍兴七年(1137),为给事中,权直学士院;八年为枢密直学士、四川安抚制置使;九年,以宝文阁学士宣抚川陕,迁端明殿学士。有词1首。

酹江月①

秋夕,兴元使院作②,用东坡《赤壁》韵③

神州沉陆④,问谁是、一范一韩人物⑤?北望长安应不见⑥,抛却关西半壁⑦。塞马晨嘶,胡笳夕引⑧,赢得头如雪。三秦往事⑨,只数汉家三杰⑩。　试看百二山河⑪,奈君门万里⑫,六师不发⑬。阃外何人回首处⑭,铁骑千群都灭⑮。拜将台欹⑯,怀贤阁杳⑰,空指冲冠发⑱。栏干拍遍⑲,独对中天明月。

【注释】

①此词作于高宗绍兴八、九年间,时作者为川陕宣抚使。

②兴元:府名,治所在南郑(今陕西汉中东)。

③东坡《赤壁》:指苏轼《念奴娇》(赤壁怀古)词。

④沉陆:即陆沉。此指金人占领中原地区。

⑤一范一韩:指仁宗朝范仲淹和韩琦,二人曾守卫西北,抵制西夏。《宋史·韩琦传》:"琦与范仲淹在兵间久,名重一时,人心归之,朝廷倚以为重,故天下称为'韩范'。"

⑥长安:今西安,在兴元(汉中)之北。

⑦关西:指函谷关以西地区,时为金人占领。

⑧胡笳:古代北方民族管乐器,多用于军中。引:吹奏。

⑨三秦往事:秦亡后,项羽三分关中,以秦降将章邯为雍王,

在咸阳以西；司马欣为塞王，在咸阳以东；董翳为翟王，在上郡（今陕西北部），是为三秦。

⑩汉家三杰：指汉代开国功臣张良、韩信、萧何，见《史记·高祖本纪》。

⑪百二山河：指秦国地形据山河之险，百倍于天下，秦兵二万，足当诸侯之兵百万。见《史记·高祖本纪》。

⑫君门万里：南宋临时首都临安（杭州）距兴元（汉中），路程极远，故云。

⑬六师：六军。周代军制，王有六军，此指宋王朝军队。原注："朝议主和。"即此时秦桧等主和派反对出师。

⑭阃（kǔn）外：指统兵在外。阃原是门槛的意思，特指郭门的门槛。《晋书·桓冲传》上疏："臣司存阃外，辄随宜处分。"

⑮"铁骑"句：原注："富平之败。"富平故城在今甘肃灵武。高宗建炎四年（1130），张浚之军在富平被金兵击败。

⑯拜将台：刘邦在汉中，筑台拜韩信为将。欹：倾斜。

⑰怀贤阁：在汉中。苏轼《怀贤阁》诗："有怀诸葛公，万骑出汉巴。"

⑱冲冠发：怒发冲冠。《史记·蔺相如列传》："相如因持璧却立倚柱，怒发上冲冠。"

⑲栏干拍遍：极言其愁闷，故连续拍击栏杆。参见辛弃疾《水龙吟·登建康赏心亭》注④。

赵 鼎

赵鼎(1085—1147),字元镇,自号得全居士,解州闻喜(今山西闻喜县)人。徽宗崇宁五年(1106)进士,累官开封市曹。金人破汴京,立伪楚张邦昌,赵鼎与张浚等避入太学,不写议状。高宗朝,官至宰相,为秦桧所忌,出为奉国军节度使,徙知泉州。复屡遭秦桧之徒诬陷,遂绝食而卒,谥忠简。史称"中兴名臣"。有《得全居士词》一卷,中多抒写故国之思及壮志难酬的悲愤,小词较清新委婉。

鹧鸪天 建康上元作[①]

客路那知岁序移,忽惊春到小桃枝[②]。天涯海角悲凉地,记得当年全盛时。　　花弄影,月流辉[③],水精宫殿五云飞[④]。分明一觉华胥梦[⑤],回首东风泪满衣。

【注释】

①建康:今江苏南京。上元:元宵节。此词为南渡初作。清况周颐评曰:"清刚沉至,卓然名家,故君故国之思,流溢行间句里。"(《蕙风词话》卷二)

②小桃:陆游《老学庵笔记》卷四:"及游成都,始识所谓小桃者,上元前后即着花,状如垂丝海棠。"

③花弄影:张先《天仙子》:"云破月来花弄影。"似化用之。

④水精宫殿:用水晶砌成的宫殿,此喻北宋豪华的皇宫。五云:五色祥云。

⑤华胥梦:《列子·黄帝》:"(黄帝)昼寝,而梦游于华胥氏之国。"后多指梦境。

点绛唇 春愁[①]

香冷金炉,梦回鸳帐余香嫩[②]。更无人问,一枕江南恨。　　消瘦休文，顿觉春衫褪[3]。清明近，杏花吹尽，薄暮东风紧。

【注释】

①《古今词话》谓此词"较《花间》更饶情思"。清彭孙遹《金粟词话》评云："词以艳丽为本色，要是体制使然。如韩魏公、寇莱公、赵忠简，非不冰心铁骨，勋德才望，照映千古，而所作小词，有'人远波空翠''柔情不断如春水''梦回鸳帐余香嫩'等语，皆极有情致，尽态穷妍。"

②鸳帐：绣有鸳鸯图案的帐子。香嫩，轻柔的香味。

③休文：沈约，字休文。《梁书》本传《与徐勉书》："百日数旬，革带常应移孔；以手握臂，率计月小半分。"故云消瘦，而春衫顿觉宽松。

乌夜啼

檐花点滴秋清[1]，寸心惊。香断一炉沉水、一灯青[2]。　　凉宵永，孤衾冷，梦难成。叶叶高梧敲恨、送残更[3]。

【注释】

①檐花：檐前的花。秋清：指露水。

②沉水：即沉香。木质黑色芳香，脂膏凝结为块，入水能沉，故名。

③"叶叶"句：语本温庭筠《更漏子》："梧桐树，三更雨，不道离情正苦。一叶叶，一声声，空阶滴到明。"此处"敲恨"二字，颇觉新警，前人不曾道著。

满江红　丁未九月南渡，泊舟仪真江口作[1]

惨结秋阴，西风送、霏霏雨湿[2]。凄望眼、征鸿几字[3]，暮投砂碛。试问乡关何处是？水云浩荡迷南北。但一抹、寒青有无中，遥山色[4]。　　天涯路，江上客。肠欲断，头应白。空搔首兴叹，暮年离拆。须信道、消忧除是酒[5]，奈酒行有尽情无极。便挽取、长江入尊罍[6]，浇胸臆。

【注释】

①丁未：宋高宗建炎元年（1127）。时金兵南下，北宋灭亡，词人南渡，泊舟于仪真（今江苏仪征市）江口。《历代诗余》引《百琲明珠》云："忠简丁未九月渡泊真州，作《满江红》词最佳。"明杨慎《词品》卷四云赵鼎："小词婉美，不减《花间》《兰畹》。'惨结秋阴'一首，世皆传诵之矣。"

②霏霏：纷飞貌。

③征鸿：飞行的大雁，常排列成"一"字或"人"队形，故云几字。

④"但一抹"两句：语本唐王维《汉江临眺》："山色有无中。"又宋秦观《泗州东城晚望》："林梢一抹青如画，应是淮流转处山。"

⑤须信道：虽知道。《诗词曲语辞汇释》卷一："须，犹虽也。"并举苏轼《殢人娇·小王都尉席上赠侍人》词："问君终日，怎安排心眼？须信道司空见惯。"

⑥尊罍：酒器。此谓以酒浇愁，化用阮籍胸中有块垒，以酒浇之故事。

向子諲

向子諲(1085—1152),字伯恭,号芗林居士,临江(今江西清江)人。哲宗元符三年(1100),恩补假承奉郎,徽宗政和五年(1115),知咸平县;宣和间,为淮南转运判官、京畿转运副使。高宗朝,历徽猷阁直学士,知平江府,上章反对向金人求和,忤秦桧意,遂致仕,居临江之五柳坊。有《酒边词》,其中分为"江南新词"和"江北旧词",前者多写国破家亡之痛,后者多为吟风弄月之作。

虞美人 宣和辛丑[①]

去年雪满长安树[②],望断扬州路。今年看雪在扬州,人在蓬莱深处若为愁[③]? 而今不恨伊相误,自恨来何暮。平山堂下旧嬉游[④],只有舞春杨柳似风流[⑤]。

【注释】

①宣和辛丑:宋徽宗宣和三年(1121)。

②长安:今陕西西安,乃汉唐故都,宋人多借指汴京(今河南开封)。清张德瀛《词徵》卷五云:"向伯恭江北旧词《满庭芳》题云:'政和癸巳滁阳作,其年京师大雪。'故其宣和辛丑《虞美人》词云:'去年雪满长安树,望断扬州路。'"

③蓬莱:相传海上有蓬莱、方丈、瀛洲三仙山。此处借喻扬州(今属江苏)如仙境。

④平山堂:在今扬州西北蜀冈上,宋仁宗庆历八年,欧阳修知扬州时所建,登堂南望江南诸山,如拱列檐下,故名。见叶梦得《避暑录话》卷上。

⑤舞春杨柳:欧阳修《朝中措·送刘仲原甫守维扬》:"手种堂前垂柳,别来几度春风。"

秦楼月

芳菲歇[1]，故园目断伤心切[2]。伤心切，无边烟水，无穷山色。　　可堪更近乾龙节[3]，眼中泪尽空啼血。空啼血，子规声外[4]，晓风残月[5]。

【注释】

①芳菲歇：谓暮春时百花凋残。

②故园：指在中原的旧居。作者有《西江月》小序称："政和间，余卜筑宛丘（今河南淮阳），手植众芗，自号芗林居士。建炎初，解六路漕事，中原俶扰，故庐不得返，卜居清江之五柳坊。"可见作者虽原籍临江，而在中原有"故庐"。

③乾龙节：宋钦宗生日。《东京梦华录》卷九："钦宗四月十三日生，为乾龙节。"

④子规：即杜鹃，鸣声似"不如归去"，易动乡思。

⑤晓风残月：语本柳永《雨霖铃》："今宵酒醒何处？杨柳岸晓风残月。"

生查子

春心如杜鹃[1]，日夜思归切。啼尽一川花，愁落千山月。　　遥怜白玉人[2]，翠被余香歇。可惯独眠寒，减动丰肌雪[3]。

【注释】

①杜鹃：鸟名，又名子规，见前《秦楼月》注④。此词上阕由杜鹃鸟而及杜鹃花，从李白《宣城见杜鹃花》诗化来。

②白玉人：犹玉人，指恋人。

③丰肌雪：谓肌肤丰腴洁白如雪。《庄子·逍遥游》："藐姑射之山，有神人居焉，肌肤若冰雪，绰约若处子。"

阮郎归 绍兴乙卯大雪行鄱阳道中[1]

江南江北雪漫漫，遥知易水寒[2]。同云深处望三关[3]，断肠山又山。　天可老，海能翻，消除此恨难。频闻遣使报平安[4]，几时銮辂还[5]？

【注释】

①此词写作者对被掳北去的徽钦二帝的怀念和国土沦陷的悲愤。清冯煦《蒿庵论词》云此词："为二帝在北作也。眷恋旧君，与鹿虔扆之'金锁重门'、谢克家之'依依宫柳'，同一辞旨怨乱。不知寿皇（高宗）见之，亦有慨于心否？宜为贼桧所嫉也"。绍兴乙卯，即宋高宗绍兴五年（1135）。鄱阳：今江西波阳。

②易水寒：易水，在今河北境。此句借喻北方被金人所占领土。战国时，荆轲入秦，临别时作歌曰："风萧萧兮易水寒，壮士一去兮不复还。"见《史记·刺客列传》。

③同云：即彤云，下雪前的阴云。三关：公元954年，五代周世宗柴荣征辽，收复益津关、淤口关、瓦桥关等，这"三关"均在今河北境易水一带。后都为金人所占。

④遣使：高宗建炎三年（1129）三月，以洪皓为大金通问使；绍兴二年（1132），以潘致尧为金国军前通问使；四年，以章谊等为金国通问使，以慰问被俘的徽、钦二帝。

⑤銮辂（lù）：帝王车驾。此谓徽钦二帝何时能回南宋。

水龙吟 绍兴甲子上元有怀京师[1]

华灯明月光中，绮罗弦管春风路。龙如骏马，车如流水[2]，软红成雾[3]。太一池边[4]，葆真宫里[5]，玉楼珠树[6]。见飞琼伴侣[7]，霓裳缥缈，星回眼[8]，莲承步[9]。

笑入彩云深处，更冥冥、一帘花雨。金钿半落，宝钗斜坠，乘鸾归去[10]。醉失桃源[11]，梦回蓬岛[12]，满身风露。到而今江上，愁山万叠，鬓丝千缕[13]。

【注释】

①绍兴甲子：高宗绍兴十四年（1144）。上元，元宵节。京师，指北宋都城汴京。

②“龙如”二句：语本李煜《望江南》：“车如流水马如龙。”

③软红：指城市烟尘。宋苏轼《次韵蒋颖叔钱穆父从驾景灵宫》之一：“软红犹恋属车尘。”自注：“前辈戏语，有西湖风月，不如东华（在汴京）软红香土。”

④太一池：即太液池。《三辅黄图》，汉代“太液池，在建章宫北，未央宫西南，周回十里。”此指北宋池苑。

⑤葆真宫：当指汴京某道观，在汴京。

⑥玉楼：装饰精美的楼房。珠树，《淮南子·地形》谓昆仑“上有木禾，其修五寻，珠树、玉树、斑树在其西”。此指北宋苑囿中珍贵树木。

⑦飞琼：即许飞琼，仙女名。相传西王母曾命许飞琼鼓震灵之簧，见《汉武帝内传》。此指宫女。

⑧星回眼：美人之目曰星眸、星眼。南朝宋王韶之《太清记·华岳夫人》：“华岳三夫人媚，李湜曰：‘笑开星眼，花媚玉颜。’”

⑨莲承步：《南史·齐东昏侯纪》：“又凿金为莲花以帖地，令潘妃行其上，曰：‘此步步生莲花也。’”

⑩乘鸾：见王安石《千秋岁引》词注⑦。

⑪桃源：桃花源，见晋陶渊明《桃花源记》写渔人曾入与世隔绝的桃花源，后再去寻访便迷失不复得路。

⑫蓬岛：蓬莱仙岛。

⑬鬓丝：谓鬓发愁白，有如丝缕。

杨 适

杨适(kuò),字时可,棣州(今山东惠民)人。年十八,登进士第。晚岁出仕为尚书比部员外郎。词存1首,见《花庵词选》卷六。

南柯子 送淮漕向伯恭[1]

怨草迷南浦[2],愁花傍短亭[3]。有情歌酒莫催行。看取无情花草也关情。　旧日临岐曲[4],而今忍泪听。淮山何在暮云凝[5]。待倩春风吹梦过江城。

【注释】

①向伯恭:即向子諲(见本书介绍),徽宗宣和间为淮南转运判官(即淮漕)。词当作于此时。

②南浦:梁江淹《别赋》:"送君南浦,伤如之何?"后常以指送别之地。浦,水边。

③短亭:古代路边供行人休息之所,十里一长亭,五里一短亭。

④临岐:指在分道惜别。

⑤淮山:淮河流域之山,如都梁山、巉石山。

韩驹

韩驹(1180—1135)，字子苍，仁寿(今属四川)人，徙居汝州(今河南临汝)。徽宗政和二年(1112)召试，赐进士，除秘书省正字，累迁至中书舍人。宣和六年(1124)，坐为元祐曲学，以集英殿修撰提举江州太平观。高宗绍兴五年(1135)，为徽猷阁待制、提举江州太平观，卒。著有《陵阳集》。词存1首，见《草堂诗余后集》卷上。

念奴娇　月①

海天向晚，渐霞收余绮②，波澄微绿。木落山高真个是，一雨秋容新沐。唤起嫦娥③，撩云拨雾，驾此一轮玉。桂华疏淡④，广寒谁伴幽独⑤？　不见弄玉吹箫⑥，尊前空对此，清光堪掬。雾鬓风鬟何处问⑦，云雨巫山六六⑧。珠斗斓斒⑨，银河清浅，影转西楼曲。此情谁会⑩？倚风三弄横竹⑪。

【注释】

①清黄苏《蓼园词选》评曰："此词总是忧君忧国之念，触题而发耳……比兴深切，含而不露，斯为情景交融者。凡写景而不寓情，则意尽言中，便少佳致。"

②余绮：南齐谢朓《晚登三山还望京邑》诗："余霞散成绮，澄江静如练。"绮，织素为文，即素地织纹起花的丝织物。

③嫦娥：相传为后羿之妻，因偷食不死之药而奔月宫，遂为月神。见《淮南子·览冥》。

④桂华：指月光。相传月中有丹桂，故云。

⑤广寒：月宫名。旧题郭宪《洞冥记》："冬至后，月养魄于广寒宫。"此句谓嫦娥独处广寒宫，无人相伴。

⑥弄玉吹箫：见本书王安石《千秋岁引》词注⑦。

⑦雾鬓风鬟：形容女子发髻散乱。

⑧巫山六六：谓巫山有十二峰，山在今重庆巫山县东。

⑨珠斗：北斗星。唐王维《同崔员外秋宵寓直》诗："月迥藏珠斗，云消出绛河。"斓斒(bǎn)：色彩错杂鲜明。

⑩谁会：谁能领会、理解。

⑪三弄横竹：即三弄横笛。笛曲有《梅花三弄》。

宋齐愈

宋齐愈，字文渊，一云字退翁，蜀人。徽宗宣和三年（1121），登太学上舍第一。钦宗建康初（1126），官右谏议大夫。高宗建炎元年（1127），为左司员外郎，试起居郎。不久，因曾推举伪楚张邦昌，被处以死刑。词存1首，见《乐府雅词拾遗》卷上。

眼儿媚①

霏霏疏影转征鸿，人语暗香中②。小桥斜渡，曲屏深院③，水月朦胧。　　人间不是藏春处，玉笛晓霜空④。江南树树，黄垂密雨⑤，绿涨熏风⑥。

【注释】

①此词深受宋徽宗赞赏，《宣和遗事》云："宣和中，宋齐愈为太学官，徽宗召对，曰：'卿文章新奇，可作梅词进呈，须是不经人道语。'齐愈立进《眼儿媚》词，徽宗称善。次日，谕近臣曰：'宋齐愈梅词，非惟不经人道，且自开花说至结子、黄熟，并天气亦言之，可谓尽致矣。"清许昂霄《词综偶评》云："可谓珠琲字字圆矣。"

②霏霏：纷飞貌。疏影、暗香：语本林逋《小园早梅》诗："疏影横斜水清浅，暗香浮动月黄昏。"

③曲屏：曲折的屏风。《全宋词》作"西亭"。

④"玉笛"句：暗用笛曲《梅花三弄》，写早春梅花。

⑤"黄垂"句：谓黄熟的梅子在密雨中下垂。

⑥"绿涨"句：形容梅叶日渐茂盛。

宋江，相传字公明，号呼保义，郓城（今属山东）人，尝为押司，把笔司吏；徽宗政和中，上梁山泊，领导农民起义，终被朝廷招安。《水浒》敷衍其事。词存1首，见《词品拾遗》引《瓮天脞语》。另《水浒》第三十九回有《西江月》（自幼曾攻经史），乃小说依托。

念奴娇[①]

天南地北，问乾坤何处，可容狂客？借得山东烟水寨[②]，来买凤城春色[③]。翠袖围香，鲛绡笼玉[④]，一笑千金值。神仙体态，薄倖如何销得[⑤]！　回想芦叶滩头，蓼花汀畔，皓月空凝碧。六六雁行连八九[⑥]，只待金鸡消息[⑦]。义胆包天，忠肝盖地，四海无人识。闲愁万种，醉乡一夜头白。

【注释】

①此词当为招安后忆旧而作。

②山东烟水寨：指梁山泊，在山东省东平、郓城间。宋江等曾结寨于此。

③凤城：帝都，此指东京汴梁。

④鲛绡：见本书李之仪《南乡子·夏日作》词注③。笼玉：玉体被鲛绡所笼罩。相传宋江曾在汴京李师师处游冶，因描写李师师体态。下三句同。

⑤薄倖：指薄情的人。

⑥六六：指梁山一百零八将中的三十六天罡。八九，指七十二地煞。

⑦金鸡消息：指大赦信息。古代颁赦诏日，设金鸡于竿，以示吉辰。唐李白《流夜郎赠辛判官》诗：“我愁远谪夜郎去，何日金鸡放赦回？”此谓等待朝廷大赦。

幼　卿

幼卿，女，徽宗宣和时人，嫁给一武弁。词存一首。

浪淘沙[①]

目送楚云空，前事无踪。谩留遗恨锁眉峰。自是荷花开较晚，孤负东风。　　客馆叹飘蓬，聚散匆匆。扬鞭那忍骤花骢[②]？望断斜阳人不见，满袖啼红[③]。

【注释】

①据宋吴曾《能改斋漫录》卷十六载，幼卿少与表兄同砚席，雅有文字之好。年未及笄，表兄欲与她缔姻，父母以其未入仕，不许。幼卿遂嫁于一武弁。明年，表兄登甲科，为洮州教官，幼卿之夫统兵陕右，二人不期而遇。表兄前憾未平，鞭马而走，略不相顾，幼卿因作此词以寄之。

②花骢：马之青白色杂毛者。又称青骢。

③啼红：指泣泪。女子之泪曰红泪，故云。

蒋氏女

蒋氏女，蒋氏，兴祖之女。兴祖，浙西人，靖康间为阳武(今并入河南武原)令，金人南下，城破死难。其女方笄，美颜色，能诗词，被金人掳去。词存一首。

减字木兰花 题雄州驿[1]

朝云横度。辘辘车声如水去。白草黄沙[2]。月照孤村三两家。　　天天去也[3]。万结愁肠无昼夜。渐近燕山[4]。回首乡关归路难。

【注释】

①雄州：宋代辖境相当今河北雄县、容城。清况周颐《蕙风词话续编》卷一评曰："寥寥数十字，写出步步留恋，步步凄恻。当戎马流离之际，不难于慷慨，而难于从容。"

②白草：西北地区一种牧草。《汉书·西域传》颜师古注："白草似莠而细，无芒，其干熟时正白色，牛马所嗜也。"

③天天去：一作飞鸿过。

④燕山：指燕京，金时为中都，即今北京。

洪　皓

洪皓(1088—1155)，字光弼。鄱阳(今江西波阳)人。徽宗政和五年(1115)进士。宋高宗建炎三年(1129)奉命出使金朝，被扣十五年，始终不屈，屡次秘密向南宋递送“复故疆，报世仇”的情报。绍兴十二年(1142)被释归宋，授徽猷阁直学士。他见秦桧即言不可苟安，因为所忌，贬谪至濠、英、袁等州，卒于南雄州。秦桧死，谥忠宣。著有《鄱阳集》《松漠纪闻》。近人吴伯宛辑有《鄱阳词》，词风悲慨沉至，兴寄遥深，中多迁谪之恨、故国之思。

浣溪沙　排闷[①]

丧乱佳辰不易攀。四逢寒食尽投闲[②]。踏青无处想家山[③]。　麟殿阻趋陪内宴[④]，萱堂遥忆侍慈颜[⑤]。感时双泪滴潺潺[⑥]。

【注释】

①本词作于拘留金朝四年左右期间。

②投闲：被置于闲散地位，才能不得施展。此指被拘留。

③踏青：春天到郊外游览，俗以清明节为踏青节。“踏青无处”为“无处踏青”倒文。

④麟殿：汉朝有麒麟阁在未央宫。此指南宋宫殿。本句说自己被留北方，未能到宋宫趋陪皇帝举行的宴会。

⑤萱堂：种植萱草的北堂，常用以指母亲居室或迳指母亲。慈颜：母亲的容颜。

⑥潺(chán)潺：水流貌，此处形容流泪。

临江仙　怀归[①]

冷落天涯今一纪[②]，谁怜万里无家。三间憔悴赋怀沙[3]。思亲增怅望，吊影觉欹斜[4]。　　兀坐书堂真可怪，销忧殢酒难赊[5]。因人成事耻矜夸。何时还使节？踏雪看梅花[6]。

【注释】

①本词是作者被拘留金朝第十二年期间怀归故国所作。

②纪：古代以十二年为一纪。

③“三闾”句：战国楚伟大爱国诗人屈原曾仕三闾大夫，为南后郑袖等人迫害，流迁到今湖南湘江一带。《史记·屈原列传》说他：“被发行吟泽畔，颜色憔悴，形容枯槁……乃作《怀沙》之赋。”这里作者以之自比。

④吊影：三国魏曹植《上责躬应诏诗表》：“形影相吊，五情愧赧。”形容孤独凄苦。吊，有怜悯的意思。

⑤殢（tì）酒：病酒。赊：宽缓。

⑥梅花：当时金国无梅花，故作者常借以寄托故国之思。参看下选《江梅引》并序。

江梅引　并序[1]

顷留金国，四经除馆。十有四年，复馆于燕[2]。岁在壬戌[3]，甫临长至[4]，张总侍御邀饮[5]。众宾皆退，独留少款[6]。侍婢歌《江梅引》[7]，有“念此情，家万里”之句，仆曰[8]：“此词殆为我作也[9]。”又闻本朝使命将至[10]，感慨久之。既归，不寝，追和四章[11]，多用古人诗赋[12]，各有一“笑”字，聊以自宽。如“暗香”“疏影”“相思”等语，虽甚奇，经前人用者众，嫌其一律，故辄略之[13]。卒押“吹”字，非风即笛[14]，不可易也。此方无梅花，士人罕有知梅事者，故皆注所出[15]。

天涯除馆忆江梅[16]。几枝开？使南来[17]，还带余杭、春信到燕台⑱。准拟寒英聊慰远，隔山水，应销落，赴愬谁⑲！　　空恁遐想笑摘蕊⑳。断回肠，思故里㉑。漫弹绿绮㉒，引三弄㉓，不觉魂飞。更听胡笳，哀怨泪沾衣㉔。乱插繁花须异日㉕，待孤讽，怕东风，一夜吹㉖。

【注释】

①本词即《江城梅花引》。其子洪迈《容斋五笔》卷三《先公诗词》云，其父壬戌（绍兴十二年）在燕京作此词，“所引用句语，一一有来处。北人不识梅花，士人罕有知梅事者”；“每首有一‘笑’字，北人谓之《四笑梅花引》，争传写焉。”相传调名取自唐李白《与史郎中钦听黄鹤楼上吹笛》诗中“江城五月落梅花”句。江城即江夏，今湖北武汉武昌。《词谱》卷二十一：“按万俟咏《梅花引》句读与《江城子》相近，故可合为一调。”

②“顷留”四句：顷：不久。除馆：变易羁留馆舍。《左传·昭公十三年》载晋国将扣留鲁国使臣季孙意如移置到边远地区时说：“将为子除馆于西河。”宋沈括《梦溪笔谈》卷四《辨证》二说：“除，犹易也。以新易旧曰除。”作者被留金朝十四年中，屡经迁移，一居太原，二至云中，三迁冷山，四至燕，后又被遣至云中，不久再回燕。（见洪适《盘洲文集·先君述》）燕：今北京。

③壬戌：宋高宗绍兴十二年(1142)。

④甫：方，才。长至：夏至，节令名。

⑤张总侍御：金朝官吏。侍御，即侍御史，御史台成员。

⑥款：招待。

⑦江梅引：此指王观《江城梅花引》。

⑧仆：自我的谦称。

⑨殆：近乎。

⑩本朝使命将至：绍兴十二年二月，宋金达成和议，宋高宗上表向金称臣，每年贡银二十五万两、绢二十五万匹，放弃淮水以北全部土地。金朝同意送还宋徽宗、郑皇后梓宫（帝后之棺）和高宗母韦后。同年四月，南宋派信安郡王孟忠厚等为使节至

金朝护迎。

⑪追和：事后作诗词和别人相唱和。此指追和王观的词。

⑫“多用”句：词中大量运用古人诗赋中关于梅花的成语典故。

⑬“如暗香”五句：“暗香”“疏影”“相思”等均古人描写梅花时常用语。如宋林逋《山园小梅》诗：“疏影横斜水清浅，暗香浮动月黄昏。”王观《江城梅花引》：“冷艳一枝春在手，故人远，相思寄与谁？”

⑭非风即笛：指各词末句均押“吹”字韵，一定和风吹或笛吹有关。

⑮“故皆”句：作者于词中自注所用梅花典故出处。后散佚，其中前三首的原注保留在《容斋五笔》中。《容斋五笔》说这四首词“北人谓之《四笑梅花引》，争传写焉”。反映作者有意识借此寄寓和抒发爱国思想感情，在当时产生相当影响。今将其原注出处大部分吸收到注文中去，有些则直接引录，俾与词文相印证。

⑯江梅：这里泛指长江以南地区的梅花，当隐喻南宋爱国力量。

⑰使南来：使者从南方来，参看前注⑩。

⑱余杭：杭州。作者原注：“白乐天忆杭州梅花诗云：‘三年闲闷在余杭，曾为梅花醉几场。’车驾时在临安。”白乐天即唐诗人白居易，曾任杭州刺史。车驾：皇帝出外乘车而行，因用为皇帝代称，此指宋高宗。临安：南宋府名，治所在杭州，当时是临时国都。此注反映作者对南宋政治中心的关注。春信：春天信息，此指梅花。《荆州记》载，南朝宋陆凯自江南寄梅花一枝给在长安的范晔，并赠诗云：“折花逢驿使，寄与陇头人。江南无别信，聊赠一枝春。”燕台：战国时燕昭王筑台延请天下贤士，故址在今河北易县南，这里借指燕京，暗示自己客居异地。

⑲准拟：打算、准备。寒英：指梅花。英：花。四句化用唐柳宗元贬谪时期所作《早梅》诗：“欲为万里赠，杳杳山水隔。寒英坐销落，何用慰远客。”愬（sù），告诉。

⑳恁：这样。蕊：花蕊，此指梅花。

㉑“断回肠”两句：化用唐高适《人日寄杜二拾遗》：“遥怜故人思故乡”，“梅花满枝空断肠”。

㉒绿绮：相传汉司马相如琴名，此泛指琴。

㉓三弄：指古乐曲《梅花三弄》，一名《梅花引》。三弄是曲调反复三次。

㉔胡笳：古代一种管乐器，流行于塞北和西域一带。两句化用杜甫流寓四川时所作《独坐》诗：“胡笳在楼上，哀怨不堪听。”

㉕须：等待。异日：犹他日，指将来。本句化用杜甫《苏端薛复筵简薛华醉歌》：“安得健步移远梅，乱插繁华向晴昊。”

㉖孤讽：独自讽诵。三句化用苏轼《次韵李公择梅花》诗：“忽见早梅花，不饮但孤讽。”《梅花》诗：“一夜东风吹石裂，半随飞雪渡关山。”

访寒梅

春还消息访寒梅①，赏初开，梦吟来②。映雪衔霜，清绝绕风台③。可怕长洲桃李妒④，度香远，惊愁眼，欲媚谁⑤？　　曾动诗兴笑冷蕊⑥。效少陵⑦，惭下里⑧。万株连绮，叹金谷，人坠莺飞⑨。引领罗浮，翠羽幻青衣⑩。月下花神言极丽，且同醉，休先愁，玉笛吹⑪。

【注释】

①“春还”句：化用李白《早春寄王汉阳》诗：“闻道春还未相识，走傍寒梅访消息。”

②梦吟来：作者自注：“王昌龄梦中作梅花诗。”

③“映雪”二句：化用南朝梁何逊《咏早梅》诗：“衔霜当路发，映雪拟寒开。枝横却月观，花绕凌风台。”

④“可怕”句：白居易《新栽梅》：“莫怕长洲桃李妒，今年好为使君开。”

⑤“惊愁眼”两句：语本杜甫《十二月一日》诗：“未将梅蕊惊愁眼，要取椒花媚远天。”

⑥诗兴：语本杜甫《和裴迪登蜀州东亭送客逢早梅相忆见寄》“东阁官梅动诗兴”句。笑冷蕊：语本杜甫《舍弟观起蓝田取妻子到江陵喜寄》诗：“巡檐索共梅花笑，冷蕊疏枝半不禁。”

⑦效少陵：杜甫曾自称“少陵野老”。此作者自谓效法杜甫为诗。

⑧下里：先秦时一种俚俗曲调。此作者借以自谦歌词鄙俗。

⑨“万株”三句：化用南朝陈江总《梅花落》诗：“金谷万株连绮甍，梅花密处藏娇莺。”西晋贵族石崇曾筑金谷园。崇有美妾绿珠，权臣孙秀求之，崇不许。因被谗杀。当崇被捕时，绿珠在金谷园坠楼自杀。绮甍，有花纹的屋脊。人坠，指绿珠坠楼。

⑩引领：伸颈遥望，形容盼望的殷切。罗浮：山名，在今广东，以产梅花著名。作者原注：“赵师雄《罗浮见美人在梅花下有翠羽啾嘈相顾》诗云：‘学妆欲待问花神。’”相传赵师雄流迁到罗浮，遇一美人，淡妆素服，芳香袭人，一起谈话饮酒，醒来发现自己睡在大梅树下。（见《龙城录》）美人为梅花之神。翠羽：翡翠鸟，羽毛呈青绿色，当地人呼为倒挂子。青衣：婢女。

⑪玉笛吹：笛曲中有《梅花落》，这里用“玉笛吹”借指梅花落去。作者原注引唐崔橹《岸梅》诗：“初开已入雕梁画，未落先愁玉笛吹。”

怜落梅

重闺佳丽最怜梅，牖春开，学妆来，争粉翻光，何遽落梳台[①]。笑坐雕鞍歌古曲[②]，催玉柱，金卮满[③]，劝阿谁？　　贪为结子藏暗蕊[④]，敛蛾眉[⑤]，隔千里。旧时罗绮，已零散，沈谢双飞[⑥]。不见娇姿，真悔著单衣[⑦]。若作和羹休讶晚[⑧]，堕烟雨[⑨]，任春风，片片吹。

【注释】

①“重闺”五句：化用南朝梁萧纲《梅花赋》中“重闺佳丽”“怜早花之惊节”“顾影丹墀”“洞开春牖”及“争楼上之落粉”等句。重闺，深闺。佳丽，美女。争粉，形容梅花洁白芳香，与妇女化妆用粉争胜。翻光，指梅花光采翻动。

②“笑坐”句：语本李白《襄阳歌》“笑坐雕鞍歌落梅”句。古曲，指《梅花落》，汉乐府《横吹曲》中已有此曲。

③柱：乐器上圆枕木。卮（zhī）：酒器。两句化用南朝陈江总《梅花落》诗：“满酌金卮催玉柱，落梅树下宜歌舞。”

④“贪为”句：化用宋苏轼《红梅》“抱丛暗蕊初含子”句，意谓梅花贪图结子把暗蕊隐藏，以防被人攀去。

⑤敛蛾眉：语本萧纲《梅花赋》：“春风吹梅畏落尽，贱妾为此敛蛾眉。”

⑥罗绮：两种丝织品，此喻服装华贵的人及其繁华生活。三句化用白居易《忆杭州梅花因叙旧游寄萧协律》诗：“薛刘相次埋新垅，沈谢双飞出故乡。歌伴酒徒零落尽，唯残头白老萧郎。”白氏自注：“薛、刘二客，沈、谢二妓，皆当时歌酒之侣。”本词或以喻南宋爱国力量，过去曾与作者有相当交谊，此时则遭到排斥。

⑦“不见”两句：化用南北朝庾信《梅花》诗：“树动悬冰落，枝高出手寒。早知觅不见，真悔著衣单。”

⑧和羹：古人煮羹时用盐醋等调味，用梅作酸的调味品。《尚书·说命》：“若作和羹，尔唯盐梅。”

⑨堕烟雨：语本苏轼《花落复次韵》“玉妃谪堕烟雨村”句。

□□□[1]

去年湖上雪欺梅[2]。片云开，月飞来。雪月光中，无处认楼台。今岁梅开依旧雪，人如月[3]，对花笑，还有谁。　　一枝两枝三四蕊。想西湖，今帝里[4]，彩笺烂绮[5]。孤山外[6]，目断云飞。坐久花寒、香露湿人衣[7]。谁作叫云横短玉[8]，三弄彻[9]，对东风，和泪吹[10]。

【注释】

①本词题目原缺。按前三首题名均取自其第一句末三字，此首之题当为《雪欺梅》，谓梅花为白雪所欺压。

②湖上：指杭州西湖边。

③人如月：人如同明月那样皎洁美好。唐韦庄《菩萨蛮》："垆边人似月，皓腕凝霜雪。"

④帝里：帝都、京城。本句与《江梅引》词原注中"车驾时在临安"相呼应。

⑤"彩笺"句：形容笺纸颜色和上面所写文词的华丽。此当含有对南宋政权中歌咏升平现象的讽喻之意。

⑥孤山：在西湖旁，为西湖名胜之一。北宋诗人、高士林逋曾居于此，植梅养鹤，以"梅妻鹤子"自喻。

⑦"坐久"二句：语本黄庭坚《水调歌头》："只恐花深里，红露湿人衣。"

⑧叫云：响彻云霄之意。短玉：指玉笛。

⑨三弄彻：把《梅花三弄》都吹遍了。彻，吹彻、吹尽。

⑩毛泽东于1975年曾指定对这四首词进行注释，见《毛泽东晚年过眼诗文录》，1993年花山文艺出版社出版。徐案：顾易生曾参与注释。

蔡　伸

蔡伸（1088—1156），字伸道，自号友古居士。莆田（今属福建）人。著名书法家蔡襄之孙，徽宗政和五年（1115）进士。宣和中，历官太学博士，知北海县、通判滁州、徐州、德安府、和州，又为浙东安抚司参议官。与赵鼎善。初与秦桧同舍，然不为所用。官至左中大夫。秩满，提举台州崇道观。有《友古词》，清新淡雅，意味隽永。其中少数作品，“亦几几入清真（周邦彦）之室”。（冯煦《蒿庵论词》）

苍梧谣①

天，休使圆蟾照客眠②。人何在？桂影自婵娟③。

【注释】

①调名即《十六字令》。

②圆蟾：指满月，相传月中有蟾蜍（蛤蟆）。

③桂影：月影，相传月中有桂。婵娟：美好貌。唐孟郊《婵娟篇》：“月婵娟，真可怜。”

长相思①

村姑儿，红袖衣。初发黄梅插稻时②，双双女伴随。
长歌诗，短歌诗，歌里真情恨别离，休言伊不知。

【注释】

①近人刘永济《唐五代两宋词简析》评此词曰：“以寻常口语描写闺情……言外有怨其不归之意。”

②初发黄梅：夏初梅子黄熟之时多雨。《风土记》：“夏至雨名黄梅雨，沾衣服皆败黦。”

柳梢青[1]

数声鶗鴂[2]，可怜又是，春归时节。满院东风，海棠铺绣[3]，梨花飘雪。　　丁香露泣残枝，算未比、愁肠寸结[4]。自是休文，多情多感，不干风月[5]。

【注释】

①此词别又误作贺铸词。

②鶗鴂(tí jué)：《文选》张衡《思玄赋》："鶗鴂鸣而不芳。"注引《临海异物志》云："鶗鴂，一名杜鹃，至三月鸣，昼夜不止，夏末乃止。"

③铺绣：形容落花满地。

④"丁香"三句：丁香花蕾如结，多喻愁思固结不解。此处语本唐李商隐《代赠》之一："芭蕉不展丁香结，同向春风各自愁。"

⑤"自是"三句：休文，梁沈约，字休文，其《与徐勉书》曰："百日数旬，革带常应移孔；以手握臂，率计月小半分，以此推算，岂能支久？"（见《梁书》本传）故下文称"多情多感，不干风月"，言外谓多情而消瘦也。此又化用欧阳修《玉楼春》："人生自是有情痴，此恨不关风与月。"

水调歌头　时居莆田[1]

亭皋木叶下[2]，原隰菊花黄[3]。凭高满眼秋意，时节近重阳。追想彭门往岁[4]，千骑云屯平野，高宴古毬场。吊古论兴废，看剑引杯长[5]。　　感流年，思往事，重凄凉。当时坐间英俊，强半已凋亡[6]。慨念平生豪放，自笑如今霜鬓，漂泊水云乡[7]。已矣功名志，此意付清觞[8]。

【注释】

①此词为晚年罢职后退居莆田故里时所作。

②亭皋:水边平地。南朝梁柳恽《捣衣诗》:"亭皋木叶下,陇首秋云飞。"

③原隰:广平低湿之地。《国语·周语》上:"犹其原隰之有衍沃也。"注:"广平曰原,下湿曰隰。"

④彭门:徐州。作者曾为徐州通判。

⑤"看剑"句:用杜甫《夜宴左氏庄》诗成句,俞平伯释云:"引有延长牵连义。引酒即连续地喝酒。"(见《唐宋词选释》115页)

⑥强半:过半、大半。

⑦水云乡:烟水迷离之处,多指隐者优游之地。

⑧清觞:指酒杯。

苏武慢[1]

雁落平沙,烟笼寒水[2],古垒鸣笳声断[3]。青山隐隐[4],败叶萧萧,天际暝鸦零乱。楼上黄昏,片帆千里归程,年华将晚。望碧云空暮,佳人何处[5],梦魂俱远。

忆旧游,邃馆朱扉[6],小园香径[7],尚想桃花人面[8]。书盈锦轴,恨满金徽[9],难写寸心幽怨。两地离愁,一尊芳酒,凄凉危栏倚遍。尽迟留,凭仗西风,吹干泪眼。

【注释】

①此词作于徐州通判任上。清冯煦《蒿庵论词》谓此词"亦几几入清真之室"。

②烟笼寒水:唐杜牧《泊秦淮》诗:"烟笼寒水月笼沙,夜泊秦淮近酒家。"

③古垒：指徐州古战场。

④青山隐隐：杜牧《寄扬州韩绰判官》："青山隐隐水迢迢，秋尽江南草未凋。"

⑤"望碧云"二句：语本梁江淹《拟汤惠休怨诗》："日暮碧云合，佳人殊未来。"

⑥邃馆：幽深的馆舍。

⑦小园香径：宋晏殊《浣溪沙》："小园香径独徘徊。"

⑧桃花人面：见晏几道《御街行》（街南绿树饶春絮）词注④。

⑨金徽：指琴徽，琴上音标。唐元稹《小胡笳引》："雷氏金徽琴，王君宝重轻千金。"注："桂府王推官出蜀匠雷氏金徽琴，请姜宣弹。"

谒金门

溪声咽，溪上有人离别。别语叮咛和泪说，罗巾沾泪血。　　尽做刚肠如铁①，到此也应愁绝。回首断山帆影灭，画船空载月②。

【注释】

①尽做：尽管。

②画船：装饰华美的船。

何 㮚

何㮚（1089—1127），字文缜，仙井监（今四川仁寿）人。徽宗政和五年（1115），进士第一。历官中书舍人，尚书右仆射，兼中书侍郎。靖康中，与秦桧陷于金廷，威武不屈，绝食而死。高宗建炎初，赠观文殿大学士。词存2首。

虞美人[①]

分香帕子揉蓝腻[②]，欲去殷勤惠。重来只待牡丹时，只恐花枝知后故开迟[③]。　别来看尽闲桃李，日日栏干倚。催花无计问东风，梦作一双蝴蝶绕芳丛[④]。

【注释】

①王灼《碧鸡漫志》卷二："何文缜在馆阁时，饮一贵人家。侍儿惠柔者，解帕子为赠，约牡丹开再集。何甚属意，归作《虞美人》曲，曲中隐其名。"清谢章铤《赌棋山庄词话》卷十一云："窃以为何文缜，尽节名臣也，而有赠妓惠柔之作……盖古来忠孝节义之事，大抵发于情，情本于性，未有无情而能自立于天地间者。"

②揉蓝：见王安石《渔家傲》（平岸小桥千嶂抱）词注②。

③花枝：一作花知。

④芳丛：即花丛。

如　晦

如晦，僧人，名皎，居剡（今浙江嵊州市）之明心寺。与汝阴王铚相酬答。存词1首。

卜算子　送春[①]

有意送春归，无计留春住。毕竟年年用著来，何似休归去[②]。　　目断楚天遥[③]，不见春归路。风急桃花也似愁，点点飞红雨[④]。

【注释】

①此词前人曾与李清照《醉花阴》中“人比黄花瘦”相提并论，如清毛先舒《诗辨坻》卷四引柴虎臣云：“语情则红雨飞愁，黄花比瘦，可称雅畅。”清黄苏《蓼园词选》云：“沈际飞云：‘善谑。’送春词中，此为第一。清空超脱，不滑熟，不沾滞，当得一‘隽’字。”

②何似：还不如。

③楚天：楚地的天空。柳永《雨霖铃》：“念去去，千里烟波，暮霭沉沉楚天阔。”

④红雨：形容纷飞的桃花。唐李贺《将进酒》：“况是青春日将暮，桃花乱落如红雨。”

孙 舣

孙舣，字济师，生平不详。

菩萨蛮 落梅[1]

一声羌管吹呜咽[2]，玉溪夜半梅翻雪[3]。江月正茫茫，断桥流水香。　　含章春欲暮[4]，落日千山雨。一点著枝酸，吴姬先齿寒[5]。

【注释】

①《苕溪渔隐丛话》前集卷五十九云："孙舣，字济师，尝作落梅词，甚佳。"

②羌管：一种笛子，相传出于羌中，故名。

③玉溪：水名，在今河南济源县西北王屋山中。

④含章：殿名。相传南朝宋寿阳公主人日卧于含章殿下，梅花飘在额上，拂之不去，宫人效为梅花妆。

⑤"一点"二句：指梅子味酸，令人未吃先觉齿软。

李重元

李重元，生平不详，黄昇《花庵词选》卷七录其《忆王孙》4首，分别咏春、夏、秋、冬四季。

忆王孙[①]

萋萋芳草忆王孙[②]，柳外楼高空断魂。杜宇声声不忍闻[③]。欲黄昏，雨打梨花深闭门[④]。

【注释】

①此词别又误作秦观作。明沈际飞《草堂诗余正集》卷一评曰："一句一思。"又云："因楼高曰空，因闭门曰深，俱可味。"

②"萋萋"句：《楚辞·招隐士》："王孙游兮不归，春草生兮萋萋。"王孙为古代对贵族子弟的通称。

③杜宇：即杜鹃鸟，相传为古蜀帝杜宇之魂所化，故名。

④"雨打"句：宋吴聿《观林诗话》云："半山（王安石）酷爱唐乐府'雨打梨花深闭门'之句。"此处用其成句。清黄苏《蓼园词选》评曰："末句尤比兴深远，言有尽而意无穷。"

吴淑姬

吴淑姬，生平不详。《永乐大典》卷八〇八诗字韵引张侃《拙轩初稿》载吴淑姬诗："丈夫非无泪，不洒别离间"句，或即此人。后有同名者，湖州人，王十朋为湖州守时，因事犯案。亦有词《长相思令》1 首。

小重山 春愁[①]

谢了荼蘼春事休[②]。无多花片子，缀枝头。庭槐影碎被风揉，莺虽老[③]，声尚带娇羞。　独自倚妆楼。一川烟草浪[④]，衬云浮。不如归去下帘钩。心儿小，难著许多愁[⑤]。

【注释】

①沈雄《古今词话·词辨》上卷《小重山》引严仁云："如怨如诉，自起自倒，诵之有难以为情者，匪直深于意态也。"

②荼蘼（túmei）：即酴醾，花名，以色似酴醾酒，故名。苏轼《杜沂游武昌以酴醾花菩萨泉见饷》诗："酴醾不争春，寂寞开最晚。"故此云酴醾谢落春天也过完了。

③莺虽老：意为春莺至春末时已近老大。

④烟草浪：烟雾笼罩的草丛起伏如波浪。

⑤心儿：一语双关，既指帘钩形如心字，也指作者的心。此二句纤柔婉美，感人至深。

聂胜琼

聂胜琼，女，生平不甚详，都下妓，归李之问。《绿窗新话》引《古今词话》："李公之问仪曹，解长安幕，诣京改秩。都下聂胜琼，名娼也，质性慧黠，公见而喜之。李归行，胜琼送之别，饮于莲花楼。"存词1首。

鹧鸪天　寄李之问[①]

玉惨花愁出凤城[②]，莲花楼下柳青青。尊前一唱阳关后[③]，别个人人第五程。　　寻好梦，梦难成，况谁知我此时情。枕前泪共帘前雨，隔个窗儿滴到明[④]。

【注释】

①李之问：生平不详。《岁时广记》卷二十一有李之问失调名词二句，不知是否即此人。《古今词话》云："（李之问）别后不旬日，聂作一词以寄之，名《鹧鸪天》，李在中路得之，藏于箧间，抵家为妻所得……妻喜其语句清健，遂出妆奁资募，后往京师取归。"清况周颐《蕙风词话》卷一评此词云："纯是至情语，自然秒造，不假造琢，愈浑成，愈秾粹。于北宋名家中，颇近六一（欧阳修）、东山（贺铸）。方之闺帏之彦，虽幽栖（朱淑真）、漱玉（李清照），未遑多让，诚坤灵间气矣！"

②凤城：京城。相传春秋时秦穆公之女弄玉，吹箫引凤，凤降其城，后因称京城为凤城。

③尊：酒器。阳关：曲调名，又名《渭城曲》。据唐王维《送元二使安西》诗谱成，后入乐府，以为送别曲。阳关旧址在今甘肃敦煌西南，遗迹尚存，古时为与西域往来必经之关隘。

④"枕前"二句：明卓人月以之与周邦彦词句"珠泪都作秋宵枕前雨"相比，云："泪与雨，吾不知其是一是二？"（《古今词统》卷七）

李弥逊

李弥逊（1089—1153），字似之，号筠溪翁，连江（今属福建）人，居吴县（今属江苏）。徽宗大观三年（1109）进士。累官起居郎、试中书舍人，户部侍郎。因反对和议，忤秦桧意，上书乞归，以徽猷阁直学士知漳州。绍兴十二年（1142）落职。晚年隐居连江之西山，有《筠溪集》，词名《筠溪乐府》。

水调歌头

八月十五夜集长乐堂[①]，月大明，常岁所无，众客皆欢，戏用伯恭韵作[②]。

白发闽江上，几度过中秋[③]。阴晴相半，曾见玉塔卧寒流[④]。不似今年三五，皎皎冰轮初上，天阙恍神游[⑤]。下视人间世，万户水明楼[⑥]。　　贤公子，追乐事，占鳌头[⑦]。酒酣喝月[⑧]，腰鼓百面打凉州[⑨]。沈醉尽扶红袖，不管风摇仙掌，零露湿轻裘[⑩]。但恐尊中尽，身外复何忧。

【注释】

①长乐堂：疑在闽江畔之长乐县，故名。

②伯恭：向子諲，见前作者介绍。同韵词有二首，一为"闰馀有何好，一年两中秋"。

③闽江：福建最大的河流，自南平流经福州，至长乐、马尾入海。连江，在马尾之北。词人晚年居此，故有此语。

④玉塔卧寒流：指月亮在水中倒影。语本苏轼《江月五首》之一："一更山吐月，玉塔卧微澜。"作者《筠砚待月》诗："玉塔微澜秋月吐，澄江净练夜潮归。"亦用其语。

⑤冰轮：喻团圆的明月。天阙：天宫。此处化用苏轼《水调歌头》："不知天上宫阙，今夕是何年？我欲乘风归去，又恐琼楼玉宇，高处不胜寒。"

⑥“万户”句:形容月光使千家万户变得晶莹皎洁,如积水空明。杜甫《月》诗:“四更山吐月,残夜水明楼。”

⑦鳌头:唐宋翰林学士、承旨等官朝见皇帝时立于镌有巨鳌的殿陛石正中,因称入翰林院为上鳌头。

⑧酒酣喝月:李贺《秦王饮酒》诗:“酒酣喝月使倒行。”

⑨腰鼓:即细腰鼓。苏轼《惜花》诗:“道人劝我清明来,腰鼓百面如春雷。”凉州:乐曲名。杜牧《河湟》诗有句云:“唯有凉州歌舞曲,流传天下乐闲人。”

⑩仙掌:即仙人掌,植物名。据《淳熙三山志》卷四十二载:“仙人掌多于石壁上贴而生,如人掌,故名。”此喻风劲。

菩萨蛮[①]

江城烽火连三月[②],不堪对酒长亭别[③]。休作断肠声,老来无泪倾。　　风高帆影疾[④],目送舟痕碧[⑤]。锦字几时来[⑥],薰风无雁回[⑦]。

【注释】

①此词当作于连江故里。

②江城:李白《与史郎中钦听黄鹤楼上吹笛》:“黄鹤楼中吹玉笛,江城五月落梅花。”李诗中之“江城”指武昌。此指濒临闽江的连江县城。烽火,古时边境有敌入侵即举火报警,称为烽火,因亦指战火。杜甫《春望》诗:“烽火连三月,家书抵万金。”

③长亭:路旁小亭,供旅人息脚,古人每在此告别。

④风高:风大,风急。

⑤舟痕:指船行水中掀起的波纹。碧,谓水色青绿。

⑥锦字:前秦秦州刺史窦滔被徙流沙,其妻苏氏思之,织锦为回文旋图诗三百四十字以赠,可宛转循环以读之,词甚凄惋。(见《晋书·窦滔妻苏氏传》)后称妻寄夫之书信为锦字。

⑦薰风:和风,初夏时的东南风。

王以宁

王以宁（1090？—1146？），字周士，湘潭（今属湖南）人。徽宗大观年间入太学，后为鼎州幕僚，生致溪寇之酋。宣和三年（1121）以成忠郎换文资为从事郎。靖康元年（1126）授京畿提刑，入李纲幕为参谋，参与解太原之围。高宗建炎元年（1127），以枢密院编修官出守鼎州。建炎二年（1128）为京西制置使，升任直显谟阁。次年落职，降三官责监台州酒税。绍兴二年（1132）谪永州别驾，潮州安置。五年，特许自便。十年，复右朝奉郎，知全州（今广西全州）。其词多英武豪迈之气，清阮元称其词“句法精壮”，“绝无南宋浮艳虚薄之习”。（见《四库未收书目提要》）有《王周士词》。

水调歌头 呈汉阳使君①

大别我知友，突兀起西州②。十年重见，依旧秀色照清眸。常记鲒埼狂客③，邀我登楼雪霁，杖策拥羊裘。山吐月千仞，残夜水明楼④。　　黄粱梦⑤，未觉枕，几经秋。与君邂逅⑥，相逐飞步碧山头。举酒一觞今古，叹息英雄骨冷，清泪不能收⑦。鹦鹉更谁赋，遗恨满芳洲⑧。

【注释】

①汉阳使君：作者友人，姓名不详。北宋置汉阳军，南宋初属鄂州江夏郡。此以旧行政区称其友人。使君，对州郡长官的尊称。

②“大别”二句：语意双关。一谓大别山，西起汉阳东北汉江之岸；一谓与友人久别重逢，时已起用。西州：指汉阳，今属湖北武汉市，因在南宋首都临安之西，故称。

③鲒埼（jié qí）狂客：指词题中的汉阳使君。鲒埼，山名，在今浙江奉化东南，或系此人故里。

④“山吐”二句：化用杜甫《月》诗：“四更山吐月，残夜水明楼。”此处疑指黄鹤山，在今武汉市。

⑤黄粱梦：用唐人小说沈既济《枕中记》故事。

⑥邂逅：不期而遇。《诗经·郑风·野有蔓草》：“邂逅相遇。”

⑦一觞：犹一杯。晋陶渊明《饮酒十二首》：“一觞虽独进，杯尽壶自倾。”这里“一觞古今”，犹杯酒论古今英雄之意。

⑧“鹦鹉”句：东汉末江夏太守黄祖之子黄射大宴宾客，有人献鹦鹉，乃命祢衡作赋。后祢衡被黄祖所杀，葬于汉阳西南江中洲上。后人纪念祢衡，因名此洲为鹦鹉洲。见《后汉书·祢衡传》。唐崔颢《黄鹤楼》诗：“晴川历历汉阳树，芳草萋萋鹦鹉洲。”

陈与义

陈与义（1090—1138），字去非，号简斋。祖籍四川，曾祖时定居洛阳。自幼能文，尤长于诗。徽宗政和二年（1113）登上舍甲科，授开德府教授。宣和四年（1122），除太学博士，秘书省著作佐郎。高宗时，召为兵部员外郎。历官中书舍人、吏部侍郎、翰林学士、知制诰，官至参知政事。其间曾两度出知湖州，后在州之青墩定居。以诗著名，与黄庭坚、陈师道并称为江西诗派“三宗”。南渡后，诗风开始转变。亦工词，其词清婉奇丽，而豪放处又接近苏东坡。有《简斋集》《无住词》。《四库全书提要》称“其词不多，且无长调，而语意超绝”。“吐言天拔，不作柳亸莺娇之态，亦无蔬笋之气，殆于首首可传。”

临江仙①

高咏楚词酬午日②，天涯节序匆匆③。榴花不似舞裙红④。无人知此意，歌罢满帘风。　　万事一身伤老矣，戎葵凝笑墙东⑤。酒杯深浅去年同。试浇桥下水，今夕到湘中⑥。

【注释】

①金元好问《自题乐府引》：“陈去非怀旧云：‘忆昔午桥桥下饮……’又云：‘高咏楚辞酬午日……’如此等类，诗家谓之言外句，含咀之久，不传之妙，隐然眉睫间，唯具眼者乃能赏之。”

②楚词：即《楚辞》，内收屈原等所撰辞赋。午日：即农历五月初五端午节。旧俗以此日为屈原自沉汨罗江之日，故作者高咏《楚辞》以示怀念。

③“天涯”句：高宗建炎三年（1129），作者避乱岳阳，离故乡洛阳甚远，故曰“天涯”。节序：即时序。

④“榴花”句：古时裙色大红，因称石榴裙。唐白居易《赠卢侍御小妓》诗：“山石榴花染舞裙。”

⑤戎葵：即蜀葵，其花向日，亦称向日葵。此有所喻。杜甫《自京赴奉先县咏怀五百字》："葵藿倾太阳，物性固莫夺。"

⑥湘中：《宋史·陈与义传》："及金人入汴，高宗南迁，遂避乱襄汉，转湖湘，逾岭峤。"又《简斋先生年谱》："建炎三年己酉(1129)春，在岳阳……五月……入洞庭；六月……从华容还岳阳。"足见建炎三年词人在湖南一带。此处"湘中"兼指汨罗江屈原自沉之处，故词人以酒浇奠。

虞美人　大光祖席，醉中赋长短句①

张帆欲去仍搔首②，更醉君家酒。吟诗日日待春风，及至桃花开后却匆匆③。　歌声频为行人咽，记着尊前雪④。明朝酒醒大江流，满载一船离恨向衡州⑤。

【注释】

①大光：席益，字大光，洛阳人，靖康元年(1126)以中书舍人除徽猷阁待制知河中府，五月金兵入侵，弃城而去。作者曾作诗为之解嘲云："万事莫论兵动后。"后知郢州。此词系建炎中作于席益送行宴上。祖席，即送别饯行的酒席。参见白敦仁《陈与义年谱》。

②搔首：抓头，挠发，有所思貌。《诗·邶风·静女》："爱而不见，搔首踟蹰"。

③"吟诗"二句：明杨慎《词品》卷四谓"绝似坡仙(苏轼)语"。清刘熙载《艺概》卷四云："此好在句中也。"桃花开后：指春末夏初。匆匆，谓匆匆离别。

④行人：远行之人。《诗经·齐风·载驱》："汶水汤汤，行人彭彭。"这里是词人自谓。尊前雪：指酒席前的落花。

⑤"满载"句：衡州，治所在今湖南衡阳。词人于建炎三年前后曾去衡州。意境与苏轼《虞美人》"只载一船离恨向西州"相似。

虞美人

余甲寅岁，自春官出守湖州[①]。秋杪道中，荷花无复存者。乙卯岁，自琐闼以病得请奉祠，卜居青墩[②]。立秋后三日行[③]，舟之前后，如朝霞相映，望之不断也。以长短句记之。

扁舟三日秋塘路，平度荷花去[④]。病夫因病得来游，更值满川微雨洗清秋[⑤]。　去年长恨拿舟晚，空见残荷满[⑥]。今年何以报君恩，一路繁花相送过青墩[⑦]。

【注释】

①甲寅岁：高宗绍兴四年（1134）。是年八月，作者自礼部侍郎出知湖州（今属浙江）。春官：指礼部。

②乙卯岁：绍兴五年（1135）。是年二月，词人被召入朝为给事中；六月，托病辞职，以显谟阁直学士提举江州太平观，实则领祠禄（犹今之退休金）闲居。青墩：据《一统志》："在（浙江）桐乡县北二十五里，与湖州之乌镇止隔一水。"琐闼：宫门上镂刻的连琐花纹，此处指宫廷。

③立秋后：指乙卯岁（绍兴五年）立秋节后。词作于此时。

④平度：平稳地渡过。秋塘路：指秋天沿河塘行舟。

⑤病夫：词人自谓，见题序："以病得请奉祠。"

⑥"去年"二句：指甲寅岁辞官归家之时，已过秋杪，荷花已残。

⑦君恩：指宋高宗准他病假，得以欣赏荷花美景。语言婉曲，隐含不满。故白敦仁《陈与义年谱》引此二句案云："盖有怨于赵鼎也。"赵鼎时为宰相。词人怨赵鼎，实际上是怨高宗。

临江仙 夜登小阁，记洛中旧游[①]

忆昔午桥桥上饮，坐中多是豪英[②]。长沟流月去无声[③]。杏花疏影里，吹笛到天明[④]。　　二十余年如一梦，此身虽在堪惊[⑤]。闲登小阁看新晴。古今多少事，渔唱起三更[⑥]。

【注释】

①靖康之乱后，作者寄居于湖州青墩镇僧舍之中。小阁在僧舍旁。洛中，指洛阳，作者青年时生活于此，因而忆及。宋胡仔《苕溪渔隐丛话》后集卷三十四评云："此数语奇丽，《简斋集》后载数词，惟此词最优。"清陈廷焯《白雨斋词话》卷一评此词云："笔意超旷，逼近大苏。"

②忆昔：原作"昨夜"，从《彊村丛书》本《无住词》改。午桥：即午桥庄，在洛阳长夏门南五里处，为唐裴度之别墅所在地，宋时为张齐贤所有。《邵氏闻见录》谓"盖自唐以来为游观之地"。

③长沟流月：桥水映照月光，恰似月亮也在流动。句与杜甫《旅夜书怀》"月涌大江流"诗意差近之。

④"杏花"两句：王世贞《艺苑卮言》评为"爽语"；张炎《词原·今曲》称之为"真是自然而然"；刘熙载《艺概·词曲概》评为："不觉豪酣，转成怅惘，所谓好在句外者也。"

⑤"二十余年"二句：陈与义自政和三年（1113）入仕，中经靖康之难，至绍兴八年（1138）病退，共二十余年，仕路坎坷，故有此语。

⑥渔唱：渔歌。唐郑守愚《江行》："殷勤听渔唱，渐渐入吴音。"

刘彤

刘彤，女，字文美，生卒年不详。江宁（今南京）人，章文虎妻。工诗词。《苕溪渔隐丛话后集》卷四十存其词1首。

临江仙

千里长安名利客[①]，轻离轻散寻常。难禁三月好风光。满阶芳草绿，一片杏花香。　　记得年时临上马[②]，看人眼泪汪汪。如今不忍更思量。恨无千日酒[③]，空断九回肠[④]。

【注释】

①名利客：指热中仕宦、追求利禄者。此指其夫章文虎。

②年时：当时，那时。

③千日酒：酒名。传说古时中山人狄希能酿千日酒，饮后醉千日。刘玄石好酒，求饮一杯，醉眠千日。见晋张华《博物志》卷十。

④九回肠：形容忧思之甚。《文选》司马迁《报任少卿书》："是以肠一日而九回。"

张元幹

张元幹(1091—1161),字仲宗,自号真隐山人、芦川居士。永福(今福建永泰)人。北宋徽宗时为太学生,“已有能乐府声”。后为陈留县丞。靖康元年(1126),东京留守李纲辟为幕僚,参加抗金。后避乱于临安、湖州一带。高宗绍兴元年(1131),以将作监丞致仕。绍兴二十一年遭秦桧迫害,削籍下狱,桧死出狱,流寓杭州西湖。卒后迁葬闽之螺山。著有《芦川归来集》十卷。词以爱国豪放为主,亦有寄情山水之作。《四库全书总目》称:“其词慷慨悲凉,数百年后,尚想其抑塞磊落之气。然其他作,则多清丽婉转,与秦观、周邦彦可以肩随。”今人曹济平有《芦川词校注》。

贺新郎 寄李伯纪丞相[①]

曳杖危楼去[②]。斗垂天[③],沧波万顷,月流烟渚。扫尽浮云风不定,未放扁舟夜渡。宿雁落、寒芦深处。怅望关河空吊影,正人间鼻息鸣鼍鼓[④]。谁伴我,醉中舞?

十年一梦扬州路[⑤]。倚高寒,愁生故国,气吞骄虏。要斩楼兰三尺剑[⑥],遗恨琵琶旧语[⑦]。谩暗涩、铜华尘土[⑧]。唤取谪仙平章看[⑨],过苕溪尚许垂纶否[⑩]?风浩荡,欲飞举!

【注释】

①李伯纪:李纲,字伯纪,福建邵武人。南宋初任丞相。高宗绍兴八年(1138),向金人求和,李纲上书反对,后罢居福建长乐。张元幹在福州作此词为寄。

②曳杖:即拖着拐杖。危楼,高楼。

③斗:星斗。

④鼍(tuó)鼓:宋陆佃《埤雅·释鱼》:“先儒以为鼍皮坚厚,取以冒鼓,故曰鼍鼓……其声逢逢然,象鼍之鸣。”鼍,即扬

子鳄。

⑤“十年”句：化用唐杜牧《遣怀》诗：“十年一觉扬州梦，赢得青楼薄倖名。”此指十年前高宗逃至扬州，仓皇渡江，遂使抗金宏图成为梦想。

⑥“要斩”句：李白《塞下曲》：“愿将腰下剑，直为斩楼兰。”楼兰，汉代西域国名，在今新疆罗布泊西。要，通腰。

⑦“遗恨”句：借汉王昭君和亲事，谴责向金人求和，语本杜甫《咏怀古迹》诗：“千载琵琶作胡语，分明怨恨曲中论。”

⑧“谩暗涩”句：铜华，指宝剑生锈。宋苏轼《次韵王定国南迁回见寄》：“土晕铜华蚀秋水，要须悍石相砻砥。”

⑨谪仙：唐代李白被贺知章呼为谪仙人，此处借喻李纲。李纲《水调歌头·题李太白画像》有云：“李白乃吾祖，逸气薄青云。”平章，品评、评论。

⑩苕溪：在今浙江湖州市境内。垂纶，垂钓。唐张志和曾垂钓于苕霅，李纲亦有“往来苕霅间”（见其和陶渊明《归田园居》六首诗题）之志，故云。

贺新郎　送胡邦衡谪新州①

梦绕神州路②。怅秋风，连营画角，故宫离黍③。底事昆仑倾砥柱④，九地黄流乱注⑤？聚万落千村狐兔⑥。天意从来高难问，况人情老易悲如许⑦。更南浦，送君去⑧。　凉生岸柳催残暑。耿斜河疏星淡月⑨，断云微度。万里江山知何处？回首对床夜语⑩。雁不到，书成谁与⑪？目尽青天怀今古，肯儿曹恩怨相尔汝⑫！举大白⑬，听金缕⑭。

【注释】

①胡邦衡：胡铨，字邦衡，高宗绍兴八年十一月，上书反对与金人议和，请斩秦桧以谢天下，谪监广州盐仓。十二年，诏除名，

编管新州。张元幹作此词以送之,因此得罪下狱。清叶申芗《本事词》卷下云:“张元幹……以送胡邦衡、赠李伯纪两词除名,其刚风劲节,人所共仰。”宋蔡戡《芦州居士词序》云此词:“微而显,哀而不伤,深得《三百篇》讽刺之义。”《四库全书总目提要》云:“其词慷慨悲凉,数百年后,尚想其抑塞磊落之气。”

②神州:中国的别称。此指当时被金人占领的中原地区。《世说新语·言语》引王导云:“当共戮力王室,克复神州。”本句谓梦中萦绕着中原之路。

③故宫离黍:指故国之思。《诗·王风·黍离》:“彼黍离离。”相传东周大夫途经西周故都镐京,看到宗庙宫室长满了禾黍,彷徨不忍离去,故作此诗。离离,繁盛貌。

④底事:何事。昆仑,山名,相传山有铜柱,其高入天,亦名天柱。砥柱:山名,在河南三门峡,高耸入黄河急流中,形如石柱,故名。此借指昆仑天柱。

⑤九地:兵家谓欲战之地有九,曰散地、轻地、争地、交地、冲地、重地、圮地、国地、死地。见《孙子》。此泛指中原各地。黄流:黄河之水。

⑥万落千村:唐杜甫《兵车行》:“君不闻汉家山东二百州,千村万落生荆杞。”梁范云《渡黄河》诗:“不睹行人迹,但见狐兔兴。”

⑦“天意”二句:语本杜甫《暮春江陵送马大卿公恩命赴阙下》诗:“天意高难问,人情老易悲。”此谓高宗的意旨难以揣度。

⑧“更南浦”二句:梁江淹《别赋》:“送君南浦,伤如之何!”后常以南浦指送别之地。

⑨耿斜河:谓银河斜列遥空,耿耿发光。

⑩对床夜语:唐白居易《招张司业》诗:“能来同宿否? 听雨对床眠。”

⑪“雁不到”二句:相传鸿雁可传书,但南飞不过衡阳,因其地极燠。见陆佃《埤雅·释鸟》。胡铨贬至新州,在衡阳之南,故云。

⑫儿曹:年轻的人们。唐韩愈《听颖师弹琴》诗:“昵昵儿女

语，恩怨相尔汝。”

⑬大白：酒杯。汉刘向《说苑·善说》：“饮不釂者，浮以大白。”

⑭金缕：即《金缕曲》，《贺新郎》之别称。

满江红 自豫章阻风吴城山作[①]

春水迷天，桃花浪，几番风恶[②]。云乍起，远山遮尽，晚风还作。绿卷芳洲生杜若[③]，数帆带雨烟中落。傍向来沙觜共停桡[④]，伤飘泊。　寒犹在，衾偏薄。肠欲断，愁难著[⑤]。倚篷窗无寐，引杯孤酌。寒食清明都过却，最怜轻负年时约[⑥]。想小楼，终日望归舟，人如削[⑦]。

【注释】

①词为宣和元年（1119）自京返乡途经江西南昌时所作。豫章，郡名，治所在南昌。吴城山，在南昌东一百八十里。清黄苏《蓼园词选》评此词云：“写旅况凄迷忆家之作，想亦忧世者寄怀也。前阕言浪生风恶，夏云遮风，隐然有念乱之意……情有难以显言者，隐约言之，自抒怀抱耳。”

②桃花浪：唐杜甫《春水》诗：“三月桃花浪，江流复旧痕。”

③杜若：香草。屈原《九歌·湘君》：“采芳洲兮杜若。”

④向来：指从前。沙觜：突入江河中的尖形沙滩。停桡：停船。桡：船桨。

⑤愁难著：《诗词曲语辞汇释》卷三：“著，犹安也，置也；容也……《花草粹编》二，李邦直《杨花落》词：‘长恨春醪如水薄，闲愁无处著。’……凡此著字，均为安置义或容义。”

⑥年时：当时、那时。

⑦人如削：谓异常消瘦。唐元稹《三月二十四日宿曾峰馆夜对桐花寄乐天》诗：“是夕远思君，思君瘦如削。”

兰陵王 春恨[1]

卷珠箔，朝雨轻阴乍阁[2]。栏干外，烟柳弄晴，芳草侵阶映红药[3]。东风妒花恶，吹落梢头嫩萼。屏山掩[4]，沉水倦熏[5]，中酒心情怕杯勺[6]。　　寻思旧京洛[7]，正年少疏狂，歌笑迷著。障泥油壁催梳掠[8]。曾驰道同载[9]，上林携手[10]，灯夜初过早共约[11]。又争信飘泊[12]？

寂寞，念行乐？甚粉淡衣襟，音断弦索[13]。琼枝璧月春如昨[14]。怅别后华表，那回双鹤[15]。相思除是，向醉里、暂忘却。

【注释】

①此词分三段，明李攀龙评曰："上是酒后见春光，中是约后误佳期，下是相思乃梦中……虽分三段，其实一贯。"（见《草堂诗余隽》卷二）

②"朝雨"句：化用唐王维《书事》诗："轻阴阁小雨，深院昼慵开。"乍阁：方才停止。

③红药：红芍药。

④屏山：即屏风。

⑤沉水：即沉香。《南州异物志》："沉水出日南……其心至坚者，置水则沉，名沉香。"

⑥中酒：不醉不醒。

⑦京洛：洛阳（在河南），此指汴京（今河南开封）。

⑧障泥：垂于马鞍两旁的布垫。油壁，用油漆涂饰的车辆。《玉台新咏·钱塘苏小歌》："妾乘油壁车，郎骑青骢马。"

⑨驰道：即国道。《史记·秦始皇本纪》集解："驰道，天子之道。"

⑩上林：苑名。秦汉时皇家园林，旧址在今陕西西安市长安区西。

⑪灯夜：指正月十五元宵灯节。

⑫争信：怎信。

⑬弦索：弹拨乐器。

⑭琼枝壁月：《陈书·张贵妃传》载《玉树后庭花》曲词："壁月夜夜满，琼枝朝朝新。"

⑮华表：古代立于宫殿、城垣的石柱。此用丁令威故事。相传辽东人丁令威学道于灵虚山，后化鹤归来，集城门华表柱上，歌曰："有鸟有鸟丁令威，去家千年今始归。城郭如故人民非，何不学仙冢累累。"

石州慢①

寒水依痕②，春意渐回，沙际烟阔。溪梅晴照生香，冷蕊数枝争发。天涯旧恨，试看几许消魂？长亭门外山重叠。不尽眼中青，是愁来时节。　　情切。画楼深闭，想见东风，暗销肌雪③。辜负枕前云雨④，尊前花月。心期切处⑤，更有多少凄凉，殷勤留与归时说。到得却相逢，恰经年离别。

【注释】

①此词《蓼园词选》评曰："此亦天涯落漠，望远思家之作耳……因送友而除名，不得已而托于思家，意亦苦矣。"

②"寒水"句：语本唐杜甫《冬深》诗："早霞随类影，寒水各依痕。"痕，指退潮后岸边潮水留下的痕迹。

③"画楼"三句：想象闺中妻子日渐消瘦。肌雪，《庄子·逍遥游》："藐姑射之山，有神人焉，肌肤若冰雪。"

④枕前云雨：指夫妇欢会，用宋玉《高唐赋》楚怀王梦遇巫山神女，神女别时自称"旦为朝云，暮为行雨。"

⑤心期：谓两相期许。

石州慢 己西秋吴兴舟中作[1]

雨急云飞，惊散暮鸦，微弄凉月。谁家疏柳低迷[2]，几点流萤明灭。夜帆风驶，满湖烟水苍茫，菰蒲零乱秋声咽。梦断酒醒时，倚危樯清绝[3]。　　心折[4]。长庚光怒[5]，群盗纵横，逆胡猖獗。欲挽天河，一洗中原膏血[6]。两宫何处[7]？塞垣只隔长江[8]，唾壶空击悲歌缺[9]。万里想龙沙[10]，泣孤臣吴越[11]。

【注释】

①己酉：宋高宗建炎三年（1129）。吴兴，今浙江湖州。此时作者在此处避乱。陈廷焯《词则·放歌集》评曰："忠爱根于血性，勃不可遏。"

②谁家：《诗词曲语辞汇释》卷三："谁家，估量辞，含有'怎样''怎能''为甚么''甚么'各意义。"此谓怎样。

③危樯：高高的桅杆。

④心折：喻伤心万分。梁江淹《别赋》："使人意夺神骇，心折骨惊。"

⑤长庚：即金星，一名太白星。《史记·天官书》："长庚如一片布著天，见则起兵。"

⑥"欲挽"二句：唐杜甫《洗兵马》诗："安得壮士挽天河，净洗甲兵长不用。"

⑦两宫：指宋徽、钦二帝，时被金人掳往北方。

⑧塞垣：边塞。案：宋高宗建炎三年三月，金兵进占扬州一带，宋金隔江对峙，故云"塞垣只隔长江"。

⑨"唾壶"句：《世说新语·豪爽》："王处仲（王敦）每酒后，辄咏'老骥伏枥……'以铁如意打唾壶，壶口尽缺。"

⑩龙沙：白龙堆沙漠。《后汉书·班超传赞》："坦步葱雪，咫尺龙沙。"此指西北二边沙漠地区。

⑪孤臣：指身在湖州的自己。湖州，旧属吴，故云。

水调歌头[①]

今夕定何夕[②]，秋水满东瓯[③]。悲凉怀抱，何事还倍去年愁？万里碧空如洗，寒浸十分明月，帘卷玉波流[④]。非是经年别，一岁两中秋。　　坐中庭，风露下，冷飕飕。素娥无语相对[⑤]，尊酒且迟留。琴罢不堪幽怨，遥想三山影外[⑥]，人倚夜深楼。矫首望霄汉，云海路悠悠。

【注释】

①本篇绍兴十八年（1148）中秋作于福州，本年闰八月，故云"一岁两中秋"。

②"今夕"句：《诗·唐风·绸缪》："今夕何夕，见此良人。"

③东瓯：古城名，故址在今福建建瓯东南。

④玉波：指月光荡漾。

⑤素娥：即嫦娥，指月。

⑥三山：指福州。《福州府志》卷五："越王山、乌石山、九仙山，即郡中三山也，郡名三山以此。"

水调歌头　追和

举手钓鳌客[①]，削迹种瓜侯[②]。重来吴会三伏[③]，行见五湖秋[④]。耳畔风波摇荡，身外功名飘忽，何路射旄头[⑤]？孤负男儿志，怅望故园愁。　　梦中原，挥老泪，遍南州。元龙湖海豪气，百尺卧高楼[⑥]。短发霜粘两鬓，清夜盆倾一雨，喜听瓦鸣沟[⑦]。犹有壮心在，付与百川流。

【注释】

①钓鳌客:《列子·汤问》载上古神话,谓渤海东有五座山,由十五只巨鳌顶着,龙伯国有大人一钓而连六鳌,于是有二山沉于大海。后常用“钓鳌”比喻豪迈举止、宏大抱负。宋赵令畤《侯鲭录》卷六:“李白开元中谒宰相,封一版,上题曰‘海上钓鳌客李白。’”

②种瓜侯:指汉初召平。见周邦彦《西平乐》词注⑪。

③吴会:指苏州。清赵翼《陔余丛考》卷二十一:“西汉时会稽郡治本在吴县,时俗以郡县连称,故云吴会。”

④五湖:泛指太湖一带湖泊。

⑤旄头:星名,即昴宿。相传旄头星出现,“其兵大起;摇动若跳跃者,胡兵大起”。见《史记·天官书》。李白《经乱离后天恩流夜郎忆旧游书怀赠江夏韦太守良宰》诗:“安得羿善射,一箭落旄头。”此处言抗击金兵。

⑥“元龙”二句:东汉陈登,字元龙。《三国志》本传云:“许汜曰:‘昔见元龙,元龙自上大床卧,使客卧下床。’刘备曰:‘君求田问舍,言无可采,如小人欲卧百尺楼上,卧君于地,何但上下床之间耶!’”

⑦瓦鸣沟:指雨雪声。宋黄庭坚《贾天锡惠宝薰乞诗》:“瓦沟鸣急雪,睡鸭照华灯。”

宝鼎现

筠翁李似之作此词见招[①],因赋其事,使歌之者想象风味,如到山中也。

山庄图画[②],锦囊吟咏[③],胸中丘壑[④]。年少日,如虹豪气[⑤],吐凤词华浑忘却[⑥]。便袖手,向岩前溪畔,种满烟梢雾箨[⑦]。想别墅平泉[⑧],当时草木,风流如昨。

瘦藤闲倚看锄药[⑨],双芒鞋、雨后常著。目送处,飞鸿灭没，谁问蓬蒿争燕雀[10]？乍霁月，望松云南渡，短艇欹沙夜泊。正万里青冥[11]，千林虚籁[12]，从渠缯缴[13]。　携幼尚有�丁[14]，谁会得、人生行乐？岸帻纶巾归去[15]，深户香迷翠幕。恐未免上凌烟阁[16]。好在秋天鹗[17]。念小山丛桂[18]，今宵狂客，不胜杯勺。

【注释】

①筠翁：李弥逊，字似之，号筠翁，人称筠溪先生。官至起居郎，绍兴中，反对秦桧议和，归隐西山。

②山庄图画：指李弥逊之《筠溪图》。李有《跋筠溪图后》云："李子倦游，归自秣陵，至连江曰：'吾祖之旧隐也。'遂家焉。得湖阴依山之地百亩，可佃可渔，因以筑室，念卫公之平泉、愿之盘谷、伯时之山庄，皆吾宗故事，乃诛茅而篱落之，种竹万个，结庐其间。"

③"锦囊"句：唐李商隐《李贺小传》："恒从小奚奴，骑距驴，背一古破锦囊，遇有所得，即书投囊中。及暮归，太夫人使婢受囊出之，见所书多，辄曰：'是儿要当呕出心乃已尔。'"

④胸中丘壑：宋黄庭坚《题子瞻枯木》诗："胸中元自有丘壑，故作老木蟠风霜。"

⑤如虹豪气：唐李贺《高轩过》诗："入门下马气如虹。"

⑥吐凤：葛洪《西京杂记》卷二："(扬)雄著《太玄经》，梦吐凤凰，集《玄》之上，顷而灭。"

⑦烟梢雾箨：谓山前溪畔翠竹笼烟绕雾。

⑧平泉：唐李德裕别墅名，旧址在今河南洛阳西。

⑨瘦藤：指手杖。

⑩"谁问"句：《庄子·逍遥游》谓大鹏将适南冥(海)，"斥鴳(池中小麻雀)笑之曰：'彼且奚适也？我腾跃而上，不过数仞而下，翱翔蓬蒿之间，此亦飞之至也。'"

⑪青冥：天空。

⑫虚籁：籁，原是古代管乐器，亦指风吹孔穴之声。《文选》

谢庄《月赋》："声林虚籁，沦池灭波。"注："此言风将息也。声林而万管虚，沦池而大波灭。"

⑬缯缴(zhuó)：缯，古代射鸟用的拴着丝绳的短箭。缴，系在箭上的丝绳。此指猎取鸿雁的弓箭。

⑭筠丁：指管理竹林的园丁。

⑮岸帻：推起头巾，露出前额。纶(guān)巾：用丝带做的头巾，古代名士儒将的服饰。又名诸葛巾。以上着装，表明行迹不拘，作风洒脱。

⑯凌烟阁：唐太宗贞观十七年画功臣二十四人之像于凌烟阁，旧址在今西安城中。

⑰秋天鹗：杜甫《奉赠严八阁老》诗："蛟龙得云雨，雕鹗在秋天。"鹗，鸷鸟。

⑱小山：淮南小山，即刘安。丛桂，汉刘安《招隐士》诗："桂树丛生兮山之幽，偃蹇连卷兮枝相缭。"此以小山喻李弥逊。

临江仙 荼蘼有感[①]

莺唤屏山惊睡起[②]，娇多须要郎扶。荼蘼斗帐罢熏炉[③]。翠穿珠落索[④]，香泛玉流苏[⑤]。　　长记枕痕销醉色，日高犹倦妆梳。一枝春瘦想如初。梦迷芳草路，望断素鳞书[⑥]。

【注释】

①荼蘼：花名。此词明沈际飞《草堂诗余别集》卷二评曰："迟媚温顿，有含辞未吐，气若芳兰之意。"

②屏山：屏风。

③斗帐：形如覆斗的纱帐。

④珠落索：明田艺蘅《留青日札》卷二十二："《荀子》曰：'处女婴宝珠。'即今珠璎珞也，一名珠落索。"

⑤流苏：宋庞元英《文昌杂录》卷五："流苏，五采毛杂而垂

之。"即以五彩丝编成一排穗子，悬于帐之上沿。

⑥素鳞书：即鲤鱼传书，语本汉乐府《饮马长城窟行》，参见张先《虞美人·述古移南都》注③。

卜算子

风露湿行云，沙水迷归艇①。卧看明河月满空，斗挂苍山顶。　　万古只青天，多事悲人境。起舞闻鸡酒未醒②，潮落秋江冷。

【注释】

①沙水：即沙溪，源出福建邵武县境，流至沙口入闽江。

②起舞闻鸡：《晋书·祖逖传》："逖与司空刘琨……共被同寝，中夜闻荒鸡鸣，蹴琨觉曰：'此非恶声也。'因起舞。"

浣溪沙　武林送李似表①

燕掠风樯款款飞②，艳桃秾李闹长堤。骑鲸人去晓莺啼③。　　可意湖山留我住④，断肠烟水送君归。三春不是别离时。

【注释】

①武林：浙江杭州之别称。李似表，名弥正，李弥逊之弟。宣和初年进士，曾为秘书省正字，命修神宗、哲宗实录，官终吏部郎中。见《福州府志》卷五十四。

②款款：犹缓缓。杜甫《曲江》之二："点水蜻蜓款款飞。"

③骑鲸人：汉扬雄《羽猎赋》："乘巨鳞，骑京（鲸）鱼。"后常用以指文人隐遁或游仙。唐李白曾自称"海上骑鲸客"。杜甫《送孔巢父谢病归游江东兼呈李白》诗："若逢李白骑鲸鱼，道甫

问讯今何如。”李似表与李白同姓，因以为喻。

④可意：即称意、合意。

渔家傲 题玄真子图[1]

钓笠披云青障绕，橛头细雨春江渺[2]。白鸟飞来风满棹。收纶了，渔童拍手樵青笑[3]。 明月太虚同一照[4]，浮家泛宅忘昏晓[5]。醉眼冷看城市闹，烟波老，谁能惹得闲烦恼？

【注释】

①玄真子：即张志和，金华人，唐大历间，在湖州一带垂钓，自称烟波钓徒。宪宗时，曾画玄真子像，访之江湖，不可得。此词即题于画上。罗大经《鹤林玉露》乙编卷三云：“山谷《题玄真子图》词……固已妙矣，张仲宗词云（略），语意尤飘逸。”

②橛（jué）头：小木船。宋胡仔《苕溪渔隐丛话后集》卷三十九：“张仲宗有《渔家傲》词……第二句原是‘橛头细雨春江渺’，余谓仲宗曰：‘橛头虽是船名，今以雨衬之，语晦而病。’因为改作‘绿蓑细雨’，仲宗笑以为然。”

③渔童樵青：唐颜真卿《浪迹先生玄真子张志和碑铭》：“肃宗尝锡奴婢各一，玄真配为夫妻，名夫曰渔童，妻曰樵青。渔童使捧钓收纶，芦中鼓枻；樵青使苏兰薪桂，竹里煎茶。”

④“明月”句：太虚，指天空。颜真卿《张志和碑铭》：“竟陵子陆羽、校书郎裴修，尝诣问有何人往来？（志和）答曰：‘太虚作室而共居，夜月为灯以同照，与四海诸公未尝离别，有何往来。’”

⑤浮家泛宅：《张志和碑铭》：“大历九年秋八月讯真卿于湖州，真卿以舴艋既敝，请命更之。答曰：‘倘惠渔舟，愿以为浮家泛宅。沿溯江湖之上，往来苕霅之间。’”

谒金门[①]

鸳鸯渚[②]，春涨一江花雨。别岸数声初过橹，晚风生碧树。　　艇子相呼相语[③]，载取暮愁归去[④]。寒食烟村芳草路，愁来无着处[⑤]。

【注释】

①此词《蓼园词选》云："似亦为忧时而作，言浦涨春江，正拟鸳鸯戏暖，谁知数声柔橹，忽又碧树生秋；乃舟子欲载愁归去，而无处非愁，将从何处载将归去乎？托意深微矣。"

②鸳鸯渚：栖宿鸳鸯的水中小洲。渚，一作浦。

③艇子：少年船工。

④"载取"句：苏轼《虞美人》："只载一船离恨向西州。"李清照《武陵春》："只恐双溪舴艋舟，载不动许多愁。"义皆相似。

⑤"愁来"句：明沈际飞《草堂诗余正集》卷一评曰："欲载愁，愁又无著，意绪迂回惝怳。"

浣溪沙[①]

山绕平湖波撼城[②]，湖光倒影浸山青。水晶楼下欲三更[③]。　　雾柳暗时云度月，露荷翻处水流萤。萧萧散发到天明[④]。

【注释】

①此词疑作于湖州。

②波撼城：唐孟浩然《临洞庭上张丞相》诗："气蒸云梦泽，波撼岳阳城。"

③水晶楼：宋胡仔《苕溪渔隐丛话前集》卷五十三："吴兴（今湖州）谓之水晶宫。"并引杨汉公《九月十五日夜绝句》云：

"溪上玉楼楼上月，清光合作水晶宫。"

④萧萧：头发花白稀疏貌。散发，指解官隐居。李白《宣城谢朓楼饯别校书叔云》诗："人生在世不称意，明朝散发弄扁舟。"

清平乐[①]

明珠翠羽[②]，小绾同心缕[③]。好去吴松江上路[④]，寄与双鱼尺素[⑤]。　兰桡飞取归来[⑥]，愁眉待得伊开。相见嫣然一笑[⑦]，眼波先入郎怀。

【注释】

①此词陈廷焯《词则·闲情集》卷二评曰："传神之笔，丽而不佻。"

②明珠翠羽：美人头饰。曹植《洛神赋》："或采明珠，或拾翠羽。"

③同心缕：指罗带。宋林逋《长相思》："君泪盈，妾泪盈，罗带同心结未成。"

④吴松江：太湖最大支流，今名苏州河。

⑤双鱼尺素：见前《临江仙》注⑥。

⑥兰桡：犹兰舟。桡，船桨。

⑦嫣然一笑：宋玉《登徒子好色赋》："嫣然一笑，惑阳城，迷下蔡。"

菩萨蛮　戏呈周介卿[①]

拍堤绿涨桃花水[②]，画船稳泛东风里。丝雨湿苔钱[③]，浅寒生禁烟[④]。　江山留不住，却载笙歌去。醉倚玉搔头[⑤]，几曾知旅愁。

【注释】

①周介卿：周石之子，曾买湖州吴秀才女为妾，见洪迈《夷坚志》卷十。

②桃花水：三月春水。唐王维《桃源行》："春来遍是桃花水，不辨仙源何处寻。"

③苔钱：青苔斑驳贴地如钱。梁刘孝威《怨》诗："素壁点苔钱。"

④禁烟：指寒食。旧时逢此节日禁止烟火。

⑤玉搔头：即玉簪。《西京杂记》卷二："武帝过李夫人，就取玉簪搔头。自此后宫人搔头皆用玉。"白居易《长恨歌》："花钿委地无人收，翠翘金雀玉搔头。"

邓 肃

邓肃(1091—1132),字志宏,沙县(今福建沙县)人。少警敏能文,善谈论,见赏于李纲,结为忘年交,入太学。因作诗指责花石纲扰民,被屏出学。钦宗朝召对便殿,补承务郎,授鸿胪寺簿。张邦昌在金人卵翼下成立伪楚政权,邓肃绝不屈服,奔赴南京(今河南商丘),擢左正言。李纲罢相,上疏力争,得罪罢官,主管江州太平观。著有《栟榈集》。

长相思令[①]

一重山,两重山。山远天高烟水寒[②],相思枫叶丹[③]。　　菊花开,菊花残。雁已西飞人未还,一帘风月闲。

【注释】

①此词一作李煜词,见《花草粹编》,系误收。

②烟水:雾霭苍茫的水面。

③枫叶丹:明沈际飞《草堂诗余正集》卷一谓本句语出谢灵运《晚出西射堂》诗:"晓霜枫叶丹。"此以枫叶丹喻相思之苦。

长相思令

一重溪,两重溪。溪转山回路欲迷,朱栏出翠微[①]。
梅花飞,雪花飞,醉卧幽亭不掩扉[②],香冷寻梦归[③]。

【注释】

①"溪转"二句:与后来陆游《游山西村》:"山重水复疑无路,柳暗花明又一村"之意境近似。翠微:轻淡青葱的山色。左

思《蜀都赋》:“郁葐蒕兮翠微,崛巍巍以峨峨。”注:“翠微,山气之轻缥也。”

②扉:门扇。

③香冷:指梅花的清香。

吕渭老，一作滨老，字圣求，生卒年不详，秀州嘉兴（今浙江嘉兴）人。宣和、靖康年间（1120—1125）在朝作过小官，南宋绍兴中尚在世。有《圣求词》。其早期词作语言精炼，多抒写个人情趣；后期国家多事，以写忧国词闻名，悲壮豪放，有感染力。宋赵师岃《圣求词序》称之为"婉媚深窈"，与柳永、周邦彦相伯仲。清冯煦《宋六十一家词选·例言》则以为其少数词在柳、周之间，有些作品则在杨千里之下。

薄　倖[1]

青楼春晚，昼寂寂，梳匀又懒[2]。乍听得鸦啼莺弄[3]，惹起新愁无限。记年时[4]，偷掷春心，花间隔雾遥相见。便角枕题诗[5]，宝钗贳酒[6]，共醉青苔深院。

怎记得，回廊下，携手处，花明月满？如今但暮雨，蜂愁蝶恨，小窗闲对芭蕉展。却难拘管[7]。尽无言，闲品秦筝，泪满参差雁[8]。腰支渐小[9]，心与杨花共远。

【注释】

①此词写艳情，上阕忆昔日初遇情景，双方一见钟情，饮酒赋诗，其乐无穷。"偷掷"二句，尤具朦胧之美，可称佳句。过片承上，忆花前携手。"如今"以下转写离愁。层层转折，愈转愈深。

②梳匀：梳头匀粉，指化妆。

③莺弄：莺啼。弄同"哢"。

④年时：当时、那时。

⑤角枕：用犀牛角制作的枕头。

⑥贳酒：买酒。

⑦拘管：拘束，控制。以上四句以蜂蝶之愁恨喻楼中女子之离愁，虽闲对窗外芭蕉，犹觉愁情难遣，故曰"却难拘管"。

⑧秦筝：相传筝为秦时蒙恬所造。参差雁：筝上弦柱斜列如雁行，且参差不齐。故云。晏几道《菩萨蛮》云："哀筝一弄湘江曲""纤指十三弦""玉柱斜飞雁"，可证。

⑨腰支：即腰肢。

卜算子

一日抵三秋[①]，半月如千岁。自夏经秋到雪飞，一向都无计[②]。　　续续说相思，不尽无穷意。若写幽怀一段愁，应用天为纸[③]。

【注释】

①"一日"句：《诗经·王风·采葛》："一日不见，如三秋兮。"

②无计：无法，没有办法。

③应用天为纸：极言相思之深，难以写尽。

胡　铨

胡铨(1102—1180),字邦衡,号澹庵,江宁(今南京)人,避地居庐陵(今江西吉安)。高宗建炎二年(1128)进士。绍兴六年(1136)任枢密院编修。八年,因力主抗金,上书请斩投降派秦桧等三人,被迫害除名,编管昭州、新州,又移吉阳军。张元幹有词送之。秦桧死,始得内迁,历官至工部员外郎、兵部侍郎、端明殿学士。能文工词,著有《澹庵文集》及《澹庵长短句》,词多为贬谪新州后作,情绪乐观而又自信,没有颓废感伤色彩。

好事近[①]

富贵本无心,何事故乡轻别[②]?空使猿惊鹤怨,误薜萝风月[③]。　　囊锥刚要出头来,不道甚时节[④]。欲驾巾车归去,有豺狼当辙[⑤]。

【注释】

①本词作于词人被贬广东新州时。据王明清《挥麈录·后录》卷十:"邦衡在新兴尝赋新词,郡守张棣缴上之,以谓讪谤,秦(桧)愈怒,移送吉阳军编管。"所云新词当即本词。

②何事轻别:明明被谪,却问何事,实为怨愤也。

③"空使"二句:猿惊鹤怨,化用南齐孔稚圭《北山移文》:"蕙帐空兮夜鹤怨,山人去兮晓猿惊。"意谓不能隐居山林,与猿鹤为伍。薜萝:薜荔与女萝,植物名。屈原《九歌·山鬼》:"若有人兮山之阿,被薜荔兮带女萝。"后以薜萝指隐士之服装。

④囊锥出头:用毛遂自荐故事。见《史记·平原君传》。不道:犹不知。

⑤巾车:有车衣遮盖的车。《孔丛子·记问》:"巾车命驾,将适唐都。"陶渊明《归去来兮辞》:"或命巾车,或棹孤舟。"豺狼当辙:比喻恶人执政。《东观汉纪》载权奸梁冀执政,张纲曰:"豺狼当道,安问狐狸。"

岳 飞

岳飞（1103—1142），字鹏举，相州汤阴（今属河南）人，抗金名将，屡建战功，官至枢密副使，封武昌郡开国公。高宗绍兴十一年（1141），北上伐金至郾城，朝廷发十二道金牌从前线召回，被秦桧害于杭州之风波亭。时年仅 39 岁。孝宗时复官，谥武穆，宁宗时追封鄂王，理宗时谥忠武。有《岳忠武王文集》，存词 3 首。岳飞兼擅诗、文、书法，词作慷慨激昂，洋溢着爱国感情。

小重山[①]

昨夜寒蛩不住鸣[②]。惊回千里梦，已三更。起来独自绕阶行。人悄悄，帘外月胧明[③]。　　白首为功名。旧山松竹老，阻归程。欲将心事付瑶琴。知音少，弦断有谁听[④]！

【注释】

①《历代诗余·词话》云：“岳侯，忠孝人也。其《小重山》词，梦想旧山，悲凉悱恻之至。”

②蛩（qióng）：蟋蟀。

③胧：微明貌。

④“欲将”三句：《历代诗余》引《藏一话腴》：“武穆贺讲和赦表云：‘莫守金石之约，难充溪壑之求。’故作词云：‘欲将心事付瑶筝，知音少，弦断有谁听！’盖指和议之非也。”瑶琴，以美玉装饰的琴。

满江红　写怀[①]

怒发冲冠，凭栏处，潇潇雨歇。抬望眼，仰天长啸，壮怀激烈。三十功名尘与土[②]，八千里路云和月[③]。莫等闲，白了少年头，空悲切。　　靖康耻[4]，犹未雪。臣子恨，何时灭。驾长车，踏破贺兰山缺[5]。壮志饥餐胡虏肉，笑谈渴饮匈奴血[6]。待从头，收拾旧山河，朝天阙[7]。

【注释】

①清陈廷焯《云韶集》说本词："何等气概，何等志向，千载下读之，凛凛有生气焉。'莫等闲'二语，当为千古箴铭。"

②三十：岳飞这时三十多岁。可见此词作于绍兴二年（1132）。

③八千里路：指自己转战地域的广阔。

④靖康耻：指宋钦宗靖康二年（1127）北宋汴京（今河南开封）和中原地区为金人所占，徽宗、钦宗二帝被掳的国家耻辱。

⑤贺兰山：在今宁夏回族自治区和内蒙古自治区交界处。这里借指金人占领地区。

⑥胡虏、匈奴：均借指金人。

⑦天阙：皇帝住的宫殿。

满江红　登黄鹤楼有感[1]

遥望中原，荒烟外，许多城郭。想当年，花遮柳护，凤楼龙阁[2]。万岁山前珠翠绕[3]，蓬壶殿里笙歌作[4]。到而今，铁骑满郊畿[5]，风尘恶。　　兵安在，膏锋锷[6]。民安在，填沟壑。叹江山如故，千村寥落。何日请缨提锐旅[7]，一鞭直渡清河洛[8]。却归来，再续汉阳游[9]，骑黄鹤[10]。

【注释】

①此词约作于绍兴四年（1134）作者收复襄阳六州驻节鄂州（今湖北武汉）时。有《岳武穆墨迹》，《全宋词》注云：见近人

徐用仪所编《五千年来中华民族爱国魂》一书卷端。原系照片，并有元统甲戌谢升孙跋及宋克、文徵明诸跋。黄鹤楼：故址在今武汉蛇山的黄鹄矶头。《寰宇记》载："昔费祎登仙，每乘黄鹤于此憩驾，故号为黄鹤楼。"相传始建于三国吴黄武二年(223)，历代屡毁屡建，为一方名胜。

②凤楼龙阁：泛指帝王之居。南唐李煜《破阵子》："凤阁龙楼连霄汉。"

③万岁山：一名艮岳，在汴京(今开封)，宋徽宗政和七年(1117)始筑，山周十余里，堂馆池亭极多，聚集四方花木奇石，供皇帝游玩。

④蓬壶殿：万岁山中堂名。蓬壶原为古代传说中海上仙山。

⑤畿(jī)：京城管辖地区。

⑥锋：兵器的尖端。锷：剑刃。

⑦请缨：请求出征。《汉书·终军传》："(终)军自请，愿受长缨，必羁南越王而致之阙下。"缨，绳子。

⑧清河洛：使黄河、洛水澄清，意谓驱除金人对中原的侵占。

⑨汉阳：在今武汉市西部，黄鹤楼上可以望见。唐崔颢《黄鹤楼》诗有"晴川历历汉阳树"句。

⑩骑黄鹤：用仙人乘鹤故事，见注①。

孙道绚

孙道绚，生卒年不详，号冲虚居士，黄铢之母。清厉鹗《宋诗纪事》卷五十二云："铢字子厚，号偲城翁，建安人，少师事刘屏山，与朱子为同门友，……其母孙夫人道绚，号冲虚居士，能文有词。"近人赵万里辑有《冲虚居士词》。

如梦令 宫词[1]

翠柏红蕉影乱[2]，月上朱栏一半。风自碧空来，吹落歌珠一串[3]。不见，不见，人被绣帘遮断。

【注释】

①宫词：以宫廷生活为题材的诗词。唐大历中王建著宫词百首，始以宫词为题。

②影乱：影子摇曳不定。

③歌珠一串：状歌声之清润圆滑。唐白居易《琵琶行》："大珠小珠落玉盘。"

清平乐 雪

悠悠飏飏[1]，做尽轻模样。半夜萧萧窗外响，多在梅边竹上。　　朱楼向晓帘开[2]，六花片片飞来[3]。无奈熏炉烟雾，腾腾扶上金钗[4]。

【注释】

①"悠悠"二句：潘游龙《古今诗余醉》卷十云："形容飞雪之态，妙在'轻模样'五字。"

②朱楼：红楼，富家女所居。

③六花：雪花。雪花结晶呈六角形，故曰六花。唐贾岛《寄令狐绹相公》诗："自著衣偏暖，谁忧雪六花。"

④熏炉：熏香取暖的炉子。

康与之

康与之，字伯可，一字叔闻，号退轩，又号顺庵，生卒年不详，滑州（今河南滑县）人。南渡后居嘉禾（今浙江嘉兴）。建炎初（1127）上“中兴十策”，不为用。后谄事秦桧，为秦门十客之一，以文词待诏宫廷，官至兵器监丞。秦桧死，编管钦州（今广西钦州、雷山一带），移雷州（今广东雷州半岛），复送新州牢城。著有《顺庵乐府》五卷，不传；今有赵万里辑本。其词多应制之作，但音律严整，修词有方，间用俗语，风格近似柳永。

丑奴儿令　促养直赴雪夜溪堂之约[①]

冯夷剪碎澄溪练[②]，飞下同云。著地无痕，柳絮梅花处处春。　山阴此夜明如昼，月满前村。莫掩溪门，恐有扁舟乘兴人[③]。

【注释】

①养直：苏庠。字养直，丹阳人，号后湖病民，能词。见前词人小传。清黄苏《蓼园词选》评此词云：“按第一阕是咏雪夜。第二阕起句，点明‘夜’字，是承上。以下俱促养直赴约之意。‘山阴’是用徽之访戴安道事。”

②冯夷：河神名。《庄子·大宗师》：“冯夷得之，以游大川。”又称河伯。澄溪：水色清彻之溪。练：白绸。同云：云成一色，天将下雪。《诗经·小雅·信南山》：“上天同云，雨雪雰雰。”一称彤云。

③“山阴”四句：用晋代王子猷雪夜访戴逵故事。《世说新语·任诞》：“王子猷居山阴，夜大雪，眠觉，开室命酌酒，四望皎然……忽忆戴安道（戴逵字），时戴在剡，即便夜乘小舟就之，经宿方至，造门不前而返。人问其故，王曰：‘吾本乘兴而行，兴尽而返，何必见戴？’”山阴，今浙江绍兴。此处以王子猷喻苏庠，而以戴逵自喻，其中有促其赴约之意。

诉衷情令 长安怀古[①]

阿房废址汉荒丘[②]，狐兔又群游。豪华尽成春梦，留下古今愁。　　君莫上，古原头[③]。泪难收，夕阳西下，塞雁南飞[④]，渭水东流[⑤]。

【注释】

①长安：今陕西西安市。本篇当作于南渡前。《词林纪事》引王铚评曰："如此居然不俗，今有晏叔原，不得独擅。"

②阿房：秦宫殿名，故址在今陕西西安市长安区西。《史记·秦始皇本纪》："（始皇）乃营作朝宫渭南上林苑中。先作前殿阿房，东西五百步，南北五十丈，上可坐万人，下可以建五丈旗。"规模宏大，营建华丽，后为项羽焚毁。

③古原头：指乐游原，在今西安西部。原为秦宜春苑，汉宣帝时建。

④塞雁：从边塞飞来的大雁。

⑤渭水：黄河支流，经西安市北，东流入黄河。

菩萨蛮 金陵怀古

龙蟠虎踞金陵郡[①]，古来六代豪华盛[②]。飘风不来游，台空江自流[③]。　　下临全楚地[④]，包举中原势[⑤]。可惜草连天，晴郊狐兔眠。

【注释】

①龙蟠虎踞：《太平御览》引《吴录》："刘备曾使诸葛亮至京，因睹秣陵（金陵）山阜，叹曰：'钟山龙蟠，石头虎踞，此帝王之宅。'"又南北朝庾信《哀江南赋》："昔之虎踞龙盘，加以黄旗

紫气，莫不随狐兔而窟穴，与风尘而殄瘁。”盘，也作“蟠”。金陵，今南京。

②六代：亦称六朝，即吴、东晋、宋、齐、梁、陈，均以金陵为首都。

③“飘凤”二句：化用李白《登金陵凤凰台》诗：“凤凰台上凤凰游，凤去台空江自流。”

④全楚地：楚，古国，其国土在今长江中下游一带，金陵地处楚地中心。

⑤中原：地域名，狭义指今河南一带，广义指黄河中下游或整个黄河流域。这里为广义。

卖花声[①] 闺思

蹙损远山眉[②]，幽怨谁知。罗衾滴尽泪胭脂[③]。夜过春寒愁未起，门外鸦啼。　　惆怅阻佳期[④]，人在天涯。东风频动小桃枝。正是销魂时候也，撩乱花飞[⑤]。

【注释】

①卖花声：即《浪淘沙》。

②蹙：皱。远山眉，古代画眉式样。《西京杂记》：“（卓）文君姣好，眉色望如远山。”

③罗衾：绸被。李煜《浪淘沙》：“罗衾不耐五更寒。”

④佳期：指男女欢会之期。

⑤“正是”二句：清邹祗谟《远志斋词衷》评曰：“填词结句，或以动荡见奇，或以迷离称隽，著一实语败矣。康伯可‘正是销魂时候也，撩乱花飞’……深得此法。”

长相思[①]

南高峰，北高峰[②]，一片湖光烟霭中。春来愁杀侬[③]。

郎意浓，妾意浓，油壁车轻郎马骢[4]。相逢九里松[5]。

【注释】

①明杨慎《词品》卷三谓此词“甚有情致”，“盖效（林）和靖‘吴山青’之调也，二词可谓敌手。”《长相思》，又名《相思令》。

②南高峰、北高峰：杭州山名。《西湖志》：“南高峰高一千六百丈，上有塔，晋天福中建，今下级犹存，塔下有小龙井。北高峰石磴数万级，曲折三十六湾，唐天宝中建浮屠七层于顶。”

③侬：古吴语，指我。李白《秋浦歌》：“寄言向江水，汝意忆侬不。”

④油壁车：妇女所乘的油漆彩饰之车。古乐府《苏小小歌》：“我乘油壁车，君骑青骢马。”骢：青白杂毛的马。乐府诗《青骢白马》：“青骢白马紫丝缰，可怜石桥根柏梁。”

⑤九里松：在杭州西湖北。唐袁仁敬知杭州时，在洪春桥至灵竺路之间，左右植松各三行，长九里，人称九里松。见《西湖游览志》。

满江红　杜鹃[1]

恼杀行人，东风里，为谁啼血[2]。正青春未老，流莺方歇[3]。蝴蝶枕前颠倒梦，杏花枝上朦胧月[4]。问天涯、何事苦关情，思离别[5]。　声一唤，肠千结。闽岭外，江南陌[6]。正长堤杨柳，翠条堪折[7]。镇日叮咛千百遍，只将一句频频说。道不如归去，不如归[8]，伤情切。

【注释】

①杜鹃：又名子规鸟。相传为古蜀帝杜宇之魂所变，其啼声凄厉，促人思乡之念。

②啼血：杜鹃口边有红斑，昔人谓因杜鹃啼久出血所致。白居易《琵琶行》：“杜鹃啼血猿哀鸣。”清黄苏《蓼园诗选》：“伯可

际高宗南渡之初，《十策》上陈，人望丰采，所谓‘东风啼血’也。”

③流莺：即黄莺。流，谓其鸣声圆转。李白《对酒》诗：“流莺啼碧树，明月窥金罍。”

④“蝴蝶”二句：化用唐崔涂《春夕》诗：“蝴蝶梦中家万里，杜鹃枝上月三更。”《庄子·齐物论》谓庄子梦为蝴蝶。后因称梦为蝴蝶梦，含有梦幻非真之意。

⑤思离别：江淹《别赋》：“黯然销魂者，惟别而已。”

⑥闽岭：福建之杉岭，在闽赣分界处，其处为古时贬谪之所。陌：田间小道。

⑦翠条：指柳条，古人送别往往折柳枝相赠。

⑧不如归去：杜鹃之啼鸣声，似说“不似归去”。其实乃是一种闻声者的感情外化，古诗词中常用此法，以使情景交融。

曾　觌

曾觌(1109—1180),字纯甫,汴京(今河南开封)人。以父荫为寄班祗候,与龙大渊同为建王赵眘内知客。赵眘即位为孝宗,授带御器械干办皇城司,除权知阁门事。后为淮西副总管,改福建,迁浙东副总管。出使金,归,除武泰军节度使提举万寿观。淳熙元年(1174)除开府仪同三司,加少保,醴泉观使。能诗,词多应制之作,然亦有黍离麦秀之篇,风格与康与之为近。有《海野词》。

金人捧露盘　庚寅岁春,奉使过京师感怀作[①]

记神京[②],繁华地,旧游踪。正御沟,春水溶溶。平康巷陌[③],绣鞍金勒跃青骢[④]。解衣沽酒醉弦管[⑤],柳绿花红。　　到如今,余霜鬓,嗟前事,梦魂中。但寒烟、满目飞蓬[⑥]。雕栏玉砌,空锁三十六离宫[⑦]。塞笳惊起暮天雁[⑧],寂寞东风。

【注释】

①金人捧露盘:又名《上丹霄》。庚寅:宋孝宗乾道六年(1170)。时词人出使金国,途经北宋故都汴京,感而赋此。宋黄昇《花庵词选》云:"曾纯甫东都故老,及见中兴之盛,词多感慨,如《金人捧露盘》《忆秦娥》等,凄然有黍离之悲。"

②神京:京城,此指汴京(今河南开封)。

③平康巷:唐代长安丹凤街有平康巷,乃当时妓女集聚处,也称平康里。见王仁裕《开元天宝遗事》。此指汴京城内妓女聚居处。

④绣鞍金勒:名贵的马鞍和嚼口。青骢:马之青白色杂毛者。晏几道《生查子》有"金鞍美少年,去跃青骢马"句。

⑤解衣沽酒:将衣服换酒喝。语本李白《将进酒》:"五花马,千金裘,呼儿将出换美酒。"

⑥飞蓬：菊科植物，生长于荒芜之地。

⑦雕栏玉砌：李煜《虞美人》："雕栏玉砌应犹在，只是朱颜改。"离宫：又称行宫，皇帝外出休息之所。班固《西都赋》："离宫别馆，三十六所。"此处指汴京宋故宫。

⑧塞笳：边塞军号声。

阮郎归　上苑初夏侍宴，池上双飞新燕掠水而去，得旨赋之[①]

柳阴庭馆占风光，呢喃清昼长[②]，碧波新涨小池塘，双双蹴水忙[③]。　　萍散漫，絮飘飏，轻盈体态狂。为怜流去落红香，衔将归画梁[④]。

【注释】

①据周密《武林旧事》卷七载，乾道三年（1167）三月初十日，太上皇（高宗）邀孝宗同游聚景园，"回至清妍亭看荼蘼，就登御舟，绕堤闲游"后，"太上皇倚阑闲看，适有双燕掠水飞过，得旨，令曾觌赋之，遂进《阮郎归》"。

②呢喃：燕语，燕子鸣声。

③蹴水：踏水。这里指燕子掠水飞翔。

④归画梁：指燕子衔泥筑巢于梁上。清黄苏《蓼园词选》评曰："末两句大有寄托，忠爱之心，婉然可想。"

黄公度

黄公度(1109—1156),字师宪,莆田(今属福建)人。高宗绍兴八年(1138)进士第一,签书平海军节度判官,迁宣教郎、秘书省正字。以不附秦桧,受诬隐,出为肇庆通判。秦桧死后复起,召为考功员外郎。著有《知稼翁集》及《知稼翁词》。清陈廷焯《白雨斋词话》评其词:"气和韵雅,得味外味,人品既高,词理亦胜。《宋六十一家词选》载其小令数篇,洵风雅之正声,温韦之真脉也。"

卜算子 别士季弟之官①

薄宦各东西②,往事随风雨。先自离歌不忍闻,又何况,春将暮③。　　愁共落花多,人逐征鸿去。君向潇湘我向秦④,后会知何处?

【注释】

①据《知稼翁词》注:"公之从弟童,士季其字也。以绍兴戊午(1138)同榜乙科及第。有和章云:'不忍更回头,别泪多于雨。肺腑相看四十秋,奚止朝朝暮暮。　　何事值花时,又是匆匆去。过了阳关更向西,总是思兄处。'语言真挚,不减考功。"《全宋词》则将此段注作题序。清许昂霄《词综偶评》云:"骨肉之别,语无一毫妆点。"

②薄宦:指官微俸薄。

③春将暮:春天将逝。

④"君向"句:唐郑谷《淮上与友人别》:"数声风笛离亭晚,君向潇湘我向秦。"此指各奔前程。

葛立方

葛立方（？—1164），字常之，丹阳（今属江苏）人，居住湖州（今浙江吴兴）。高宗绍兴八年（1138）进士，后任秘书省正字，历官中书舍人、吏部侍郎、袁州知府。因谄事秦桧，被罢职。有《归愚词》。

卜算子　席间再作[①]

袅袅水芝红[②]，脉脉蒹葭浦[③]。淅淅西风淡淡烟[④]，几点疏疏雨。　草草展杯觞[⑤]，对此盈盈女[⑥]。叶叶红衣当酒船[⑦]，细细流霞举[⑧]。

【注释】

①清许昂霄《词综偶评》云："叠字韵。"又云："通首清丽。"《词要纪事》引《草窗词评》云："用十八叠字，妙手无痕。本色学道人，胸中乃有此奇特。"

②袅袅：摇荡不定貌。水芝：即荷花。晋崔豹《古今注》下《草木》："芙蓉，一名荷华，生池泽中，实曰莲。花之最秀异者，一名水目，一名水芝，一名水花。"北齐魏收《晦日泛舟应制》诗："袅袅春枝弱。"

③脉脉：含情不语，相视貌。蒹葭：芦苇。

④淅淅：风声。杜甫《秋风》："秋风淅淅吹我衣，东流之外西日微。"

⑤草草：王安石《示长安君》："草草杯盘供笑语。"

⑥盈盈：美好貌。《古诗十九首》："盈盈楼上女，皎皎当窗牖。"

⑦"叶叶"句：红衣，指荷花。贺铸《横塘路》词："红衣脱尽芳心苦。"酒船，酒杯。古代酒杯称"金荷"或"荷叶杯"，故此处云以荷花作酒船。

⑧流霞：指美酒。南北朝庾信《卫王赠桑落酒奉答》："愁人

坐狭邪，喜得送流霞。”李白《豳歌行·上新平长史兄粲》诗：“狐裘兽炭酌流霞，壮士悲吟宁见嗟。”杜甫《官亭夕坐戏简颜十少府》诗：“细细酌流霞。”为此句所本。

王　炎

王炎(1137—1218)，字公明，安阳(今属河南)人。以祖荫入仕。高宗绍兴间历任蕲水令、司农寺丞。孝宗乾道二年(1166)，为两浙路计度转运副使，后为临安知府。两年后赐进士出身，为四川宣抚使，进枢密使。淳熙二年(1175)落职，后复资政殿大学士。有词2首，见《阳春白雪》。案：南宋有前后两王炎，另一王炎，字晦叔，号双溪，婺源人，乾道五年进士。此为前王炎，陆游曾在幕下任干办公事。

梅花引

裁征衣，寄征衣，万里征人音信稀[①]。朝相思，暮相思，滴尽真珠[②]，如今无泪垂。　闺中幼妇红颜少，应是玉关人更老[③]。几时归，几时归，开尽牡丹，看看到荼蘼[④]。

【注释】

①征衣：征人所穿的衣服。征人：远行或从军出征的人。

②真珠：指眼泪。

③玉关：玉门关。这里是泛指边远的地方。

④荼蘼：木香花。从牡丹花开到木香花开，说明时光流逝。

韩元吉

韩元吉(1118—1187),字无咎,号南涧,许昌(今属河南)人,寓居信州(今江西上饶)。高宗绍兴间,历官南剑州主簿,建康令,迁知剑州。兴办学校是他的政绩之一。孝宗朝,累官吏部尚书,龙图阁学士,后封颍川郡公。主张恢复失地,统一祖国,但反对轻率用兵。与陆游、辛弃疾等过从甚密,有酬赠之作。词作多悲怀家国,风格与辛弃疾相近。黄昇《花庵词选》称之为:“政事文学为一代冠冕。”有词集《南涧诗余》传世。

霜天晓角 蛾眉亭①

倚天绝壁②,直下江千尺。天际两蛾凝黛③,愁与恨,几时极? 怒潮风正急,酒醒闻塞笛④。试问谪仙何处,青山外,远烟碧⑤。

【注释】

①蛾眉亭:《安徽通志》:“蛾眉亭在当涂县北二十里,据牛渚绝壁,前直二梁山,夹江对峙如蛾眉然,故名。”此亭建于牛渚山下突入江心的采石矶上,距今马鞍山市西南七公里。元吴师道《吴礼部词话》评此词曰:“此《霜天晓角》调也,未有能继之者。”

②倚天:靠着天,形容高竣。

③两蛾:一双蛾眉,喻指东、西梁山。凝黛:紧蹙的双眉。黛,古代用以画眉的青黑色颜料。

④塞笛:边塞笛声。当涂原为中原腹地,南宋时却成了边塞,说明局势紧张。

⑤谪仙:李白《对酒忆贺监诗序》:“太子宾客贺公(知章)于长安紫极宫一见余,呼余为谪仙人。”相传李白在采石矶酒醉泛舟,入江捉月而死。后人在当涂青山为他修有衣冠冢。青山,一称青林山、谢公山,在今安徽当涂东南,山西北有李白墓。见

《嘉庆一统志》。

好事近　汴京赐宴,闻教坊乐有感[①]

凝碧旧池头[②],一听管弦凄切。多少梨园声在[③],总不堪华发[④]。　　杏花无处避春愁,也傍野烟发。惟有御沟声断[⑤],似知人呜咽。

【注释】

①此词作于宋孝宗乾道九年(1173)春。当时金都在汴京。《金史·交聘表》:"世宗大定十三年三月癸巳朔,宋遣礼部尚书韩元吉、利州观察使郑兴裔等贺万春节。"教坊:原来属于宋朝,后为金人服务的宫廷乐队。麦孟华评此词云:"赋体如此,高于比兴。"(见《饮冰室评词》)

②凝碧池:在唐洛阳禁苑内。《唐诗纪事》载天宝十五载六月:"安禄山大会凝碧池,梨园子弟欷歔泣下,乐工雷海清掷乐器西向大恸,贼支解于试马殿。王维时拘于菩提寺,有诗曰:'万户伤心生野烟,百官何日更朝天。秋槐叶落空宫里,凝碧池头奏管弦。'"又李源《汴京遗迹志》卷八《台池园苑》:"凝碧池在陈州门里繁台之东南。唐为牧泽,宋真宗时改为池。"此处当为后者。

③梨园:唐玄宗时传习戏曲之所。此指当时的教坊。在:与杜甫《春望》"国破山河在"之"在",异曲同工。

④华发:花白的头发。

⑤御沟:流经禁苑的沟渠。

六州歌头　桃花[①]

东风著意,先上小桃枝[②]。红粉腻,娇如醉,倚朱扉[③]。记年时[④],隐映新妆面,临水岸。春将半,云日暖,斜桥转，夹城西。草软莎平，跋马垂杨渡⑤，玉勒争嘶⑥。认蛾眉凝笑，脸薄拂燕支⑦。绣户曾窥，恨依依⑧。

共携手处，香如雾，红随步⑨，怨春迟。销瘦损，凭谁问，只花知，泪空垂。旧日堂前燕，和烟雨，又双飞⑩。人自老，春长好，梦佳期。前度刘郎⑪，几许风流地，花也应悲。但茫茫暮霭，目断武陵溪⑫。往事难追。

【注释】

①词以壮调写柔情，在《六州歌头》中别具一格。词的内容系取材于唐崔护《题都城南庄》诗。据孟棨《本事诗》，崔护下第后，于清明日游都城南庄，只见"花木丛萃，寂若无人。叩门久之，有女子自门隙窥之，问曰：'谁耶？'(崔)以姓字对，曰：'寻春独行，酒渴求饮。'女入，以杯水至，开门设床命坐，独倚小桃斜柯伫立，而意属殊厚，妖姿媚态，绰有余妍……崔辞去，送至门，如不胜情而入……(崔)及来岁清明日，忽思之，情不可抑，迳往寻之，门墙如故，而以锁扃之，因题诗于左扉。"近人陈匪石《声执》卷上云此词"五换仄韵，皆夹入平声之韵"。

②小桃：桃花之一种，正月开花，较他种为早。见陆游《老学庵笔记》。

③朱扉：门的美称。

④年时：当时、那时。

⑤跋马：意为勒马使回头。《资治通鉴》一九一，唐武德九年："建成、元吉至临湖殿，觉变，即跋马东归宫府。"

⑥玉勒：玉制的马衔，此代指马。

⑦蛾眉：蚕蛾的触须。弯曲细长，故称。这里喻指女子。燕支：同胭脂。

⑧绣户：犹闺房，指女子住所。窥：偷视。

⑨红随步：指桃花瓣跟随人过，纷纷落下。

⑩"旧日"三句：化用刘禹锡《乌衣巷》诗。"旧时王谢堂前燕，飞入寻常百姓家。"

⑪前度刘郎：唐刘禹锡《再游玄都寺》诗："种桃道士归何处，前度刘郎今又来。"

⑫武陵溪：即武陵源。用陶渊明《桃花源记》字面，实则用刘义庆《幽明录》中所写的刘晨、阮肇入天台山采药，于桃溪遇二仙女，留宿三日，归时已过七世之典故。复寻旧处，惟有茫茫烟水，纷纷落花。

朱淑真

朱淑真，自号幽栖居士，浙江钱塘（今杭州）人，一说海宁（今属浙江）人，生卒年不详。从其作品内容看，当是北宋末至南宋初人。出生于仕宦之家，幼聪慧，工书画、通音律、善诗词，是著名女诗人。少年时性爽朗，有过一段美好的恋情。后由父母作主嫁一市井民，终因情趣各异，乃愤而离归。从此独居娘家，悲愁忧伤，抑郁终生。其作品多清新婉丽，情真意切。有《断肠集》《断肠词》。清陈廷焯《白雨斋词话》："朱淑真词风致之佳，情词之妙，真不亚于易安（李清照）。"

谒金门　春半①

春已半②，触目此情无限。十二阑干闲倚遍③，愁来天不管。　好是风和日暖，输与莺莺燕燕④。满院落花帘不卷，断肠芳草远⑤。

【注释】

①清陈廷焯《词则·大雅集》评曰："凄婉，得五代人神髓。"

②春半：犹仲春。南唐李煜《清平乐》："别来春半，触目愁肠断。"

③十二阑干：言栏杆弯曲之多。古诗《西洲曲》："阑干十二曲，纤手明如玉。"倚阑：古诗闺中女子排遣无聊心绪时则斜倚栏杆。

④莺莺燕燕：以鸟类的成双作对反衬自身的孤单寂寞。朱淑真有《恨春五首》之二云："莺莺燕燕休相笑，试与单栖各自知。"可证。

⑤"满院"二句：写对恋人的思念。五代韦庄《谒金门》："满院落花春寂寂，断肠芳草碧。"皆相似。又朱淑真自作《晚春有感》诗云："断肠芳草连天碧，春不归来梦不通。"

减字木兰花 春怨

独行独坐[1]，独倡独酬还独卧[2]。伫立伤神，无奈轻寒著摸人[3]。　此情谁见，泪洗残妆无一半。愁病相仍[4]，剔尽寒灯梦不成[5]。

【注释】

①“独行”句：据宋郑景望《蒙斋笔谈》载，唐吕洞宾《题城南四壁》诗云：“独自行时独自坐，无限时人不识我。”

②独倡独酬：谓无人和她唱和。倡：通“唱”。酬：以诗文相赠答。

③著摸：张相《诗词曲语辞汇释》卷五：谓着摸，即撩惹、沾惹之意。

④相仍：相互重复。此句意谓愁与病交替不断。

⑤“剔尽”句：化用唐白居易《长恨歌》：“孤灯挑尽未成眠……魂魄不曾来入梦。”

眼儿媚

迟迟春日弄轻柔[1]，花径暗香流[2]。清明过了[3]，不堪回首，云锁朱楼[4]。　午窗睡起莺声巧，何处唤春愁？绿杨影里，海棠亭畔，红杏梢头[5]。

【注释】

①迟迟：和舒貌。《诗经·豳风·七月》：“春日迟迟，采蘩祁祁。”弄轻柔：谓春光融和轻软。秦观《江城子》：“西城杨柳弄春柔。”著一“弄”字写出客观景物与主观感情的融洽谐允。

②暗香：清幽的香味。林逋《山园小梅》诗：“疏影横斜水清

浅，暗香浮动月黄昏。”

③清明：农历节气，在春分后，谷雨前。

④“不堪”句：南唐李煜《虞美人》：“小楼昨夜又东风，故国不堪回首月明中。”云锁朱楼：云雾围绕着华丽的红色楼房。

⑤“红杏梢头”三句：谓春愁在处。毛滂《蝶恋花》：“红杏枝头寒食雨”；宋祁《玉楼春》：“红杏枝头春意闹。”字面相同，意境各别。

蝶恋花 送春[1]

楼外垂杨千万缕，欲系青春[2]，少住春还去。犹自风前飘柳絮，随春且看归何处。　绿满山川闻杜宇[3]，便做无情[4]，莫也愁人苦。把酒送春春不语，黄昏却下潇潇雨[5]。

【注释】

①明沈际飞评此词曰：“满怀妙趣，成片裹出。体物无间之言，淡情深感。”(《草堂诗余续集》卷上》清李佳《左庵词话》云：“情致缠绵，笔底毫无沉闷。”

②系：拴住、留住。此有挽留春光之意。

③杜宇：杜鹃鸟，其声哀，有杜鹃啼血之说。

④便做：张相《诗词曲语辞汇释》卷一：犹便使、就使。

⑤潇潇：风雨暴疾貌。《诗经·郑风·风雨》：“风雨潇潇，鸡鸣胶胶。”《毛传》：“潇潇，暴疾也。”清陆杲评曰：“淑真诗好，词不如诗。爱其‘黄昏却下潇潇雨’句，又词好于诗也。”(《历代名媛诗词》卷十一)

清平乐 夏日游湖[1]

恼烟撩露[2]，留我须臾住。携手藕花湖上路[3]，一霎黄梅细雨[4]。　　娇痴不怕人猜[5]，和衣睡倒人怀[6]。最是分携时候[7]，归来懒傍妆台。

【注释】

①词题是夏日游湖，实际上是写与恋人的一次幽会。明赵世杰《古今女史》评此词云："姿态横生。"

②"恼烟"句：语本欧阳修《少年游》："恼烟撩雾，拚醉倚西风。"恼：引逗、撩拨。撩：招引。

③藕花湖：疑指杭州西湖。柳永《望海潮》咏钱塘云："有三千桂子，十里荷花。"

④一霎：一会儿，唐孟郊《春后雨》诗："昨夜一霎雨，天意苏群物。"

⑤"娇痴"句：清吴衡照《莲子居词话》："易安'眼波才动被人猜'，淑真'娇痴不怕人猜'，放诞得妙，均善于言情。"

⑥"和衣"句：明沈际飞评曰："《地驱乐歌》云：'枕郎左臂，随郎转侧，摩捋郎须，看郎颜色。'《诗归》谓其千情万态，可作风流中经史。《注疏》：'和衣倾倒'谓不可训，迂哉！"此句《全宋词》作"随群暂遣愁怀"，本书据《紫芝漫抄本断肠词》。

⑦分携：分手。

菩萨蛮

山亭水榭秋方半[1]，凤帏寂寞无人伴[2]。愁闷一番新，双蛾只旧颦[3]。　　起来临绣户，时有疏萤度[4]。多谢月相怜，今宵不忍圆。

【注释】

①水榭：建筑在水边或水上的亭阁。秋方半，谓中秋。吴自牧《梦梁录》卷四："八月十五日中秋节，此日三秋恰半，故谓之中秋。"

②凤帏：绣有凤凰的帏帐，指帐子。

③双蛾：双眉。旧时称女子眉毛美丽为蛾眉。颦：皱眉。

④疏萤度：几只萤火虫飞过。度，过。

菩萨蛮 秋

秋声乍起梧桐落[①]，蛩吟唧唧添萧索[②]。攲枕背灯眠[③]，月和残梦圆。　　起来钩翠箔[④]，何处寒砧作[⑤]。独倚小栏干，逼人风露寒。

【注释】

①秋声：秋时西风起，草木零落，多肃杀之声，曰秋声。

②蛩：蟋蟀。萧索：形容影物凄凉、心情抑郁。

③攲：同"攲"，倾侧、斜倚貌。《荀子·坐宥》："吾闻坐宥之器者，虚则攲，中则正，满则覆。"

④翠箔：即帘子。白居易《长恨歌》："揽衣推枕起徘徊，珠箔银屏迤逦开。"

⑤砧：捣衣石。寒砧，秋天里的砧声。

张 抡

张抡（生卒年不详），字才甫（一作材甫），开封（今属河南）人。高宗绍兴间（1131—1162）为忠训郎、敦武郎、知阁门事、干办皇城司。孝宗淳熙五年（1178）为宁武军承宣使，后知阁门事，兼客省四方馆事。其词多描写山水景物，自号莲社居士，风格秀雅清丽，南渡后词风渐变。明沈际飞云："材甫亲目靖康之变"，其词"哀乐各至"。（见《草堂诗余正集》）有《莲社词》。

烛影摇红 上元有怀①

双阙中天②，凤楼十二春寒浅③。去年元夜奉宸游④，曾侍瑶池宴⑤。玉殿珠帘尽卷，拥群仙、蓬壶阆苑⑥。五云深处⑦，万烛光中，揭天丝管⑧。　驰隙流年，恍如一瞬星霜换⑨。今宵谁念泣孤臣，回首长安远⑩。可是尘缘未断⑪，谩惆怅、华胥梦短⑫。满怀幽恨，数点寒灯，几声归雁。

【注释】

①上元：农历元月十五元宵节，又名灯节。明李攀龙评此词云："上述往事，下叹来年，神情一呼一吸……此抚景写情，俱见其荣光易度，梦醒无几。真画出风前独影，红光在目。"（《草堂诗余隽》）

②双阙：古代宫殿门前成双的建筑物。中天：半空，极言其高峻。

③凤楼：宫内楼阁。鲍照《代陈思王京洛篇》："凤城十二重，四户八绮窗。"

④奉宸游：奉陪皇帝宴游。明沈际飞谓"前段追忆徽庙（宋徽宗），后直指目前，哀乐各至"。（见《草堂诗余》正集）

⑤瑶池：神话中神仙所居之所。瑶池宴：指宫中宴席。

⑥"玉殿"三句：《列仙传》："西王母所居宫阙，在龟山昆仑

之圃，阆风之苑，左带瑶池，右环翠水。”阆风，在昆仑山巅。蓬壶，即蓬莱，相传为海中仙山。旧题王嘉《拾遗记》：“三壶则海中三山也。一曰方壶，则方丈也；二曰蓬壶，则蓬莱也；三曰瀛壶，则瀛洲也。形如壶器。”

⑦五云：五色祥云，此指帝王所居之处。李白《侍从宜春苑奉诏赋》：“是时君王在镐京，五云垂晖耀紫清。”

⑧揭天：犹响彻云霄。

⑨驰隙流年：形容光阴流逝。《庄子·知北游》：“人生天地之间，若白驹之过郤，忽然而已。”郤，通“隙”。星霜：指年岁。唐张九龄《与弟游家园》诗云：“星霜屡尔别，兰麝为谁幽。”

⑩孤臣：词人自谓，词人曾亲见徽宗盛时，又经靖康之难，已成南渡故老，故称。长安：汉唐故都，此处借指宋京城汴京，即今河南开封。

⑪尘缘：俗念。佛教认为色、声、香、味、触、法为六尘，是污染人心，产生嗜欲的根缘。此处借指对国事的关怀。谩：通“漫”，徒然。

⑫华胥：《列子·黄帝》篇寓言中的理想之国。此处指词人的报国之心。

霜天晓角

晓风摇幕，攲枕闻残角[1]。霜月可窗寒影[2]，金猊冷，翠衾薄[3]。　　旧恨无处著，新愁还又作。夜夜单于声里，灯花共，泪珠落[4]。

【注释】

①幕：帘幕。攲：斜靠。残角：断断续续的画角声。

②可窗：犹当窗。《诗词曲语辞汇释》卷一：“可，犹当也……陈与义《题继祖蟠室》诗：‘日斜疏竹可窗影，正是幽人睡足时。’”

③金猊:金属兽形香炉。衾:被。

④《单于》:曲调名。唐韦庄《绥州作》诗:“一曲单于暮烽起,扶苏城上月如钩。”此词调名《霜天晓角》却正与全词内容契合。

侯寘

侯寘，字彦周，晁谦之甥，东武（今山东诸城）人。南渡后居长沙。曾官耒阳县。大约卒于孝宗乾道至淳熙（1165—1189）年间。其词风格清婉娴雅，有《懒窟词》。

风入松

东楼烟重暗山光[1]，春意堕微茫[2]。小红嫩绿匀如剪[3]，黯无言，云渡澄江[4]。没处与人消遣，倚栏情寄斜阳。　　共君今夜举清觞，投老各殊方[5]。痴儿官事何时了[6]，恨花时，潘鬓先霜[7]。唤取客帆聊住，将予同下潇湘[8]。

【注释】

①烟重：烟雾浓。

②“春意”句：谓春意被浓雾包围，显得隐约模糊。

③匀如剪：秦观《木兰花》：“草上霜花匀似剪。”

④澄江：水色清澈的江面。

⑤投老：临老、到老。《后汉书·仇览传》：“苦身投老。”殊方：异乡、他乡。汉班固《西都赋》：“殊方异常，至于三万里。”

⑥“痴儿”句：黄庭坚《登快阁》诗：“痴儿了却公家事，快阁东西倚晚晴。”

⑦潘鬓：晋潘岳《秋兴赋序》：“余春秋三十有二，始见二毛。”赋云：“斑鬓髟以承弁兮，素发飒以垂领。”后人因以潘鬓称中年白发。

⑧将：《诗词曲语辞汇释》卷三：“犹与也，李白《鲁郡尧祠送窦明府》诗：‘遂将三五少年辈，登高远望形神开。’遂将，遂与也。”潇湘：二水名，在湖南零陵地区汇合，称潇湘。

满江红

困顿春眠，无情思、梦魂飘泊[①]。檐外雨，霏霏冉冉[②]，乍晴还落。山黛四围频入眼，柳丝一缕低萦阁[③]。念沈郎，多感更伤春，腰如削[④]。　　风入户，香穿箔[⑤]。花似旧，人非昨。任游蜂双燕，经营拂掠。海阔锦鱼传不到[⑥]，洞深紫凤期难约[⑦]。谩彩笺，牙管倚西窗，题红叶[⑧]。

【注释】

①飘泊：行止无定。

②霏霏：纷飞貌。冉冉：渐进的样子。

③山黛：山色青绿。频：犹频频，不断。萦：回旋攀绕。

④"念沈郎"三句：《梁书·沈约传》："与徐勉素善，遂以书陈情于勉曰：'……百日数旬，革带常应移孔，以手握臂，率计月小半分。以此推算，岂能支久。'"谓因感伤而瘦弱。

⑤箔：帘子。

⑥锦鱼：指书信。用《晋书》载窦滔妻苏氏织锦回文及古乐府《饮马长城窟行》"客从远方来，遗我双鲤鱼。呼儿烹鲤鱼，中有尺素书"典。

⑦"洞深"句：化用李存勖《忆仙姿》词："曾宴桃源深洞，一曲舞鸾歌凤。长记别伊时，和泪出门相送。"

⑧"谩彩笺"三句：谓徒然写出情诗，无从寄与。牙管：象牙制的笔管。这里指笔。题红叶：唐宣宗时，卢渥于御沟拾得红叶，叶上题诗云："流水何太急，深宫尽日闲，殷勤谢红叶，好去到人间。"乃宫女所题，后宫女被放出宫，与卢渥结为夫妇。见范摅《云溪友溪》卷十。

赵彦端(1121—1175),字德庄,宋魏王廷美七世孙,鄱阳(今属江西)人。绍兴八年(1138)进士,十二年为左修职郎、钱塘县主簿。乾道三年(1167),自右司员外郎,以直显谟阁为江南东路转运副使。四年改福建路转运副使,后为太常少卿。六年,以直宝文阁知建宁府。寻迁提点浙东刑狱。近代冯煦称其词"清雅可诵",然不及赵长卿《惜香乐府》,见《蒿庵论词》。有《介庵词》,一称《介庵琴趣》。

谒金门

休相忆,明夜远如今日。楼外绿烟村幂幂[①],飞花如许急。　柳岸晚来船集,波底斜阳红湿[②]。送尽去云成独立,酒醒愁又入。

【注释】

①幂(mì)幂:形容烟雾很细密的样子。

②"波底"句:此句深受宋高宗称赞,谓"我家里人也会作此等语",见张端义《贵耳集》。又陈鹄《耆旧续闻》云:"赵德庄词'波底夕阳红湿','红湿'二字,以为新奇,不知盖用李后主(实为冯延巳)'细雨湿流光',与《花间集》'一帘疏雨湿春愁'之'湿'。"

生查子[①]

新月曲如眉[②],未有团圆意。红豆不堪看,满眼相思泪[③]。　终日擘桃穰[④],人在心儿里[⑤]。两朵隔墙花,早晚成连理[⑥]。

【注释】

①此首一作五代牛希济词,见《词综》卷二。此词用语有特色,皆以前句写物,后句写意,前呼后应,笔致甚巧。

②新月:初出之月。这里指上弦之月。

③红豆:相思树所结之子。实成荚,子大如豆,微扁,呈鸡心状,色红。古常以比喻爱情或相思。唐王维《相思》诗:"红豆生南国,春来发几枝。劝君多采撷,此物最相思。"

④擘:分剖、分裂。桃穰:桃仁。穰,通"瓤",果实之肉。

⑤人:"仁"的谐音。桃仁深藏在桃核内,故以喻所思之人在心儿里。

⑥连理:异根草木,枝干相连。此喻二人终能结为夫妇。

太学诸生

太学诸生，一作绍兴太学生，为高宗（1127—1162）时人，今存《南乡子》词 1 首，见《谈薮》。

南乡子

洪迈被拘留，稽首垂哀告彼酋[①]。七日忍饥犹不耐[②]，堪羞。苏武争禁十九秋[③]。　　厥父既无谋[④]，厥子安能解国忧。万里归来夸舌辩[⑤]，村牛[⑥]。好摆头时便摆头[⑦]。

【注释】

①"洪迈"两句：洪迈（1123—1202），宋鄱阳人，字景虚，号容斋。高宗绍兴十五年（1145）进士。绍兴末，出使金国，持书以对等国礼，金人令其改称陪臣。迈初不从，被金人拘于使馆，"自旦至暮，水浆不进"，三日后洪迈屈服，得见金主。（见《宋史·洪迈传》）彼酋：指金主。一作"敌仇"。

②"七日"：一作"一日"。

③苏武：《汉书·苏武传》载，汉武帝时，苏武以中郎将使匈奴。单于迫其投降，苏武不屈，居北海荒无人烟处牧羊，十九年后才得归。唐杜牧《边上闻笛》诗："游人一听头堪白，苏武争禁十九年。"争禁，犹怎么禁得住。

④厥父：指洪迈父洪皓。《宋史》本传载，洪皓使金被留，十五年始归，宋高宗称之为"苏武不能过"。《宋史》称洪皓为"忠节"。本词中讥其"无谋"，是不恰当的。参看本书洪皓介绍。

⑤"万里"句：谓洪皓父子自金国归来还夸耀其能说会道。

⑥村牛：即蠢牛，骂人语。

⑦摆头：宋罗大经《鹤林玉露》载，洪迈"素有风疾，头常微掉"。摆头，当指其掉头的疾病，并讥其归来后得意之状。

袁去华

袁去华，字宣卿，奉新(今属江西)人。高宗绍兴十五年(1145)进士。知善化县，因反对郡守荒年征赋，被贬为醴陵县丞，后知石首县。学识渊博，长于词赋。其词既有表现壮烈抱负，报国无门的悲凉慷慨之篇，又有抒写离情别绪的凄婉幽伤之作。有《适斋类稿》，词集《宣卿词》。

瑞鹤仙

郊原初过雨①。见败叶零乱，风定犹舞。斜阳挂深树，映浓愁浅黛②，遥山眉妩③。来时旧路，尚岩花、娇黄半吐④。到而今，唯有溪边流水，见人如故。　　无语。邮亭深静⑤，下马还寻，旧曾题处⑥。无聊倦旅⑦，伤离恨，最愁苦。纵收香藏镜⑧，他年重到，人面桃花在否⑨。念沈沈⑩，小阁幽窗，有时梦去。

【注释】

①郊原：郊野平原。

②黛：青黑色。此形容山色。

③遥山眉妩：远山如同蛾眉，妩媚可爱。

④娇黄：犹嫩黄色。

⑤邮亭：古代设在沿途供信使和旅客歇宿的馆舍。

⑥旧曾题处：作者过去题诗之处。古时文人惯于在过往之处题写诗词。

⑦倦旅：同倦游。生活长期飘泊，居无定处，故有倦意。

⑧收香：《晋书·贾充传》：韩寿与贾充女私通，贾女密以其父所藏西域奇香赠寿。充知女与寿通，后“遂以女妻寿”。藏镜：唐孟棨《本事诗》：南朝陈驸马徐德言，娶后主妹乐昌公主，陈朝大乱，德言破镜与公主各执其半，以为他年相聚的信物。陈亡，乐昌公主入长安杨素家，后遣苍头持破镜卖于市中，遂得与

德言团圆。

⑨“人面桃花”句：唐崔护《题都城南庄》诗：“去年今日此门中，人面桃花相映红，人面不知何处去，桃花依旧笑春风。”

⑩沈沈：同沉沉，深沉貌。

剑器近

夜来雨，赖倩得，东风吹住[1]。海棠正妖娆处，且留取。　　悄庭户[2]，试细听，莺啼燕语，分明共人愁绪[3]，怕春去。　　佳树，翠阴初转午。重帘未卷，乍睡起，寂寞看风絮[4]。偷弹清泪寄烟波[5]，见江头故人[6]，为言憔悴如许。彩笺无数[7]。去却寒暄，到了浑无定据[8]。断肠落日千山暮[9]。

【注释】

①赖：依赖。倩：借助。住：指雨止。

②“悄庭户”句：此句以下至“怕春去”，与第一段句律相同，故近人唐圭璋云：“此首一气舒卷，清丽凄惋。上中两片，字句声韵皆同，是亦双拽头也。”

③共人愁绪：与人同怀愁意。

④风絮：风中飘荡的柳絮杨花。

⑤烟波：雾霭苍茫的水面。

⑥江头：江岸。

⑦彩笺：彩色信笺，这里指书信。

⑧到了：犹到底、毕竟。浑无：全无。定据：犹确定的信息。

⑨“断肠”句：唐圭璋《唐宋词简释》：“末一句，以景结，语精炼，振动全篇。”

安公子[1]

弱柳丝千缕，嫩黄匀遍鸦啼处[2]。寒入罗衣春尚浅，过一番风雨。问燕子来时，绿水桥边路，曾画楼、见个人人否[3]？料静掩云窗，尘满哀弦危柱[4]。　　庾信愁如许[5]，为谁都著眉端聚[6]？独立东风弹泪眼，寄烟波东去。念永昼春闲[7]，人倦如何度？闲傍枕，百啭黄鹂语[8]。唤觉来厌厌[9]，残照依然花坞[10]。

【注释】

①唐圭璋《唐宋词简释》："此首怀人，以景起，以景结，前后照映。中间曲折宛转，情意深厚，语言生动挺拔，笔妙如环。"

②嫩黄：色泽淡黄。此指初春柳色。

③人人：犹伊人。

④哀弦危柱：指琴。琴有弹出哀声的弦音。危，高耸。柱，琴弦的支柱。

⑤庾信：字子山，南北朝人，著有《愁赋》（今佚），《海录碎事》存有片断。

⑧眉端聚：眉头紧皱，愁貌。

⑦永昼：长长的白昼。春天白昼比冬时长得多，故云。

⑧百啭：指黄莺婉转的鸣声。

⑨厌厌：精神不振貌。

⑩花坞（wù）：四周高起而中间凹下的花圃。

归字谣[1]（一）

归，目断吾庐小翠微[2]。斜阳外，白鸟傍山飞。

【注释】

①又名《十六字令》。

②目断：犹望断。翠微：轻淡青葱的山色。

归字谣（二）

归，随分家山有蕨薇[①]。陶元亮[②]，千载是吾师。

【注释】

①随分：犹随遇，顺应自然。家山：犹家乡。唐钱起《送李栖桐道擢第还乡省侍》诗："莲舟同宿浦，柳岸向家山。"蕨、薇，都是植物名。此泛指野菜。《诗经·召南·草虫》："陟彼南山，言采其薇。陟彼南山，言采其蕨。"

②陶元亮：晋陶潜，又名渊明，字元亮。性格高尚，辞官归乡隐居，作有《归去来辞》与《归园田居》诗等，为著名田园诗人。

陆　淞

陆淞，字子逸，号云溪，山阴（今浙江绍兴）人。陆佃之孙，陆游之兄。曾官辰州守，历秘阁校理、工部郎中，以祖恩补通仕郎，官至朝请大夫。晚年以疾废，卜筑于越州秀野，啸傲以终。平日喜清谈，对客不倦，尤好语前辈之事。存词 2 首，见《耆旧续闻》《绝妙好词》。

瑞鹤仙①

脸霞红印枕②，睡觉来，冠儿还是不整③。屏间麝煤冷④。但眉峰压翠，泪珠弹粉⑤。堂深昼永，燕交飞，风帘露井⑥。恨无人，与说相思，近日带围宽尽⑦。　重省⑧。残灯朱幌，淡月纱窗，那时风景⑨。阳台路迥，云雨梦，便无准。待归来，先指花梢教看，却把心期细问⑩。问因循过了青春⑪，怎生意稳⑫。

【注释】

①宋陈鹄《耆旧续闻》卷十云："南渡初，南班宗子寓居会稽为近属，士子最盛，园亭甲于浙江。一时座客，皆骚人墨士，陆子逸尝与焉。士有侍姬盼盼者，色气殊绝，公每属意焉。一日宴客，偶睡，不预捧觞之列。陆因问之，士即呼至，其枕痕犹在脸。公为赋《瑞鹤仙》，有'脸霞红印枕'之句，一时盛传之，逮今为雅唱。"张炎《词源》评此词曰："景中带情，而存骚雅。"

②"脸霞"句：袁去华《金蕉叶》："印枕娇红透肉。"

③睡觉：睡醒。二句化用白居易《长恨歌》："云髻半偏新睡觉，衣冠不整下堂来。"

④屏间麝煤：指屏风上的水墨画。麝煤，墨的别名。唐韩偓《横塘》诗："蜀纸麝煤添笔媚，越瓯犀液发茶香。"又宋李建中《题杨少师大字壁后》："枯杉倒桧霜天老，松烟麝煤阴雨寒。"词意似近后者。

⑤“眉峰”两句：谓皱眉落泪。

⑥露井：无盖之井。

⑦带围宽尽：形容人体消瘦，衣带腰围宽松到了极点。

⑧重省（xǐng）：犹回忆。

⑨风景：风光、景物，此指光景、情景。

⑩心期：谓两相期许。

⑪因循：指蹉跎岁月，疲蹋不振。

⑫意稳：心绪稳定。

向 滈

向滈,一作镐,字丰之,号乐斋,河内(今河南沁阳县)人。曾官县令。向太后母家之后裔,从王卢溪(庭珪)游。卢溪生于神宗元丰二年(1078),卒于孝宗乾道七年(1171),向滈生时约和他相当,惜早卒。有《乐斋词》一卷。

如梦令[①]

谁伴明窗独坐,和我影儿两个[②]。灯烬欲眠时,影也把人抛躲[③]。无那,无那[④],好个恓惶的我[⑤]。

【注释】

①此词一作李清照词,实误。明杨慎《词品》卷五评此词曰:"词似俚而意深,亦佳作也。"

②"谁伴"两句:极言孤独无伴。只有自己一人加上自己的身影,也算有两个。

③"灯烬"两句:灯熄灭时影子随之消失,如将人抛弃。烬,物体燃烧后遗留下来的灰烬。

④无那:即无奈。

⑤恓惶:烦恼不安貌。

卜算子 寄内[①]

休逞一灵心[②],争甚闲言语[③]。十一年间并枕时,没个牵情处[④]? 四岁学言儿,七岁娇痴女[⑤]。说与旁人也断肠,你自思量取[⑥]。 自注:士平四岁解言,道庆七岁犹痴,皆病损,又是孺人所妳[⑦],故特及之耳。

【注释】

①寄内:寄给自己妻子的诗词。据《夷坚续志》载,向滈"才

调绝高，贫穷则甚”，“一日妇翁恶其穷，夺其妻以嫁别人。丰之听其去，作一《卜算子》小词在其箧中……闻之令人鼻酸。后其妻见其词，毅然而归，与之偕老”。

②一灵：人的心脏、灵魂。唐韩偓《赠僧》诗：“三接旧承前席遇，一灵今用戒香熏。”

③闲言语：废话、谎话。

④牵情：牵动情感。

⑤娇痴：娇惯不懂事。朱淑真《清平乐·夏日游湖》：“娇痴不怕人猜。”

⑥思量：想念、思考。取，语助词。

⑦“孺人”句：孺人，即妻子。梁江淹《恨赋》：“左对孺人，顾对稚子。”妳，同“奶”，哺乳。

曹冠

曹冠，字宗臣，号双溪居士，东阳(今属浙江)人。为秦桧门下“十客”之一，教其孙秦埙。绍兴二十四年(1154)登进士甲科，自平江府学教授擢国子录，不久任太常博士兼权中书门下检正诸房公事。秦桧死，放罢，又被论驳放科名。乾道五年(1169)，再应举中第。淳熙元年(1174)以临安府通判改太常寺主簿，被论罢新任。绍熙初，仕至郴州守。有《燕喜词》。

浣溪沙 柳

翠带千条蘸碧流①，多情不解系行舟②。章台惜别恨悠悠③。　湿雨伤春眉黛敛④，倚风无力舞腰柔。丝丝烟缕织离愁⑤。

【注释】

①“翠带”句：指绿色柳条垂拂水面。

②不解系行舟：不懂得拴住外出的船，留住远行人。吴文英《唐多令》：“垂柳不萦裙带住，惯长是系行舟。”义相反而更婉美。

③章台：即章台街，长安中街道名。街多妓馆，后泛指冶游之处。孟棨《本事诗》载唐韩翃《寄柳氏》词有句云：“章台柳，章台柳，昔日青青今在否？”故此引作咏柳典故。

④眉黛：喻柳叶。雨淋柳叶，柳叶相沾，故云敛。

⑤“倚风”二句：化用王雱《眼儿媚》：“杨柳丝丝弄轻柔，烟缕织成愁。”舞腰：指飘动的柳条。

陆　游

陆游(1125—1209),字务观,号放翁,山阴(今浙江绍兴)人。少负壮志,二十九岁应进士试,名列第一;次年礼部复试,被秦桧以“喜论恢复”除名。桧死后三年,始为福州宁德主簿。孝宗隆兴年间(1163—1164)赐进士出身,任枢密院编修兼圣政所检讨。乾道六年(1170)为四川夔州通判;两年后,为四川宣抚使王炎幕府;不久,范成大帅蜀,被邀为参议。后去江西、浙江等地任职,因力主抗金复国而罢官。居乡二十余年,诏同修国史,升宝章阁待制。诗、词、文均名重一时,有《剑南诗稿》《渭南文集》《老学庵笔记》《南唐书》,词集今传《放翁词》(一称《渭南词》)约一百三十首,风格多样,既有圆润清逸之作,又多伤时忧国、悲壮慷慨之篇。《四库全书总目提要》则云:“《后村诗话》谓其时掉书袋,要是一病;杨慎《词品》则谓其纤丽处如淮海,雄快处似东坡。平心而论,游之本意,盖欲驿骑于二家之间,故奄有其胜而不能造其极。”

南乡子　赋归[①]

归梦寄吴樯[②],水驿江程去路长[③]。想见芳洲初系缆[④],斜阳。烟树参差认武昌[⑤]。　　愁鬓点新霜[⑥],曾是朝衣染御香[⑦]。重到故乡交旧少,凄凉。却恐他乡胜故乡[⑧]。

【注释】

①本篇是陆游由四川东归途中所作。据陆诗《头陀寺观王简栖碑有感》自注:“庚寅过武昌。”此词当作于淳熙五年(1178),时年五十四岁。近人俞陛云《两宋词选释》:“入手处仅写舟行,已含有客中愁思。‘斜阳’二句秀逸入画。继言满拟以还乡之乐,偿恋阙之怀,而门巷依然,故交零落,转不若寂寞他乡,尚无睹物怀人之感,乃透进一层写法。”

②吴樯：犹吴船。樯，船桅。这里指归舟。

③水驿江程：指东归的航程。

④芳洲：长满芳草的小洲。这里指鹦鹉洲。东汉祢衡被黄祖杀后葬于此处。陆游《入蜀记》："三十日，黎明离鄂州，便风挂驲(帆)，沿鹦鹉洲南行。洲上有茂林神祠，远望如小山。洲盖祢正平被杀处。故太白诗云：'至今芳洲上，兰蕙不敢生。'"

⑤武昌：今湖北鄂城。《入蜀记》："吴所都武昌，乃今武昌县。此州在吴名夏口，亦要害。自江州至此，七百里。"

⑥"愁鬓"句：唐李贺《还自会稽歌》："吴霜点归鬓，身与塘蒲晚"。此喻鬓发因忧愁而花白。

⑦"朝衣"句：唐贾至《早朝大明宫呈两省僚友》云："衣冠惹得御炉香。"

⑧"却恐"句：点化杜甫《得舍弟消息》诗"乱后谁归得，他乡胜故乡"诗句而成。

水调歌头　多景楼①

江左占形胜，最数古徐州②。连山如画，佳处缥渺著危楼③。鼓角临风悲壮④，烽火连空明灭，往事忆孙刘⑤。千里曜戈甲，万灶宿貔貅⑥。　露霑草，风落木，岁方秋。使君宏放⑦，谈笑洗尽古今愁。不见襄阳登览，磨灭游人无数，遗恨黯难收。叔子独千载，名与汉江流⑧。

【注释】

①多景楼，在镇江北固山甘露寺内。张孝祥《题陆务观多景楼长句》云："甘露多景楼，天下胜处，废以为优婆塞之居，不知几年。桐庐方公尹京口，政成暇日，领客来游，慨然太息。寺僧识公意，阅月楼成，陆务观赋《水调》歌之，张安国书而刻之崖石。"案：多景楼，在江苏镇江北甘露寺内。陆游于隆兴二年

(1164)春到镇江，词作于此时。

②江左：江南。形胜：《荀子·富国》："形势便，山林川谷美，天材之利多，是形胜也。"古徐州：即镇江。徐州为古九州之一，东晋曾以徐州治镇江，后又称南徐州。

③缥渺：高远隐约。危楼：高楼。此指多景楼。

④鼓角：军中战鼓与号角。杜甫《阁夜》诗："五更鼓角声悲壮，三峡星河影动摇。"

⑤孙刘：孙权、刘备。三国时吴、蜀国主。陆游《入蜀记》谓镇江北固山上甘露寺内"有狠石，世传以为汉昭烈（刘备）、吴大帝（孙权）尝据此石，共谋曹氏"。

⑥"万灶"句：形容兵将之多。语本苏轼《次韵穆父尚书侍祠郊丘瞻望天光退而相庆引满醉吟》："野宿貔貅万灶烟。"灶，每灶可供若干人饮食，可以计军队人数。貔貅：猛兽名，借喻勇猛的军队。

⑦使君：指镇江府尹方滋。滋，字务德，桐庐人。平生三为监司，五为郡守，七领帅节，二广则皆任经略，建康兼行宫留守。见韩元吉《方公墓志铭》。参注①。

⑧"不见"五句：用晋代羊祜故事。羊祜，字叔子，平生"乐山水，每风景，必造岘山，置酒言咏，终日不倦。尝慨然太息，顾谓从事中郎邹湛等曰：'自有宇宙，便有此山。由来贤达胜士，登此远望，如我与卿者多矣。皆湮没无闻，使人悲伤。如百岁后有知，魂魄犹应登此也。'"后襄阳百姓建庙立碑，望其碑者，莫不流泪，杜预因名为堕泪碑。见《晋书》本传。汉江，流经襄阳，至汉口入长江。

好事近　登梅仙山绝顶望海[①]

挥袖上西峰，孤绝去天无尺[②]。柱杖下临鲸海[③]，数烟帆历历[④]。　　贪看云气舞青鸾[⑤]，归路已将夕。多谢半山松吹，解殷勤留客。

【注释】

①梅仙山：即梅山，在今浙江绍兴市。相传为汉代梅福（字子真）所居之处。陆游《梅子真泉铭》：“距会稽城东北七里有山，曰梅山。”又《湖山杂赋》诗之四自注：“梅山寺，与敝庐南北，相望无二十里。”

②孤绝：孤高矗立，形容山势峻峭。去天无尺：离天不满一尺。

③鲸海：大海。王安石《石鼓寺陈伯庸》诗：“鲸海无风白日闲。”

④烟帆：烟波中的帆影。

⑤青鸾：传说中神鸟。旧题王嘉《拾遗记·蓬莱山》：“有浮筠之竿，叶青茎紫，子大如珠，有青鸾集其上。”此喻云气如青鸾展翅飞舞。

鹧鸪天

家住苍烟落照间[1]，丝毫尘事不相关[2]。斟残玉瀣行穿竹[3]，卷罢黄庭卧看山[4]。　贪啸傲[5]，任衰残，不妨随处一开颜[6]。元知造物心肠别[7]，老却英雄似等闲！

【注释】

①“家住”句：陆游《吾庐》诗云：“吾庐镜湖上，傍水开云扃。秋浅叶未丹，日落山更青。孤鹤从西来，长鸣掠沙汀。”即此意。

②尘事：尘俗之事。

③玉瀣（xiè）：酒名。《酒史》：“隋炀帝造玉瀣酒，十年不败。”

④黄庭：即《黄庭经》，道经名，讲道家养生修炼之道。

⑤啸傲：歌咏、吟诵自得，形容放旷不受拘束。晋陶渊明《饮酒》诗之七：“啸傲东轩下，聊复得此生。”

⑥开颜：喜悦、欢笑。

⑦元：原来、本来。造物：指大自然。《庄子·大宗师》：“伟

哉，夫造物者，将以予为此拘拘也。”此处暗喻南宋朝廷。心肠别：别有心肠。

钗头凤①

红酥手，黄縢酒②，满城春色宫墙柳③。东风恶，欢情薄。一怀愁绪，几年离索④。错、错、错！　　春如旧，人空瘦，泪痕红浥鲛绡透⑤。桃花落，闲池阁。山盟虽在⑥，锦书难托⑦。莫、莫、莫⑧！

【注释】

①这首《钗头凤》是陆游三十一岁时在绍兴沈园所作。据周密《齐东野语》卷一记载：陆游原娶其表妹唐婉为妻，后被陆母迫使休弃。唐另嫁赵士程，陆游也另娶。绍兴二十五年(1155)，陆、唐两人在沈园偶然相遇，唐劝赵士程致以酒肴。陆怅然久之，题此词于壁。唐见词后，也填词以和，不久便郁郁而逝。四十年后，旧情难忘，陆游又写两首《沈园》诗：“城上斜阳画角哀，沈园非复旧池台。伤心桥下春波绿，曾是惊鸿照影来。”“梦断香销四十年，沈园柳老不吹绵。此身行作稽山土，犹吊遗踪一泫然。”陈鹄《耆旧续闻》卷十云：“余弱冠客会稽，游沈氏园，见壁间有陆放翁词……笔势飘逸，书于沈氏园，辛未三月题。”

②黄縢酒：即黄封酒，一种官酒。陆游《病中偶得名酒小醉作此篇是夕极寒》诗：“一壶花露拆黄縢。”

③宫墙柳：指沈园围墙边的杨柳。

④离索：离散，分开。《礼记·檀弓》：“吾离群索居，亦已久矣。”郑玄注：“索犹散也。”

⑤“红浥”句：谓红泪湿透罗帕。见《南乡子·夏日作》词注③。鲛绡，梁任昉《述异记》谓南海有鲛人，水下织绡。后指丝织手帕。

⑥山盟：盟誓如山之不可易移。

⑦锦书：书信，用前秦苏蕙织锦为回文诗寄其夫窦滔故事。唐琬已另嫁，不能通信，故云“难托”。

⑧莫莫莫：错莫。本为连绵字，义犹寥落，落寞。杜甫《瘦马行》：“失主错莫无晶光。”李白《赠别从甥高五》诗：“三朝空错莫，对饮却惭冤。”此处将“错莫”拆开作为上下片结句，亦含有此义。参见俞平伯《唐宋词选释》。

清商怨 葭萌驿作[①]

江头日暮痛饮。乍雪晴犹凛[②]。山驿凄凉，灯昏人独寝。　　鸳机新寄断锦[③]。叹往事，不堪重省[④]。梦破南楼，绿云堆一枕[⑤]。

【注释】

①葭萌：在今四川昭化之南，当时有行旅来往之驿站。陆游于乾道八年（1172）秋自汉中赴成都，十一月途经此地。

②乍雪：初雪。凛：凛冽，寒冷。

③“鸳机”句：参见《钗头凤》注⑦。朱东润师《陆游选集》注云：“断锦，犹言断织。”《后汉书·列女传》记乐羊子“远寻师学，一年来归，妻跪问其故。羊子曰：‘久行怀思，无它异也。’妻乃引刀趋机而言曰：‘此织生自蚕茧，成于机杼，一丝而累，以至于寸。累寸不已，遂成丈匹。今若断斯织也，则捐失成功，稽废时日，夫子积学，当日知其所无，以就懿德；若中道而归，何异断斯织乎？’”鸳机全句表示决绝的意义。

④省（xǐng）：回忆。

⑤南楼：古楼名。在湖北鄂城县南，又称玩月楼。《世说新语·容止》：“庾太尉（亮）在武昌，秋夜气佳景清。使吏殷浩、王胡之之徒登南楼。”此系泛指。绿云：形容女人头发多而黑。朱东润云：“陆游《自兴元赴官成都》诗云：‘平生无远谋，一饱百念已……今朝忽梦破，跋马临漾水……’诗中的‘梦破’，也正是这

首词的‘梦破’，从这首词里，我们可以看到当时的陆游又悲愤，又伤感，又沉郁，又婉约的复杂心情。”（引同上）

临江仙[1]

鸠雨催成新绿[2]，燕泥收尽残红[3]。春光还与美人同。论心空眷眷，分袂却匆匆[4]。　　只道真情易写[5]，那知怨句难工。水流云散各西东[6]，半廊花院月，一帽柳桥风。

【注释】

①此词《放翁词》调下题“离果州作”。考陆游于宋孝宗乾道八年（1172）正月，自夔州启行，赴南郑王炎幕府任干办公事，途经果州（今四川南充县），有《柳林酒家小楼》诗云：“记取晴明果州路，半天高柳小青楼。”词亦作于此时。《花庵词选》：“余观放翁之词，尤其敷腴俊逸者也……如《临江仙》云（词略），皆思致精妙，超出近世乐府。”

②鸠雨：陆佃《埤雅·释鸟》：“鹁鸠灰色无绣项，阴则屏逐其匹，晴则呼之。语曰：‘天将雨，鸠逐妇’者是也。”陆游《秋阴》诗：“雨来鸠有语。”

③“燕泥”句：谓燕子衔着伴有落花的春泥筑巢。残红，指落花。

④眷眷：依恋向往貌。分袂：分手。袂，衣袖。

⑤只道：《诗词曲语辞汇释》卷四：“只道，犹云只知也。”

⑥水流云散：犹风流云散。三国王粲《赠蔡子笃》诗：“风流云散，一别如雨。”

蝶恋花[1]

桐叶晨飘蛩夜语[2]。旅思秋光，黯黯长安路[3]。忽记横戈盘马处，散关清渭应如故[4]。　　江海轻舟今已具。一卷兵书,叹息无人付[5]。早信此生终不遇,当年悔草长杨赋[6]。

【注释】

①此词当作于由四川东归之际,词人为空怀壮志而愤愤不平。时为宋孝宗淳熙五年(1178)之秋。

②蛩:蟋蟀。

③"黯黯"句:谓都城路遥,前途黯淡。长安为汉唐故都,此处借指南宋首都临安(今杭州)。

④散关:即大散关,在陕西宝鸡大散岭上,为宋金交界处。陆游《观长安城图》诗:"三秦父老应惆怅,不见王师出散关。"清渭:渭河,在今陕西西安市北。陆游《秋夜感旧二十韵》:"最怀清渭上,冲雪夜掠渡。"以上二句皆为怀念在南郑时生活。

⑤一卷兵书:《史记·留侯世家》:张良在下邳圯桥,为黄石老人纳履,得《太公兵法》书一卷。付:给与。

⑥长杨赋:汉扬雄作。内容寓有讽谏成帝之意。扬雄赋作甚多,然终生郁郁不得志。此处词人以扬雄自喻。清陈廷焯《白雨斋词话》卷八云:"放翁《蝶恋花》云'早信此生终不遇,当年悔草长杨赋',情见乎词,更无一毫含蓄处。稼轩《鹧鸪天》云:"却将万字平戎策,换得东家种树书。"亦即放翁之意,而气格迥乎不同,彼浅而直,此郁而厚也。"

秋波媚 七月十六日晚登高兴亭望长安南山[1]

秋到边城角声哀[2],烽火照高台[3]。悲歌击筑[4],凭高酹酒[5],此兴悠哉。　　多情谁似南山月,特地暮云开。灞桥烟柳,曲江池馆,应待人来[6]。

【注释】

①调名即《眼儿媚》。此词作于孝宗乾道八年(1172)七月

十六日。高兴亭：旧址在今陕西汉中内城的西北。南山：即终南山，横亘陕西南部，其主峰在长安（今西安）之南。

②边城：指南郑，今陕西汉中市，当时处于宋金前沿。角声：军号声。朱东润《陆游选集》注："'古代烽火，所以报警。军事紧急时，连举三火；前线无事时，止举一火，称为'平安火'。当时宋金双方，除遭遇战外，一般都是平安无事。陆游《感旧》自注：'平安火并南山来，至山南城下。'可证。"

③高台：指烽火台。

④悲歌击筑（zhù）：用燕太子丹送荆轲使秦典。《史记·刺客列传》："既祖（饯行），取道，高渐离击筑（古弦乐器名），荆轲和而歌，为变徵之声。"变徵之声为高亢悲壮之调。

⑤酹（lèi）酒：把酒洒地祭奠。

⑥"灞桥"三句：灞桥，即霸桥，在长安东灞水上，桥边多柳树。汉代人送别至此，常折柳为赠。曲江：池名，在长安东南，唐时为名胜地区。陆游《东楼集序》："北游山南……思一醉曲江、渼陂之间，其势无由，往往悲歌流涕。"词亦写此意。

卜算子　咏梅[1]

驿外断桥边[2]，寂寞开无主。已是黄昏独自愁，更著风和雨[3]。　　无意苦争春，一任群芳妒。零落成泥碾作尘，只有香如故[4]。

【注释】

①朱东润《陆游选集》："这首词是咏物，同时也是言志。"唐圭璋《唐宋词简释》："此首咏梅，取神不取貌，梅之高格劲节，皆能显出。"

②驿：驿站，古代官办的交通站。驿外，谓荒僻之地，交通不便，人迹罕至。

③更著：犹更有。《诗词曲语辞汇释》卷三："着，犹有也，带

也……王沂孙《扫花游》词:‘故山院宇,想边鸿孤唳,砌蛩私语。数点相和,更着芭蕉细雨。’义同上。”

④“零落”二句:喻质性难改。碾(niǎn):压碎。陆游《言怀》诗:“兰碎作香尘,竹裂成直纹,炎火炽昆冈,美玉不受焚。”

沁园春[1]

孤鹤归飞,再过辽天,换尽旧人。念累累枯冢,茫茫梦境[2],王侯蝼蚁,毕竟成尘[3]。载酒园林,寻花巷陌,当日何曾轻负春。流年改,叹围腰带剩[4],点鬓霜新[5]。

交亲,散落如云,又岂料如今余此身。幸眼明身健,茶甘饭软[6],非惟吾老,更有人贫。躲尽危机[7],消残壮志,短艇湖中闲采莼[8]。吾何恨,有渔翁共醉,溪友为邻。

【注释】

①此词乃孝宗淳熙五年(1178)离蜀东归后作于三山。

②“孤鹤”五句:见张元幹《兰陵王》词注⑮。比喻久别归家,人事全非。

③“王侯”两句:杜甫《谒文公上方》诗:“王侯与蝼蚁,同尽随丘墟。”此喻贵贱虽殊,同归寂灭。

④围腰带剩:谓衣宽人瘦。用沈约故事。《梁书·沈约传》《与徐勉书》云:“百日数旬,革带常应移孔;以手握臂,率计月小半分。”

⑤“点鬓”句:见前《南乡子》注⑥。

⑥“眼明”二句:陆游《新辟小园》诗之二:“眼明身健残年足,饭软茶甘万事忘。”

⑦危机:潜伏的祸端。晋陆机《豪士赋序》:“众心日移,危机将发。”《晋书·诸葛长民传》:“富贵必履危机。”

⑧短艇:小舟。莼:又名水葵、莼菜,羹肴佳料。陆游《寒夜移疾》诗:“天公何日与一饱,短艇湘湖自采莼。”自注:“湘湖在

萧山县，产莼绝美。”

汉宫春 初自南郑来成都作[1]

羽箭雕弓[2]，忆呼鹰古垒[3]，截虎平川[4]。吹笳暮归，野帐雪压青毡[5]。淋漓醉墨[6]，看龙蛇、飞落蛮笺[7]。人误许，诗情将略[8]，一时才气超然。　何事又作南来，看重阳药市[9]，元夕灯山[10]？花时万人乐处，攲帽垂鞭[11]。闻歌感旧，尚时时、流涕尊前。君记取，封侯事在，功名不信由天[12]。

【注释】

①南郑：今陕西汉中。陆游于乾道九年(1173)自汉中来成都。词作于此时。近人俞陛云云：“此词奋笔挥洒，其才气与东坡、稼轩相似。”(《两宋词选释》)朱东润云：“上阕记南郑生活，下阕前五句写成都景况，此下闻歌感旧，直抒众醉独醒之感，因此尊前流涕，便不是无因而至。‘君记取’以下三句，倔强兀傲，有人定胜天的抱负，这正是陆游诗词的特点。”(《陆游选集》)

②羽箭：即白羽箭。雕弓，以白玉为饰的弓。

③呼鹰古垒：在古垒边呼鹰打猎。陆游《忽忽》：“呼鹰古庙秋。”自注：“南郑汉高帝庙，予从戎时，多猎其下。”

④截虎：词人在汉中有射虎的经历，其《忆昔》诗云：“昔者戍梁益，寝饭鞍马间……挺剑刺乳虎，血溅貂裘殷。”平川：平地。

⑤野帐：张于野外的营帐。青毡：毡帐，用兽毛织成的帐幕。

⑥醉墨：趁醉时酒兴，挥毫书写。

⑦龙蛇：喻笔飞墨舞，字如龙蛇。唐孙过庭《书谱》：“复有龙蛇云露之流，龟鹤花英之类。”李白《草书歌》：“时时只见龙蛇走，左盘右蹙如惊电。”蛮笺：古时蜀地所产彩笺。元费著《笺纸谱》引韩浦《寄弟诗》：“十样蛮笺出益州，寄来新自浣花头。”明

陈耀文《天中记》："唐中国纸未备，故唐人诗多用'蛮笺'字。"

⑧许：推许。诗情将略：朱东润《陆游选集》云："诗人的情感，将帅的战略。"

⑨药市：专门卖药的集市。《老学庵笔记》卷六："成都药市以玉局观为最盛，用九月九日。"

⑩灯山：《岁时广记》卷十："成都府灯山或过于阙前，上为飞桥山亭，太守以次止三数人，历诸亭榭，各数杯，乃下从僚属饮……蜀人性不兢，以此登垣，旋绕观览。"陆游《丁酉上元》诗之二："鼓吹连天沸五门，灯山万炬动黄昏。"

⑪"花时"二句：陆游《老学庵笔记》卷八："四月十九日，成都谓之浣花……倾城皆出，锦绣夹道，自开岁宴游，至是而止，故最盛于他时。"攲帽：帽子歪戴。垂鞭：犹信马而行。

⑫封侯事：用班超立功西域封侯典。《后汉书·班超传》，超尝投笔叹曰："大丈夫无它志略，犹当效傅介子、张骞立功异域，以取封侯，安能久事笔砚间乎？"后班在西域立功，封定远侯。此处俞平伯《唐宋词选释》云："这里参用《史记·李将军传》李广数奇不得封侯事，却从反面立意，结尾挑起一笔，不信'富贵在天'之说。"

夜游宫　记梦寄师伯浑[①]

雪晓清笳乱起[②]，梦游处，不知何地。铁骑无声望似水[③]。想关河[④]，雁门西[⑤]，青海际[⑥]。　睡觉寒灯里。漏声断[⑦]，月斜窗纸。自许封侯在万里[⑧]。有谁知？鬓虽残，心未死。

【注释】

①师伯浑：四川眉山人，名浑甫，字伯浑，隐居不仕，见《老学庵笔记》卷三。词人有《师伯浑文集序》，称其有才气，能诗文。词作于孝宗乾道九年(1173)。朱东润云："上阕怀念南郑

军中的生活，下阕点出鬓残心在，还和以前一样地坚强。”（见前《陆游选集》）

②清笳乱起：凄凉的军乐声此起彼伏。

③铁骑无声：谓骑兵衔枚疾走。

④关河：《史记·苏秦传》：“秦四塞之国，被山带渭，东有关河，西有汉中。”《正义》：“东有黄河，有函谷、蒲津、龙门、合河等关。”此指被金人占领的西北地区。

⑤雁门：关名，在今山西代县西北。

⑥青海：湖名，在今青海省，古时为西北边防要地。

⑦漏声：漏壶滴水声。漏，古代计时器。漏声断，指夜将尽。

⑧封侯：见前首《汉宫春·初自南郑来成都作》注⑫。

夜游宫 宫词[①]

独夜寒侵翠被，奈幽梦、不成还起。欲写新愁泪溅纸。忆承恩[②]，叹余生，今至此。　　蔌蔌灯花坠，问此际，报人何事[③]？咫尺长门过万里[④]，恨君心，似危栏，难久倚[⑤]。

【注释】

①宫词：是指描写宫廷生活的词。朱东润云：“陆游从南郑调成都以后，自比为失宠的妃嫔，认为皇帝的心情骤变，不可久倚，隐指当日和王炎在南郑布置作战，曾得君主的同意，谁知君意反复，只落得纷纷调出的处分。末三句颇有怨意。”（《陆游选集》）

②承恩：旧时宫女受帝王宠幸，称承恩。白居易《长恨歌》：“侍儿扶起娇无力，始是初承恩泽时。”

③“蔌蔌（sù）”三句：蔌蔌，花落貌。旧时有灯花报喜之说。汉刘向《西京杂记》卷三：“灯火华得钱财。”杜甫《独酌成诗》：“灯花何太喜，酒绿正相亲。”

④长门：汉宫名，汉武帝时陈皇后失宠居长门宫。司马相如《长门赋序》："孝武皇帝陈皇后，时得幸，颇妒，别在长门宫。"王安石《明妃曲》："咫尺长门闭阿娇，人生失意无南北。"陈皇后小字阿娇。

⑤危栏：高而险的栏杆。

渔家傲 寄仲高[①]

东望山阴何处是[②]，往来一万三千里。写得家书空满纸。流清泪，书回已是明年事。　　寄语红桥桥下水[③]，扁舟何日寻兄弟？行遍天涯真老矣。愁无寐，鬓丝几缕茶烟里[④]。

【注释】

①仲高：王明清《玉照新志》："陆升之，字仲高，山阴人，词翰俱妙。"朱东润《陆游选集》："仲高名升之，陆游的同曾祖兄弟，长于游十二岁，在政治上，升之和秦桧接近，因此得到提拔。桧死后，升之亦罢归，死于淳熙元年(1174)。"又云："在这首词里，看到他和升之的私人感情，但是更明显地看到心中的苦闷。"

②山阴：今浙江绍兴，陆游故乡。

③红桥：即虹桥。《嘉泰会稽志》卷十一："虹桥，在县西七里迎恩门外。"陆游《反远游》诗："行歌西郭红桥路，烂醉东关白塔秋。"自注："皆山阴近郊地名。"

④"鬓丝"句：谓在饮茶的闲适生活中打发时间。鬓丝：鬓边白发。

鹊桥仙[①]

华灯纵博，雕鞍驰射，谁记当年豪举[②]？酒徒一一取封侯[3]，独去作江边渔父[4]。　　轻舟八尺，低篷三扇，占断蘋洲烟雨[5]。镜湖元自属闲人[6]，又何必君恩赐与[7]！

【注释】

①朱东润《陆游选集》："此词不知何年作，当在淳熙十六年(1189)陆游罢归山阴以后。上阕写今昔对比，稍陈感慨；下阕写乡居生活，篇末二句，委曲传出对于君主的不满。"明杨慎《词品》卷五云："放翁词纤丽处似淮海，雄慨处似东坡。其感旧《鹊桥仙》一首(词略)，英气可掬，流落亦可惜矣！"

②"华灯"三句：陆游《九月一日夜读诗稿有感走笔作歌》："四十从戎驻南郑，酣饮军中夜连日。打毬筑场一千步，阅马列厩三万匹。华灯纵博声满楼，宝钗艳舞光照席。"又《楼上醉书》诗："酒酣博簺为欢娱，信手枭卢喝成采。"此即当年豪举。博，博弈，古代游戏之一种。

③酒徒：《史记·郦生陆贾列传》载郦生语："吾高阳酒徒也，非行人也。"一一：一作"一半"。

④渔父：捕鱼的老人。《楚辞》屈原《渔父》："渔父莞尔而笑，鼓枻而去。"

⑤占断：犹独占，独自享受。蘋洲：丛生白蘋的小洲。

⑥镜湖：又名鉴湖，在绍兴南，词人晚年居于三山，与鉴湖相近。

⑦君恩赐与：此反用贺知章典。《新唐书·隐逸传》载，贺知章还乡当道士，"求周宫湖数顷为放生池，有诏赐镜湖剡川一曲。"君恩，指皇帝的恩赐。

鹊桥仙

一竿风月，一蓑烟雨，家在钓台西住[1]。卖鱼生怕近城门，况肯到、红尘深处[2]？　　潮生理棹，潮平系缆，潮落浩歌归去[3]。时人错把比严光，我自是、无名渔父[4]。

【注释】

①钓台：严子陵钓台。在今浙江桐庐富春江畔。见《舆地纪胜》卷八。

②"卖鱼"句：俞陛云《两宋词选释》云："'怕进城门'二句，未必实有其事，而可见托想之高，愤世嫉俗者，每有此想。"红尘深处：道释家称俗世为红尘。此处犹生活的旋涡中心。

③浩歌：放声歌唱。屈原《九歌·少司命》："望美人兮未来，临风怳兮浩歌。"李白《春日醉起言志》："浩歌待明月，曲尽已忘情。"

④"时人"三句：严光，严子陵名光。《后汉书》本传："少有高名，少与光武同游学。及光武即位，乃变姓名，隐身不见……乃耕于富春山，后人名其钓处为严陵濑焉。"无名渔父：自许比严光更高洁。韩偓《招隐》诗云："时人未会严陵志，不钓鲈鱼只钓名。"而陆游则非沽名钓誉。故近人俞陛云评曰："'无名渔父'四字尤妙，觉烟波钓徒之号，犹著色相也。《渔父》词以张志和数首为最著，此作可夺席矣。"（《两宋词选释》）

鹊桥仙　夜闻杜鹃[1]

茅檐人静，蓬窗灯暗[2]，春晚连江风雨。林莺巢燕总无声，但月夜、常啼杜宇[3]。　　催成清泪，惊残孤梦，又拣深枝飞去。故山犹自不堪听，况半世、飘然羁旅[4]！

【注释】

①朱东润云："乾道九年以后陆游在川中作，上阕写杜鹃，下阕写听杜鹃的感受，末二句点清自己所在的地点，富有道路辛

苦，身世苍茫之感。”（《陆游选集》）明卓人月云：“去国离乡之感，触绪纷来，读之令人於悒。”（《古今词统》）杜鹃：相传为古代蜀帝杜宇的魂所化，鸣声凄厉，能引起游子思乡之情。

②蓬窗：以蓬草编成之窗，贫者所居。

③杜宇：即杜鹃鸟。《华阳国志》：“（蜀）有王曰杜宇，号曰望帝……升西山隐焉，时适二月，子鹃鸟鸣，故蜀人悲杜鹃鸟鸣也。”《禽经》：“蜀右曰杜宇……一名杜鹃。”

④羁旅：谓客居他乡。

诉衷情

当年万里觅封侯①，匹马戍梁州②。关河梦断何处③？尘暗旧貂裘④。　　胡未灭，鬓先秋⑤，泪空流。此生谁料，心在天山⑥，身老沧洲⑦！

【注释】

①“当年”句，指孝宗乾道八年（1172）在南郑一带的军旅生活。万里觅封侯：用汉时班超立功边疆封侯典。见前《夜游宫》注⑨。

②梁州：即古汉中府，在今陕西南郑东。作者曾在此参与王炎幕府。

③关河：见前《夜游宫》注④。

④貂裘：用苏秦典。《战国策·秦策一》：“（苏秦）说秦王书十上，而说不行，黑貂之裘敝，黄金百斤尽，资用乏绝，去秦而归。”

⑤鬓先秋：鬓发先已斑白，指年老。

⑥“心在天山”句：用唐薛仁贵三箭定天山典，《新唐书·薛仁贵传》载：名将薛仁贵善骑射，率骑军与九姓突厥作战，敌骁骑数十来挑战，仁贵发三矢辄杀三人，于是敌军气慑，皆降。军中歌曰：“将军三箭定天山，壮士长歌入汉关。”

⑦沧洲：滨水处，古隐逸者所居。南齐谢朓《之宣城出新林浦向板桥》诗："既欢怀禄情，复协沧洲趣。"俞平伯《唐宋词选释》评末三句云："有'老骥伏枥，志在千里'意。"

诉衷情

青衫初入九重城[①]，结友尽豪英[②]。蜡封夜半传檄[③]，驰骑谕幽并[④]。　　时易失，志难成，鬓丝生。平章风月[⑤]，弹压江山[⑥]，别是功名。

【注释】

①"青衫"句：指绍兴三十年（1160）至隆兴元年（1163），在京供职的一段往事。青衫：唐制，文官八品九品服以青。这里指官位卑微，是谦词。九重城：指帝京。宋玉《九辩》："君之门兮九重。"此指临安。

②"结友"句：陆游《马上作》诗："三十年前客帝京，城南结骑尽豪英。"

③蜡封：用蜡密封的书信，即蜡书。檄（xí）：紧急官方文书。此指隆兴元年正月为二府起草《与夏国书》及同年二月为二府起草《蜡弹省札》，后有《燕堂春夜》诗云："草檄北征今二纪，山城仍是老书生。"

④幽并：幽州、并州，古代燕赵之地。这里泛指中原地区。

⑤平章风月：品评清风明月。作者《予十年间两坐斥罪虽擢发莫数而诗为首谓之嘲咏风月，既还山，遂以风月名小轩，且作绝句》云："扁舟又向镜中行，小草新诗取次成。放逐尚非余子比，清风明月入台评。"

⑥弹压：制服。

谢池春[①]

壮岁从戎，曾是气吞残虏[②]。阵云高[③]，狼烽夜举[④]。

朱颜青鬓，拥雕戈西戍[5]。笑儒冠，自来多误[6]。　　功名梦断，却泛扁舟吴楚[7]。漫悲歌[8]，伤怀吊古。烟波无际，望秦关何处[9]。叹流年、又成虚度。

【注释】

①朱东润云："此词不知何年作。当在淳熙十六年陆游罢归山阴以后。上阕点出镇江及南郑两度从军事。下阕点出罢归山阴的生活。流年虚度一句，有跃跃欲试的意味。陆游对敌作战的意图，到老没有衰退。"(《陆游选集》)

②"壮岁"二句：陆游四十八岁至南郑为王炎幕府，斗志昂扬，故曰"气吞残虏"。虏，是对金人的蔑称。

③阵云：战地烟云。唐高适《塞下曲》："青海阵云匝，黑山兵气冲。"

④狼烽：同狼烟。古代前线报警信号。举：高貌。宋钱易《南部新书》："凡边疆放火号，常用狼粪烧之以为烟。烟气直上，虽烈风吹之不斜。烽火常用此，故谓'堠'，曰'狼烟'也。"

⑤西戍：南郑在西部，故曰"西戍"。戍，防守。

⑥"笑儒冠"句：是自嘲。杜甫《奉赠韦左丞丈二十二韵》，"纨绔不饿死，儒冠多误身。"

⑦吴楚：泛指长江中下游，南宋疆域。

⑧漫：聊且，胡乱。

⑨秦关：秦之关隘。这里指南郑。作者有《沁园春·洞庭春色》(壮岁文章)云："洛水秦关千古后，尚棘暗铜驼空怆神。"

唐　婉

唐婉，陆游表妹，曾嫁与陆游，感情弥笃。后为陆母所逼而离异，改适赵士程。能诗文。参见本书陆游小传。

钗头凤[①]

世情薄，人情恶，雨送黄昏花易落。晓风干，泪痕残。欲笺心事[②]，独语斜阑。难、难、难。　　人成各，今非昨，病魂尝似秋千索[③]。角声寒，夜阑珊[④]。怕人寻问，咽泪装欢。瞒、瞒、瞒！

【注释】

①此词见宋陈鹄《耆旧续闻》卷十，谓陆游《钗头凤》后，唐婉“见而和之，有‘世情薄，人情恶’之句，惜不得其全阕。未几，怏怏而卒。”至明代卓人月《古今词统》卷十及清人编《历代诗余》卷一一八，始引夸娥斋主人说而成全篇。今人俞平伯《宋词选释》认为“当是后人依断句补拟”。《古今词统》乃作平韵，此据《历代诗余》。

②笺：犹说明。

③秋千索：秋千架上飘荡不定之绳索。

④阑珊：衰落、将尽。

范成大(1126—1193),字致能,平江吴郡(今江苏苏州)人。高宗绍兴二十四年进士,任徽州司户参军,累迁户部员外郎。后出知处州,颇有政绩。孝宗乾道六年(1170)出使金国,慷慨不屈。后历官静江、成都、建康等地。与孝宗政见不合,弃官后隐居故乡石湖,自号石湖居士。与陆游、杨万里、尤袤齐名。诗以爱国和田园生活为主;词作也多关心国事,风格慷慨苍凉,清逸婉峭兼有。著有《石湖诗》《吴船录》《揽辔录》《桂海虞衡志》及《石湖词》。今有《范石湖集》刊行。

蝶恋花

春涨一篙添水面①。芳草鹅儿,绿满微风岸②。画舫夷犹湾百转③,横塘塔近依前远④。　江国多寒农事晚⑤。村北村南,谷雨才耕遍⑥。秀麦连冈桑叶贱⑦,看看尝面收新茧⑧。

【注释】

①春涨一篙:比喻春水上涨很多。

②“绿满”句:王安石《泊船瓜州》诗:“春风又绿江南岸。”

③画舫:游船。夷犹:缓行貌。屈原《九歌·湘君》:“君不行兮夷犹,蹇谁留兮中洲。”

④横塘:在吴县(今属江苏苏州)西南,近石湖。

⑤江国:指江南水乡。

⑥谷雨:夏历二十四节气之一,在清明节后。

⑦秀麦:麦子已抽穗。

⑧看看:眼看、快要。尝面:品尝新面粉,意谓麦子快要熟了。

南柯子[①]

怅望梅花驿[②]，凝情杜若洲[③]。香云低处有高楼[④]。可惜高楼，不近木兰舟[⑤]。　　缄素双鱼远[⑥]，题红片叶秋[⑦]。欲凭江水寄离愁。江已东流，那肯更西流。

【注释】

①据杨长孺《石湖词跋》，此词作于词人任四川制置使期间（1174—1176），是词人之最得意者，寄托相思之情。俞陛云《两宋词选释》评云："此与前首之'两行低雁'，虽设想不同，而皆从侧面极力浚发，本意遂显呈于外矣。"

②梅花驿：南朝宋陆凯与范晔交善，自江南寄梅花一枝至长安赠晔，附诗曰："折花逢驿使，寄与陇头人。江南无所有，聊赠一枝春。"

③杜若洲：杜若是芳草，屈原《九歌·湘君》："采芳洲兮杜若，将以遗兮下女。"

④高楼：词人想象中的伊人居处。

⑤木兰舟：相传鲁班刻木兰为舟。（见《述异记》）这里泛指船。

⑥双鱼：化用汉乐府《饮马长城窟行》诗句。参见张先《虞美人·述古移南都》注③。

⑦题红：指红叶题诗。孟棨《本事诗》载，唐玄宗时顾况于苑中流水上得一大梧叶，上题诗云："一入深宫里，年年不见春。聊题一片叶，寄与有情人。"况亦于叶上题诗和之。

水调歌头　燕山九日作[①]

万里汉家使[②]，双节照清秋[③]。旧京行遍[④]，中夜呼禹济黄流[⑤]。寥落桑榆西北[⑥]，无限太行紫翠[⑦]，相伴过芦沟[8]。岁晚客多病，风露冷貂裘。 对重九，须烂醉，莫牢愁。黄花为我，一笑不管鬓霜羞[9]。袖里天书咫尺[10]，眼底关河百二[11]，歌罢此生浮[12]。唯有平安信，随雁到南州[13]。

【注释】

①燕山：府名，今河北北部及东北部，辽置燕京，宋宣和四年改为府。南宋时已是金国地域。词人于乾道六年(1170)使金，词当作于此年重阳节(即九日)。

②汉家使：宋使自称。

③节：符节，古时使臣执以示信之物。

④旧京：指宋朝京都开封。

⑤"中夜"句：禹，夏禹，古代帝王。范成大《满江红·千古东流》："呼禹乱黄川。"

⑥寥落：寂寞、稀疏。桑榆：喻日暮。《太平御览》三引《淮南子》："日西垂，景在树端，谓之桑榆。"注："言其光在桑榆上。"

⑦太行：太行山。绵延于山西、河北、河南三省之间。

⑧芦沟：即卢沟，今河北省永定河。

⑨"黄花"二句：黄花即菊花。宋人有重阳节簪花的习俗。黄庭坚《南乡子·重阳日宜州城楼宴集即席作》："花向老人头上笑，羞羞，白发簪花不解愁。"

⑩天书：帝王的诏书。

⑪关河百二：谓关塞河之险。以二敌百，一说是百的二倍。《史记·高祖本纪》："秦，形胜之国，带山河之险，县(悬)隔千里，持戟百万，秦得百二焉。"

⑫此生浮：即浮生。谓人生在世，飘浮无定。《庄子·刻意》："其生若浮，其死若休。"

⑬南州：作者家在江南，故云。

秦楼月[1]

楼阴缺，栏干影卧东厢月[2]。东厢月。一天风露，杏花如雪。　　隔烟催漏金虬咽③，罗帏暗淡灯花结④。灯花结。片时春梦，江南天阔⑤。

【注释】

①秦楼月：词牌，本名《忆秦娥》，李白《忆秦娥》有"秦娥梦断秦楼月"句，故又名《秦楼月》。此词近人俞陛云云："上阕言室外之景，月斜花影，境极幽悄。下阕言室内之人，灯昏敧枕，梦更迷茫。善用空灵之笔，不言愁而愁随梦远矣。"(《两宋词选释》)

②"楼阴缺"二句：谓栏干影子从楼阴缺处映现出来。

③漏：古时以水滴计时之器。金虬(qiú)：铜制的龙，漏的滴水处，状如龙头。

④罗帏：帐子。

⑤"片时"二句：唐岑参《春梦》诗："枕上片时春梦中，行尽江南数千里。"元陆辅之《词旨》卷下谓结尾二句为"警句"。

念奴娇

双峰叠障，过天风海雨，无边空碧①。月姊年年应好在②，玉阙琼宫愁寂③。谁唤痴云④，一杯未尽，夜气寒无色。碧城凝望⑤，高楼缥渺西北。　　肠断桂冷蟾孤⑥，佳期如梦，又把栏干拍⑦。雾鬓风鬟相借问，浮世几回今夕⑧。圆缺晴阴，古今同恨⑨，我更长为客。婵娟明夜，尊前谁念南陌⑩。

【注释】

①无边空碧：指广阔无垠的天空。

②月姊：嫦娥。唐李商隐《楚宫》诗："月姊曾逢下彩蟾。"

③玉阙琼宫：指月宫。

④痴云：停留不动之云。陆游《芒种后经旬无日不雨偶得

长句》:“痴云不散常遮塔,野水无声自入池。”

⑤碧城:仙人所居之城。《太平御览·上清经》:“元始(天尊)居碧云之阙,碧霞为城。”

⑥“肠断”句:相传月中有桂树和蟾蜍。此处谓月中嫦娥孤栖独宿,处境清冷。唐段式成《酉阳杂俎·天咫》:“旧言月中有桂有蟾蜍……或言月中蟾桂,地影也;空处,水影也。”

⑦栏干拍:犹拍栏干,古人愁闷不乐时之动作。辛弃疾《水龙吟·登建康赏心亭》:“把吴钩看了,栏干拍遍,无人会,登临意。”

⑧浮世:人间、人世。旧时以为世事虚浮,故称。阮籍《大人先生传》:“夫大人者,乃与造物同体,天地并生,逍遥浮世,与道俱成。”

⑨圆缺晴阴:指人们看到的月亮变化。苏轼《水调歌头》词:“人有悲欢离合,月有阴晴圆缺,此事古难全。”为此句所本。

⑩婵娟:美好貌。这里指月亮。南陌:指客中道路。

鹧鸪天

休舞银貂小契丹[①],满堂宾客尽关山[②]。从今嫋嫋盈盈处[③],谁复端端正正看!　　模泪易,写愁难。潇湘江上竹枝斑[④]。碧云日暮无书寄,寥落烟中一雁寒。

【注释】

①银貂:白色貂皮。小契丹:当是契丹族的舞蹈。作者另有《次韵宗伟阅番乐》尾联云:“绣鞋画鼓留香住,剩舞春风小契丹。”契丹先北宋而亡于金,后改号为辽。此词当是观看《小契丹》舞有感而作。

②“满堂”句:谓满堂宾客皆来自四方各地。尽关山,犹历尽关山。

③嫋嫋盈盈:均指舞姿,这里指舞蹈场景。

④“潇湘”句：据《述异记》，舜南巡苍梧，死于途中，其妃尧之二女娥皇、女英追至潇湘，泪下沾竹，竹悉成斑。

眼儿媚[1]

萍乡道中乍晴，卧舆中，困甚，小憩柳塘[2]。

酣酣日脚紫烟浮[3]，妍暖破轻裘[4]。困人天色，醉人花气，午梦扶头[5]。　春慵恰似春塘水，一片縠纹愁[6]。溶溶泄泄，东风无力，欲皱还休[7]。

【注释】

①宋《魏庆之词话》评云：“词意清婉，咏味之如在画图中。”清王闿运《湘绮楼评词》评曰：“自然移情，不可言说，绮语中仙语也，考上上。”

②萍乡（今江西萍乡）：南宋时有驿站，据作者《骖鸾录》载：“乾道癸巳岁闰正月二十六日，宿萍乡县，泊萍实驿。”此时作者从苏州出发，经江西赴广西桂林接任经略安抚使，途中有感而作。

③酣酣：艳盛貌。日脚：雨后初晴，阳光从云隙中照射，似生脚。唐岑参《送李司谏归京》诗：“雨过风头黑，云开日脚黄。”

④妍暖：风和日暖。韩愈《游青龙寺赠崔大补阙》诗：“须知节候即风寒，幸及亭午犹妍暖。”破轻裘：谓嫌暖欲敞开轻裘。

⑤扶头：形容醉态。唐杜牧《醉题五绝》诗：“醉头扶不起，三丈日还高。”

⑥縠纹：绉纹，指池水。

⑦溶溶泄泄：水波荡漾。

霜天晓角　梅

晚晴风歇，一夜春威折[1]。脉脉花疏天淡[2]，云来去，数枝雪[3]。　　胜绝，愁亦绝，此情谁共说？惟有两行低雁，知人倚，画楼月[4]。

【注释】

①春威：春寒的威力。唐温庭筠《阳春曲》："霏霏雾雨杏花天，帘外春威著罗幕。"

②脉脉：恬静悠闲貌。唐温庭筠《望江南》："斜晖脉脉水悠悠。"

③数枝雪：数枝白梅。

④"惟有"三句：元陆辅之《词旨》评曰："警句。"近人俞陛云云："此调末二句最为擅胜，若言倚楼人托孤愁于征雁，便落恒蹊。此从飞雁所见，写倚楼之人，语在可解不可解之间。词家之妙境。所谓如絮浮水，似沾非着也。"

满江红

清江风帆甚快，作此，与客剧饮，歌之[1]。

千古东流，声卷地，云涛如屋[2]。横浩渺、樯竿十丈，不胜帆腹[3]。夜雨翻江春浦涨，船头鼓急风初熟[4]。似当年、呼禹乱黄川，飞梭速[5]。　　击楫誓[6]，空惊俗。休拊髀，都生肉[7]。任炎天冰海[8]，一杯相属。荻笋蒌芽新入馔[9]，鹍弦风吹能翻曲[10]。笑人间、何处似尊前[11]，添银烛。

【注释】

①清江：江西赣江流经新干和清江两县处，旧称清江。这里指赣江。

②卷地：犹震地。云涛如屋：云一般的浪涛，其高似屋。

③帆腹：形容风满帆。苏轼有"长风送客添帆腹"句。陆游

《入蜀记》："帆腹饱满，有一瞬千里之势。"

④船头鼓急：谓鸣鼓启碇。风初熟：风势刚起。苏轼《金山梦中作》："夜半潮来风又熟。"

⑤"呼禹"句：见《水调歌头·燕山九日作》注⑤。乱：横截其流而直渡。乾道六年(1170)，作者出使金国，尝横渡黄河。此三句乃回忆当年情景。

⑥击楫誓：比喻收复失地的决心。《晋书·祖逖传》载，祖逖渡江伐苻秦，中流击楫而誓曰："不能清中原而复济者，有如大江。"

⑦"拊髀"二句：用三国蜀主刘备栖刘表幕下被闲置的故事。《三国志》本传："(刘)表疑其心，阴御之。"注引《九州春秋》："(刘备)尝于(刘)表坐起至厕，见髀里肉生，慨然流涕。还坐，表怪问备，备曰：'吾常身不离鞍，髀肉皆消，今不复骑，髀里肉生。日月若驰，老将至矣，而功业不建，是以悲耳。'"髀，股也。

⑧炎天冰海：指南北方。

⑨荻笋：芦苇新芽。蒌芽：蒌，即蒌蕤，亦称蒌香、玉竹、地节。据《明道杂志》载，芦荻和蒌香之芽，既可作河豚之食料，也可作鱼羹调料。

⑩鹍弦：指琵琶。唐时艺人贺怀智以鹍鸡筋作琵琶弦。(见《乐府杂录》)凤吹：箫。翻曲：翻出新曲词。

⑪尊前：酒席前。

谒金门　宜春道中野塘春水可喜，有怀旧隐[①]

塘水碧，仍带麴尘颜色[②]。泥泥縠纹无气力[③]，东风如爱惜。　恰似越来溪侧[④]，也有一双鸂鶒[⑤]。只欠柳丝千百尺，系船春弄笛。

【注释】

①宜春：今江西宜春市。旧隐：指昔日隐居苏州石湖。

②麴(qú)尘：酒母上所生菌，色淡黄如尘。

③泥泥：柔润光滑貌。縠纹：水波绉纹。范成大《插秧》诗："种密移疏绿毯平，行间清浅縠纹生。"

④越来溪：在今江苏苏州东南。《吴郡志》："溪在越城东南，与石湖通，越兵自此溪来入吴，故名。"

⑤鸂鶒(xī chì)：即紫鸳鸯。水鸟，色多紫，状如鸳鸯，结偶而游。

醉落魄[①]

栖乌飞绝，绛河绿雾星明灭[②]。烧香曳簟眠清樾[③]。花久影吹笙，满地淡黄月[④]。　好风碎竹声如雪[⑤]，昭华三弄临风咽[⑥]。鬓丝撩乱纶巾折[⑦]。凉满北窗，休共软红说[⑧]。

【注释】

①清宋翔凤《乐府余论》："此词正咏吹笙。上解从夜中情景点出吹笙；下解'好风碎竹声如雪'，写笛声也。'昭华三弄临风咽'，吹已止也。"

②绛河：银河。唐杜审言《七夕》诗："白露含明月，青霞断绛河。"明灭：似明似灭。

③曳簟：拿着竹席。清樾：清凉的树荫下。树荫交错称樾。

④"花久"二句：元陆辅《词旨》评曰："警句。"

⑤"好风"句：竹，指笙管。声如雪，谓笙音如下雪。

⑥昭华：古乐器，即玉管。传说秦咸阳宫有玉管长二尺三寸，二十六孔，铭曰：昭华之管(见《西京杂记》三)。弄：犹遍、次。

⑦"鬓丝"句：宋翔凤《乐府余论》："言执笙而吹者，其竹参

差，时时侵鬓也。如吹时风来，则纶巾折，知凉满北窗也。”纶巾：用青丝带编织的头巾。此指吹笙者所戴头巾。

⑧软红：红尘、尘土。苏轼《次韵蒋颖叔钱穆父从驾景灵宫》诗之一：“半白不羞垂领发，软红犹恋属车尘。”自注云：“前辈戏语，有西湖风月，不如东华（汴京街市名）软红香土。”

王质

王质(1127—1189),字景文,号雪山,郓州(今山东东平)人,寓居兴国军(今湖北阳新)。高宗绍兴三十年(1160)进士。博通经史,才气横溢,颇受主战大臣张浚、虞允文等赏识,聘为幕府,迁枢密院编修,出为荆南通判。性耿直,敢直言,为内侍近臣所不容。归乡,山居而终。词作风格清健,间亦采口语入词。有《雪山词》。

鹧鸪天 山行

空响萧萧似见呼[①],溪昏树暗觉神孤[②]。微茫山路才通足,行到山深路亦无。　　寻草浅,拣林疏,虽疏无奈野藤粗。春衫不管藤挡碎[③],可惜教花着地铺。

【注释】

①“空响”句:俞平伯《唐宋词选释》下卷:“首句写荒山行走的光景。山中静极,仿佛有些声音在那边招呼,却不辨究竟是些什么。”

②神孤:精神孤寂。

③“春衫”句:俞平伯云:“写森林密极,找到了稍有空闲处,却又被野藤所牵。”(引同上)挡(chōu):捉、揪。《景德传灯录》十二《灵观禅师》:“雪峰蓦胸挡住。”

杨万里

杨万里(1127—1206)，字廷秀，号诚斋，吉州吉水(今属江西)人。高宗绍兴二十四年(1154)进士。曾任太常博士、尚书左司郎中兼太子侍读、秘书监等。正直敢言，主张抗金。宁宗时，因奸相专权而辞官，居家忧愤以死。诗与尤袤、范成大、陆游齐名，人称“南宋四家”。词作风格清新、自然活泼，有《诚斋集》。

好事近　七月十三日夜登万花川谷望月作[①]

月未到诚斋，先到万花川谷[②]。不是诚斋无月，隔一林修竹[③]。　　如今才是十三夜，月色已如玉。未是秋光奇绝，看十五十六[④]。

【注释】

①此词作于晚年。清张宗櫹《词林纪事》卷十引《续清言》云：“诚斋不特诗有别才，即词亦有奇致。其《好事近》云(略)。昔人谓东坡词是曲子中缚不住者，诚斋又何多让，乃知有气节人，笔墨自然不同。”万花川谷不详，当在诚斋近处。

②诚斋：杨万里在江西吉水家乡的居室。据史载，杨调永州零陵丞，“时张浚谪永，杜门谢客，万里三往不得见。以书力请，始见之。浚勉以正心诚意之学；万里服其教终身，乃名读书之室曰‘诚斋’。”(《宋史》本传)

③修竹：长竹。

④“未是”二句：谓十三夜还不是秋夜月色最奇绝明艳之时，若到十五十六，当更为奇绝。

昭君怨

赋松上鸥。晚饮诚斋，忽有一鸥来泊松上，已而复去，感而赋之[1]。

偶听松梢扑鹿[2]，知是沙鸥来宿[3]。稚子莫喧哗，恐惊他。　　俄顷忽然飞去，飞去不知何处？我已乞归休，报沙鸥[4]。

【注释】

①诚斋：见前首《好事近》注②。

②扑鹿：象声词。唐张志和《渔歌子》："惊起鸳鸯扑鹿飞。"

③沙鸥：一种水鸟，栖息沙洲，翱翔于江海之上。

④"我已"二句：俞平伯《唐宋词选释》下卷："这里意谓自己志在隐居，约沙鸥为伴，今既将实行，故告知它。曹松《赠方干》二首之二：'他时莫为三徵起，门外沙鸥解笑君。'本词似用此意。"归休：犹今之退休。

昭君怨　咏荷上雨[1]

午梦扁舟花底，香满西湖烟水[2]。急雨打篷声，梦初惊。　　却是池荷跳雨[3]，散了真珠还聚。聚作水银窝，泻清波[4]。

【注释】

①咏荷上雨：文学史上咏荷，写听雨之作甚多，如李商隐之"留得枯荷听雨声"(《宿骆氏亭寄崔雍崔衮》)之类，此词别具一格。

②"午梦"二句：扁舟：小船。花底、香满：写荷花而未直言。烟水：水波浩渺。此言荷花高于小船。西湖：即杭州西湖。

③池荷跳雨：荷叶上雨珠，似跳动。

④水银窝：比喻水珠集于荷叶，晶莹透明。

李　泳

李泳，字子永，号兰泽，扬州（今属江苏安）人。生年不详，卒于孝宗淳熙末年（1189）。淳熙中尝为溧水令，又为阮冶司干官。与其兄洪、漳、弟淦、溯皆有文名。李氏兄弟有《李氏花萼词》五卷，今佚，近人赵万里有辑本。

定风波　感旧

点点行人趁落晖[①]，摇摇烟艇出渔扉[②]。一路水香流不断，零乱。春潮绿浸野蔷薇。　　南去北来愁几许，登临怀古欲沾衣。试问越王歌舞地，佳丽。只今惟有鹧鸪啼[③]。

【注释】

①落晖：夕阳余晖。

②渔扉：渔家之门。

③"试问"三句：化用李白《越中览古》："越王勾践破吴归，义士还家尽锦衣。宫女如花满春殿，只今唯有鹧鸪飞。"佳丽：指宫女。

严　蕊

严蕊，字幼芳，生卒年不详。天台（今属浙江）营妓。周密称她"善琴奕、歌舞、丝竹、书画，色艺冠一时，间作诗词，有新语，颇通古今"。（《齐东野语》）台州守唐与正尝命赋红白桃花，朱熹以使节行部至台州，遂指责唐与严"为滥"，逮捕下狱，鞭笞责罚。她不屈服。朱熹改官后，继任者岳霖怜其病瘁，将她释放。今传其词作3首。

卜算子[①]

不是爱风尘[②]，似被前身误[③]。花落花开自有时，总是东君主[④]。　去也终须去，住也如何住。若得山花插满头，莫问奴归处[⑤]。

【注释】

①据周密《齐东野语》卷二十，严蕊因给台州守唐与正赋桃花词，系狱中，狱吏以好言诱之，仍坚持说："岂可妄言以污士大夫，虽死不可诬也。"后岳霖为台州宪（提点刑狱），"命作词以自陈，蕊略不构思，即口占《卜算子》"。

②风尘：喻妓女生涯。

③前身：即前生，佛家语。

④东君：指司春之神，唐成彦雄《柳枝词》："东君爱惜与先春，草泽无人处也新。"此喻岳霖。

⑤奴：古代女子卑称。

张孝祥

张孝祥(1132—1170),字安国,号于湖居士。生于鄞县(今属浙江宁波市),移居历阳乌江(今安徽和县)。高宗绍兴二十四年(1154)进士,廷试第一。因上疏言岳飞之冤,触犯秦桧而下狱。孝宗时任中书舍人、直学士院兼都督府参赞军事,建康留守,因拥护张浚北伐主张而被免职。后任荆南湖北路安抚使,治水有功,进显谟阁直学士。善诗文,尤工词,其词由清丽婉约转悲凉慷慨,风格豪放近苏轼,有《于湖居士文集》《于湖先生长短句》行世。

六州歌头①

长淮望断,关塞莽然平②。征尘暗,霜风劲,悄边声③。黯销凝④。追想当年事,殆天数,非人力⑤。洙泗上,弦歌地,亦膻腥⑥。隔水毡乡⑦。落日牛羊下,区脱纵横⑧。看名王宵猎⑨,骑火一川明。笳鼓悲鸣,遣人惊。　念腰间箭,匣中剑,空埃蠹⑩,竟何成！时易失,心徒壮,岁将零。渺神京⑪。干羽方怀远⑫,静烽燧⑬,且休兵。冠盖使,纷驰骛,若为情⑭？闻道中原遗老,常南望,羽葆霓旌⑮。使行人到此,忠愤气填膺,有泪如倾⑯。

【注释】

①绍兴三十一年(1161)夏,金主完颜亮大举入侵淮河南北,次年正月初五,高宗至建康(今南京),张浚入对,诏浚仍兼建康行宫留守,高宗还临安(今杭州),张孝祥赴建康张浚幕下作客,词即作于此时。(参看上海辞书出版社《唐宋词鉴赏辞典》1429页“附记”)又《历代诗余》引宋人《朝野遗记》谓:“一日在建康留守席上作《六州歌头》,张魏公(浚)读之,罢席而入。”清陈廷焯《白雨斋词话》卷六:“张孝祥《六州歌头》一阕,淋漓痛

快，笔饱墨酣，读之令人起舞。”

②“长淮”二句：据《宋史·高宗纪》，绍兴十一年（1141）十一月“与金国和议成，立盟书，约以淮水中流为疆”。此云极目千里淮河，南岸已无关塞可守，唯有莽莽平原而已。

③征尘暗：谓金兵活动猖獗，尘土蔽天。悄边声：边防上悄然无声。

④销凝：亦作消凝，为“销魂、凝魂”之约辞，其义与“出神”相同。（参见《诗词曲语辞汇释》卷五）

⑤天数：宿命论者以为一切均由天定，非人力所能挽回。

⑥洙泗：即洙、泗二水，在今山东曲阜一带，春秋时孔子在此讲学。弦歌地：指礼义之邦。《史记·孔子世家》谓《诗经》“三百五篇，孔子皆弦歌之”。膻腥：牛羊肉的腥臊气味。这里指被金人占领。

⑦隔水：隔着淮水。毡乡：指金人占领地。金人以兽毛织物作衣、帐等，故云。

⑧区脱：匈奴语音译，指汉时与匈奴边界相连区的土堡哨所。这里指金人的军事设施。

⑨名王：指金国统治者。《汉书·宣帝纪》神爵二年：“单于遣名王奉献。”注：“名王者，谓有大名，以别诸小王也。”宵猎：夜间狩猎。

⑩“念腰间剑”三句：谓长久不战，致使箭、剑尘封虫蛀。

⑪神京：指北宋京城（今河南开封）。

⑫干羽：干楯、羽扇，均为舞具。《尚书·大禹谟》：“帝乃诞敷文德，舞干羽于两阶，七旬，有苗格。”干羽方怀远，意谓布文德以怀柔远人，此为主和派之论调。

⑬烽燧：即烽火。

⑭冠盖使：指双方使者。冠盖，指服饰和所乘车辆。盖，车篷。纷驰骛：犹往来不绝。若为情：若，怎。犹难以为情。

⑮“闻道”三句：翠葆霓旌，翠羽装饰的车盖，绘有虹霓的旌旗。这里指南宋王师。陆游《秋夜将晓出篱门迎凉有感》诗：“遗民泪尽胡尘里，南望王师又一年”，所写时代相同。

⑯填膺：满怀。

水调歌头　隐静山观雨[①]

青嶂度云气[②]，幽壑舞回风[③]。山神助我奇观，唤起碧霄龙[④]。电掣金蛇千丈，雷震灵鼍万叠，汹汹欲崩空[⑤]。尽泻银潢水[⑥]，倾入宝莲宫[⑦]。　坐中客，凌积翠[⑧]，看奔洪。人间应失匕筯[⑨]，此地独从容。洗了从来尘垢，润及无边焦槁[⑩]，造物不言功。天宇忽开霁，日在五云东[⑪]。

【注释】

①隐静山：在今安徽当涂境内，山上有隐静观。明卓人月《古今词统》评曰："观雨豪，听雨悲……'洗了'三句，迂腐语化高奇。"

②青嶂：像屏风似的青山。

③幽壑：深邃的山谷。回风：同旋风。

④碧霄龙：碧空中的龙。

⑤"雷震"二句：鼍（tuó）龙，扬子鳄。灵鼍，喻雷声。唐李商隐《隋宫守岁》诗："遥望露盘疑是月，远闻鼍鼓欲惊雷。"汹（xiōng）汹：声音宏大貌。屈原《九章·悲回风》："听波声之汹汹。"此喻雷声。

⑥银潢：银河。

⑦宝莲宫：指长有荷花的水池。宝莲：即荷花。梁沈约《为齐竟陵王发讲疏》："腾华宝莲。"

⑧凌积翠：攀登高处。凌，升高；积翠，翠绿的山峰。

⑨匕筯（bǐ zhù）：匙和筷。《三国志·蜀先主传》：曹操谓刘备曰："天下英雄，唯使君与操耳。"一时雷鸣，刘备"方食，失匕筯"。此喻突然受惊失措。

⑩焦槁：同枯焦、枯槁。

⑪五云：五彩之云。

水调歌头　和庞佑父[1]

雪洗虏尘静[2]，风约楚云留[3]。何人为写悲壮，吹角古城楼[4]。湖海平生豪气[5]，关塞如今风景[6]，剪烛看吴钩[7]。賸喜燃犀处[8]，骇浪与天浮。　　忆当年，周与谢，富春秋[9]。小乔初嫁[10]，香囊未解[11]，勋业故优游[12]。赤壁矶头落照[13]，肥水桥边衰草[14]，渺渺唤人愁。我欲乘风去[15]，击楫誓中流[16]。

【注释】

①词题一作“闻采石战胜”。采石矶，在安徽当涂西北牛渚山下，突出于江中。高宗绍兴三十一年(1161)冬，虞允文率师击溃金主完颜亮之部于采石矶。庞佑父，庞谦孺，字佑父，一作佑甫，文士，常与当时仕官往来于宣城一带。

②虏尘：虏，指金兵。尘，战尘。

③“风约”句：谓楚云被风所阻而留住，此时词人知抚州(今属江西)未能赴前线，故以为喻。

④角：号角、军号。

⑤“湖海”句：用三国陈登典。《三国志·陈登传》：“许汜与刘备并在荆州牧刘表坐，表与备共论天下人，汜曰：‘陈元龙湖海之士，豪气未除。’”

⑥“关塞”句：据《世说新语·言语》：西晋末，中原陷落，过江诸人，每至暇日，在建康(今南京)新亭相聚，周颉中坐而叹曰：“风景不殊，正自有河山之异。”此指山河变异，北方为金人占领。

⑦吴钩：宝刀名，相传春秋吴王命人所铸。

⑧賸喜：更喜。燃犀：晋人温峤奉命平乱，至牛渚矶，水底有音乐声，乃燃犀角照之，须臾见水族被火所灭，奇形异状。(见《晋书》本传)燃犀处，指采石矶。

⑨周与谢：三国吴国主将周瑜，三十四岁时在赤壁之战中击溃曹军；东晋主将谢玄，四十一岁时在淝水之战中击溃前秦苻坚。故曰富春秋。

⑩小乔初嫁：周瑜妻。三国时乔玄有二女都貌美，称大、小乔。苏轼《念奴娇·赤壁怀古》："小乔初嫁了，雄姿英发。"

⑪香囊未解：指谢玄。《晋书》本传："玄少好佩紫香囊。"

⑫勋业：建功立业。优游：闲适自得貌。

⑬赤壁：古战场，在今湖北蒲圻县西北，长江南岸，北岸为乌林。三国时周瑜击破曹操大军于此处。

⑭肥水：即淝水，安徽境内流经寿县一带，东晋谢玄、谢石击溃前秦苻坚大军于此。

⑮乘风：《南史·宗悫传》：宗悫少时对叔父言志云："愿乘长风破万里浪。"

⑯击楫中流：《晋书·祖逖传》：逖统兵北伐，"渡江，击楫而誓曰：'祖逖不能清中原而复济者，有如大江。'辞色壮烈，众皆慨叹。"

水调歌头 泛湘江[①]

濯足夜滩急，晞发北风凉[②]。吴山楚泽行遍，只欠到潇湘[③]。买得扁舟归去，此事天公付我，六月下沧浪[④]。蝉蜕尘埃外，蝶梦水云乡[⑤]。　　制荷衣，纫兰佩，把琼芳[⑥]。湘妃起舞一笑，抚瑟奏清商[⑦]。唤起九歌忠愤[⑧]，拂拭三闾文字，还与日争光[⑨]。莫遣儿辈觉，此乐未渠央[⑩]。

【注释】

①题名一作"过潇湘寺。"孝宗乾道二年（1166），作者因受谗言，从广南西路安抚使落职，由桂林北归，泛舟湘江，想起忠而见谤的屈原，写下此词。

②濯足：洗足。《楚辞·渔父》："沧浪之水浊兮，可以濯吾足。"晞（xī）：晒干。《楚辞·少司命》："晞女（汝）发兮阳之阿。"北风凉：语出《诗经·邶风·北风》："北风其凉，雨雪其雱。"两句均比喻高洁。

③吴山楚泽：泛指南方山水。潇湘：潇、湘两水，至湖南零陵合流后为湘江。

④沧浪：水名，原指汉水，这里借指湘江。

⑤蝉蜕：《史记·屈原贾生列传》："蝉蜕于浊秽，以浮游尘埃之外……"这里谓超脱，既称颂屈原之高洁，又有自喻之含义。蝶梦：《庄子·齐物论》："昔者庄周梦为胡蝶，栩栩然胡蝶也。"

⑥"制荷衣"三句，语本《楚辞·离骚》："制芰荷以为衣兮，集芙蓉以为裳。""扈江离与辟芷兮，纫秋兰以为佩。"《九歌·东皇太一》："瑶席兮玉瑱，盍将把兮琼芳。"琼芳，王逸注："把，持也；琼，玉枝也。持琼枝以为芳香，取美洁也。"

⑦湘妃：相传为舜之二妃，自沉湘江，故称。清商：古五音之一。南北朝时，中原旧曲及江南吴歌、荆楚四声，统称清商。见《魏书·乐志》。

⑧《九歌》：楚辞之一，屈原作。

⑨三闾：屈原曾为三闾大夫。《史记·屈原贾生列传》："忠而被谤，能无怨乎……推此志也，虽与日月争光可也。"

⑩莫遣：犹不使。苏轼《与毛令方尉游西菩提寺》："人生此乐须天赋，莫遣儿郎取次知。"未渠央：没有完结。渠，通遽，促；央，尽，结束。

念奴娇 过洞庭[①]

洞庭青草[②]，近中秋，更无一点风色[③]。玉鉴琼田三万顷[④]，着我扁舟一叶。素月分辉，明河共影[⑤]，表里俱澄澈。悠然心会[⑥]，妙处难与君说。　应念岭海经年⑦,孤光自照⑧,肝胆皆冰雪⑨。短发萧骚襟袖冷⑩,稳泛沧浪空阔⑪。尽吸西江,细斟北斗⑫,万象为宾客⑬。扣舷独笑,不知今夕何夕⑭!

【注释】

①此首作于孝宗乾道二年(1166)八月,时自静江府(今广西桂林)落职北归,途经洞庭。宋魏了翁《鹤山大全集》云:“张于湖有英姿奇气,著之湖湘间,未为不遇,洞庭所赋,在集中最为杰特。方其吸江酌斗,宾客万象时,讵知世间有紫微青琐哉?”《蓼园词选》评:“此题咏洞庭……开首从洞庭说至玉界琼田三万顷,题已说完,即引入扁舟一叶。以下从舟中人心迹与湖光映带,写隐现离合,不可端倪,镜花水月,是二是一,自尔神采高骞,兴会洋溢。”

②洞庭青草:二湖名,在今湖南岳阳西南。青草湖与洞庭湖相连。

③风色:风势、天气。唐卢照邻《陈仓晓晴望京邑》诗:“今朝好风色,延瞰极天庄。”

④玉鉴:玉镜。琼田:玉田。比喻洞庭湖水。

⑤明河共影:谓天上银河,与地上洞庭同在一轮明月的映照之下,通明透亮。

⑥心会:心领神会。

⑦岭海:广东广西地在五岭之南,临近南海,故称岭海。唐韩愈《潮州刺史谢上表》:“虽在万里之外,岭海之陬,待之一如畿甸之间。”词人于乾道元年(1165)为广西路经略安抚使,次年罢免,故曰“经年”。

⑧孤光:即一轮明月。苏轼《西江月》:“中秋谁与共孤光,把盏凄然北望。”自照:独自对照,犹以月为伴,独自沉思。

⑨“肝胆”句:《庄子·知北游》:“汝斋戒疏,瀹而心,澡雪而精神。”此用其意,比喻襟怀坦荡,心地纯洁。

⑩萧骚:象声词。这里比喻头发稀疏。

⑪沧浪:指湖水浩渺。

⑫斟：注。北斗：星座。屈原《九歌·东君》："援北斗兮酌酒浆"。此谓以北斗为杯注酒。

⑬万象：森罗万象，大自然，天地间万物。

⑭"不知"句：化用苏轼《念奴娇·中秋》："起舞徘徊风露下，今夕不知何夕。"

念奴娇[①]

星沙初下[②]，望重湖远水[③]，长云漠漠。一叶扁舟谁念我，今日天涯飘泊。平楚南来[④]，大江东去，处处风波恶。吴中何地，满怀俱是离索[⑤]。　　常记送我行时，绿波亭上，泣透青罗薄[⑥]。樯燕低飞人去后[⑦]，依旧湘城帘幕[⑧]。不尽山川，无穷烟浪，辜负秦楼约[⑨]。渔歌声断，为君双泪倾落。

【注释】

①此词作于乾道二年(1166)，与前一首(洞庭青草)同时。

②星沙：长沙的别名。

③重湖：里外二湖曰重湖。柳永《望海潮》："重湖叠巘清嘉。"此指洞庭湖与青草湖。

④平楚：楚，树丛。登高远望，树梢齐平，称平楚。南齐谢朓《郡内登望》诗："寒城一以眺，平楚正苍然。"

⑤吴中：原指今江苏省苏州市吴中区，这里泛指吴地，作者的家乡。离索：离群索居。此指离愁。

⑥"常记"三句：回忆静江府离任时送别情景。绿波亭，疑在桂林。青罗薄，即薄青罗，指罗襟，因协韵倒装。

⑦樯燕：在船桅上低飞的燕子。

⑧湘城：盖指湖南长沙，与起句呼应。

⑨秦楼：见本书王安石《千秋岁引》词注⑦。后以秦楼指妓馆。

柳梢青 饯别蒋德施，粟子求诸公[1]

重阳时节，满城风雨，更催行色[2]。陇树寒轻[3]，海山秋老，清愁如织[4]。　一杯莫惜留连，我亦是、天涯倦客。后夜相思，水长山远，东西南北。

【注释】

①蒋德施：名允济，广西兴安人，绍兴二年进士，历知州郡凡四十年。据《于湖文集》卷三十《邕帅蒋公墓志铭》云："乾道元年，予守桂林，初识浔洲守蒋君德施，是岁君赴朝。"则知本词作于乾道元年（1165）。粟子求：作者友人，生平不详。

②行色：出行的神态。《庄子·盗跖》："车马有行色，得微往见跖邪？"

③陇：丘陇、田埂。

④织：稠密状。

浣溪沙[1]

霜日明霄水蘸空[2]，鸣鞘声里绣旗红[3]。淡烟衰草有无中。　万里中原烽火北[4]，一尊浊酒戍楼东[5]。酒阑挥泪向悲风[6]。

【注释】

①此词乾道本题作"荆州约马奉先登城楼观塞"。乾道四年（1168）作者任荆南府兼湖北路安抚使，治所荆州（今湖北江陵）。据《宣城张氏信谱传》："荆州当虏骑之冲，自建炎以来，岁无宁日。公（张孝祥）内修外攘，百废俱兴，虽羽檄旁午，民得休息。"词当作于此时。清冯煦评云："《浣溪沙》之'霜日明霄'一首，率皆眷怀君国之作。"

②霄：云霄，天空。水蘸空：天水相连，水天一色。

③鞘：鞭梢。《晋书·苻坚载记》："又为谣曰："长鞘马鞭击左股，太岁南行当复虏。"

④"万里"句：谓广大中原在前线以北，抗金战线又后退南移。

⑤戍楼东：指荆州东城门楼。戍，防守。

⑥酒阑：行酒将尽。《梁书·刘遵传》："酒阑耳热，言志赋诗。"

西江月[①]

问讯湖边春色，重来又是三年[②]。东风吹我过湖船，杨柳丝丝拂面。　　世路如今已惯[③]，此心到处悠然。寒光亭下水如天，飞起沙鸥一片[④]。

【注释】

①此词作于溧阳，原无题，因词中词语，故注本有题作"洞庭""三塔阻风""题溧阳三塔寺"等语。岳珂《玉楮集》有《三塔寺寒光亭张于湖书词寺柱吴毅夫名后轩》诗，诗题所云张于湖词，当指此词。据《景定建康志》，三塔湖一名梁城湖，在溧阳县西七十里，三塔寺傍湖而建。

②问讯：犹问候。杜甫《送孔巢父谢病归江东》诗："南寻禹穴见李白，道甫问讯今何如？"张孝祥有《过三塔寺》诗，其二云："耳边芦苇战寒风"，可见三年前来此是深秋，如今则是春天。

③"世路"句：谓经过宦海浮沉，已熟悉世情。

④寒光亭：在三塔寺中。

西江月

蕲倅李君达才，当靖康、建炎之间，以诸生起兵河东，屡摧强敌，盖未知其事，重为感叹，赋此[①]。

不识平原太守[2],向来水北山人[3]。世间功业谩亏成[4],华发萧萧满镜。　　幸有田园故里,聊分风月江城。西湖西畔晚波平,袖手时来照影。

【注释】

①蕲倅(qí cuì):蕲州(今湖北蕲春)的佐二副官,即通判。靖康、建炎之间:指1127年,金人入侵,徽、钦二帝被掳。五月初一,高宗即位于南京(今河南商丘),同时改元。诸生:儒生。河东:黄河流经山西境,水流自北而南,故山西境内有河东、河西之别。宋置河东路,治所并州(今太原市)。

②平原太守:指唐代颜真卿,玄宗天宝年间为平原太守。安禄山叛,与从兄杲卿共起兵,附近十七郡响应。见《新唐书》本传。李达才事迹相似,因以为喻。

③水北山人:南宋张镃有水北斋,因以为号,镃为南宋名将张浚之后,居南湖,“园池、声妓、服玩之丽甲天下”。(见周密《齐东野语》)以上二句谓李达才由抗金而至归隐园林。故下文有“聊分风月江城”等句。

④“世间”句:谓李达才“起兵河东”抗金未成。

减字木兰花　琵琶亭林守、王倅送别[1]

江头送客,枫叶荻花秋索索[2]。弦索休弹[3],清泪无多怕湿衫。　　故人相遇,不醉如何归得去。我醉忘归,烟满空江月满堤。

【注释】

①琵琶亭:在江西九江西,长江之滨。唐白居易送客湓浦口,夜闻邻舟琵琶声,作《琵琶行》,后人因作亭纪念之。林守,林栗,字黄中,绍兴间进士,时任江州知府。王倅,姓王的州倅。州郡的副长官(通判)称倅。

②索索：通瑟瑟，象声词，形容秋景冷落。南北朝庾信《咏怀》："索索无真气，昏昏有俗心。"白居易《琵琶行》："枫叶荻花秋瑟瑟。"

③弦索：弦乐器，指琵琶。唐元稹《连昌宫词》："夜半月高弦索鸣，贺老琵琶定场屋。"

眼儿媚[1]

晓来江上荻花秋，做弄个离愁[2]。半竿残日，两行珠泪，一叶扁舟。　　须知此去应难遇，直待醉方休。如今眼底，明朝心上，后日眉头。

【注释】

①本词《阳春白雪》以为贺铸作，《古今别肠词选》以为明人钟惺作。今从《于湖先生长短句》。

②荻花：即芦花。

雨中花

一舸临风[1]，斗酒酹江[2]，翩然乘兴东游。欲吐平生孤愤[3]，壮气横秋[4]。浩荡锦囊诗卷[5]，从容玉帐兵筹[6]。有当时桥下，取履仙翁[7]，谈笑同舟[8]。　　先贤济世，偶耳功名，事成岂为封留。何况我，君恩深重，欲报无由。长望东南气王[9]，从教西北云浮[10]。断鸿万里，不堪回首，赤县神州[11]。

【注释】

①舸：船。

②酹江：以酒浇入江中，以示祭奠之意。

③孤愤：耿直孤行，愤世嫉俗。《史记·韩非列传》司马彪《索隐》："孤愤，愤孤直不容于时也。"又陆机《辨亡论》上："虽忠臣孤愤，烈士死节，将奚救哉！"

④横秋：犹充塞秋空。

⑤锦囊诗卷：李商隐《李贺小传》："恒从小奚奴，骑距驴，背一古破锦囊，遇有所得，即书投囊中。"

⑥玉帐兵筹：犹运筹帷幄，指挥若定，有大将风度。玉帐，征战时主帅所居之帐。

⑦"桥下"二句：秦末张良曾游下邳，于圮桥下遇一老父，三次进履，因授《太公兵法》一编，曰："读此可为王者师矣。"授兵书典故，见《史记·留侯世家》。

⑧谈笑同舟：东汉李膺与太学生首领郭泰相交结，"同舟而济，众宾望之，以为神仙矣"。见《后汉书·郭泰传》。杜甫《秋兴》之八："佳人拾翠春相问，仙侣同舟晚更移。"

⑨东南：指南宋。气王：王通"旺"，谓南宋气运旺盛。

⑩西北云浮：语本《古诗十九首》："西北有高楼，上与浮云齐。"又曹丕《杂诗》："西北有浮云，亭亭如车盖。"宋人多指西北领土被金人侵占。如辛弃疾《水龙吟》："举头西北浮云，倚天万里须长剑。"

⑪赤县神州：《史记·孟子荀卿列传》载驺衍说："中国名曰赤县神州。赤县神州内自有九洲，禹之序九洲是也。"但此处则指被金人占领的中原地区。

卜算子

风生杜若洲①，日暮垂杨浦②。行到田田乱叶边③，不见凌波女④。　独自倚危栏⑤，欲向荷花语。无奈荷花不应人，背立啼红雨⑥。

【注释】

①杜若洲：生满香草的小沙洲。杜若，又名杜蘅、杜莲、山姜，味辛香。《九歌·湘君》："采芳洲兮杜若，将以遗兮下女。"

②浦：江河支流。

③田田：犹圆圆，此谓荷叶众多貌。古辞《江南可采莲》："江南可采莲，荷叶何田田。"

④凌波：曹植《洛神赋》："凌波微步，罗袜生尘。

⑤危栏：高楼。

⑥红雨：喻落花。李贺《将进酒》："况是青春日将暮，桃花乱落如红雨。"

水调歌头　过岳阳楼作①

湖海倦游客②，江汉有归舟③。西风千里，送我今夜岳阳楼。日落君山云气④，春到沅湘草木⑤，远思渺难收。徙倚栏干久⑥，缺月挂帘钩。　雄三楚，吞七泽，隘九州⑦，人间好处，何处更似此楼头？欲吊沈累无所⑧，但有渔儿樵子，哀此写离忧⑨。回首叫虞舜⑩，杜若满芳洲⑪。

【注释】

①岳阳楼：在今湖南岳阳西门。始建于唐，俯瞰洞庭湖，宋范仲淹有《岳阳楼记》记其胜。

②倦游客：仕途不得意的人，作者自指。

③江汉：汉水。

④君山：在洞庭湖中，与岳阳楼遥遥相望。

⑤沅湘：沅水与湘水，在今湖南境内。词人于孝宗乾道二年(1166)中秋自广南罢归，途经岳阳楼，乾道四年(1168)词人由潭州调知荆南，故有"春到沅湘草木"之句。参见前《念奴娇·过洞庭》注①。

⑥徙：移动。

⑦三楚：楚国分东、西、南三楚，后泛指楚地。五代时，长沙马殷、江陵高季兴、武陵周行逢，皆占据楚地为王，也称三楚。此指后者。七泽：指古时楚地之湖泊，其中以云梦泽最著名。汉司马相如《子虚赋》："臣闻楚有七泽……臣之所见，盖特其小小者耳，名曰云梦。"隘：险要之地。九州：《书·禹贡》载九州为冀、豫、雍、扬、兖、徐、梁、青、荆。此指中国。

⑧沈累：同沉累。屈原遭迫害，长期流放，后自沉汨罗江，后人吊之，也称湘累。

⑨离忧：指屈原之《离骚》。《史记·屈原贾生列传》："离骚者，犹离忧也。"

⑩虞舜：相传上古虞舜南巡，经沅湘而崩于苍梧之野。其妃娥皇、女英哭之，溺湘水而死。

⑪杜若：香草。屈原《九歌·湘君》："采芳洲兮杜若，将以遗兮下女。"

鹧鸪天　春情①

日日青楼醉梦中②，不知楼外已春浓。杏花未遇疏疏雨，杨柳初摇短短风③。　扶画鹢④，跃花骢⑤，涌金门外小桥东。行行又入笙歌里，人在珠帘第几重。

【注释】

①据"涌金门外小桥东"句，此词乃作于杭州。

②青楼：富贵家之闺阁，亦指妓院。

③短短风：犹微风、和风。

④画鹢：《淮南子·本经训》："龙舟鹢首。"注："鹢，大鸟也，画其像著船头，故曰鹢首。"后因称船为画鹢。

⑤花骢：良马，又名菊花青。

赵善扛

赵善扛(1141—1175),字文鼎,别号解林居士。商王元份之六世孙。高宗绍兴间,曾守蕲州及处州。工诗词,所作多佚,黄昇《中兴以来绝妙好词》载其词 14 首。

重叠金 春游[①]

楚宫杨柳依依碧[②],遥山翠隐横波溢[③]。绝艳照秾春,春光欲醉人。　　纤纤芳草嫩,微步轻罗衬[④]。花戴满头归,游蜂花上飞。

【注释】

①此词明沈际飞《草堂诗余》别集评曰:"韵美。"

②楚宫:楚国宫殿。依依:茂盛。《诗经 · 小雅 · 采薇》:"昔我往矣,杨柳依依。今我来思,雨雪霏霏。"

③翠隐:翠色隐约。横波:横流之水。《九歌 · 河伯》:"与女游兮九河,冲风起兮横波。"

④轻罗:质地细软,有菱形眼纹的丝织物。

朱熹

朱熹(1130—1200)，字元晦，一字仲晦，号晦庵、遁翁。徽州婺源人。父松，宣和中官闽，生熹于延平(今福建南平)。晚年徙居建阳考亭，又主讲紫阳书院。绍兴十八年(1148)进士，历知南康军、潭州及荆湖南路宣抚使，又曾任秘阁修撰，历仕四朝，而在朝不满四十日。朱熹为程颐三传弟子李侗的学生，阐发儒家思想中的“仁”和《大学》《中庸》的哲学思想，继承和发扬程颐、程颢的学说，集理学之大成，后世并称程朱。朱熹整理文献，注释古籍，多有新解。著作有《四书章句集注》《诗集传》《楚辞集注》及后人编辑的《朱文公集》《朱子语类》等，有《晦庵词》。《历代词话》云：“晦庵先生词，几于家弦户诵矣。”

念奴娇 用傅安道和朱希真梅词韵[①]

临风一笑，问群芳，谁是真香纯白。独立无朋，算只有，姑射山头仙客[②]。绝艳谁怜，真心自保，邈与尘缘隔[③]。天然殊胜，不关风露冰雪。　　应笑俗李粗桃[④]，无言翻引得，狂蜂轻蝶。争似黄昏闲弄影，清浅一溪霜月[⑤]。画角吹残[⑥]，瑶台梦断[⑦]，直下成休歇。绿阴青子，莫教容易披折。

【注释】

①傅安道，不详。朱希真：即朱敦儒，生平见前。本调共七首，中有起句“见梅惊笑，问经年何处，收香藏白”者，与本篇同韵。

②姑射(yè)山：《庄子·逍遥游》：“藐姑射之山，有神人居焉，肌肤若冰雪，淖约若处子。”《隋书·地理志》云：“临汾有姑射山。”当在今山西临汾西。

③尘缘：佛教认为色、声、香、味、触、法为六尘，是污染人心、

使生嗜欲的根缘。

④俗李粗桃：语本苏轼《寓居定惠院之东杂花满山有海棠一株土人不知其贵也》诗："嫣然一笑竹篱间，桃李漫山总粗俗。"

⑤"争似"两句：化用北宋林逋《山园小梅》："疏影横斜水清浅，暗香浮动月黄昏。"争似，怎似。

⑥画角：即号角，上有彩绘，故名。

⑦瑶台：神话中为神仙所居的地方。唐李白《清平调》："若非群玉山头见，会向瑶台月下逢。"

西江月

睡处林风瑟瑟①，觉来山月团团。身心无累久轻安，况有清池凉馆。　　句稳翻嫌白俗，情高却笑郊寒②。兰膏元自少陵残③，好处金章不换。

【注释】

①瑟瑟：风声。

②"句稳"两句：语本北宋苏轼《祭柳子玉文》："元轻白俗，郊寒岛瘦。"唐诗人白居易作诗通俗，与元稹齐名。孟郊作诗清苦，与贾岛齐名。

③兰膏：泽兰炼成的油，有香气，泛指灯油、发油、香脂，此喻诗文情采。少陵：指杜甫。原为汉宣帝许后陵墓，在今陕西西安南，因小于宣帝杜陵，故称"少陵"。唐大诗人杜甫曾居于此，自号"少陵野老"，后世也称之为"杜少陵"。

鹧鸪天

已分江湖寄此生①，长蓑短笠任阴晴。鸣桡细雨沧洲远②，系舸斜阳画阁明。　　奇绝处，未忘情。几时还得去寻盟。江妃定许捐双佩[3]，渔父何劳笑独醒[4]。

【注释】

①分：料定。

②桡：船桨。沧洲：滨水的地方，古称隐者所居之处。

③江妃：传说中仙女。汉刘向《列仙传》载：江妃二女，游于江汉之滨，遇郑交甫。仙女解佩相赠，交甫行数十步，佩与仙女皆不见。

④"渔父"句：《楚辞·渔父》载：屈原既放，游于江畔，遇见渔父，屈原曰："举世皆浊而我独清，众人皆醉而我独醒，是以见放……渔父莞尔而笑，鼓枻而去。"

水调歌头

富贵有余乐，贫贱不堪忧。谁知天路幽险，倚伏互相酬[1]。请看东门黄犬[2]，更听华亭清唳[3]，千古恨难收。何似鸱夷子，散发弄扁舟[4]。　鸱夷子，成霸业，有余谋。致身千乘卿相[5]，归把钓渔钩。春昼五湖烟浪[6]，秋夜一天云月，此外尽悠悠[7]。永弃人间事，吾道付沧洲[8]。

【注释】

①倚伏：指事物相互依存，相互转化。《老子》："祸兮福所倚，福兮祸所伏。"

②东门黄犬：《史记·李斯列传》：秦相李斯被判腰斩于咸阳市，"与其中子俱执，顾谓其中子曰：'吾欲与若（你）复牵黄犬俱出上蔡东门，逐狡兔，岂可得乎！'遂父子相哭，而夷三族"。

③华亭清唳：《世说新语·尤悔》：晋"陆平原（机）河桥败，为卢志所谗，被诛。临刑叹曰：'欲闻华亭鹤唳，可复得乎！'"华亭，在今上海松江，往日陆机与其弟陆云常游于华亭墅中。

④“何似”二句：语本唐李白《古风》之十八：“何如鸱夷子，散发弄扁舟。”鸱夷子，鸱夷子皮的省称。《史记·赵王勾践世家》载，春秋时越国大夫范蠡既佐越王勾践灭吴，成就霸业，知勾践为人不可与共安乐，因浮海出齐，变姓名，自谓“鸱夷子皮”。

⑤致身：献身出仕。《论语·学而》：“事父母能竭其力，事君能致其身。”千乘：古时一车四马为一乘，诸侯大国出车千乘。

⑥五湖：泛指太湖地区湖泊。相传范蠡离越时，泛舟五湖而去。

⑦悠悠：安闲貌。

⑧沧洲：滨水的地方，古称隐者所居之处。

阎苍舒

阎苍舒，字惠夫，蜀（今四川）人，高宗绍兴二十七年（1157）进士，累迁中书舍人，历知晋州、吏部侍郎、荆州安抚使。宋宁宗嘉泰年间（1201—1204）为焕章阁待制。曾北使金都上京。词1首，见《芦浦笔记》。

水龙吟①

少年闻说京华②，上元景色烘晴昼③。朱轮画毂④，雕鞍玉勒⑤，九衢争骤⑥。春满鳌山⑦，夜沉陆海⑧，一天星斗。正红球过了⑨，鸣鞘声断⑩，回銮驭，钧天奏⑪。

谁料此生亲到，五十年，都城如旧。而今但有，伤心烟雾，萦愁杨柳。宝箓宫前，绛霄楼下⑫，不堪回首。愿皇图早复⑬，端门灯火⑭，照人还又。

【注释】

①此词为词人出使贺金朝正旦时作于汴京。宋刘昌诗《芦浦笔记》卷十云："蜀人阎侍郎苍舒使北，过汴京，赋《水龙吟》。"据词中"五十年，都城如旧"句，本篇应作于孝宗淳熙三年（1177）。徐培均案《全宋词》原作："十五年，都城如旧。"据《宋史·孝宗本纪》，作者于淳熙三年（1176）冬，为贺金国正旦使，翌年春返回，上元过旧都汴京作此词。上距靖康之变（1127）正为五十年。因知《全宋词》已误，此词初版注释有误，承韶关学院胡昭著、徐国华两先生指谬，特作如此改正。详见《叙》。

②京华：指北宋都城汴京，今河南开封市。

③上元：元宵节。孟元老《东京梦华录》卷六："正月十五日元宵，大内前自岁前冬至后，开封府绞缚山棚，立木正对宣德楼，游人已集御街两廊下。奇术异能，歌舞百戏，鳞鳞相切，乐声嘈杂十余里。""灯山上彩，金碧相射，锦绣交辉。"此即"色烘晴昼"。

④朱轮画毂：指豪华的车辆。

⑤雕鞍玉勒：指装饰华贵的骏马。

⑥九衢：指京城内四通八达的道路。

⑦鳌山：即灯山，元宵节将花灯结扎成山形，“山沓上皆画群仙故事”(《梦粱录》)。向子諲《鹧鸪天·上元》：“紫禁烟花一万重，鳌山宫阙隐晴空。”参见注③。

⑧陆海：形容京都之富。《汉书·东方朔传》：“汉兴……都泾渭之南，此所谓天下陆海之地。”注：“高平曰陆，关中地高故称耳。海者，万物所出，言关中山川物产饶富，是以谓之陆海也。”

⑨红球：指灯笼。

⑩鸣鞘：抽打鞭梢之声。鞘，通梢。皇帝仪仗有鸣鞭之礼。宋高承《事物纪原》三《旗旐采章部》：“鸣鞭，唐及五代有之。《周官·条狼氏》‘执鞭趋辟’之遗法也。”

⑪“回銮”二句：《东京梦华录》卷六谓皇帝车驾观灯时，“教坊钧容直乐部前引，驾后诸班直马队作乐”，回銮时亦如此。钧天，钧天广乐。此指教坊音乐。

⑫宝箓宫：道家宫观，内藏符箓，故称。绛霄楼，指宫观中的楼台。此处指汴京的上清宫、景灵宫。

⑬皇图：皇家版图。

⑭端门：宫殿朝南的正门。此指北宋汴京大内正门(宣德楼上门)。

丘　密

丘密(1135—1209),字宗卿,江阴(今属江苏)人,高宗隆兴元年进士,除国子博士,知华亭县,迁户部郎中,提点浙东刑狱,知平江府,移帅绍兴,进户部侍郎,光宗时除四川安抚制置使,官至同知枢密院事。有《文定公词》一卷。

扑蝴蝶　蜀中作[①]

鸣鸠乳燕,春在梨花院。重门镇掩[②],沉沉帘不卷。纱帘红日三竿,睡鸭余香一线[③]。佳眠悄无人唤。

谩消遣。行云无定,楚雨难凭梦魂断[④]。清明渐近,天涯人正远。尽教闲了秋千,觑著海棠开遍[⑤]。难禁旧愁新怨。

【注释】

①蜀中:今四川。时作者为四川安抚制置使。

②镇掩:常掩。镇,常久。唐褚亮《烛花》诗:"莫言春稍晚,自有镇开花。"

③睡鸭:指香炉,其形似睡鸭。

④"行云"二句:用宋玉《高唐赋》楚襄王梦遇巫山神女事。此喻男女双方。

⑤觑:注视着。

吕胜己

吕胜己，字季克，建阳（今福建建瓯市）人。受学于朱熹。以荫为湖南干官，历江州通判。知杭州，官至朝请大夫。有《渭川居士词》。

木兰花慢 登楼观稼作

无言凭燕几①，爱香袅、博山炉②。正暖日辉辉，晴云淡淡，千里平芜③。田家尽收刈了，见牛羊、下垅暝烟孤。闻说丰年景致，老农击壤呜呜④。　　狂夫，素乏良图⑤。从上策，赋归欤⑥。有千亩松筠，三洲风月，尽遂吾初⑦。凭谁去西塞岸，问玄真、此意果何如⑧？寂寞无人共乐，醉乡是我华胥⑨。

【注释】

①凭燕几：凭几而坐。《仪礼·士丧礼》："缀足用燕几。"疏："言燕几者，当在燕寝之内，常凭之以安体也。"

②博山炉：古香炉名。《西京杂记》卷一谓长安巧工丁缓"作九层博山炉，镂为奇禽怪兽，穷极灵异，皆自然运动。"

③平芜：原指杂草繁密的原野。唐高适《田家春望》诗："出门何所见，春色满平芜。"此指平原。

④击壤：敲打土壤为节拍以歌。《艺文类聚》引《帝王世纪》："帝尧之世，天下大和，百姓无事，有五十老人击壤而歌。"后以击壤称颂太平盛世。

⑤良图：良谋。

⑥赋归欤：作归来之赋，指归隐。东晋陶渊明故事。

⑦遂吾初：得遂隐退之初衷。《晋书·孙绰传》谓孙绰有高尚之志，居会稽，游牧山水十余年，乃作《遂初赋》，以致其意。

⑧"凭谁"二句：用唐代张志和赋《渔歌子》"西塞山前白鹭飞"词意。志和号玄真子。西塞山，在浙江湖州磁湖镇。

⑨华胥：指梦乡。《列子·黄帝》："（黄帝）尽寝而梦，游于华胥氏之国……其国无帅长，自然而已；其民无嗜欲，自然而已……不知背逆，不知向顺，故无利害。"

林 外

林外，字岂尘，泉南（今福建晋江）人。周密《齐东野语》卷十三称其："词翰潇爽，诙谲不羁，饮酒无算……外美风姿，巾角羽氅，飘飘然神仙中人也。"高宗绍兴三十年（1160）进士，官兴化令，有词 1 首，见《四朝闻见录》丙集。

洞仙歌[①]

飞梁压水[②]，虹影澄清晓。橘里渔村半烟草[③]。今来古往，物是人非，天地里，唯有江山不老。　雨巾风帽。四海谁知我，一剑横空几番过。按玉龙、嘶未断[④]，月冷波寒，归去也，林屋洞天无锁[⑤]。认云屏烟障是吾庐，任满地苍苔，年年不扫。

【注释】

①此词曾题于吴江（今属江苏苏州）垂虹桥下。叶绍翁《四朝闻见录》丙集云："绍兴间，有题《洞仙歌》于垂虹者，不系其姓名，龙蛇飞动，真若不烟火食者……盖林以巨舟仰而书于桥梁，水天渺然，旁无来迹，故世人益神之。"又《齐东野语》云此词"倒题桥下，人亦传为吕翁作。惟高庙识之曰：'是必闽人也，不然，何得以锁字协扫字韵。'已而知其果外也"。垂虹桥，在今苏州吴江区东，本名利往桥，桥有七十二洞，宋仁宗庆历八年（1048）建。因桥上有垂虹亭，故名。

②飞梁：飞架的桥梁。

③橘里渔村：谓村里人家多种橘打鱼。

④玉龙：喻剑，承上句。语本李贺《雁门太守行》："报君黄金台上意，提携玉龙为君死。"宋人亦尝指笛，如"玉龙哀曲"。

⑤林屋：山洞名。在今江苏苏州洞庭西山。周回四百里，名左神幽墟之天，道家列为十大洞天之九。唐陆龟蒙《奉和太湖诗入林屋洞》诗："知名十小天，林屋当第九。"此句押"锁"字韵，与"扫"字韵本为两部。故宋高宗以其用韵盖闽音，认为他是"福州秀才"。

梁安世

梁安世(1136—?)，字次张，括苍(今浙江丽水)人。高宗绍兴二十四年(1154)进士。少颖异，与张孝祥为忘年交。孝宗淳熙年间，自大农丞出守韶州，后任广南西路转运判官。有词1首，见《粤西金石略》。

西江月

淳熙庚子重九①，梁次张拉韩廷玉、但能之、陈颖叔②，同游临桂栖霞洞③，赋《西江月》词。

南国秋光过二④，宾鸿未带初寒⑤。洞中驼褐已嫌单⑥，洞口犹须挥扇。　夕照千峰互见，晴空万象都还。羡他渔艇系澄湾，攲枕玻璃一片⑦。

【注释】

①淳熙庚子：宋孝宗淳熙七年(1180)。重九：九月初九重阳节。此日有登高之俗。

②韩廷玉、但能之、陈颖叔：作者友人，生平不详。

③临桂：今广西桂林。由此可知，此时作者在广南西路转运判官任上。栖霞洞，即七星岩。

④南国：指中国南方。过二：已过三分之二。

⑤宾鸿：鸿雁从北方飞到南方过冬，犹如宾客，故称。

⑥洞中：指七星岩。驼褐：驼毛制成的寒衣。

⑦玻璃：形容水面的清澈平静。欧阳修《采桑子》："无风水面琉璃滑。"琉璃，即玻璃。

赵长卿

赵长卿，赵宋宗室，自号仙源居士，南渡后居南丰（今属江西）。恬于仕进，约生活于宁宗嘉定年间。工词，有《惜香乐府》九卷，按春、夏、秋、冬四景分类编排，风格清丽。

临江仙 暮春[①]

过尽征鸿来尽燕，故园消息茫然[②]。一春憔悴有谁怜？怀家寒食夜，中酒落花天[③]。　　见说江头春浪渺，殷勤欲送归船。别来此处最萦牵。短篷南浦雨[④]，疏柳断桥烟[⑤]。

【注释】

①近代俞陛云曰：此首"上下阕结句皆能情寓景中，《惜香集》中和雅之音也"。（《两宋词选释》）词写故国之思。

②故园：指在汴京的故居。

③"怀家"二句：语本杜牧《睦州四韵》："残春杜陵客，中酒落花前。"

④南浦：泛指南面的水边。梁江淹《别赋》："送君南浦，伤如之何。"

⑤断桥：在杭州西湖白堤东端。

王　炎

王炎(1138—1218)，字晦叔，婺源(今属江西)人。孝宗乾道五年进士，调崇阳主簿。张栻帅江陵，檄入幕府。后为潭州教授，知临湘县。积官至军器监，中奉大夫，封婺源县男。所居濒双溪，因以自号。有《双溪集》。

南柯子

山冥云阴重，天寒雨意浓。数枝幽艳泣啼红[1]。莫为惜花惆怅对东风。　　蓑笠朝朝出，沟塍处处通[2]。人间辛苦是三农[3]。要得一犁水足望年丰。

【注释】

①“数枝”句：形容花枝上滴下水珠。

②沟塍(chéng)：水沟和田埂。

③三农：居住在三类地区的农民。《周礼·天官·大宰》：“一曰三农，生九谷。”注：“三农，平地、山、泽也。”

杨冠卿

杨冠卿(1138—?),字梦锡,江陵(今属湖北)人。高宗绍兴中举进士,曾知广州,有《客亭类稿》。

生查子 闻莺,用竹坡韵[①]

娇莺恰恰啼[②],过水翻回去[③]。欲共诉芳心,故绕池边树。　　人去绮窗闲[④],弦断秦筝柱。百啭听新声,总是伤心处[⑤]。

【注释】

①竹坡:周紫芝,字少隐,号竹坡,宣城(今属安徽)人。高宗绍兴十二年(1142),以廷对第三同学究出身。历官枢密院编修、知兴国军,少喜小晏词,有《竹坡词》三卷。

②"娇莺"句:杜甫《江畔独步寻花》之六:"留连戏蝶时时舞,自在娇莺恰恰啼。"恰恰,自然、和谐。

③翻:飞。

④绮窗:缕刻花纹的窗户。唐王维《扶南曲歌词》:"朝日照绮窗,佳人照临镜。"又云:"来日绮窗前,红梅着花未?"

⑤"弦断"三句:化用韦庄《菩萨蛮》:"弦上黄莺语。"秦筝,相传为秦时蒙恬所造,故称。其声哀,晏几道《菩萨蛮》词:"哀筝一弄湘江曲,声声写尽湘波绿。"

赵汝愚

赵汝愚(1140—1196),字子真,赵宋宗室,居饶州之余干(今属江西),孝宗乾道二年(1166)进士第一。累官秘书少监、权吏部侍郎、知福州、成都府。光宗朝,除同知枢密院事。宁宗朝,拜右丞相。被韩侂胄所忌,贬永州,至衡州卒。词1首,见《阳春白雪》。

柳梢春 西湖[①]

水月光中,烟霞影里,涌出楼台。空外笙箫,云间笑语,人在蓬莱[②]。　天香暗逐风回,正十里荷花盛开[③]。买个扁舟,山南游遍,山北归来[④]。

【注释】

①西湖:在杭州。

②蓬莱:海上仙山。

③"天香"二句:化用柳永《望海潮》:"有三秋桂子,十里荷花。"天香:南北朝庾信《奉和同泰寺浮屠》诗:"天香下桂殿。"此指荷香。

④山南、山北:指灵隐山(一称武林山)之南麓与北麓。即周密《武陵旧事》所载之"湖山南路""湖山北路"。

辛弃疾

辛弃疾(1140—1207),字幼安,号稼轩,历城(今山东济南)人。出生时,山东已为金兵所占,二十一岁参加抗金义军,旋归南宋,历任湖北、江西、湖南、福建、浙东安抚使等职,在奖励耕战安定民生等方面颇有作为。屡次提出抗金恢复方略,均未被接纳,并遭受打击,曾长期落职闲居江西上饶、铅山一带。晚年一度起用为镇江知府,不久去职。其词多抒写爱国热忱及壮志难酬的悲愤,也有吟咏自然景物之作,艺术风格多样而以豪放为主,与苏轼并称"苏辛"。刘克庄《辛稼轩集序》云:"公所作大声鞺鞳,小声铿鍧,横绝六合,扫空万古,自古苍生以来所无。其秾纤绵密者,亦不在小晏、秦郎之下。"词中时用较多典故以寓寄情怀,或称之为"掉书袋"。存词六百余首,为宋词别集中最丰富者。有《稼轩长短句》。本书多借鉴邓广铭《稼轩词编年笺注》。

摸鱼儿

淳熙己亥[①],自湖北漕移湖南[②],同官王正之置酒小山亭[③],为赋。

更能消、几番风雨,匆匆春又归去[④]。惜春长怕花开早,何况落红无数。春且住,见说道,天涯芳草无归路。怨春不语。算只有殷勤,画檐蛛网,尽日惹飞絮。

长门事,准拟佳期又误。蛾眉曾有人妒。千金纵买相如赋,脉脉此情谁诉[⑤]?君莫舞。君不见,玉环飞燕皆尘土[⑥]!闲愁最苦。休去倚危栏,斜阳正在,烟柳断肠处[⑦]。

【注释】

①己亥：宋孝宗淳熙六年(1179)。梁启超《饮冰室评词》评云："回肠荡气，至于此极。前无古人，后无来者。"

②湖北漕：指湖北转运副使。漕，漕司，既转运司。

③王正之：王正己，字正之，曾任右司郎官、太府卿。其时亦在湖北转运司任上，故称同官。小山亭，在鄂州(今武汉)转运使衙署内之乖崖堂。

④"更能消"二句：清陈廷焯《词则·大雅集》评曰："'更能消'三字，是千回百转中倒折出来，有力如虎。怨而怒矣，姿态飞动，极沉郁顿挫之致。"

⑤"长门"五句：《昭明文选·长门赋序》："孝武皇帝陈皇后，时得幸，颇妒，别在长门宫，愁闷悲思，闻蜀郡成都司马相如，天下工为文，奉黄金百斤，为相如、文君取酒，因于解悲愁之辞。而相如为文以悟主上，皇后复得幸。"蛾眉，指美人。屈原《离骚》："众女嫉予之蛾眉兮，谣诼谓予以善淫。"

⑥玉环：杨贵妃名玉环，安史之乱中被缢死于马嵬坡。见《新唐书·后妃传》及《太真外传》。飞燕：赵飞燕，汉成帝皇后，善歌舞，专宠十余年卒。见《汉书·外戚传》。

⑦"闲愁"四句：宋张侃《拙轩集》卷五评曰："其惜别惜春之意愈无穷。"陈廷焯云："结得怨愤。"

水龙吟 甲辰岁寿韩南涧尚书[①]

渡江天马南来[②]，几人真是经纶手[③]？长安父老[④]，新亭风景[⑤]，可怜依旧。夷甫诸人，神州沉陆[⑥]，几曾回首！算平戎万里[⑦]，功名本是，真儒事，公知否？　况有文章山斗[⑧]，对桐阴，满庭清昼[⑨]。当年堕地[⑩]，而今试看，风云奔走。绿野风烟[⑪]，平泉草木[⑫]，东山歌酒[⑬]。待他年整顿，乾坤事了[⑭]，为先生寿。

【注释】

①甲辰：宋孝宗淳熙十一年（1184），时罢官居带湖。韩南涧，即韩元吉，本书前有介绍。此为祝其寿而写。明杨慎《批点草堂诗余》云："庆寿词有许多感慨，当南渡时作。所谓直抵黄龙，与诸君痛饮耳。"意谓此词与岳飞《满江红》一样，抒发了爱国情怀。

②天马南来：西晋亡，晋元帝司马睿偕四王南渡，在建康建立东晋王朝，时童谣云："五马浮渡江，一马化为龙。"见《晋书》本纪。此喻宋室南渡。

③经纶手：管理国家的能手。

④长安父老：指中原父老。《晋书·桓温传》载，桓温北伐至长安，父老前来慰劳，感泣曰："不图今日复见官军！"

⑤新亭：《世说新语·言语》："过江诸人，每至美日，辄相邀新亭，藉卉饮宴，周侯中坐而叹曰：'风景不殊，正自有山河之异！'皆相视流泪。"

⑥夷甫：即王衍，西晋丞相，尚清谈，不理政务。《晋书·桓温传》谓桓温北伐，过淮泗，眺望中原，慨然曰："遂使神州陆沉，百年丘墟，王夷甫诸人，不得不任其责！"此斥南宋主和派。

⑦平戎：指抗金。

⑧文章山斗：《新唐书·韩愈传》："自愈没，其言大行，学者仰之如泰山北斗。"此处称誉韩元吉。《花庵词选》称韩元吉"政事文章为一代冠冕"。

⑨桐阴：韩元吉出颍川韩氏，其先居汴京，门前多植桐木，世称"桐木韩家"。元吉有《桐阴旧话》十卷记其家世。

⑩堕地：指出生。

⑪"绿野"句：唐宰相裴度在洛阳午桥建绿野堂，"与白居易、刘禹锡为文章，把酒穷昼夜相欢"。见《唐书》本传。

⑫"平泉"句：唐宰相李德裕在洛阳郊外平泉庄建别墅，"卉木台榭，若造仙府"，见康骈《剧谈录》。

⑬"东山"句：东晋谢安曾游于会稽的东山，饮酒咏志，言"无处世事"。

⑭“待他年”二句：杜甫《洗兵行》：“二三豪俊为时出，整顿乾坤济时了。”

沁园春 带湖新居将成[①]

三径初成[②]，鹤怨猿惊[③]，稼轩未来。甚云山自许，平生意气；衣冠人笑，抵死尘埃[④]？意倦须还，身闲贵早，岂为莼羹鲈脍哉[⑤]！秋江上、看惊弦雁避，骇浪船回[⑥]。　　东冈更葺茅斋，好都把、轩窗临水开[⑦]。要小舟行钓，先应种柳；疏篱护竹，莫碍观梅。秋菊堪餐，春兰可佩[⑧]，留待先生手自栽。沉吟久，怕君恩未许，此意徘徊。

【注释】

①此词作于淳熙八年（1181）秋，时任江西安抚使。春日，始营新居，以便归耕，并名其居曰“稼轩”，自号“稼轩居士”。带湖：在今江西上饶北郊北灵山下。清陈廷焯《云韶集》卷五评曰：“起笔高绝，洒落如此，真名士也！抑扬顿挫，跌宕生姿。字字幽雅，不减陶令。款款深深，一往不尽。”又《词则·放歌集》：“急流勇退之情，以温婉之笔出之，姿态愈饶。”

②三径：西汉末年蒋诩隐居不仕，于舍下开三径，见赵岐《三辅决录》。又晋陶渊明《归去来辞》亦云：“三径就荒，松菊犹存，胡不归。”

③“鹤怨”句：孔稚珪《北山移文》：“蕙帐空兮夜鹤怨，山人去兮晓猿惊。”

④“衣冠”二句：衣冠，指士大夫、官绅。刘歆《西京杂记》卷二：“故新丰多无赖，无衣冠子弟故也。”抵死，《诗词曲语辞汇释》卷一：“抵死，犹云分外也；急急或竭力也；亦犹云终究或老是也。”此云终究、老是。以上二句谓昔日在官场染尽尘埃，招人窃笑。

⑤莼羹鲈脍：见《水龙吟·登建康赏心亭》注⑤。

⑥"秋江"二句：用《战国策·魏策》更羸"能引弓虚发而射鸟"故事。暗寓避开谗毁。

⑦"好都把"句：吕文靖《题天花寺》诗："贺家湖上天花寺，一一轩窗向水开。不用闭门防俗客，爱闲能有几人来。"

⑧"秋菊"二句：屈原《离骚》："朝饮木兰之坠露兮，夕餐秋菊之落英。""扈江离与辟芷兮，纫秋兰以为佩。"

水龙吟 登建康赏心亭[①]

楚天千里清秋，水随天去秋无际。遥岑远目，献愁供恨，玉簪螺髻[②]。落日楼头，断鸿声里，江南游子。把吴钩看了[③]，栏干拍遍[④]，无人会，登临意。　休说鲈鱼堪脍，尽西风、季鹰归未[⑤]？求田问舍，怕应羞见，刘郎才气[⑥]。可惜流年，忧愁风雨，树犹如此[⑦]。倩何人，唤取红巾翠袖，揾英雄泪。

【注释】

①此词作于淳熙元年(1174)秋日。本年春，作者由滁州守调任江东安抚使参议官，回建康(今南京)。建康赏心亭：宋丁谓建，在金陵下水门上，临秦淮河。

②玉簪螺髻：形容山形秀丽，语本唐韩愈《送桂州严大夫》诗："山如碧玉簪。"皮日休《缥缈峰》诗："似将青螺髻，撒在明月中。"此指钟山。

③吴钩：春秋时吴国所造的弯刀。杜甫《后出塞》诗："少年别有赠，含笑看吴钩。"

④栏干拍遍：古人愁闷时之动作。王辟之《渑水燕谈录》卷四谓青州刘概有诗云："读书误我四十年，几回醉把栏干拍。"

⑤"休说"三句：西晋张翰，字季鹰。仕于洛阳，"见秋风起，因思吴中菰菜、莼羹、鲈鱼脍，曰：'人生贵得适意尔，何能羁宦

数千里以要名爵？'遂命驾便归”。见《世说新语·识鉴》。

⑥“求田”三句：见本书张元幹《水调歌头·追和》词注⑥。

⑦树犹如此：晋时桓温北征，经金城，见前时所种柳已皆十围，慨然曰：“木犹如此，人何以堪！”

满江红 江行，简杨济翁、周显先[1]

过眼溪山，怪都似、旧时曾识。还记得、梦中行遍，江南江北。佳处径须携杖去，能消几緉平生屐[2]？笑尘劳、三十九年非，长为客[3]。　　吴楚地，东南坼[4]。英雄事，曹刘敌[5]。被西风吹尽，了无尘迹。楼观才成人已去[6]，旌旗未卷头先白。叹人间、哀乐转相寻[7]，今犹昔。

【注释】

①孝宗淳熙五年(1178)，作者自临安大理寺少卿出领荆湖北路转运副使，途经扬州作此词。杨济翁、周显先：见辛弃疾《水调歌头》(落日塞尘起)注①。清陈廷焯《词则·放歌集》评此词曰：“回头一击，龙蛇飞舞。悲壮苍凉，却不粗卤。改之(刘过)、放翁(陆游)辈，终身求之不得也。”

②几緉(liàng)屐：几双木屐。《世说新语·雅量》：“或有诣阮(籍)，见自吹火蜡屐，因叹曰：‘未知一生当着几量屐？’”量，通緉一双。

③“笑尘劳”三句：尘劳，佛家语，谓烦劳身心的俗事。《圆觉经疏钞》：“尘是六尘，劳谓劳倦，由尘成劳，故名尘劳。”时词人年四十，故曰“三十九年非”。语本《淮南子·原道训》：“蘧伯玉年五十而知四十九之非。”

④“吴楚”二句：杜甫《登岳阳楼》诗：“吴楚东南坼，乾坤日夜浮。”坼(chè)，分开，此指分界。

⑤曹刘：曹操、刘备。汉建安末年，曹操对刘备说：“今天下

英雄，唯使君与操耳。”见《三国志·蜀先主传》。二句本此。

⑥楼观：高楼大厦。语本苏轼《送郑户曹》诗：“楼成君已去，人事固多乖。”

⑦“哀乐”句：谓哀事乐事相互转化。

满江红 送信守郑舜举被召[①]

湖海平生，算不负苍髯如戟[②]。闻道是，君王着意，太平长策。此老自当兵十万，长安正在天西北[③]。便凤凰，飞诏下天来[④]，催归急。　车马路，儿童泣。风雨暗，旌旗湿。看野梅官柳，东风消息。莫向蔗庵追语笑[⑤]，只今松竹无颜色。问人间，谁管别离愁，杯中物。

【注释】

①词作于孝宗淳熙十三年(1186)，时信州(治江西上饶)太守郑舜举被召赴临安。徐培均案：郑舜举，名汝谐，号东谷居士，浙江青田人。淳熙十二年知信州(今江西上饶)。次年被召入京，辛弃疾作此词送之。

②苍髯如戟：形容大丈夫气概。《南史·褚彦回传》：“公主谓曰：‘君须髯如戟，何无丈夫意！’”此称颂郑有此豪爽气概。

③长安：借指北宋汴京。本句谓中原正沦陷。

④凤凰飞诏：《邺中记》：“石季龙与皇后在观上，有诏书衔木凤口中，放数百丈绯绳，回转飞下。”

⑤蔗庵：一作庶庵，郑舜举在上饶郊区的新居。

水调歌头 盟鸥[①]

带湖吾甚爱[②]，千丈翠奁开[③]。先生杖屦无事[④]，一日走千回。凡我同盟鸥鹭，今日既盟之后，来往莫相猜[5]。白鹤在何处，尝试与偕来。　　破青萍，排翠藻，立苍苔。窥鱼笑汝痴计[6]，不解举吾杯。废沼荒丘畴昔，明月清风此夜，人世几欢哀？东岸绿阴少，杨柳更须栽。

【注释】

①此词作于孝宗淳熙九年（1182）春日，时带湖所居新成，作者罢官归来。他自去岁冬被劾去职，至绍熙二年（1191）冬，一直居住此处。清陈廷焯《词则・放歌集》评此词云："一气舒卷，参差中寓整齐，神乎技矣！一结愈朴愈妙，看似不经意，非有力如虎者不能。"盟鸥：与鸥鸟订约为友，指隐居。

②带湖：见前《沁园春》（三径初成）注②。

③翠奁：绿色镜子，喻湖水清澈。

④杖屦（jù）：古人席地而坐，出门须着鞋扶杖。此指漫步。

⑤"凡我"三句：语本《左传・僖公九年》："齐侯盟诸侯于葵丘曰：'凡我同盟之人，既盟之后，言归于好。'"陈鹄《耆旧续闻》卷五，谓此处为幼安"用经语者"，并云"亦为新奇"。

⑥"窥鱼"句：化用《庄子・秋水》："庄子与惠子游于濠梁之上。庄子曰：'鯈鱼出水从容，是鱼之乐也。'惠子曰：'子非鱼，安知鱼之乐？'庄子曰：'子非我，安知我不知鱼之乐？'"

水调歌头　舟次扬州，和杨济翁、周显先韵[1]

落日塞尘起，胡骑猎清秋[2]。汉家组练十万，列舰耸层楼[3]。谁道投鞭飞渡[4]，忆昔鸣髇血污，风雨佛狸愁[5]。季子正年少，匹马黑貂裘[6]。　　今老矣，搔白首，过扬州。倦游欲去江上，手种橘千头[7]。二客东南名胜[8]，万卷诗书事业，尝试与君谋。莫射南山虎[9]，直觅富民侯[10]。

【注释】

①此词淳熙五年(1178)作于扬州。清陈廷焯《云韶集》卷五评曰:"笔力高绝,落地有声,字字警绝。笔致疏散,而气甚遒炼。"杨济翁:名炎正,杨万里族弟,宋宁宗庆元年间进士,有词集《西樵语业》。见杨万里《诚斋诗话》。周显先,不详。

②胡骑:指金兵。每于秋高马肥之际南侵,故云。

③"汉家"二句:指绍兴三十一年,宋军在虞允文指挥下打败金兵之事。组练:指军队。《左传·襄公三年》:楚子"使邓廖帅组甲三百,被练三千以侵吴"。

④投鞭:《晋书·苻坚载记》记淝水之战前苻坚语曰:"以吾之众,投鞭于江,足断其流。"

⑤"忆昔"二句:指金主完颜亮被部属杀于镇江北岸之瓜州。鸣髇(xiāo):响箭。据《史记·匈奴列传》:冒顿以鸣镝射杀其父头曼,夺取王位,曾云:"鸣镝所射而不悉射者斩之。"佛狸:北魏太武帝拓跋焘的小名。他曾率军攻刘宋至瓜洲,后为宦官所杀。

⑥"季子"二句:战国时苏秦,字季子,得李兑所赠黑貂之裘,黄金百镒,入秦游说。见《战国策·赵策》。此为稼轩自喻,指南归时也。

⑦橘千头:《襄阳耆旧传》:"李衡为丹阳太守,遣人往武陵龙阳泛洲上作宅,种橘千株。临死,敕儿曰:'吾州里有千头木奴,不责汝食,岁上匹绢亦当足用耳。'"此谓辞官归隐。

⑧名胜:即名士。

⑨"莫射"句:《史记·李将军列传》:"广家居蓝田南山中,射猎。所居郡闻有虎,尝自射之。"

⑩富民侯:《汉书·车千秋传》:"代刘屈氂为丞相,封富民侯。"陈廷焯云:"结笔有力如虎。"(引同上)

念奴娇 书东流村壁①

野棠花落,又匆匆过了,清明时节。刬地东风欺客梦[2],一夜云屏寒怯[3]。曲岸持觞,垂杨系马,此地曾轻别。楼空人去,旧游飞燕能说[4]。　　问道绮陌东头[5],行人曾见,帘底纤纤月[6]。旧恨春江流不断,新恨云山千叠。料得明朝,尊前重见,镜里花难折。也应惊问,近来多少华发?

【注释】

①此词作于淳熙五年(1178)。本年自江西被召为大理少卿,清明后过东流县。其地在今安徽省南部,现与至德县合并为东至县。清陈廷焯《云韶集》卷五评曰:"起笔愈直愈妙。不减清真(周邦彦),而俊快过之。'旧恨'二语,矫首高歌,淋漓悲壮。"近人梁启勋《词学》下编云:"缠绵悱恻,真所谓回肠荡气者矣。"可见带有婉约风味。

②刬地:《诗词曲语辞汇释》卷四:"刬地,犹云只是也;引申之,则犹云依旧或照样也……何应龙《题临安僦楼》诗:'过了烧灯望燕归,春寒刬地勒花期。'言春寒如故也。亦当作依旧解。辛弃疾《念奴娇》词:'野棠(略)。'义同上。"

③云屏:云母屏风。

④"楼空"二句:苏轼《永遇乐·夜宿燕子楼》词:"燕子楼空,佳人何在,空锁楼中燕。"

⑤绮陌:纵横交错的道路。唐元稹《美醉》诗:"绮陌高楼竞醉眠。"

⑥纤纤月:喻美人纤足。刘过《沁园春·咏美人足》:"知何似,似一钩新月,浅碧笼云。"

念奴娇　登建康赏心亭,呈史留守致道[1]

我来吊古,上危楼,赢得闲愁千斛。虎踞龙蟠何处是[2]?只有兴亡满目。柳外斜阳,水边归鸟,陇上吹乔木。片帆西去,一声谁喷霜竹[3]?　　却忆安石风流,东山岁晚[4]，泪落哀筝曲[5]。儿辈功名都付与，长日惟消棋局[6]。宝镜难寻[7]，碧云将暮，谁劝杯中绿？江头风怒，朝来波浪翻屋[8]。

【注释】

①此词作于孝宗乾道五年(1169)，时任建康通判，治所在今南京。赏心亭，见《菩萨蛮》(青山欲共高人语)注①。史致道，史正志，字致道，绍兴二十一年进士，乾道三年九月至六年二月知建康府，兼沿江水军制置使。见《乾隆扬州志·人物门》。明沈际飞《草堂诗余续集》评曰："愤血发千古豪，贪人冰冷。词至稼轩一变，其源实自苏长公，至刘改之诸公极。抚时之作，意存感慨，然浓情致语，几于尽矣。"

②虎踞龙蟠：《金陵图经》："石头城在建康府上元县西五里。诸葛亮谓吴大帝曰：'秣陵地形，钟山龙蟠，石城虎踞，真帝王之都也！'"兴亡满目：指六朝兴亡遗迹。

③喷霜竹：指吹笛。语本黄庭坚《念奴娇》："孙郎微笑，坐来声喷霜竹。"

④"却忆"二句：东晋谢安尝游会稽之东山，"出则渔弋山水，入则言咏属文，无处世意"，至出仕，"然东山之志始末不渝"。见《晋书》本传。

⑤"泪落"句：谢安晚年遭谗见忌，时孝武帝召桓伊饮酒，谢安侍坐。桓伊吹笛后又抚筝，歌怨诗曰："为君既不易，为臣良独难。忠信事不显，乃有见疑患。"声节慷慨，安泣下沾襟。见《晋书·桓伊传》。

⑥"儿辈"二句：淝水之战时，谢安使弟谢石、兄子谢玄领兵攻苻坚，捷书至，"安方对客围棋，看书既竟，便摄放床上，了无喜色，棋如故。客问之，徐答云：'小儿辈已破贼。'"见《晋书》本传。

⑦宝镜难寻：据《松窗杂录》载，昔有渔人在秦淮河中得一铜镜，能照人肺腑，后堕入水中，遍寻不著。此谓知音难遇。

⑧"江头"二句：谓金兵将渡江。语本杜甫《观李固请司马

弟山水图诗》:“高浪垂翻屋,崩崖欲压床。”

鹧鸪天 送人[①]

唱彻阳关泪未干[②],功名余事且加餐。浮天水送无穷树,带雨云埋一半山。　今古恨,几千般,只应离合是悲欢。江头未是风波恶,别有人间行路难[③]。

【注释】

①此词作于淳熙五年(1178)。

②阳关:古送别曲,据唐王维《送元二使安西》诗谱成。唐李商隐《赠歌妓》诗:“断肠声里唱阳关。”

③行路难:《乐府解题》:“《行路难》,备言世路艰难及离别悲伤之意。”

鹧鸪天 代人赋[①]

扑面征尘去路遥,香篝渐觉水沉消[②]。山无重数周遭碧,花不知名分外娇。　人历历[③],马萧萧,旌旗又过小红桥。愁边剩有相思句,摇断吟鞭碧玉梢[④]。

【注释】

①清陈廷焯《词则·放歌集》评此词云:“信手拈来,自饶姿态。幼安小令诸篇,别有千古。”

②香篝:置于香炉上的熏笼。水沉,即沉香。

③历历:清晰可数貌。唐白居易《游悟寺诗》:“历历上山人,一一遥可观。”

④吟鞭:诗人行吟时所执之鞭。

鹧鸪天 鹅湖归，病起作[1]

枕簟溪堂冷欲秋[2]，断云依水晚来收。红莲相倚浑如醉，白鸟无言定自愁。　　书咄咄[3]，且休休[4]。一丘一壑也风流[5]。不知筋力衰多少，但觉新来懒上楼。

【注释】

①鹅湖：山名，在今江西铅山县东北。山上有湖，东晋龚氏曾在此养鹅，故名。山上有寺，辛弃疾常往游赏。

②枕簟（diàn）：枕席。

③咄咄：失意时感叹声。《世说新语·黜免》谓殷浩被黜后，终日书空，作"咄咄怪事"四字。

④休休：罢休。唐司空图隐居中条山，作亭名"休休"，曰："量才一宜休，揣分二宜休，耄而聩，三宜休。"见《新唐书》本传。

⑤一丘一壑：一山一水。《世说新语·品藻》："明帝问谢鲲：'君自谓何如庾亮？'答曰：'端委庙堂，使百僚准则，臣不如亮。一丘一壑，自谓过之。'"此处意谓纵不处庙堂（朝廷），亦能怡情山水。

丑奴儿近 博山道中效李易安体[1]

千峰云起，骤雨一霎儿价[2]。更远树斜阳，风景怎生图画？青旗卖酒[3]，山那畔别有人家。只消山水光中，无事过者一夏[4]。　　午醉醒时，松窗竹户，万千潇洒。野鸟飞来，又是一般闲暇。却怪白鸥，觑着人欲下未下。旧盟都在[5]，新来莫是，别有说话？

【注释】

①此词为词人罢归带湖后所作。博山：见《清平乐》（绕床饥鼠）注①。李易安体，即李清照体，能以浅俗之语，发清新之思。且能以寻常语度入音律，故稼轩效之。

②“骤雨”句：李清照《行香子》：“一霎儿晴，霎儿雨，霎儿风。”价，语助辞，犹“的”。

③青旗：酒店市招，见《鹧鸪天》（陌上柔桑破嫩芽）注①。

④者：通“这”。

⑤旧盟都在：作者《水调歌头·盟鸥》：“凡我同盟鸥鹭，今日既盟之后，来往莫相猜。”

菩萨蛮　书江西造口壁[①]

郁孤台下清江水[②]，中间多少行人泪。西北望长安[③]，可怜无数山。　青山遮不住，毕竟东流去。江晚正愁予，山深闻鹧鸪[④]。

【注释】

①词作于宋孝宗淳熙二年（1175），作者时任江西提刑。造口，一名皂口，在今江西万安县西南六十里。罗大经《鹤林玉露》云：“南渡之初，虏人追隆祐太后御舟至造口，不及而还。幼安自此起兴。”清陈廷焯《云韶集》卷五评曰：“血泪淋漓，古今让其独步。结二语号呼痛哭，音节之悲，至今犹隐隐在耳。”梁启超云：“《菩萨蛮》如此大声镗鞳，未曾有也。”见《艺蘅馆词选》。

②郁孤台：在今江西赣县西南。清江，指赣江。

③长安：今西安市。宋人多借指汴京，今河南开封。

④鹧鸪：鸟名，鸣声似“行不得也哥哥”。《鹤林玉露》谓：“‘闻鹧鸪’之句，谓恢复之事行不得也。”

菩萨蛮　金陵赏心亭为叶丞相赋[①]

青山欲共高人语，联翩万马来无数。烟雨却低回，望来终不来。　　人言头上发，总向愁中白。拍手笑沙鸥，一身都是愁[2]。

【注释】

①此词作于淳熙二年（1175）春。赏心亭：宋丁谓建，在金陵（今江苏南京）下水门上，下临秦淮河，与白鹭洲隔江相望。见《景定建康志》卷二十二。叶丞相，叶衡，官至右丞相。宋孝宗淳熙元年（1174）任建康留守。《宋史》有传。

②"拍手"二句：沙鸥皆白羽，故以之与上句白发相比。此从唐白居易《白鹭》诗化来。白诗云："人生四十未全衰，我为愁多白发垂。何故水边双白鹭，无愁头上也垂丝。"

木兰花慢　席上送张仲固帅兴元[1]

汉中开汉业[2]，问此地是耶非？想剑指三秦[3]，君王得意，一战东归。追亡事[4]，今不见，但山川满目泪沾衣[5]。落日胡尘未断，西风塞马空肥。　　一编书是帝王师[6]，小试去征西。更草草离筵，匆匆去路，愁满旌旗。君思我，回首处，正江涵秋影雁初飞[7]。安得车轮四角[8]？不堪带减腰围[9]。

【注释】

①此词作于淳熙八年（1181），词人时任江西安抚使。张仲固：张坚，字仲固，镇江人，绍兴二十四年（1154）进士，官至户部郎中。淳熙八年，知兴元府（今陕西汉中市）。见《京口耆旧传》。故作者赋此词送之。

②"汉中"句：汉高祖刘邦以汉中为根据地，开创汉代基业。

③三秦：汉高祖二年（205），项羽三分关中，以章邯为雍王，都废丘，司马欣为塞王，都栎阳，董翳为翟王，都高奴，是为"三秦"。不久刘邦决策东向，首取三秦。见《史记·高祖本纪》。

④追亡事：韩信至南郑（即汉中）不久，未得刘邦重用，遂逃亡，萧何追之而回。刘邦原以为萧何亦逃亡，责问曰："追信，诈也。"何曰："至如信者，国士无双。王必欲长王汉中，无所事信；必欲争天下，非信无所与计事者。"遂登坛拜将。见《史记·淮阴侯列传》。

⑤"山川"句：用唐李峤《汾阴行》成句。

⑥一编书：汉代张良少时游下邳圯上，"有一老父出一编书，曰：'读此，则为王者师矣。'旦日，视其书，乃《太公兵法》也。"见《史记·留侯世家》。

⑦"江涵"句：用唐杜牧《九日齐山登高》诗成句。

⑧车轮四角：意谓挽留行客。唐陆龟蒙《古意》诗："君心莫淡薄，妾意正栖托。愿得双车轮，一夜生四角。"

⑨带减腰围：谓消瘦。梁沈约《与徐勉书》："老病百日，数围革带尝应移孔，以手握臂，率计月小半分。"

祝英台近 晚春[1]

宝钗分[2]，桃叶渡[3]，烟柳暗南浦[4]。怕上层楼，十日九风雨。断肠片片飞红，都无人管；更谁劝，啼莺声住？

鬓边觑。试把花卜归期，才簪又重数[5]。罗帐灯昏，哽咽梦中语：是他春带愁来，春归何处，却不解，带将愁去。

【注释】

①宋张炎《词源》云："皆景中带情，而存骚雅，故其燕酣之乐，别离之愁，回文题叶之思，岘首西州之泪，一寓于词，若能屏去浮艳，乐而不淫，是亦汉魏乐府之遗意。"意谓此词尚带有浮艳。明沈际飞亦谓此词浮艳，见《草堂诗余正集》。

②宝钗分：唐白居易《长恨歌》："惟将旧物表深情，钿合金钗寄将去。钗留一股合一扇，钗擘黄金合分钿。"此指别时分钗

留赠。

③桃叶渡：在今南京市秦淮河与青溪合流处，相传为东晋王献之与妾桃叶作别处。《隋书·五行志》："陈时盛歌王献之桃叶之词曰：'桃叶复桃叶，渡江不用楫。但渡无所苦，我自迎接汝。'"

④南浦：梁江淹《别赋》："送君南浦，伤如之何！"

⑤花卜归期：盖以花瓣之多少，占卜行人归来的日期，故云"才簪又重数"。

霜天晓角 旅兴[①]

吴头楚尾[②]，一棹人千里。休说旧愁新恨，长亭树，今如此[③]！　　宦游吾倦矣，玉人留我醉：明日落花寒食，得且住，为佳耳[④]。

【注释】

①淳熙五年(1178)离豫章(今江西南昌)时作此词。

②吴头楚尾：指江西，其地当吴地上游，楚地下游，如首尾相接处。黄庭坚《谒金门·戏赠知命》："山又水，行尽吴头楚尾。"

③"长亭树"二句：见前《水龙吟》(楚天千里清秋)注⑦。

④"明日"三句：语本晋人帖："天气殊未佳，汝定成行否？寒食近，且住为佳尔。"明杨慎《词品》卷一评云："晋人语本入妙，而词又融化之如此，可谓珠璧相照矣。"

青玉案 元夕[①]

东风夜放花千树，更吹落，星如雨[②]。宝马雕车香满路。凤箫声动，玉壶光转[③]，一夜鱼龙舞[④]。　　蛾儿雪柳黄金缕[⑤]，笑语盈盈暗香去。众里寻他千百度。蓦然回首，那人却在，灯火阑珊处[⑥]。

【注释】

①此词似淳熙初游宦临安时作。清陈廷焯《云韶集》卷五评云："题甚秀丽，措辞亦工绝，而其气仍是雄劲飞舞，绝大手段！"梁启超《饮冰室评词》云："自怜幽独，伤心人别有怀抱。"元夕：即元宵。

②"东风"三句：形容花灯盛况。周密《武林旧事》卷二"元夕"："一入新正，灯火日盛……往往于复古、膺福、清燕、明华等殿张挂……灯之品极多，每以苏灯为最，圈片大者径三四尺，皆五色琉璃所成，山水人物，花竹翎毛，种种奇妙，俨然著色便面也。"便面，指团扇或摺扇。

③玉壶：花灯之一种。《武林旧事·元夕》："灯之品极多……福州所进，则纯用白玉，晃耀夺目，如清冰玉壶。"

④鱼龙舞：鱼变为龙的彩灯。宋夏竦《奉和御制上元观灯》诗："鱼龙漫衍六街呈。"

⑤"蛾儿"句：《武林旧事·元夕》："元夕节物，妇人皆戴珠翠、闹蛾、玉梅、雪柳。"

⑥"蓦然"三句：清彭孙遹《金粟词话》评云："周、秦之佳境也。"王国维《人间词话》谓此三句为"古今之成大事业、大学问者"必经三种境界之最后一种。意谓突然发现，豁然开朗。

清平乐 检校山园，书所见①

连云松竹，万事从今足。拄杖东家分社肉②，白酒床头初熟。　西风梨枣山园，儿童偷把长竿。莫遣旁人惊去，老夫静处闲看。

【注释】

①此词淳熙间作于带湖。检校：检查、察看。山园，稼轩在带湖的庭园，在上饶北郊灵山脚下，包括"东冈西阜，北墅南麓"（见洪迈《稼轩记》），故称。

②分社肉:《荆楚岁时记》谓社日,四邻并结宗社,宰牲,先祭神,然后分享其胙。

清平乐 村居[1]

茅檐低小,溪上青青草。醉里吴音相媚好[2],白发谁家翁媪[3]? 大儿锄豆溪东,中儿正织鸡笼。最喜小儿亡赖[4],溪头卧剥莲蓬。

【注释】

①据蔡义江、蔡国璜考证,此词系孝宗乾道元年(1165)作者签判江阴任满后漫游吴中所作,见《辛弃疾漫游吴楚考》。

②吴音:吴地方言。一作"蛮音"。

③媪(ǎo):老妇。

④亡赖:即无赖,此处指玩皮。《汉书·高祖纪》注:"江淮之间,谓小儿多诈,狡狯为亡赖。"亡,通"无"。

清平乐 独宿博山王氏庵[1]

绕床饥鼠,蝙蝠翻灯舞。屋上松风吹急雨,破纸窗间自语。 平生塞北江南[2],归来华发苍颜[3]。布被秋宵梦觉,眼前万里江山。

【注释】

①清陈廷焯《云韶集》卷五评曰:"数语写景逼真,不减昌黎《山石》诗。语奇情至。"又《词则·放歌集》云:"短调中笔势飞舞,辟易千人。结更悲壮精警。"博山:《清一统志》:"在(江西)广丰县西南三十余里,南临溪流,远望如庐山之香炉峰。"县邻上饶。

②"平生"句:据《美芹十论》,词人少时曾两次深入燕山,观察金人动态。故云"塞北"。南归后在两湖、江西任职,故云"江

南”。

③“归来”句：词人四十三岁罢职居上饶，故云。

声声慢 滁州旅次登奠枕楼作，和李清宇韵[1]

征埃成阵，行客相逢，都道幻出层楼。指点檐牙高处，浪涌云浮。今年太平万里，罢长淮、千骑临秋[2]。凭栏望，有东南佳气，西北神州[3]。　千古怀嵩人去[4]，还笑我、身在楚尾吴头[5]。看取弓刀陌上，车马如流[6]。从今赏心乐事，剩安排、酒令诗筹[7]。华胥梦[8]，愿年年人似旧游。

【注释】

①本篇宋孝宗乾道八年(1172)作于滁州任上。奠枕楼，建于本年秋。崔敦礼《滁州奠枕楼记》谓稼轩知滁州，“宽政薄赋”，“荒陋之气，一洗而空”。“既又揭楼于郧之上，名曰奠枕。”李清宇，延安人，辛在滁州时始相识。

②长淮：即淮河，时为宋金交界线，千骑临秋，金人常于秋高马肥时侵宋，故云。

③西北神州：指被金人占领的中原地带。

④怀嵩：《舆地纪胜》卷四二《滁州景物》：“怀嵩楼即今北楼，唐李德裕贬滁州作此楼，取怀归嵩洛之意。”辛筑奠枕楼，亦寓怀念北方之意。

⑤楚尾吴头：谓滁州地处吴楚交界之地。

⑥弓刀陌上：黄庭坚《寄叔父夷仲》诗：“弓刀陌上望行色。”辛知滁日，尝“教民兵，议屯田”，故云。车马如流：李煜《望江南》：“车如流水马如龙。”

⑦“从今”两句：赏心乐事，谢灵运《拟魏太子邺中集诗序》：“天下良辰美景，赏心乐事，四者难并。”酒令，饮酒时行令。诗筹，标有诗韵的竹筹，饮酒时即兴抽筹，按韵赋诗。

⑧华胥梦:《列子·黄帝》谓黄帝昼寝,梦游华胥氏之国,其国无君长,民无贪欲,相安无事。

满江红[①]

敲碎离愁,纱窗外,风摇翠竹[②]。人去后,吹箫声断,倚楼人独[③]。满眼不堪三月暮,举头已觉千山绿。但试把、一纸寄来书,从头读[④]。　　相思字,空盈幅。相思意,何时足?滴罗襟点点,泪珠盈掬[⑤]。芳草不迷行客路,垂杨只碍离人目。最苦是、立尽月黄昏,栏干曲。

【注释】

①清陈廷焯《云韶集》卷五评曰:"起笔精湛,情致楚楚,那弗动心,低徊宛转,一往情深,非秦柳所能及。"徐案:此调原为壮词,辛弃疾却摧刚为柔,可见此亦婉约词也。

②"纱窗外"二句:语本秦观《满庭芳》:"西窗下,风摇翠竹,疑是故人来。"

③吹箫:《列仙传》载,秦穆公时箫史善吹箫,穆公女弄玉好之。此三句谓所念情人业已远去,只得独自倚楼,朝夕凝望。

④"但试把"二句:语本韦庄《浣溪沙》:"夜夜相思更漏残……别来唯把旧书看。"

⑤盈掬(jū):满满的一捧。掬,半升。杜甫《佳人》诗:"采柏动盈掬。"

满江红[①]

倦客新丰[②],貂裘敝[③],征尘满目。弹短铗、青蛇三尺,浩歌谁续[④]?不念英雄江左老,用之可以尊中国。

叹诗书万卷致君人，翻沉陆[5]。　　休感慨，浇醽醁[6]。人易老，欢难足。有玉人怜我，为簪黄菊[7]。且置请缨封万户[8]，竟须卖剑酬黄犊[9]。甚当年，寂寞贾长沙，伤时哭[10]。

【注释】

①作于带湖。明卓人月《古今词统》评此词曰："有经史气，然非老生常谈。"近人沈曾植《稼轩长短句小笺》云："此数章皆髀肉复生之感。"即闲居甚久而思建功立业之意。岳珂《桯史》卷三谓此首曾误载康与之《顺庵乐府》。

②"倦客"句：《新唐书·马周传》："（马周）舍新丰，逆旅主人不之顾。周命酒一斗八升，悠然独酌，众异之。"新丰，在今陕西临潼东北。

③貂裘敝：《战国策·秦策》："苏秦始将连横说秦王，书十上而说不行，黑貂之裘敝，黄金百斤尽。"此喻不得志。

④弹短铗：据《战国策·齐策》，冯谖为孟尝君客，不见重用，尝倚柱弹其剑而歌曰："长铗归来乎，食无鱼。"青蛇三尺：指剑。唐郭元振《宝剑篇》："精光黯黯青蛇色。"

⑤"叹诗书"二句：语本杜甫《奉赠韦左丞》："读书破万卷，下笔如有神……致君尧舜上，再使风俗淳。"沉陆，指被埋没。《庄子·则阳》"陆沉"注："人中隐者，譬无水而没也。"

⑥醽醁（líng lù）：美酒名。

⑦"有玉人"二句：化用苏轼《千秋岁·徐州重阳作》："美人怜我老，玉手簪黄菊。"

⑧请缨：《汉书·终军传》："（终）军请自受长缨，必羁南越王而致之阙下。"后因以比喻要求参加战斗。万户：万户侯。用班超典。

⑨卖剑：《汉书·龚遂传》谓龚（遂）守渤海，劝民"卖剑买牛，卖刀买犊"，郡遂大治。

⑩贾长沙：西汉贾谊，《汉书》本传谓谊为长沙王太傅，"上

书陈政事，多所欲匡建，其大略曰：‘臣窃惟事势，可为痛哭者一，可为流涕者二，可为长太息者六。’”

满江红　暮春[1]

家住江南，又过了，清明寒食。花径里，一番风雨，一番狼藉。红粉暗随流水去[2]，园林渐觉清阴密。算年年，落尽刺桐花[3]，寒无力。　　庭院静，空相忆。无说处，闲愁极。怕流莺乳燕，得知消息。尺素如今何处也[4]？彩云依旧无踪迹[5]。谩教人，羞去上层楼，平芜碧。

【注释】

①此词作于隆兴二年（1164）任江阴签判时。

②红粉：红红白白的落花。

③刺桐：一名海桐，似梧而有刺。

④尺素：指书信。

⑤彩云：喻女子。晏几道《临江仙》：“当时明月在，曾照彩云归。”

贺新郎

陈同父自东阳来过余[1]，留十日，与之同游鹅湖[2]，且会朱晦庵（熹）于紫溪[3]，不至，飘然东归。既别之明日，余意中殊恋恋，复欲追路，至鹭鹚林[4]，则雪深泥滑，不得前矣。独饮方村[5]，怅然久之，颇恨挽留之不遂也。夜半，投宿吴氏泉湖四望楼[6]，闻邻笛悲甚，为赋《乳燕飞》以见意[7]。又五日，同父书来索词，心所同然者如此，可发千里一笑。

把酒长亭说，看渊明、风流酷似，卧龙诸葛[8]。何处飞来林间鹊，蹙踏松梢残雪？要破帽多添华发。剩水残山无态度，被疏梅、料理成风月。两三雁，也萧瑟。
佳人重约还轻别[9]。怅清江、天寒不渡，水深冰合。路断车轮生四角[10]，此地行人销骨[11]。问谁使、君来愁绝？铸就而今相思错，料当初费尽人间铁[12]。长夜笛，莫吹裂[13]。

【注释】

①本篇作于宋孝宗淳熙十五年(1188)冬。陈亮，字同甫，婺州永康人。光宗策进士，御笔擢第一。多次诣阙上书，痛陈抗金大计，终不见用。与稼轩为知交。《宋史》有传。东阳，属婺州，今浙江县名。

②鹅湖：见前《鹧鸪天》(枕簟溪堂冷欲秋)注①。

③朱晦庵：即朱熹，徽州婺源人，晚年讲学于武夷山，为南宋理学大师。《宋史》有传。紫溪，在江西铅山县南四十里，路通瓯闽。

④鹭鹚林：在常山县文笔峰西麓，为上饶入浙必经之路。

⑤方村：在常山县西北四十里，临芳村溪。见《常山县志》。

⑥吴氏泉湖四望楼：不详。

⑦《乳燕飞》：《贺新郎》的别称，因苏轼此调起句有"乳燕飞华屋"而得名。

⑧"看渊明"二句：以陶渊明、诸葛亮称美陈亮。

⑨佳人：即佳士，指陈亮。

⑩车轮生四角：谓雪深阻遭，车辆难行，见《木兰花慢》(汉中开汉业)注⑧。

⑪销骨：犹销魂。唐孟郊《答韩愈李观因献张徐州》诗："富别愁在颜，贫别愁销骨。"

⑫"铸就"二句：据《通鉴》卷二六五载，罗绍威倾其所有资助朱全忠，遂致衰弱，因悔曰："合六州四十三县铁，不能为此错也。"

⑬"长夜"二句：据《太平广记》卷二〇四载，李謩善吹笛，一

日于宴会上遇独孤生，请其吹笛。独孤曰："此至入破必裂。"

贺新郎 同甫见和，再用韵答之[①]

老大那堪说！似而今元龙臭味[②]，孟公瓜葛[③]。我病君来高歌饮，惊散楼头飞雪。笑富贵千钧如发。硬语盘空谁来听[④]？记当时只有西窗月。重进酒，换鸣瑟。

事无两样人心别。问渠侬[⑤]，神州毕竟，几番离合？汗血盐车无人顾[⑥]，千里空收骏骨[⑦]。正目断、关河路绝。我最怜君中宵舞[⑧]，道男儿、到死心如铁。看试手，补天裂[⑨]。

【注释】

①此词淳熙十六年(1189)春作于带湖。去年冬，与陈亮会于鹅湖，别后应陈亮之请，作《贺新郎》(把酒长亭说)以寄(见前一首)。陈有和词。此为续和之作。

②元龙臭味：谓与陈亮义气相投。元龙，汉末陈登，字元龙，许汜谓为"湖海之士，豪气不除"，参见前《水龙吟·登建康赏心亭》注⑥。

③孟公：陈遵，字孟公，为人重友谊。《汉书·游侠传》："遵嗜酒，每大饮，其客满堂辄关门，取客车辖投井中，虽有急，终不得去。"瓜葛，指关系。以上二句皆以陈氏之典切陈亮。

④硬语盘空：韩愈《答孟东野》诗："横空盘硬语，妥贴力排奡。"

⑤渠侬：他们，古吴地方言。

⑥汗血：指名马。《汉书·武帝纪》应劭注："大宛旧有天马种，蹋石汗血。汗从前肩髆出如血，号一日千里。"盐车，《战国策·楚策》："骥之齿至矣，服盐车而上太行，蹄申膝折，尾湛胕溃，漉汁洒地，白汗交流，外阪迁延，负辕而不能止。"

⑦"千里"句：据《战国策·燕策》载，燕昭王以重金招贤，郭隗曰：臣闻古之君有以千金求千里马者，结果得一死马，君大怒，

涓人对曰:“死马且买之五百金,况生马乎?天下必以王为能市马。马今至矣,于是不期年,千里马之至者三。”

⑧中宵舞:《晋书·祖逖传》:“与司空刘琨俱为司州主簿,共被同寝,中夜,闻荒鸡鸣,蹴琨觉曰:‘此非恶声也。’因起舞。”

⑨补天裂:相传古代女娲氏炼五色石以补天,见《淮南子·览冥训》。此谓完成祖国统一大业。

贺新郎 用前韵送杜叔高①

细把君诗说②。怅余音、钧天浩荡,洞庭胶葛③。千丈阴崖尘不到,惟有层冰积雪。乍一见寒生毛发。自昔佳人多薄命④,对古来一片伤心月。金屋冷,夜调瑟⑤。

去天尺五君家别⑥。看乘空、鱼龙惨淡,风云开合。起望衣冠神州路⑦,白日销残战骨。叹夷甫诸人清绝⑧。夜半狂歌悲风起,听铮铮阵马檐间铁⑨。南共北,正分裂。

【注释】

①此词作于淳熙十六年(1189)春。杜叔高:名斿,金华(今属浙江)人。兄弟五人,人称金华五高。

②君诗:指杜叔高之诗。陈亮《复杜仲高书》:“叔高之诗,如干戈森立,有吞虎食牛之气,而左右发春妍以辉映于其间。”

③“怅余音”二句:谓杜叔高之诗如钧天广乐。《史记·赵世家》赵简之云:“我之帝所甚乐,与百神游于钧天广乐,九奏万舞。”《庄子·天运》:“黄帝张《咸池》之乐于洞庭之野……其声能短能长,能柔能刚,变化不一,不主故常。”司马相如《上林赋》:“张乐乎胶葛之寓。”胶葛,旷远幽深貌。

④佳人薄命:苏轼《薄命佳人》诗:“自古佳人多命薄,闭门春尽杨花落。”

⑤金屋:《汉武故事》,谓武帝幼时,其姑母馆陶公主问其女

"阿娇好否",武帝曰:"若得阿娇,当以金屋贮之。"后果立为皇后,不久失宠,幽居长门宫。

⑥去天尺五:《辛氏三秦记》:"城南韦杜,去天尺五。"此以切杜叔高。

⑦"起望"句:指中原士大夫。

⑧夷甫:西晋王衍,身为丞相,然尚清谈,不理政务,卒为石勒所杀。《晋书》有传。参见前《水龙吟》(渡江天马南来)注⑥。此处借指南宋尚清谈而不重实事者。

⑨"听铮铮"句:指檐前铁马。亦谓之风铃,悬于檐下,风起则铮铮有声。见冯贽《烟花记·响玉》。

贺新郎 赋琵琶[①]

凤尾龙香拨[②]。自开元、霓裳曲罢,几番风月[③]。最苦浔阳江头客,画舸亭亭待发[④]。记出塞黄云堆雪[⑤]。马上离愁三万里。望昭阳宫殿孤鸿没[⑥]。弦解语,恨难说。　辽阳驿使音尘绝[⑦]。琐窗寒,轻拢慢捻,泪珠盈睫。推手含情还却手[⑧],一抹梁州哀彻[⑨]。千古事,云飞烟灭。贺老定场无消息[⑩]。想沉香亭北繁华歇[⑪]。弹到此,为呜咽。

【注释】

①作于带湖。清陈廷焯《云韶集》卷五评云:"此词运典虽多,却一片感慨,故不嫌堆垛。心中有泪,故笔下无一字不呜咽。哀感顽艳,笔力却高。"

②"凤尾"句:苏轼《听琵琶》诗:"数弦已品龙香拨,半面犹遮凤尾槽。"凤尾,指琵琶。李煜《琵琶诗》:"天香留凤尾,余暖在檀槽。"龙香拨,用龙香柏制作的弹琵琶拨子。

③"自开元"二句:白居易《新乐府·法曲》注:"《霓裳羽衣曲》起于开元,盛于天宝。"又《长恨歌》:"渔阳鼙鼓动地来,惊破

霓裳羽衣曲。”

④“最苦”二句：白居易《琵琶行》：“浔阳江头夜送客，枫叶荻花秋瑟瑟……忽闻水上琵琶声，主人忘归客不发。”浔阳，今江西九江。画舸，船之美称。

⑤“记出塞”句：欧阳修《明妃曲》：“不识黄云出塞路，岂知此声能断肠。”参见前《贺新郎》(绿树听鹈鴂)注③。

⑥昭阳：汉宫名。参见《贺新郎》(绿树听鹈鴂)注③。

⑦辽阳驿使：指北方边疆传递信息的使者。辽阳，今属辽宁省。

⑧“推手”句：欧阳修《明妃曲》：“推手为琵却手琶，胡人共听亦咨嗟。”

⑨梁州：即《凉州》，唐教坊曲名。唐元稹《连昌宫词》：“逡巡大遍梁州彻。”乐终曰彻。

⑩贺老：贺怀智，唐开元、天宝时著名乐工。定场，原指第一次出场，此指登台演出。

⑪沉香亭：唐兴庆宫内之亭。李白尝奉唐明皇诏在此咏牡丹，有《清平调》云：“解释春风无限恨，沉香亭北倚栏干。”

念奴娇　瓢泉酒酣，和东坡韵[①]

倘来轩冕，问还是、今古人间何物[②]？旧日重城愁万里[③]，风月而今坚壁[④]。药笼功名[⑤]，酒垆身世[⑥]，可惜蒙头雪[⑦]。浩歌一曲，坐中人物三杰[⑧]。　　休叹黄菊凋零，孤标应也[⑨]，有梅花争发。醉里重揩西望眼，惟有孤鸿明灭。万事从教，浮云来去[⑩]，枉了冲冠发[⑪]。故人何在？长庚应伴残月[⑫]。

【注释】

①近人俞陛云云：“此作和东坡，其激昂雄逸，颇似东坡。”东坡，即苏轼，其《念奴娇·赤壁怀古》为豪放词之代表作。瓢

泉:在江西铅山县东二十五里期思村,辛隐居时命名。

②"倘来"句:《庄子·缮性》:"轩冕在身,非性命也,物之倘来,寄者也。"轩冕,高车、纱帽,喻官职。倘来,偶然获得。三句表示对仕宦的轻视。

③重城:犹高城,此喻愁城。庾信《愁赋》:"攻许愁城。"陆游《山园》诗:"十丈愁城要解围。"愁城万里,极言愁之广漠。

④坚壁:《史记·高祖本纪》:"汉坚壁不与战。"此指隐居,以风月(自然风光)自赏,不与外界往来。

⑤"药笼"句:《旧唐书·元行冲传》:"行冲性不阿顺,多进规戒,尝谓(狄)仁杰曰:'……伏想门下宾客,堪充旨味者多,愿以小人备一药物。'仁杰笑而谓人曰:'此吾药笼中物,何可一日无也!'"此喻自身为敢于进谏之人。

⑥"酒垆"句:汉司马相如不遇时曾与卓文君在成都当垆卖酒。此以自喻失意。

⑦蒙头雪:慨叹头发已白。

⑧三杰:汉代称张良、萧何、韩信为三杰。辛另有《念奴娇》词,题作"三友同饮,借赤壁韵",故知三杰借指三友。

⑨孤标:孤高的标格。

⑩从教:任从、听凭。

⑪冲冠发:语本《史记·蔺相如列传》:相如"因持璧却立,倚柱,怒发上冲冠"。

⑫长庚:金星。又名太白星,启明星。此喻友人,而以残月自喻。

沁园春 再到期思卜筑①

一水西来,千丈晴虹,十里翠屏。喜草堂经岁,重来杜老②;斜川好景,不负渊明③。老鹤高飞,一枝投宿,长笑蜗牛戴屋行④。平章了⑤,待十分佳处,着个茅亭。

青山意气峥嵘,似为我归来妩媚生。解频教花鸟,前歌后舞；更催云水，暮送朝迎。酒圣诗豪，可能无势，我乃而今驾驭卿[6]。清溪上，被山灵却笑[7]，白发归耕。

【注释】

①词作于宋光宗绍熙五年(1194)。期思，地名，在今江西铅山县东。时词人自福建安抚使罢职归来。

②“喜草堂”二句：唐代杜甫于乾元三年(760)在成都浣花溪上筑草堂；宝应元年，避乱梓州；广德二年(764)，复归草堂。此以自喻。

③“斜川”二句：斜川，在今江西庐山市、昌都市之间，风景绝佳，晋陶渊明尝游于此，有《游斜川》诗及序。

④蜗牛：崔豹《古今注·鱼虫》：“蜗牛，陵螺也……野人结圆舍，如蜗牛之壳，故曰蜗舍。”

⑤平章：品评、议论。

⑥“可能”二句：化用陶渊明《晋故征西大将军长史孟府君传》：桓温语孟嘉曰：“人不可无势，我乃能驾御卿。”谓能驾驭诗酒。

⑦山灵：山神。

水龙吟 过南剑双溪楼[1]

举头西北浮云[2]，倚天万里须长剑[3]。人言此地，夜深长见，斗牛光焰[4]。我觉山高，潭空水冷，月明星淡。待燃犀下看[5]，凭栏却怕，风雷怒，鱼龙惨。　峡束苍江对起，过危楼，欲飞还敛。元龙老矣，不妨高卧[6]，冰壶凉簟[7]。千古兴亡，百年悲笑，一时登览。问何人又卸，片帆沙岸，系斜阳缆。

【注释】

①此词盖光宗绍熙年间(1193 年左右)任福建安抚使时所

作。南剑：州名，今福建南平。双溪，指登溪与樵川，二水在南平汇合，又称剑溪、延平津。宋余良毕有《双溪楼记》。清陈廷焯《云韶集》卷五评曰："词直气盛，宝光焰焰，笔阵横扫千军。雄奇之景，非此雄奇之笔，不能写得如此精神。"

②西北浮云：指金人统治北方，语本曹丕《杂诗》："西北有浮云，亭亭如车盖。"

③"倚天"句：李白《临江王节士歌》："安得倚天剑，跨海斩长鲸。"

④斗牛光焰：斗牛，二星名。《晋书·张华传》："雷焕见斗牛间异气，为宝剑之精上彻于天。"相传延平津曾出此剑，故又名剑溪。

⑤燃犀：《晋书·温峤传》："至牛渚矶，水深不可测，世云其下多怪物。峤遂燃犀角而照之，须臾，见水族覆火，奇形异状，或乘马车、着赤衣者。"

⑥元龙：汉陈登字。参见《水龙吟》(楚天千里清秋)注⑥。

⑦凉簟：指竹席。

鹧鸪天 鹅湖归[1]，病起作

着意寻春懒便回，何如信步两三杯。山才好处行还倦，诗未成时雨早催[2]。　携竹杖，更芒鞋，朱朱粉粉野蒿开。谁家寒食归宁女[3]，笑语柔桑陌上来。

【注释】

①沈际飞《草堂诗余正集》卷一评曰："对句逼唐。诗翁与怀春女子相值，何等风光。"鹅湖：见前《鹧鸪天》(枕簟溪堂)注①。

②"诗未成"句：杜甫《丈八沟纳凉》诗："片云头上黑，应是雨催诗。"

③归宁女：回娘家探望父母的女子。

鹧鸪天 元溪不见梅[①]

千丈冰溪百步雷[②]。柴门都向水边开。乱云剩带炊烟去[③]，野水闲将日影来。　穿窈窕[④]，过崔嵬[⑤]，东林试问几时栽？动摇意态虽多竹，点缀风流却欠梅。

【注释】

①元溪：不详所在。

②“千丈”句：谓溪声如雷。

③剩：尽管。

④窈窕：深邃的景物。陶渊明《归去来辞》：“既窈窕以寻壑，亦崎岖而经丘。”

⑤崔嵬：高竣貌。此指山峰。

鹧鸪天 代人赋

陌上柔桑破嫩芽，东邻蚕种已生些。平冈细草鸣黄犊，斜日寒林点暮鸦[①]。　山远近，路横斜，青旗沽酒有人家[②]。城中桃李愁风雨，春在溪头荠菜花[③]。

【注释】

①斜日：清陈廷焯《云韶集》作“斜阳”，并云：“‘斜阳’七字，一幅图画。以诗为词，词愈出色。”案：“阳”字平声，此字宜仄。陈氏误。

②青旗：酒店市招。白居易《杭州春望》诗：“青旗沽酒趁梨花。”

③“城中”二句：明卓人月《古今词统》卷七评曰：“‘春在梨花’，‘春在荠花’，仁见谓仁，智见谓智。”陈廷焯云：“‘城中’二语，有多少感慨。信笔写去，格调自苍劲，意味自深厚，有不可强

而致者。”(《词则·放歌集》)

鹊桥仙 己酉山行书所见①

松冈避暑,茅檐避雨,闲去闲来几度。醉扶怪石看飞泉,又却是,前回醒处。　　东家娶妇,西家归女②,灯火门前笑语。酿成千顷稻花香,夜夜费,一天风露。

【注释】

①己酉:宋孝宗淳熙十六年(1189)。

②归女:嫁女。

西江月 夜行黄沙道中①

明月别枝惊鹊②,清风半夜鸣蝉。稻花香里说丰年,听取蛙声一片。　　七八个星天外,两三点雨山前。旧时茅店社林边③,路转溪桥忽见。

【注释】

①清陈廷焯《词则·别调集》评此词曰:“的是夜景。所闻所见,信手拈来,都成异彩,总由笔力胜故也。”黄沙:岭名。《上饶县志》:“黄沙岭,在县西四十里乾元乡,高约十五丈。”

②“明月”句:谓枝上喜鹊乍见明月亮光而惊噪不安。苏轼《次韵蒋颖叔》诗:“月明惊鹊未安枝。”

③社林:土地庙边的树林。

一枝花 醉中戏作

千丈擎天手,万卷悬河口①。黄金腰下印,大如斗[②]。更千骑弓刀，挥霍遮前后[③]。百计千方久。似斗草儿童，赢个他家偏有[④]。　　算枉了、双眉长恁皱[⑤]。白发空回首。那时闲说向、山中友。看丘垅牛羊，更辨贤愚否？且自栽花柳。怕有人来，但只道：今朝中酒[⑥]。

【注释】

①“千丈”二句：化用贺铸《行路难》：“缚虎手，悬河口。”案《世说新语·赏誉》：“王太尉（衍）云：郭子玄（象）语议如悬河泻水，注而不竭。”明卓人月《古今词统》评曰：“‘千丈’数语，入他手如何耐得。放翁所谓‘王侯蝼蚁，毕竟成尘’。”

②“黄金”二句：《世说新语·尤悔》：周颛曰：“今年杀诸贼奴，当取金印如斗大，系肘后。”

③“更千骑”二句：语本晁补之《摸鱼儿·东皋寓居》：“弓刀千骑成何事，荒了邵平瓜圃。”

④斗草儿童：《荆楚岁时记》：“五月五日有斗百草之戏。”宋时在二月。又白居易《观儿戏》诗：“弄尘复斗草，尽日乐嬉嬉。”

⑤恁：这般。

⑥中酒：醉酒。

满江红　山居即事[①]

几个轻鸥，来点破、一泓澄绿。更何处，一双鸂鶒[②]，故来争浴。细读离骚还痛饮[③]，饱看修竹何妨肉[④]。有飞泉、日日供明珠，五千斛。　　春雨满，秧新谷。闲日永，眠黄犊。看云连麦陇，雪堆蚕簇[⑤]。若要足时今足矣，以为未足何时足？被野老、相扶入东园，枇杷熟。

【注释】

①此词作于庆元二、三年（1196—1197）间。明卓人月《古今词统》卷十二评曰：“无处著一分缘饰，是山居真色。”

②鸂鶒(xī chì):水鸟名,一名紫鸳鸯。

③"细读"句:《世说新语·任诞》:王孝伯言:"名士不必须奇才,但使常得无事,痛饮酒,熟读《离骚》,便可称名士。"

④"饱看"句:语本苏轼《绿筠轩》诗:"可使食无肉,不可使居无竹;无肉令人瘦,无竹令人俗。"

⑤蚕簇:谓蚕在簇上作茧累累。簇,以芦苇或稻草扎成。

木兰花慢[①]

中秋饮酒将旦,客谓前人诗词有赋待月,无送月者,因用《天问》体赋[②]。

可怜今夕月,向何处、去悠悠?是别有人间,那边才见,光影东头?是天外,空汗漫[③],但长风、浩浩送中秋?飞镜无根谁系?姮娥不嫁谁留[④]? 谓经海底问无由,恍惚使人愁[⑤]。怕万里长鲸,纵横触破,玉殿琼楼[⑥]。虾蟆故堪浴水[⑦],问云何、玉兔解沉浮[⑧]?若道都齐无恙,云何渐渐如钩[⑨]?

【注释】

①此词初步意识到月亮绕地而转的现象,较西方哥白尼学说早好几个世纪。因此王国维《人间词话》云:"词人想象,直悟月轮绕地之理,与科学家密合,可谓神悟。"

②《天问》:屈原作,其中对天提出一百七十多个疑问。

③汗漫:无涯。《淮南子·俶真训》:"甘瞑于溷澖之域,而徙倚于汗漫之宇。"

④姮(héng)娥:即月里嫦娥,相传为后羿妻,因偷食不死之药飞到月宫。

⑤"谓经"二句:唐卢仝《月蚀》诗:"烂银盘从海底出,出来照我草屋东。"

⑥玉殿琼楼：晋王嘉《拾遗记》谓月中自有“琼楼玉宇烂然”。

⑦虾蟆：一名蟾蜍。相传月中有蟾蜍。

⑧玉兔：晋傅玄《拟天问》：“月中何有，玉兔捣药。”

⑨如钩：指上弦月、下弦月，其弯如钩。

八声甘州

夜读《李广传》[1]，不能寐，因念晁楚老、杨民瞻，约同居山间[2]，戏用李广事赋以寄之。

故将军、饮罢夜归来，长亭解雕鞍。恨灞陵醉尉，匆匆未识[3]，桃李无言[4]。射虎山横一骑，裂石响惊弦[5]。落魄封侯事，岁晚田园[6]。　谁向桑麻杜曲，要短衣匹马，移住南山。看风流慷慨，谈笑过残年[7]。汉开边、功名万里[8]，甚当时、健者也曾闲[9]？纱窗外、斜风细雨，一阵轻寒。

【注释】

①《李广传》：载于《史记》《汉书》。李广，西汉名将，陇西成纪人，历文帝、景帝、武帝三朝，屡建战功，匈奴呼为“飞将军”。然终不遇，自刭而死。

②晁楚老、杨民瞻：生平不详。

③“故将军”四句：李广罢职为庶人，尝夜出饮酒还，至灞陵亭，灞陵尉不许通行，从者曰：“（此）故李将军。”尉曰：“今将军尚不得夜行，何乃故也！”灞陵，在今西安市东。

④桃李无言：广不善言辞，然为人所重，故本传《赞》引谚语称之：“桃李不言，下自成蹊。”

⑤“射虎”二句：广曾出猎，见草中石，误以为虎，射之，箭镞入石。

⑥落魄：落魄不遇。广虽有功，终未封侯，晚年为庶人，居于乡间，故称。

⑦“谁向”五句：语本杜甫《曲江三章》之三：“自断此生休问天，杜曲幸有桑麻田，故将移住南山边。短衣匹马随李广，看射猛虎终残年。”杜曲，在今西安市少陵原东南。南山，终南山，在今西安市南。

⑧汉开边：汉武帝时开拓疆域。史称班超“当封侯万里之外”，见《汉书》本传。

⑨当时健者：指李广。

贺新郎

别茂嘉十二弟①，鹈鴂、杜鹃实两种，见《离骚补注》②。

绿树听鹈鴂。更那堪，鹧鸪声住，杜鹃声切。啼到春归无寻处，苦恨芳菲都歇③。算未抵，人间离别。马上琵琶关塞黑④，更长门、翠辇辞金阙⑤。看燕燕，送归妾⑥。　　将军百战声名裂⑦。向河梁、回头万里，故人长绝⑧。易水萧萧西风冷，满座衣冠似雪。正壮士、悲歌未彻⑨。啼鸟还知如许恨⑩，料不啼清泪长啼血。谁共我，醉明月？

【注释】

①茂嘉：作者族弟。刘过有《沁园春》词送之赴桂林官，中云“入幕南来，筹边如北”。稼轩此词盖送之“筹边如北”，故有“马上琵琶”“易水悲歌”之语。清陈廷焯《白雨斋词话》卷一评曰：“稼轩词自以《贺新郎·别茂嘉十二弟》一篇为冠。沉郁苍凉，跳跃动荡，古今无此笔力。”

②鹈鴂(tí jué)：洪兴祖《楚辞补注》云：“《尔雅》谓之鵙，

《左传》谓之伯赵。"以秋分鸣；杜鹃，"蜀右曰杜宇"，又名子规，以立夏鸣；并云："然则子规、鹈鴂，二物也。"

③芳菲都歇：花已落尽。屈原《离骚》："恐鹈鴂之先鸣兮，使夫百草为之不芳。"

④"马上"句：用王昭君出塞和亲故事。晋石崇《王明君辞序》："昔公主嫁乌孙，令琵琶马上作乐，以慰其道路之思，其送明君（即昭君），亦必尔也。"

⑤长门：汉武帝时陈皇后（小字阿娇）失宠，退居长门宫。见前《摸鱼儿》（更能消）注④、《贺新郎》（细把君诗说）注④。此处代指王昭君，因其亦曾失宠。

⑥燕燕：《诗·邶风·燕燕》毛传："燕燕，卫庄姜送归妾也。"

⑦将军：指李陵。司马迁《报任少卿书》云，李陵"提步卒不满五千"，与匈奴"连战十有余日，所杀过当，虏救死扶伤不给"，终因矢尽援绝，兵败降敌。故云"声名裂"。

⑧"向河梁"二句：李陵《与苏武诗》："携手上河梁，游子暮何之？徘徊蹊路侧，悢悢不得辞。"

⑨"易水"三句：《史记·刺客列传》谓荆轲使秦："太子及宾客知其事者，皆白衣冠以送之。至易水之上，既祖，取道，高渐离击筑，荆轲和而歌，为变徵之声。士皆垂泪涕泣。又前而歌曰：'风萧萧兮易水寒，壮士一去兮不复还。'于是荆轲就车而去，终已不顾。"

⑩还知：如果知道。《诗词曲语辞汇释》卷一："还，犹云如其也。"

贺新郎①

邑中园亭，仆皆为赋此词。一日，独坐停云，水声山色，竞来相娱，意溪山欲援例者，遂作数语，庶几仿佛渊明思亲友之意云。②

甚矣吾衰矣[3]。怅平生，交游零落，只今余几！白发空垂三千丈，一笑人间万事。问何物、能令公喜[4]？我见青山多妩媚，料青山、见我应如是。情与貌，略相似。　　一尊搔首东窗里[5]。想渊明，停云诗就，此时风味。江左沉酣求名者，岂识浊醪妙理[6]。回首叫、云飞风起[7]。不恨古人吾不见，恨古人，不见吾狂耳。知我者，二三子[8]。

【注释】

①此词作于嘉泰元年（1201）。明沈际飞《草堂诗余别集》卷四评曰："稼轩每燕（宴），辄命侍妓歌此，拊髀自笑，坐客叹誉，如出一口。"

②渊明思亲友：陶潜（字渊明）《停云》诗序云："停云，思亲也。"

③"甚矣"句：《论语·述而》："子曰：'甚矣吾衰也，久矣吾不复梦见周公。'"何晏《集解》引孔安国曰："梦见周公，欲行其道。"作者借以自叹不遇。

④能令公喜：《世说新语·宠礼》载："王恂、郗超并有奇才，为大司马所眷拔。"当时荆州人说他俩"能令公喜，能令公怒"。

⑤"一尊"句：陶潜《停云》诗："良朋悠邈，搔首延伫。""有酒有酒，闲饮东窗。"

⑥"江左"二句：苏轼《和渊明〈饮酒〉》诗云："江左风流人，醉中亦求名。渊明独清真，谈笑得此生。"杜甫《晦日寻崔戢李封》诗云："浊醪有妙理，庶用慰沉浮。"

⑦云飞风起：喻作者叱咤风云的气概和恢复国家统一的抱负。

⑧二三子：此指作者为数不多的知友。

沁园春　将止酒，戒酒杯使勿近[1]

杯汝来前，老子今朝，点检形骸[2]。甚长年抱渴，咽如焦釜[③]；于今喜睡，气似奔雷[④]。汝说"刘伶，古今达者，醉后何妨死便埋[⑤]"。浑如此，叹汝于知己，真少恩哉！　　更凭歌舞为媒，算合作、人间鸩毒猜[⑥]。况怨无小大，生于所爱；物无美恶，过则为灾[⑦]。与汝成言[⑧]："勿留亟退，吾力犹能肆汝杯。"杯再拜，道"麾之即去，招亦须来[⑨]"。

【注释】

①此词作于庆元三年（1197）。沈际飞《草堂诗余别集》卷四云："时说以东坡为词诗，稼轩为词论，甚当。"止酒：戒酒。

②点检：即检点，整饬之意。

③抱渴：谓患有消渴疾（糖尿病）。焦釜：热锅。

④气似奔雷：形容鼾声。

⑤"汝说"二句：《世说新语·文学》注引《名士传》："（刘）伶字伯伦，沛郡人……常乘鹿车，携一壶酒，使人荷锸随之，云：'死便掘地以埋。'"

⑥鸩毒：毒药。相传鸩羽有毒。以上三句语本屈原《离骚》："吾令鸩为媒兮，鸩告予以不好。"

⑦"况怨"四句：沈际飞曰："'怨无大小'，四句可箴，终破酒戒在此句。"（引同上）

⑧成言：说定、约定。《离骚》："初既与余成言兮，后悔遁而有他。"

⑨"麾之即去"二句：化用《汉书·汲黯传》："招之不来，麾之不去。"

粉蝶儿　和赵晋臣敷文赋落梅[①]

昨日春如，十三女儿学绣。一枝枝，不教花瘦。甚无情，便下得，雨僝风僽[②]。向园林，铺作地衣红绉[③]。　　而今春似，轻薄荡子难久。记前时，送春归后，把春波，都酿作，一江醇酎[4]。约清愁，杨柳岸边相候。

【注释】

①清陈廷焯《白雨斋词话》卷七批评此词上下两阕起二句云："两喻殊觉纤陋，令人生厌。后世更欲效颦，真可不必。"赵晋臣：赵不迂，字晋臣，高宗绍兴二十四年（1154）进士。曾任敷文阁待制。尝创书楼于上饶，吟咏自适。见《上饶县志·寓贤传》。

②雨僝（chán）风僽（zhòu）：《诗词曲语辞汇释》卷五："僝僽，犹云磨折也。"又："下得，犹云忍得。"

③地衣：地毯。李煜《玉楼春》："红锦地衣随步皱。"

④醇酎（zhòu）：酒名，重酿之醇酒。汉刘歆《西京杂记》卷一："以正月旦作酒，八月成，名曰酎，一曰九酝，一名醇酎。"

唐河传 仿花间体[1]

春水，千里，孤舟浪起，梦携西子[2]。觉来春巷夕阳斜。几家，短墙红杏花[3]。　晚云做造些儿雨[4]。折花去，岸上谁家女。太狂颠！那岸边，柳绵，被风吹上天[5]。

【注释】

①花间：晚唐五代时词的总集名，蜀赵崇祚编，其体绮艳。

②西子：即西施，此喻美女。

③"几家"二句：化用北宋魏夫人《菩萨蛮》词："隔岸两三家，出墙红杏花。"短墙，矮墙。

④做造：制造。

⑤柳绵：柳絮。

丑奴儿 书博山道中壁[1]

少年不识愁滋味，爱上层楼。爱上层楼。为赋新词强说愁。　　而今识尽愁滋味，欲说还休[2]。欲说还休。却道天凉好个秋。

【注释】

①博山：见《清平乐》（绕床饥鼠）注①。

②"欲说"句：李清照《凤凰台上忆吹箫》："生怕离怀别苦，多少事、欲说还休。"

汉宫春　立春日[1]

春已归来，看美人头上，袅袅春幡[2]。无端风雨，未肯收尽余寒。年时燕子[3]，料今宵、梦到西园。浑未办，黄柑荐酒；更传青韭堆盘[4]。　　却笑东风从此，便薰梅染柳，更没些闲。闲时又来镜里，转变朱颜。清愁不断，问何人，会解连环[5]？生怕见，花开花落，朝来塞雁先还。

【注释】

①此词作于隆兴元年，时在镇江。清周济《宋四家词选》："'春幡'九字，情景已极不堪……换头又提动党祸，结用'雁'，与燕激射，却捎带五国城旧恨。辛词之怨，未有甚于此者。"

②春幡：《岁时风土记》："立春之日，士大夫之家，剪裁为小幡，或悬于家人之头，或缀于花枝之下。"

③年时：当时。

④"黄柑"二句：苏轼《立春日小集戏李端叔》诗："辛盘得青韭，腊酒是黄柑。"

⑤会解连环：《战国策·齐策》载秦昭王赠齐国君王后玉连环，说："齐多智，而解此环否？"群臣皆不知解，齐王后以椎破之，谢秦使曰："谨已解矣。"

新荷叶 上巳日，吴子似谓古今无此词，索赋[①]

曲水流觞[②]，赏心乐事良辰[③]。兰蕙光风，转头天气还新[④]。明眸皓齿，看江头有女如云[⑤]。折花归去，绮罗陌上芳尘。　能几多春？试听啼鸟殷勤。对景兴怀，向来哀乐纷纷。且题醉墨、似兰亭，列叙时人。后之览者，又将有感斯文[⑥]。

【注释】

①此词作于庆元年间。上巳日：三月上旬第一个巳日，后多指三月初三。吴子似，即吴子嗣，名绍古，鄱阳（今江西波阳）人，从陆象山游。庆元四年（1198）为铅山尉，多有建白。见《铅山县志》卷十一。

②曲水流觞："王羲之《兰亭集序》："又有清流激湍，映带左右，引以为流觞曲水。"

③"赏心"句：见《声声慢》（征埃成阵）注⑦。

④兰蕙光风：《楚辞·招魂》："光风转蕙，泛崇兰些。"王逸注："光风，谓雨已日出而风，草木皆有光也。"五臣注："日光风气，转泛于兰蕙之丛。"

⑤"明眸"二句：语本杜甫《哀江头》："明眸皓齿今何在，血污游魂归不得。"又《丽人行》："三月三日天气新，长安水边多丽人。"又《诗经·郑风·东门》："出其东门，有女如云。"

⑥"且题"四句：王羲之《兰亭集序》："故列叙时人，录其所述。虽世殊事异，所以兴怀，其致一也。后之览者，亦将有感于斯文。"此谓将仿效王羲之作《兰亭集序》，写一词章供后人欣赏。

太常引 建康中秋夜为吕叔潜赋[①]

一轮秋影转金波[②]，飞镜又重磨。把酒问姮娥[③]，被白发，欺人奈何[4]！　　乘风好去，长空万里，直下看山河。斫去桂婆娑，人道是，清光更多[5]。

【注释】

①此词作于淳熙元年（1174）。清陈廷焯《词则·放歌集》评曰："以劲直胜，后人自是学不到。"建康：今南京。吕叔潜，名大虬，生平不详。据吕祖谦《东莱集》卷九《吕氏家传》，他是吕好问之孙，吕祖谦诸父。

②金波：月光。《汉书·礼乐志·郊祀歌》："月穆穆以金波。"

③姮嫦：嫦娥，月神。

④"被白发"句：化用唐薛能《春日使府寓怀》诗："青春别我堂堂去，白发欺人故故生。"

⑤"斫去"二句：相传月中阴影为桂树。化用杜甫《一百五日夜对月》诗："斫却月中桂，清光应更多。"

沁园春　灵山齐庵赋，时筑偃湖未成[1]

叠嶂西驰，万马回旋，众山欲东。正惊湍直下，跳珠倒溅；小桥横截，缺月初弓。老合投闲，天教多事，检校长身十万松[2]。吾庐小，在龙蛇影外[3]，风雨声中。
争先见面重重。看爽气、朝来三数峰[4]。似谢家子弟，衣冠磊落[5]；相如庭户，车骑雍容[6]。我觉其间，雄深雅健，如对文章太史公[7]。新堤路、问偃湖何日，烟水濛濛？

【注释】

①此词盖作于庆元二年（1196）。陈模《怀古录》卷中云："说松而及谢家子弟、相如车骑、太史公文章，自非脱落故常者，未易闯其堂奥。刘改之所作《沁园春》，虽颇似其豪，而未免于粗。"灵山齐庵：灵山，一名镇山，在今江西上饶城北七十里。齐

庵，当在灵山上。

②"校检"句：以管理十万松树自我解嘲。

③龙蛇：喻遒劲的松枝。苏轼《游灵隐高峰塔》诗："古松攀龙蛇。"阮阅《诗话总龟后集》卷二十八载宋人《咏松》曰："影摇千尺龙蛇动，身撼半天风雨寒。"

④"看爽气"句：《世说新语·简傲》王子猷谓桓冲云："西山朝来，致有爽气。"

⑤谢家子弟：《晋书·谢玄传》载谢安问子侄："子弟亦何豫人事？"玄答曰："譬如芝兰玉树，欲使其生于庭阶耳。"此处谓庭园中松柏，如谢家子弟般磊落潇洒。

⑥"相如"二句：《史记·司马相如列传》："相如之临邛，从车骑，雍容闲雅，甚都。"

⑦"雄深"二句：唐代韩愈《柳宗元传》评柳宗元文曰："雄深雅健，似司马子长，崔蔡不足多也。"太史公，司马迁，字子长。

永遇乐　戏赋辛字，送茂嘉十二弟赴调[①]

烈日秋霜，忠肝义胆，千载家谱。得姓何年？细参辛字，一笑君听取：艰辛做就，悲辛滋味，总是辛酸辛苦。更十分向人辛辣，椒桂捣残堪吐[②]。　世间应有，芳甘浓美，不到吾家门户。比着儿曹，累累却有，金印光垂组[③]。付君此事，从今直上，休忆对床风雨[④]。但赢得，靴纹绉面，记余戏语[⑤]。

【注释】

①茂嘉：作者族弟，生平不详。据刘过《沁园春》词题："送辛稼轩弟赴桂林官"，当系调官桂林。作者《贺新郎》调下亦题作"送茂嘉十二弟。"

②椒桂：苏轼《次韵曾子宣从驾》诗："最后数篇君莫厌，捣残椒桂有余辛。"蔡絛《西清诗话》："曾子宣赋《扈跸》诗押辛字

韵，韵窘束而往返络绎不已，东坡厌之，复和云：'读罢君诗何所似，捣残椒桂有余辛。'顾问客曰：'解此否？谓唱首有辣气故耳。'"

③累累：形容金印之多。《汉书·石显传》谓石显："与中书仆射牢梁、少府五鹿充宗为党，附者得位，民歌之曰：'牢耶？石耶？五鹿客耶？印何累累，绶何若若耶？'"

④对床风雨：喻兄弟情深。苏辙《逍遥堂诗引》："辙幼从子瞻读书，未尝一日相舍。既壮，将游宦四方，读韦苏州诗至'安知风雨夜，复此对床眠'，恻然感之。"

⑤靴纹绉面：喻强颜欢笑。欧阳修《归田录》卷二："田元均为人宽厚长者，其在三司深厌于请者，虽不能从，然不欲峻拒之，每温言强笑以遣之。尝谓人曰：'作三司使数年，强笑多矣，直笑得面似靴皮。'"

破阵子 为陈同甫赋壮词以寄之[①]

醉里挑灯看剑，梦回吹角连营。八百里分麾下炙[②]，五十弦翻塞外声[③]。沙场秋点兵。　　马作的卢飞快[④]，弓如霹雳弦惊[⑤]。了却君王天下事，赢得生前身后名。可怜白发生！

【注释】

①清陈廷焯《云韶集》卷五评曰："字字跳掷而出。'沙场'五字，起一片秋声。沉雄悲壮，凌轹千古。"陈同甫：陈亮，见《贺新郎》(把酒长亭说)注①。本书下面有介绍。

②"八百里"句：谓以烤牛肉分赐士卒。《世说新语·汰侈》："王君夫有牛，名八百里駮。"

③五十弦：指瑟。唐李商隐《锦瑟》诗："锦瑟无端五十弦，一弦一柱思华年。"

④的卢：良马名。相传三国时刘备所乘的卢，追兵至，落襄

阳城西檀溪中，备急曰："的卢，今日厄矣，可努力。"的卢乃一跃三丈，遂得过。见《三国志·蜀先主传》注引《世语》。

⑤弓如霹雳：《南史·曹景宗传》："拓弓弦作霹雳声，箭如饿鸱叫。"

玉楼春 戏赋云山[1]

何人半夜推山去？四面浮云猜是汝[2]。常时相对两三峰，走遍溪头无觅处。　西风瞥起云横度[3]，忽见东南天一柱[4]。老僧拍手笑相夸，且喜青山依旧住。

【注释】

①此词作于宁宗庆元二年（1196）闲居江西铅山瓢泉之际。明卓人月《古今词统》卷八评云："一气呵成，无穷转折。"云山，云雾中山峰。

②"何人"二句：语本黄庭坚《次韵东坡壶中九华》诗："有人夜半持山去，顿觉浮岚暖翠空。"

③瞥起：骤起。

④天一柱：一柱擎天，喻山峰。

鹧鸪天 有客慨然谈功名，因追念少年时事戏作[1]

壮岁旌旗拥万夫，锦襜突骑渡江初[2]。燕兵夜娖银胡䩮[3]，汉箭朝飞金仆姑[4]。　追往事，叹今吾，春风不染白髭须[5]。却将万字平戎策[6]，换得东家种树书[7]。

【注释】

①似庆元六年（1200）作。少年事：据《宋史》本传，稼轩二十二岁，在山东聚众起义，次年春，奉表归宋，后返回，闻叛将杀

起义将领耿京，遂率轻骑夜袭金营，捉叛将张安国南渡献俘。此词上阕，乃回忆此一经历。

②锦襜：泛指锦衣。襜（chān），原指围裙。

③燕兵：指北方义军。一释金兵，其时以燕京为中都。娖（chuò）：整理。银胡簶（lù）：银色箭袋。

④金仆姑：箭名。《左传·庄公十一年》："公以金仆姑射南宫长万。"

⑤"春风"句：欧阳修《圣无忧》词："好景能消光景，春风不染髭须。"

⑥平戎策：指所上《美芹十论》与《九议》，其中皆陈抗金战略。

⑦种树书：《史记·秦始皇本纪》记其焚书时，"所不去者，医术、卜筮、种树之书"。唐韩愈《送石洪》诗："长把种树书，人云避世士。"此喻黜居农村。

西江月　遣兴

醉里且贪欢笑，要愁那得功夫。近来始觉古人书，信着全无是处[①]。　　昨夜松边醉倒，问松"我醉何如？"只疑松动要来扶，以手推松曰"去"。

【注释】

①"近来"二句：语本《孟子·尽心》下："尽信书，则不如无书。"

水调歌头　寿赵漕介庵[①]

千里渥洼种[②]，名动帝王家[③]。金銮当日奏草，落笔万龙蛇[④]。带得无边春下，等待江山都老，教看鬓方鸦。莫管钱流地，且拟醉黄花[⑤]。　　唤双成[⑥]，歌弄玉[⑦]，舞绿华[8]。一觞为饮千岁，江海吸流霞[9]。闻道清都帝所[10]，要挽银河仙浪，西北洗胡沙[11]。回首日边去[12]，云里认飞车[13]。

【注释】

①此词孝宗乾道四年(1168)秋作于建康通判任上。赵漕，指江南东路转运副使赵德庄，他字彦端，号介庵，为赵宋宗室。见《南涧甲乙稿·赵公墓志铭》。

②“千里”句：称誉赵介庵为千里马。《汉书·武帝纪》元鼎四年：“秋，马生渥洼水中，作《宝鼎天马》之歌。”

③“名动”句：赵为宋宗室，故云。

④“金銮”二句：金銮，皇帝正殿。奏草，奏章。龙蛇，喻笔势飞舞。苏轼《西江月》：“壁上龙蛇飞动。”

⑤“莫管”二句：钱流地：《新唐书·刘晏传》谓晏善理财政，“能权万货重轻，使天下无甚贵贱而物常平，自言如见钱流地上”。黄花：菊花。赵介庵生日为重阳节，故以菊花为颂。

⑥双成：《汉武内传》：“王母命侍女董双成吹云和之笙。”

⑦弄玉：《列仙传》：春秋秦穆公女名弄玉，嫁箫史。

⑧绿华：《真诰·运象篇》：“萼绿华者，自云是南山人，女子，年可二十上下，青衣，颜色绝整。”以上皆喻指赵家歌妓。

⑨流霞：指美酒。《抱朴子》谓项曼都学仙归来，云在天上，口饥欲食，仙人“辄饮我流霞一杯”。

⑩清都：天帝所居之所。

⑪“要挽”二句：杜甫《洗兵马》：“安得壮士挽天河，净洗甲兵常不用。”

⑫日边：喻帝京。相传汤时伊尹曾梦乘舟过日月之旁，故李白《行路难》云：“忽复乘舟梦日边。”

⑬飞车：《帝王世纪》：“奇肱氏能为飞车，从风远行。”以上五句谓朝廷将用赵介庵与金人作战。

永遇乐 京口北固亭怀古[①]

千古江山，英雄无觅，孙仲谋处[②]。舞榭歌台，风流总被，雨打风吹去。斜阳草树，寻常巷陌，人道寄奴曾住[③]。想当年，金戈铁马，气吞万里如虎。　　元嘉草草[④]，封狼居胥[⑤]，赢得仓皇北顾[⑥]。四十三年，望中犹记，烽火扬州路[⑦]。可堪回首，佛狸祠下，一片神鸦社鼓[⑧]。凭谁问，廉颇老矣，尚能饭否[⑨]？

【注释】

①此词作于开禧元年（1205）。明杨慎《升庵词话》云："辛词当以北固亭怀古《永遇乐》为第一。"本词用典较多，故近人陈洵《海绡说词》云："使事虽多，脉络井井可寻，是在知人论世者。"京口：今江苏镇江市。北固亭，在城北北固山上甘露寺内。晋蔡谟建，谢安葺。见《读史方舆纪要》。

②孙仲谋：即孙权，三国时建都京口（后迁建康），威镇江东。《三国志》有传。

③寄奴：宋武帝刘裕小字。旧居镇江城南，后在此起兵讨伐桓玄。事见《南畿志》《宋书·武帝纪》。

④元嘉：南朝宋文帝刘义隆年号（422—453）。

⑤狼居胥：山名，在今内蒙古自治区内。汉代霍去病北征匈奴，封狼居胥山而还。见《史记》本传。此指北伐。

⑥仓皇北顾：刘义隆北伐失败，当滑台失守时，作诗云："惆怅惧迁逝，北顾涕交流。"见《宋书·索靖传》。

⑦四十三年：作者自高宗绍兴三十二年（1162）南归，至开禧元年（1205）出知镇江府，前后共四十三年。扬州路，即淮南东路，治所在扬州，故称。

⑧佛狸：北魏太武帝拓跋焘的小字。当年曾南侵至瓜步一带，后人立庙祀之。参见前《水调歌头》（落日塞尘起）注⑥。

⑨廉颇：战国赵将，后获罪奔魏，赵王欲起用，遣使者察之，报曰："廉将军虽老，尚善饭；然与臣坐，顷之三遗矢矣。"遂不用。矢通"屎"。

汉宫春 会稽蓬莱阁怀古[1]

秦望山头[2]，看乱云急雨，倒立江湖。不知云者为雨，雨者云乎？长空万里，被西风、变灭须臾。回首听、月明天籁，人间万窍号呼[3]。　　谁向若耶溪上，倩美人西去，麋鹿姑苏[4]。至今故国人望，一舸归欤[5]？岁云暮矣，问何不、鼓瑟吹竽[6]？君不见，王亭谢馆，冷烟寒树啼乌[7]。

【注释】

①此词作于嘉泰三年(1203)。时任浙东安抚使。近人俞陛云《两宋词选释》云："前半写景，后半抒感，皆极飞动之致……此作高唱入云，当以铜琶铁板和之。"会稽：今浙江绍兴。蓬莱阁：旧址在市内卧龙山上。

②秦望山：在今绍兴市东南四十里，相传秦始皇东巡时登此山以望东海。

③天籁：自然界声响。《庄子·齐物论》："汝闻人籁而未闻地籁，汝闻地籁而未闻天籁夫？……是唯无作，作则万窍怒呺。"

④"谁向"三句：谓范蠡进西施于吴王夫差。若耶溪，在会稽，为西施浣溪之处。吴王因宠西施而荒政，伍子胥谏曰："臣今见麋鹿游姑苏之台也。"见《史记·淮南王安传》。

⑤一舸：唐杜牧《杜秋娘》诗："西子下姑苏，一舸逐鸱夷。"相传勾践灭吴，范蠡带西施泛五湖而去。范又称鸱夷子。此句谓国人盼西施复乘船归越。

⑥"鼓瑟"句：谓以礼乐迎西施归来。《诗经·小雅·鹿

鸣》："我有嘉宾，鼓瑟吹笙。"

⑦王亭：东晋王羲之的兰亭。谢馆：谢安隐于会稽上虞东山的馆舍。

汉宫春　会稽秋风亭观雨[①]

亭上秋风，记去年袅袅，曾到吾庐。山河举目虽异，风景非殊[②]。功成者去[③]，觉团扇便与人疏[④]。吹不断，斜阳依旧，茫茫禹迹都无[⑤]。　　千古茂陵词在，甚风流章句，解拟相如[⑥]？只今木落江冷，眇眇愁余[⑦]。故人书报："莫因循，忘却莼鲈[⑧]。"谁念我，新凉灯火，一编太史公书[⑨]。

【注释】

①此词嘉泰三年(1203)作于会稽(今浙江绍兴)。秋风亭，稼轩晚年任浙东安抚使时建。

②"山河"二句：用"新亭对泣"典，见前《水龙吟》(渡江天马南来)注⑤。

③"功成"句：《战国策·秦策》："蔡泽谓应侯曰：'四时之序，成功者去。'"

④"团扇"句：汉班婕妤《怨歌行》咏团扇："常恐秋节至，凉风夺炎热。捐弃箧笥中，恩情中道绝。"

⑤禹迹：《史记·夏本纪》集解引《越传》："(禹)上苗山，大会计，爵有德，封有功，因而更名苗山曰会稽。"今山下有禹庙及大禹陵，稼轩时盖未见。故云"都无"。

⑥"千古"二句：谓汉武帝(死后葬茂陵)《秋风辞》并非模拟司马相如之作，其辞首二句云："秋风起兮白云飞，草木黄落兮雁南归。"

⑦"只今"二句：相传唐人崔信明以文才自负，及郑世翼观其所作，只"枫落吴江冷"一句最好，余皆投诸水。见《新唐书》

本传。此处借喻往日所作佳者极少。

⑧莼鲈：见前《水龙吟》（楚天千里清秋）注⑤。

⑨太史公书：即《史记》。

南乡子　登京口北固亭有怀[①]

何处望神州[②]，满眼风光北固楼。千古兴亡多少事，悠悠。不尽长江滚滚流[③]。　　年少万兜鍪[④]，坐断东南战未休[⑤]。天下英雄谁敌手？曹刘[⑥]。生子当如孙仲谋[⑦]。

【注释】

①此词嘉泰时（1204）作于镇江。清陈廷焯《云韶集》卷五评曰："魄力雄大，虎视千古。东坡词极名士之雅，稼轩词极英雄之气，千古并称，而稼轩更胜。"参见前《永遇乐》（千古江山）注①。

②神州：中国，此指中原地区。

③"不尽"句：用杜甫《登高》诗成句。

④年少：指孙权。兜鍪（móu）：头盔。孙权年十九便继父兄位为吴主，拥有众多军队，故云。

⑤坐断：《诗词曲语辞汇释》卷四："坐断，犹云占住或把住也。"并举此句为例。又引辛弃疾《念奴娇》词《和丹桂》："坐断虚空香色界，不怕西风起灭。"云："均为占住或把住之义。"

⑥"天下英雄"二句：见前《满江红》（过眼溪山）注⑤。

⑦"生子"句：《三国志·孙权传》注引《吴历》，谓曹操见东吴军容整肃，喟然叹曰："生子当如孙仲谋，刘景升儿子若豚犬耳。"

鹧鸪天[①]

木落山高一夜霜，北风驱雁又离行。无言每觉情怀好，不饮能令兴味长。　　频聚散，试思量，为谁春草梦池塘[2]？中年长作东山恨，莫遣离歌苦断肠[3]。

【注释】

①本篇作于孝宗淳熙十四年（1187），时闲居江西上饶带湖。

②春草梦池塘：《南史·谢惠连传》，谓谢灵运“每有篇章，对（族弟）惠连辄得佳句，尝于永嘉西堂思诗，竟日不就，忽梦见惠连，即得‘池塘生春草’，大以为工。”

③“中年”两句：《世说新语·言语》：“谢（安）太傅语王右军（羲之）曰：‘中年伤于哀乐，与亲友别，辄作数日恶。’王曰：‘年在桑榆，自然至此，正赖丝竹陶写。’”东山，谢安曾隐居于会稽上虞之东山，此处以东山指带湖。离歌，分别时所唱。

丑奴儿[1]

此生自断天休问[2]，独倚危楼[3]。独倚危楼，不信人间别有愁。　　君来正是眠时节，君且归休[4]。君且归休，说与西风一任秋。

【注释】

①此词孝宗淳熙年间作于江西上饶带湖。

②“此生”句：化用杜甫《曲江》诗：“自断此生休问天，杜曲幸有桑麻田。”

③危楼：高楼。

④“君来”二句：《宋书·陶潜传》：“贵贱造之者，有酒辄设，潜若先醉，便语客：我醉欲眠卿可去。”

丑奴儿

近来愁似天来大，谁解相怜？谁解相怜，又把愁来做个天。　　都将今古无穷事，放在愁边。放在愁边，却自移家向酒泉[1]。

【注释】

①“却自”句：语本杜甫《饮中八仙歌》，“恨不移封向酒泉。”酒泉，在今甘肃境内，相传古代盛产美酒。徐案：《汉书·地理志》云：“酒泉郡，武帝太初元年开。”注：“城下有金泉，味如酒。”

念奴娇　赠夏成玉[1]

妙龄秀发，湛灵台一点[2]，天然奇绝。万壑千岩归健笔，扫尽平山风月[3]。雪里疏梅，霜头寒菊，迥与余花别。识人青眼[4]，慨然怜我疏拙。　　遐想后日蛾眉，两山横黛[5]，谈笑风生颊。握手论文情极处，冰玉一时清洁[6]。扫断尘劳[7]，招呼萧散[8]，满酌金蕉叶[9]。醉乡深处，不知天地空阔[10]。

【注释】

①夏成玉：生平不详，盖一年轻人。

②灵台：《庄子·庚桑楚》：“不可内于灵台，灵台者有持。”注云：“灵台，心也。”此谓夏成玉心灵纯洁。

③万壑千岩：《世说新语·言语》：“顾长康（恺之）从会稽还，人问山川之美，顾云：‘千岩竞秀，万壑争流……’”平山，堂名，在扬州，欧阳修建。登堂可眺江南诸山。参见欧阳修《朝中措·送刘仲原甫出守维扬》注。此二句称誉善画风景。

④青眼：谓正眼相看。《晋书·阮籍传》：“籍能为青白眼，见俚俗之士，以白眼对之。”

⑤两山横黛：形容双眉如远山的黛色。

⑥“冰玉”句：冰清玉润，形容风度高雅。《晋书·卫玠传》：

"玠风神秀异，妻父乐广有海内重名，议者以为妇公冰清，女婿玉润。"

⑦尘劳：指扰乱身心的俗事。《圆觉经疏钞》："尘是六尘，劳谓劳倦。由尘成劳，故名尘劳。"

⑧萧散：犹潇洒。《西京杂记》卷二："司马相如作《上林赋》，意思萧散，不复与外事相关。"

⑨金蕉叶：酒杯。

⑩"醉乡"二句：语本秦观《醉乡春》词："醉乡广大人间小。"

鹧鸪天　游鹅湖，醉书酒家壁[①]

春日平原荠菜花，新耕雨后落群鸦。多情白发春无奈，晚日青帘酒易赊[②]。　闲意态，细生涯，牛栏西畔有桑麻。青裙缟袂谁家女[③]，去趁蚕生看外家[④]。

【注释】

①此词淳熙年间闲居江西铅山时所作。鹅湖：山名，在江西铅山县北。因晋末龚氏在此养鹅，故名。

②青帘：酒店市招。赊，欠账。

③青裙缟袂：语本苏轼《於潜女》诗："青裙缟袂於潜女，两足如霜不穿屦。"

④外家：娘家。

程 垓

程垓，字正伯，生卒年不详，四川眉山人，家有拟舫名书舟，故世人称之为书舟。工诗文，能词，尤袤说他的文高于诗词，惜已不传。今存《书舟词》一卷。清冯煦《蒿庵论词》云："程正伯凄婉绵丽，与草窗（周密）所录《绝妙好词》家法相近，故是正锋。"

摊破江城子[①]

娟娟霜月又侵门[②]，对黄昏，怯黄昏。愁把梅花，独自泛清尊[③]。酒又难禁花又恼，漏声远[④]，一更更，总断魂。　断魂，断魂，不堪闻。被半温，香半温。睡也睡也，睡不稳，谁与温存？只有床前红烛伴啼痕。一夜无眠连晓角[⑤]，人瘦也，比梅花，瘦几分[⑥]。

【注释】

①明卓人月《古今词统》卷十一评此词云："妙在没半点男人声息。"

②娟娟：美好貌。王安石《菩萨蛮》："娟娟新月偃。"

③泛：斟满。尊：酒器。清尊：犹言美酒。

④漏：古代以滴水计时之器。即铜壶滴漏。

⑤晓角：清晨的号角声。

⑥"人瘦也"三句：明王世贞《弇州山人词评》："词内'人瘦也，比梅花，瘦几分'，又'天还知道，和天也瘦'，又'莫道不销魂，帘卷西风，人比黄花瘦'，三瘦字俱妙。"

摸鱼儿

掩凄凉，黄昏庭院，角声何处呜咽。矮窗曲屋风灯冷[1]，还是苦寒时节。凝伫切[2]，念翠被熏笼[3]，夜夜成虚设。倚阑愁绝，听风竹声中[4]，犀影帐外[5]，簌簌酿寒轻雪[6]。　　伤心处，却忆当年轻别。梅花满院初发，吹香弄蕊无人见，惟有暮云千叠。情未彻，又谁料而今，好梦分胡越[7]。不堪重说，但记得当初，重门锁处，犹有夜深月。

【注释】

①风灯：防风灯，即灯笼。杜甫《漫成》诗："江月去人只数尺，风灯照夜欲三更。"

②凝伫：《诗词曲语辞汇释》卷五："有为凝想义者，如怀旧念远，悠然神往，凡表想念者属之……程垓《摸鱼儿》词（略），此犹云凝想切，玩'念翠被'句之'念'字可知。"

③熏笼：旧时熏香用具。

④风竹：李衎《竹谱》："一如筀竹，但下边枝叶稀少，至梢则繁茂，摇摇如凤尾。"即凤尾竹。

⑤犀影帐：以犀牛角镇压的帐子。

⑥簌簌：象声词，形容下雪。

⑦胡越：胡在北，越在南，相隔甚远。《淮南子·俶真训》："六合之内，一举而千万里。是故自其异者视之，肝胆胡越；自其同者视之，万物一圈也。"此喻梦中不能相聚。

酷相思[1]

月挂霜林寒欲坠，正门外，催人起[2]。奈离别，如今真个是，欲住也，留无计。欲去也，来无计。　　马上离魂衣上泪，各自个，供憔悴。问江路梅花开也未，春到也，须频寄[3]。人到也，须频寄。

【注释】

①据徐釚《词苑丛谈》云:"作者与锦江(今成都)某妓眷恋甚笃,别时作《酷相思》。"宋词中仅此一调,可见为程垓所创。李调元《雨村词话》评此词云:"以白描见长。"许昂霄《词综偶评》云:"此之谓本色。"

②催人起:指催人上路。

③"问江路"三句:用南朝乐府《西洲曲》中"忆梅下西洲,折梅寄江北"诗意。

卜算子

独自上层楼,楼外青山远。望到斜阳欲尽时,不见西飞雁[①]。　　独自下层楼,楼下蛩声怨[②]。待到黄昏月上时,依旧柔肠断。

【注释】

①西飞雁:相传雁可传递书信(见《汉书·苏武传》)。这里表示主人公热切期待大雁传书。

②蛩:蟋蟀。

虞美人

轻红短白东城路,忆得分襟处[①]。柳丝无赖舞春柔,不系离人只解系离愁[②]。　　如今花谢春将老[③],柳下无人到。月明门外子规啼,唤得人愁争似唤人归[④]。

【注释】

①分襟:指离别。襟,衣襟。

②"柳丝"二句:化用秦观《江城子》"西城杨柳弄春柔,动离忧,泪难收,犹记多情曾为系归舟"之词意。无赖:犹无奈,转为

烦恼多事义。南朝徐陵《乌栖曲》:“唯憎无赖汝南鸡,天河未落犹争啼。”

③春将老:犹春将暮。

④子规:即杜鹃鸟。明卓人月《古今词统》卷八评曰:“前后结,暗相对偶。”

入塞

好思量,正秋风,半夜长。奈银缸一点,耿耿背西窗①。衾又凉,枕又凉②。　露华凄凄月半床③,照得人,真个断肠。窗前谁浸木犀黄④。花也香,梦也香。

【注释】

①银缸:银灯。缸,同“釭”,意即灯。南朝梁萧绎《草名》诗:“金钱买含笑,银缸影梳头。”耿耿:烦躁不安貌。

②衾:被。

③凄凄:谓露华,含有悲伤、凄怆之意。

④木犀:桂花。

忆秦娥

愁无语,黄昏庭院黄梅雨。黄梅雨,新愁一寸,旧愁千缕。　杜鹃叫断空山苦①,相思欲计人何许。人何许,一重云断,一重山阻。

【注释】

①杜鹃:鸟名,白居易《琵琶行》:“其间旦暮闻何物,杜鹃啼血猿哀鸣。”又名杜宇,传说由古蜀帝杜宇失位后之魂变化而生,其鸣声悲哀。左思《蜀都赋》有云:“碧出苌弘之血,鸟生杜宇之魄。”

蔡戡

蔡戡(1141—?),字定夫,莆田(今属福建)人,蔡襄四世孙。孝宗乾道二年(1166)进士。七年,召试馆职,授秘书省正字。八年,知江阴军。淳熙十年(1183),为淮东总领。十一年,为湖广总领。光宗绍熙元年(1190),命知明州,被论罢。五年,为司农卿兼知临安府。又曾权户部侍郎。庆元元年(1195),帅豫章。有《定斋集》(自《永乐大典》辑出),存词3首。

水调歌头　南徐秋阅宴诸将,代老人作①

肃霜靡衰草②,骤雨洗寒空。刀弓斗力增劲③,万马骤西风。细看外围合阵,忽变横斜曲直,妙在指麾中④。号令肃诸将⑤,谈笑听元戎⑥。　坐中客,休笑我,已衰翁。十年重到,今日此会与谁同?差把龙钟鹤发⑦,来时虎头燕颔⑧,年少总英雄。飞镞落金盌⑨,酣醉吸长虹⑩。

【注释】

①南徐:今江苏镇江。秋阅:秋季阅兵。

②肃霜:犹严霜。靡:披靡,倒下。

③斗力:古时以斗石来计算挽弓的力量。朱熹《辛亥二月与赵帅书》:“第斗力必使及格,方许收刺。”

④指麾:同指挥。

⑤肃诸将:令使诸将遵守军纪。肃:整肃,作动词用。

⑥元戎:犹元帅。

⑦龙钟:老态。唐王维《夏日过青龙寺谒操禅师》诗:“龙钟一老翁,徐步谒禅宫。”

⑧虎头燕颔:亦作燕颔虎头,古人以为贵人之相。《后汉书·班超传》:“相者指曰:生燕颔虎颈,飞而食肉,此万里侯相也。”

⑨飞镞：飞箭。镞，箭头。盌：同“碗”，犹射箭之靶。

⑩“酣醉”句：形容酒量之大。南朝宋刘敬叔《异苑》卷一：“晋义熙初，晋陵薛愿，有虹饮其釜澳，须臾翕响便竭。”

石孝友，字次仲，生卒年不详，南昌人。南渡初为太学生，孝宗乾道二年(1166)进士。词作名动一时，有《金谷遗音》一卷。词风俚俗，已有元人散曲气息。

西地锦

回望玉楼金阙[①]，正水遮山隔。风儿又起，雨儿又煞[②]，好愁人天色。　　两岸荻花枫叶，争舞红吹白。中秋过也，重阳近也，作天涯行客。

【注释】

①玉楼金阙：东方朔《海内十洲记》："(昆仑)一角有积金为天墉城，城上安金台五所，玉楼十二所。"这里指南宋京城临安(今杭州)。

②煞：甚、很。唐罗邺《嘉陵江》诗："嘉陵南岸雨初收，江似秋岚不煞流。"赵长卿《水龙吟》："起来思想，当初与你，忒煞容易。"忒煞，太很也。

木兰花

寻春误入桃源洞[①]，草草幽欢聊与共[②]。牢笼风月此时情[③]，做造溪山今夜梦。　　柳蹊未放金丝弄[④]，梅径已经香雪冻。春愁离恨重于山，不信马儿驼得动[⑤]。

【注释】

①桃源洞：有两个典故。晋陶渊明有《桃花源记》，记武陵渔人在桃花源中遇见与世隔绝的秦代人的后裔。又相传汉永平中刘晨、阮肇到天台桃源采药迷路遇二仙女。此用后一事。五

代李存勖《忆仙姿》词："曾宴桃源深洞，一曲舞鸾歌凤。"盖指游冶场所。

②草草：匆忙、急遽。

③牢笼：包罗。风月，风月场中。

④蹊：小路。金丝弄：指刚吐新芽的柳枝。

⑤"春愁"二句：徐案：古人言愁，手法甚多。李清照《武陵春》云："只恐双溪舴艋舟，载不动许多愁。"将愁装在船上。石孝友此处将愁搬上马背，谓"不信马儿驼得动"。至元人王实甫《西厢记》长亭送别，又将愁移在车上，云"量这大小车儿，如何载得起"，愈出愈奇，颇值得借鉴。此语曾听人说起，附载于此。

陈亮

陈亮(1143—1194),字同甫,人称龙川先生,婺江永康(今属浙江)人。为人才气超迈,爱谈论军事。孝宗隆兴初,朝廷多主与金国议和,陈亮独持不可,上《中兴五论》力陈抗金之利。因此触犯当权者,先后三次被谗入狱,遂愤而归家治学十年。光宗绍熙四年(1193)进士第一。授官职,未到任即病逝。哲学上为永康学派之代表,倡事功,反对空谈理性。词作多抒经济之怀,也能在一定程度上反映现实生活。议论带有强烈的感情。风格豪放近稼轩。有《龙川文集》及《龙川词》,存70余首。

水调歌头 送章德茂大卿使虏①

不见南师久②,谩说北群空③。当场只手④,毕竟还我万夫雄。自笑堂堂汉使⑤,得似洋洋河水⑥,依旧只流东!且复穹庐拜⑦,会向藁街逢⑧。　　尧之都,舜之壤,禹之封⑨,于中应有、一个半个耻臣戎⑩。万里腥膻如许⑪,千古英灵安在⑫?磅礴几时通⑬?胡运何须问⑭,赫日自当中⑮。

【注释】

①据陆九渊《象山先生全集》年谱五十四岁谱文,章德茂即章森。又据《金史·交聘表》:大定二十六年(1186)三月,"宋试户部尚书章森、容州观察使吴曦等贺万春节。"虏:对金国人的蔑称。案《宋史·孝宗纪》淳熙十二年(1185)十一月壬辰:"遣章森等贺金主生辰。"词即作于此时。章为试户部尚书,故称大卿。清李调元《雨村词话》卷三云:"陈同甫无媚词,与稼轩同唱和,笔亦近之。余甚爱其《水调歌头》一阕……读之令人神往。"

②"不见"二句:南师,南宋军队。词人《上孝宗皇帝第一书》:"南师之不出,于今几年矣。河洛腥膻,而天地之正气抑郁

而不得泄。”

③北群空：指没有良马，比喻没有良将。唐韩愈《送温处士赴洛阳军序》云：“伯乐一过冀北之野，而马群遂空……吾所谓空，非无马也，无良马也。”

④只手：犹擎天手，独当一面，独力支撑。

⑤自笑：犹自喜。汉使：指宋朝使者章德茂。

⑥洋洋河水：《诗经·卫风·硕人》：“河水洋洋。”此指黄河水东流不返，比喻章森的忠节自守。

⑦穹（qióng）庐拜：指向金主拜见。穹庐，毡帐。

⑧藁（gǎo）街：长安城内，外族居住街区。据《汉书·陈汤传》，陈汤出使西域，矫命发兵斩郅支单于，奏请：“悬头藁街蛮夷邸间，以示万里明犯强汉者，虽远必诛。”

⑨“尧之都”三句：谓尧之京都，舜的国土，禹的封疆。清陈廷焯《白雨斋词话》卷一评曰：“精警奇肆，几于握拳透爪。可作中兴露布读，就词论，则非高调。”

⑩耻臣戎：耻于向金人称臣。戎：泛指我国西北部诸少数民族。

⑪腥膻：腥膻气味，这里指国土被金人占领。

⑫英灵：指历来保卫祖国的英雄之魂。

⑬磅礴：盛大貌。这里指英灵的伟业。

⑭胡运：指金人的命运。

⑮赫日：赤色鲜艳的太阳，比喻宋朝。

桂枝香 观木樨有感寄吕郎中[①]

天高气肃[②]，正月色分明，秋容新沐。桂子初收[③]，三十六宫都足[④]。不辞散落人间去，怕群花、自嫌凡俗。向他秋晚，唤回春意，几曾幽独。　　是天上，余香剩馥[⑤]。怪一树香风，十里相续。坐对花旁，但见色浮金粟[⑥]。芙蓉只解添秋思[⑦]，况东篱、凄凉黄菊[⑧]。入时太浅，背时太远，爱寻高躅⑨。

【注释】

①木樨：桂花。吕郎中，吕祖谦字伯恭，孝宗淳熙六年(1179)，权户部郎中。后居金华，与陈亮交谊甚厚。

②气肃：天气肃爽。

③桂子：桂花，孟棨《本事诗·征异》：唐宋之问《灵隐寺》诗："桂子月中落，天香云外飘。"

④三十六宫：比喻宫殿之多。唐骆宾王《帝京篇》："秦塞重关一百二，汉家离宫三十六。"

⑤剩馥：余香。

⑥金粟：桂花的别称，因色如金黄，花小如粟，故称。

⑦芙蓉：此指木芙蓉，秋季开花，与桂花开时相近。

⑧"况东篱"二句：晋陶渊明《饮酒》诗："采菊东篱下，悠然见南山。"

⑨高躅：高尚的行迹。张耒《病暑赋》："知其无奈何而安之兮，乃圣贤之高躅。"

贺新郎 寄辛幼安，和见怀韵[1]

老去凭谁说？看几番，神奇臭腐[2]，夏裘冬葛[3]。父老长安今余几[4]？后死无仇可雪[5]。犹未燥，当时生发[6]！二十五弦多少恨[7]，算世间，那有平分月[8]！胡妇弄，汉宫瑟[9]。　　树犹如此堪重别[10]！只使君[11]、从来与我，话头多合。行矣置之无足问，谁换妍皮痴骨[12]？但莫使伯牙弦绝[13]！九转丹砂牢拾取[14]，管精金、只是寻常铁[15]。龙共虎，应声裂[16]。

【注释】

①辛幼安：辛弃疾。辛弃疾作《贺新郎》词，陈亮去信索阅。

辛序云:“心所同然者如此,可发千里一笑。”此词作于淳熙十五年(1188)冬,陈辛两人在江西上饶鹅湖相聚之后。彼此意气相投,陈亮作三首,辛弃疾两首。和:唱和。刘熙载《艺概》评云:“陈同甫与稼轩为友,其人相若,其词亦相似。”

②神奇臭腐:指事物相互转化。《庄子·知北游》:“臭腐复化为神奇,神奇复化为臭腐。”

③夏裘冬葛:指反常乖戾,夏天穿皮裘,冬天衣麻葛。语本《淮南子》。

④长安:汉唐时京城,这里借指北宋之汴京,泛指金人占领区。

⑤后死:后死者。

⑥“犹未燥”两句:作者《中兴论》云:“昔(南朝)宋文帝欲取河南故地,魏太武(拓跋焘)以为我自生发未燥,即知河南是我境土,安得为南朝故地?故文帝既得而复失之。”此喻从小便知汴京是宋代故土。

⑦二十五弦:古乐器。指琵琶。这里借汉王昭君怀抱琵琶出塞和亲事批评南宋主和政策。

⑧平分月:比喻国土不可分裂。

⑨胡妇弄,汉宫瑟:比喻金人占领宋土,属于事理颠倒。

⑩树犹如此:用《世说新语》载桓温北伐典。桓温北伐经过金城,见前所植柳树已有十围之粗,叹曰:“木犹如此,人何以堪!”

⑪使君:指辛幼安。

⑫妍皮痴骨:古谚云:“妍皮不裹痴骨。”见《晋书·慕容超载记》。谓外美不必内秀。词人力主抗金统一,被视为“狂怪”,因以自嘲。

⑬伯牙弦绝:用俞伯牙、钟子期故事。参见贺铸《小梅花·思前别》注④。

⑭九转丹砂:即九转金丹,道家谓炼金丹,以九转为贵。《抱朴子·金丹》:“九转之丹,服之三日得仙。”

⑮“管精金”两句:谓尽管是精金也是寻常铁炼成的。

⑯“龙共虎”两句：谓只要功夫一到，龙虎丹自会炼成，比喻胜利时刻终能来到。

念奴娇 登多景楼[①]

危楼还望[②]，叹此意、今古几人曾会[③]？鬼设神施，浑认作[④]、天限南疆北界[⑤]。一水横陈，连岗三面，做出争雄势[⑥]。六朝何事[⑦]，只成门户私计[⑧]？　因笑王谢诸人，登高怀远，也学英雄涕[⑨]。凭却江山，管不到，河洛腥膻无际[⑩]。正好长驱，不须反顾，寻取中流誓[⑪]。小儿破贼[⑫]，势成宁问彊对[⑬]。

【注释】

①此词清冯煦《蒿庵论词》云：“龙川痛心北虏，亦屡见于辞。如……《念奴娇》云：‘因笑王谢诸人，登高怀远，也学英雄涕。’……忠愤之气，随笔而出，并足唤醒当时聋聩，正不必论词之工拙也。”多景楼：在江苏镇江北固山上甘露寺内。

②危楼：高楼。还：通环。还望：犹四望。

③会：理解，会意。

④鬼设神施：形容江山地形之险峻，非人工所能构造。浑：全、都。

⑤天限：天然的界限。指以长江分界。

⑥峥嵘：高峻貌。以上三句，形容北固山的险峻。

⑦六朝：吴、东晋、宋、齐、梁、陈，都偏安江南，建都建康（今南京），世称六朝。

⑧门户私计：少数人的私下打算。

⑨王谢：王谢为东晋两大士族。王指王导，谢指谢安。《世说新语·言语》：“过江诸人，每至暇日，辄相邀新亭……周顗中坐而叹，皆相视流涕，王（导）丞相愀然变色，曰：‘当共戮力王室，克复神州，何至作楚囚相对（泣）耶？’”

⑩凭却：凭藉。河洛：黄河、洛水，此句指中原被金人占领。“江山”，一作“长江”。

⑪中流誓：《晋书·祖逖传》载祖逖统师北伐，“渡江，中流击楫而誓曰：祖逖不能清中原而复济者，有如大江”。

⑫小儿破贼：《通鉴》记淝水之战：“谢安得驿书，知秦兵已败。时方与客围棋，摄书置床上，了无喜色，围棋如故。客问之，徐答曰：‘小儿辈遂已破贼。’”破秦兵者为谢安之弟石和侄玄，故戏称。

⑬宁：岂，难道。彊对：犹劲敌。《三国志·陆逊传》：“刘备天下知名，今在境界。此彊对也。”指强劲的对手。彊，通“强”。“彊对”，《全宋词》作“疆埸”，出韵，误。

鹧鸪天 怀王道甫[①]

落魄行歌记昔游[②]，头颅如许尚何求。心肝吐尽无余事，口腹安然岂远谋[③]！　才怕暑，又伤秋。天涯梦断有书不？大都眼孔新来浅，羡尔微官作计周[④]。

【注释】

①王道甫：名自中，浙江平阳人，“少负奇气，自立崖岸”，与陈亮气类相近，而与之作刘琨、祖逖之交。后仕途坎坷，夙志渐泯。（《宋史》本传）

②“落魄”二句：据赵令畤《侯鲭录》卷六，真宗时，隐士杨朴应召赴官，其妻作诗送之曰：“更须落魄贪杯酒，亦莫猖狂爱咏诗。今日捉将官里去，这回断送老头皮。”此处化用此诗，自喻头颅已老，还有何求。因作者曾上《中兴五论》，又三次下狱，故借此以发牢骚。行歌：同行吟，漫步歌吟，怡然自得貌。

③口腹：指温饱衣食之类。《宋史·陈亮传》：“书既上，帝欲官之，亮笑曰：‘吾欲为社稷开数百年之基，宁用以博一官乎！’亟渡江而归。”

④作计周：作计，打算。汉乐府《焦仲卿妻》有句云："举言谓阿妹，作计何不量。"周，周密，周到。

点绛唇 咏梅月

一夜相思，水边清浅横枝瘦[1]。小窗如昼，情共香俱透。　清入梦魂，千里人长久[2]。君知否？雨僝云僽[3]，格调还依旧[4]。

【注释】

①"水边"句：化用林逋《山园小梅》："疏影横斜水清浅，暗香浮动月黄昏"。

②"千里"句：化用苏轼《水调歌头》："但愿人长久，千里共婵娟。"

③僝僽(zhòu)：埋怨、折磨、烦恼。黄庭坚《宴桃源》诗云："天气把人僝僽，落絮游丝时候。"

④格调：风格品质。

小重山

碧幕霞绡一缕红[1]。槐枝啼宿鸟[2]，冷烟浓。小楼愁倚画阑东。黄昏月，一笛碧云风。　往事已成空。梦魂飞不到，楚王宫[3]。翠绡和泪暗偷封[4]。江南阔，无处觅征鸿[5]。

【注释】

①绡：生丝织成的薄纱、薄绢。此句化用贺铸《浣溪沙》："楼角红绡一缕霞。"

②宿鸟：住宿过夜之鸟。

③楚王宫：借指宋王朝的宫廷。

④“翠绡”句：张君房《丽情集》：“灼灼，锦城官妓也。善舞柘枝，能歌水调，御史裴质与之善。裴召还，灼灼每遣人以软绡聚红泪为赠。”此用其意。

⑤征鸿：远飞的大雁。古人以为大雁可以捎带音信。

一丛花　溪堂玩月作[①]

冰轮斜辗镜天长[②]。江练隐寒光[③]。危阑醉倚人如画[④]，隔烟村，何处鸣榔[⑤]？乌鹊倦栖，鱼龙惊起，星斗挂垂杨。　　芦花千顷水微茫。秋色满江乡。楼台恍似游仙梦，又疑是、洛浦潇湘[⑥]。风露浩然，山河影转，今古照凄凉。

【注释】

①溪堂：临水之堂。

②冰轮：月亮。唐朱庆余《十六夜月》诗：“昨夜忽已过，冰轮已觉亏。”镜天长：镜天，水中长天。

③江练：南齐谢朓《晚登三山还望京邑》诗：“余霞散成绮，澄江静如练。”练，白色绸带。

④危阑：高楼的栏杆。

⑤鸣榔：榔，捕鱼辅助工具。用长木条敲击船板，驱鱼入网，谓之鸣榔。

⑥洛浦：洛水之滨。汉张衡《思玄赋》：“召洛浦之宓妃。”三国魏曹植作《洛神赋》，谓在洛水之滨遇见洛水女神宓妃。潇湘：水名，在湖南境内。

水龙吟　春恨[①]

闹花深处层楼[②]，画帘半卷东风软。春归翠陌，平沙茸嫩，垂杨金浅[3]。迟日催花[4]，淡云阁雨，轻寒轻暖。恨芳菲世界，游人未赏，都付与莺和燕[5]。　　寂寞凭高念远，向南楼，一声归雁。金钗斗草[6]，青丝勒马，风流云散。罗绶分香[7]，翠绡封泪[8]，几多幽怨！正销魂，又是疏烟淡月，子规声断[9]。

【注释】

①明李攀龙评此词云："春光如许，游赏无方，但愁恨难消，不无触物生情。"清刘熙载《艺概》云："同甫《水龙吟》云'恨芳菲世界……'言近旨远，直有宗（泽）留守大呼渡河之意。"清徐钪《词苑丛谈》云："陈同父开拓万古之心胸，推倒一世之豪杰，其《水龙吟》词，乃复幽秀。"

②闹花：犹繁花。宋祁《玉楼春》："红杏枝头春意闹"。

③金浅：犹淡黄色。

④迟日：指春日。《诗经·豳风·七月》："春日迟迟。"注："迟，舒缓貌"。

⑤"恨芳菲"三句：清沈祥龙《论词随笔》云："感时之作，必借景以形之。"并谓此三句，"不言正意，而言外有无穷感慨。"

⑥金钗斗草：以金钗作赌注，古代闺中游戏。南朝梁宗懔《荆楚岁时记》："五月五日，有斗百草之戏。"宋人于二月斗草。见晏殊《破阵子》注②。

⑦罗绶分香：谓以罗带贮香赠人。罗绶即罗带。

⑧"翠绡"句：见前《小重山》注④。

⑨子规：杜鹃，鸣声凄厉，启人思乡之情。相传为古蜀帝杜宇失位后之魂所化，又名杜宇。

虞美人　春愁[1]

东风荡飏轻云缕[2]，时送萧萧雨。水边台榭燕新归，一口香泥，湿带落花飞[3]。　　海棠糁径铺香绣，依旧成春瘦[4]。黄昏庭院柳啼鸦。记得那人，和月折梨花[5]。

【注释】

①此词清王奕清《历代词话》卷八谓此首："盖《虞美人》词也，陈龙川好谈天下大略，以气节自居，而词亦疏荡有致。"

②荡飏：犹荡漾，飘荡起伏貌。

③台榭：建筑于高台上四边敞开的小楼阁。

④"海棠"二句：糁(sǎn)：煮熟的米粒。比喻小路上的落花。词境似李清照《如梦令》："昨夜风疏雨骤，浓睡不消残酒。借问卷帘人，却道海棠依旧。知否，知否？应是绿肥红瘦。"

⑤"记得"二句：化用贺铸《浣溪沙》："楼角初销一缕霞，玉人和月摘梅花。"

思佳客 春感[1]

花拂阑干柳拂空，花枝绰约柳鬟松[2]。蝶翻淡碧低边影，莺啭浓香杪处风[3]。　　深院落，小帘栊[4]，寻芳犹忆旧相逢。桥边携手归来路，踏皱残花几片红。

【注释】

①徐案，人言其词多豪放，此词则婉约有致，颇堪吟味。

②绰约：柔美貌。柳鬟松：柳树枝像环形发髻那样蓬松。

③蝶翻：蝴蝶翻飞。莺啭：莺啼。杪：树梢。

④栊：挂帘的窗上横木。

杨炎正(1145—?),字济翁,庐陵(今江西吉安)人。杨万里族弟。庆元二年(1196)进士,后曾任大理司直,知藤、琼州。其词作大都风致清爽,也有感伤时事之作,苍凉沉郁,风格与辛弃疾较为接近,有词集名《西樵语业》。《四库全书提要》称其"纵横排奡之气,虽不足敌辛弃疾,而屏绝艳秾,自抒新俊,非俗艳所比"。

水调歌头　登多景楼[1]

寒眼乱空阔,客意不胜秋。强呼斗酒,发兴特上最高楼。舒卷江山图画,应答龙鱼悲啸[2],不暇顾诗愁。风露巧欺客,分冷入衣裘。　忽醒然,成感慨,望神州[3]。可怜报国无路,空白一分头。都把平生意气,只做如今憔悴,岁晚若为谋[4]。此意仗江月,分付与沙鸥[5]。

【注释】

①清张德瀛《词徵》卷四评此词曰:"所谓拔地倚天,句句欲活者。"多景楼:在江苏镇江北固山甘露寺内,北临长江。淳熙五年(1178)作者与辛弃疾同舟过镇江,登多景楼而作此词,辛有和作"落日塞尘起"。

②"舒卷"二句:谓登高望远,眼前壮丽江山景色如长卷画图舒展,似与大江波涛中龙鱼悲啸相唱和。

③神州:中国的别称,此指为金人所占的中原地区。

④若为谋:怎么办。

⑤沙鸥:一种水鸟。

蝶恋花　别范南伯[1]

离恨做成春夜雨。添得春江,划地东流去[2]。弱柳系船都不住，为君愁绝听鸣舻[3]。　　君到南徐芳草渡。相得寻春，依旧当年路。后夜独怜回首处。乱山遮隔无重数。

【注释】

①清况周颐《蕙风词话》卷二评此词云："婉曲而近沉着，新颖而不穿凿，于词为正中之上乘。"范南伯：名如山，邢台人，曾为辰州卢溪县令，改摄江陵之公安，治官犹治家，爱民如子。其妹嫁与辛弃疾，与杨炎正交往甚多。此词为送范南伯去南徐（今江苏镇江）而作。

②刬（chǎn）地：《诗词曲语辞汇释》卷四："刬地，犹云只是也；引申之，则犹云依旧或照样也；到底也；一派或一味也……辛弃疾《临江仙》词《戏为期思詹老寿》：'七十五年无事客，不妨两鬓如霜。绿窗刬地调红妆。更从今日醉，三万六千场。'此当作依旧或照样解。"

③舻：同"橹"。鸣橹，指船橹在水中摇动声。

蝶恋花　稼轩坐间作，首句用丘六书中语[1]

点检笙歌多酿酒[2]。不放东风，独自迷杨柳。院院翠阴停永昼，曲栏随处堪垂手。　　昨日解酲今夕又[3]。消得情怀，长被春僝僽[4]。门外马嘶人去后，乱红不管花消瘦。

【注释】

①稼轩：辛弃疾之号。丘六，名崈，字宗卿，江阴（今属江苏）人，孝宗隆兴元年（1163）进士，曾为建康府观察推官，除国子博士，官至同枢密院事。曾与辛弃疾唱和，有《文定公词》。

②点检：清理。《旧唐书·武宗纪》："各差官点检收抽，不得容诸色人影占。"晏殊《玉楼春》："当时共我看花人，点检如今

无一半。”

③酲：酒病。

④僝僽（chán zhòu）：《诗词曲语辞汇释》卷五（二）：“僝僽，犹云恼乱也，摆布也。”并举此句为例，云：“消得，犹云禁得，此反语。”又王质《清平乐·梅影》：“从来清瘦，更被春僝僽。”

张　镃

张镃(1153—1211)，字功甫，一字时可，号约斋，先世成纪(今甘肃天水)人，居临安(今浙江杭州)，名将张俊之曾孙。淳熙五年(1178)，历官大理司直、直秘阁、婺州通判。开禧三年(1207)为司农少卿，坐事追两官送广德军居住。嘉定四年(1211)，坐扇挫国本，被除名象州编管。工画竹石古木，善诗词，家畜营妓，以供唱词。据周密《齐东野语》卷二十《张公甫豪侈》载："王简卿尝赴牡丹会……群姬以酒肴丝竹，次第而至。别有名姬十辈皆衣白，凡首饰衣领皆牡丹……别十姬，易服与花而出……歌者乐者，无虑数百十人。"有《南湖集》《玉照堂词》。

满庭芳　促织儿①

月洗高梧②，露漙幽草③，宝钗楼外秋深④。土花沿翠⑤，萤火坠墙阴。静听寒声断续，微韵转，凄咽悲沉。争求侣，殷勤劝织，促破晓机心⑥。　　儿时，曾记得，呼灯灌穴，敛步随音⑦。任满身花影，犹自追寻。携向画堂戏斗，亭台小，笼巧妆金。今休说，从渠床下，凉夜伴孤吟。

【注释】

①促织儿：即蟋蟀。此为咏促织名篇。据姜夔《齐天乐》小序记载，庆元二年(1196)词人与姜白石在张达可家饮酒，闻促织声有感，固以促织为题，同时填词，付歌伎演唱。张镃首先写成本篇，姜夔继声。清沈雄《古今词话·词评》："'月洗高梧'一阕，乃咏物之入神者。"近人郑文焯《校白石道人歌曲批语》云，此词"清隽幽美，实擅词家能事，有观止之叹"。

②洗：犹照，月光如水泻，故云。

③漙(tuán)：露多貌。

④宝钗楼：在陕西，见前辛弃疾《祝英台近》注。

⑤土花：青苔、苔藓。

⑥劝织：陆玑《毛诗草木鸟兽虫鱼疏》："里语曰：趣(同促)织鸣，懒妇惊。"蟋蟀鸣声表示天气转凉，劝思妇及早准备寒衣。

⑦敛步：约束脚步。谓轻手轻脚，以免惊动蟋蟀。

宴山亭

幽梦初回，重阴未开，晓色吹成疏雨。竹槛气寒，蕙畹声摇①，新绿暗通南浦②。未有人行，才半启、回廊朱户。无绪。空望极霓旌③，锦书难据④。　　苔径追忆曾游，念谁伴、秋千彩绳芳柱。犀奁黛卷⑤，凤枕云孤，应也几番凝伫⑥。怎得伊来，花雾绕小堂深处。留住。直到老，不教归去。

【注释】

①蕙：香草名。畹：古代土地面积单位，一说十二亩，一说三十亩，此泛指园地。声摇：指风吹和雨声。

②南浦：南面的水边。《楚辞·九歌·河伯》："送美人兮南浦。"后常以称送别之地。

③霓旌：彩色旗。此当借指远行的人。

④锦书：书信。《晋书》载窦滔妻苏氏织锦为回文诗以赠其夫。

⑤奁(lián)：盒，古代盛放梳妆用品的器具。黛：青绿的画眉颜料。

⑥凝伫：有所思虑、期待而立着不动。

刘　过

刘过(1154—1206),字改之,号龙洲道人,吉州太和(今江西泰和)人。曾伏阙上书,力陈恢复方略,未被采纳,长期流落江湖。曾为辛弃疾幕府,常以词唱和。词作多写其政治抱负及怀才不遇的感叹。黄昇《中兴以来绝妙好词选》称"其词多壮语,盖学稼轩也"。刘熙载《艺概》称"刘改之词,狂逸中自饶俊致,虽沉着不及稼轩,足以自成一家。"有《龙洲集》《龙洲词》。

沁园春　寄辛承旨,时承旨召,不赴[①]

斗酒彘肩[②],风雨渡江[③],岂不快哉?被香山居士,约林和靖,与东坡老,驾勒吾回[④]。坡谓"西湖,正如西子,浓抹淡妆临镜台"[⑤]。二公者,皆掉头不顾,只管衔杯[⑥]。　　白云"天竺飞来,图画里峥嵘楼观开。爱东西双涧,纵横水绕;两峰南北,高下云堆"[⑦]。逋曰"不然,暗香浮动,争似孤山先探梅"[⑧]。须晴去,访稼轩未晚,且此徘徊[⑨]。

【注释】

①题序一作:"风雪中欲诣稼轩,久寓湖上,未能一往,因赋此词以自解。"(见《宋六十名家词》)辛承旨,指辛弃疾,辛曾被任为枢密都承旨,但"未受命而卒";且刘过比辛早逝一年,可见"承旨"云云,或系后人所加。岳珂《桯史》卷二谓"词语峻拔,如尾腔对偶错综,盖出唐王勃体又变之。"俞文豹《吹剑录》云:"此词虽粗刺而局段高。"

②斗酒彘肩:《史记·项羽本纪》:"项王曰:'壮士!赐之卮酒!'则与斗卮酒,(樊)哙拜谢,起,立而饮之。项王曰:'赐之彘肩!'则与一生彘肩。樊哙覆其盾于地,加彘肩上,拔剑切而啖之。"彘肩:猪肘。

③渡江:指渡钱塘江赴绍兴。岳珂《桯史》:嘉泰三年

(1203)，作者在杭州，辛弃疾来信约他去绍兴，因事无法赴约，乃以此词作复。“辛得之，大喜，致馈数千百，竟邀之去，馆燕弥月。”

④香山居士：唐诗人白居易。林和靖：林逋。东坡老：苏轼。

⑤“坡谓”三句：化用苏东坡《饮湖上初晴后雨》：“欲把西湖比西子，浓妆淡抹总相宜。”

⑥二公：指白、林两位。衔杯：指喝酒。

⑦“白云”数句：白居易在杭州所作诗句有“楼殿参差倚夕阳”，“湖上春来似画图”，“东涧水流西涧水，南山云起北山云”等句。天竺：杭州山名。白居易有《留题天竺灵隐两寺》诗，云“在郡六百日，入山十二回”。

⑧“逋曰”三句：化用林逋《山园小梅》“疏影横斜水清浅，暗香浮动月黄昏”。孤山，在杭州里、外西湖之间，林逋隐居于此，种梅养鹤。

⑨末三句：似作者自白，又似三人劝说，迷离恍惚。

沁园春　张路分秋阅[1]

万马不嘶，一声寒角，令行柳营[2]。见秋原如掌[3]，枪刀突出；星驰铁骑[4]，阵势纵横。人在油幢[5]，戎韬总制[6]，羽扇从容裘带轻[7]。君知否，是山西将种[8]，曾系诗盟[9]。　龙蛇纸上飞腾，看落笔、四筵风雨惊[10]。便尘沙出塞，封侯万里；印金如斗，未惬平生[11]。拂拭腰间，吹毛剑在，不斩楼兰心不平[12]。归来晚，听随军鼓吹，已带边声。

【注释】

①路分：官名，即路分都监，掌管本路禁旅屯戍、边防、训练等军务的官员。张路分，不详。据邵晋涵《龙洲道人诗集序》记载：“宋自和议既成，士大夫皆厌厌无生气，独龙洲以布衣慷慨游历兵间，不忘恢复，伏阙上书，指陈无顾忌，有国士之风。”秋

阅：秋天阅兵。

②角：军号。柳营：军营，汉周亚夫治军严明，曾营于细柳，因称军营为柳营。

③秋原：秋天的原野，指阅兵地。

④星驰：形容快捷。

⑤油幢：军用帐幕。

⑥戎韬：军事韬略。

⑦“羽扇”句：称誉张路分的儒将风度，用三国诸葛亮常以羽扇指挥三军和晋羊祜轻裘缓带以临阵故事。

⑧山西将种：《汉书·赵充国传》：“秦汉以来，山东出相，山西出将。”

⑨诗盟：以诗结盟。

⑩龙蛇：指草书。两句化用李白“时时只见龙蛇走”（《草书歌》）、杜甫“笔落惊风雨，诗成泣鬼神”（《寄李十二白二十韵》）和“高谈雄辩惊四座”（《八仙歌》）等句。

⑪“封侯”二句：《后汉书·班超传》载，班超欲投笔从戎，曰“大丈夫当……立功异域，以取封侯”。又《世说新语·尤悔》：“今年杀诸贼奴，当取金印如斗大系肘后。”

⑫“吹毛”二句：唐卢纶《难绾刀歌》：“吹毛可试不可触。”谓刀极其锋利。不斩楼兰：用西汉傅介子计斩楼兰王典（《汉书·傅介子传》）。楼兰：西域汉代鄯善国。常遮东汉使，故欲破其楼兰古城。唐王昌龄《从军行》：“黄沙百战穿金甲，不破楼兰誓不还。”

糖多令

安远楼小集，侑觞歌板之姬黄其姓者，乞词于龙洲道人，为赋此《糖多令》。同柳阜之、刘去非、石民瞻、周嘉仲、陈孟参、孟容，时八月五日也①。

芦叶满汀洲[2]，寒沙带浅流。二十年，重过南楼[3]。柳下系舟犹未隐，能几日，又中秋。　　黄鹤断矶头[4]，故人今在不？旧江山，浑是新愁[5]。欲买桂花同载酒，终不是，少年游！

【注释】

①此词似作于开禧年间（1205—1206），时韩侂胄经启边衅，词人哀时伤乱，遂有此作。清先著《词洁》誉为"数百年绝作"，追和者甚众。一本题作"重过武昌"。武昌今属湖北武汉市。安远楼：在武昌黄鹤（鹄）山。据姜夔《翠楼吟》题序，此楼建于淳熙丙午（1186）冬。柳阜之诸人，均不详。

②汀洲：水中小洲。

③"二十年"句：淳熙十三年（1186）安远楼落成不久，刘过赴试途中经武昌，赋《浣溪沙》云："黄鹤楼前识楚卿，彩云重叠拥娉婷。"至此时约二十年。南楼：即安远楼。

④黄鹤：崔颢《黄鹤楼》："昔人已乘黄鹤去，此地空余黄鹤楼。"矶：水边石滩或突出的大石。

⑤浑是：到处都是。明李攀龙《草堂诗余隽》评云："因黄鹤楼再游而追忆故人不在，遂举目有江山之感，词意何等凄怆！又云'系舟未稳'，'旧江山，浑是新愁'，读之下泪。"

贺新郎[1]

老去相如倦，向文君[2]、说似而今，怎生消遣？衣袂京尘曾染处[3]，空有香红尚软。料彼此、魂销肠断。一枕新凉眠客舍，听梧桐疏雨秋声颤。灯晕冷，记初见。

楼低不放珠帘卷。晚妆残，翠钿狼藉[4]，泪痕凝面。人道愁来须殢酒[5]，无奈愁深酒浅。但寄兴、焦琴纨扇[6]。莫鼓琵琶江上曲，怕荻花枫叶俱凄怨[7]。云万叠，寸心远。

自跋：壬子春[8]，余试牒四明[9]，赋赠老娼，至今天下与禁中皆歌之[10]。江西人来，以为邓秀南词，非也。

【注释】

①清许昂霄《词综偶评》评此词云："青山憔悴，红粉飘零，千古一泪。"清陈廷焯《词则》云此词"亦只从'同是天涯沦落人'化出，而波澜转折，悲感无端。改之艳词中最雅者"。

②相如、文君：汉代司马相如、卓文君。《史记·司马相如列传》载：文君为卓王孙女，有文学，新寡。司马相如饮于卓氏，以琴心挑之，文君夜奔相如。因家贫，相如卖酒，文君当垆。这里比喻作者与女主角。

③衣袂(mèi)：衣袖。染：同沾。此句化用晋陆机《赠顾彦先》诗"京洛多风尘，素衣化为缁"语意。

④钿：花朵形首饰。

⑤殢(tì)酒：酒病、困酒。此句化用秦观《满庭芳》(碧水惊秋)："谩道愁须殢酒，酒未醒，愁已先回。"

⑥焦琴：焦尾琴。《后汉书·蔡邕传》载：邕闻人烧桐火烈之声，知为良木，因裁为琴，果有佳音，而其尾犹焦，故称。纨扇：细绸制成的团扇。陆机《婕妤怨》："寄情在玉阶，托意惟纨扇。"

⑦"莫鼓"两句：唐白居易在浔阳江上听商妇弹琵琶，因作《琵琶行》，云："浔阳江头夜送客，枫叶荻花秋瑟瑟……忽闻水上琵琶声，主人忘归客不发。"

⑧壬子：绍熙三年(1192)。此为作此词之时。

⑨四明：宋明州、庆元府之别称，今浙江宁波，境内有四明山。

⑩禁中：皇宫。

柳梢青 送庐梅坡[1]

泛菊杯深，吹梅角远，同在京城[2]。聚散匆匆，云边孤雁，水上浮萍。　　教人怎不伤情，觉几度、魂飞梦惊。后夜相思，尘随马去，月逐舟行[3]。

【注释】

①卢梅坡：不详。

②京城：指临安（杭州）。

③“尘随”二句：化用唐苏味道《正月十五夜》诗：“暗尘随马去，明月逐人来。”

四字令[1]

情深意真，眉长鬓青。小楼明月调筝[2]，写春风数声[3]。　　思君忆君，魂牵梦萦。翠绡香暖云屏，更那堪酒醒[4]。

【注释】

①《全宋词》案：此首别作刘克庄词，见《啸余谱》卷二。

②筝：古筝，弦乐器，其声沉厚而悠扬。

③写：犹弹奏。此句谓筝声似春风般和暖舒畅，令人愉悦。

④“翠绡”二句：元陆辅之《词旨》评为“警句”。云屏：云母石制成的屏风。

贺新郎

弹铗西来路[1]，记匆匆、经行十日，几番风雨。梦里寻秋秋不见，秋在平芜远树。雁信落、家山何处[2]。万里西风吹客鬓，把菱花[3]、自笑人如许。留不住，少年去。　　男儿事业无凭据[4]，记当年、悲歌击楫[5]，酒酣箕踞[6]。腰下光铓三尺剑，时解挑灯夜语。谁更识、此时情绪？唤起杜陵风月手，写江东渭北相思句[7]。歌此恨，慰羁旅。

【注释】

①弹铗：弹击剑把。《战国策·齐策》载，齐孟尝君之食客冯谖弹铗而歌："长铗归来乎！食无鱼。"叹息怀才不遇而欲归去。后孟尝君改善了对他的待遇，果然发挥了重大作用。此喻自己作幕生涯。西来路：作者四处陈词，力主收复中原，曾溯江西上，至武昌、襄阳。

②雁信：雁传书信，事见《汉书·苏武传》。

③菱花：镜子。

④男儿事业：作者《盱眙行》云："何不夜投将军扉，劝上征鞍鞭四夷。沧海可填山可移，男儿志气当如斯。"可作此句注脚。

⑤击楫：用晋人祖逖中流击楫而誓事。见《晋书·祖逖传》。

⑥酒酣箕踞：魏人阮籍在权贵司马昭举行的宴会上"箕踞啸歌，酣放自若"。（见《世说新语·简傲》）箕踞：双膝微曲而坐，形状如箕。

⑦"唤起"二句：杜陵，唐杜甫在长安杜陵附近住过，自称"杜陵野客"。风月，一本作"风雨"。杜甫《寄李十二白二十韵》云："笔落惊风雨，诗成泣鬼神。"又《春日怀李白》云："渭北春天树，江东日暮云。何时一樽酒，重与细论文。"

六州歌头 题岳鄂王庙[1]

中兴诸将[2]，谁是万人英？身草莽[3]，人虽死，气填膺，尚如生。年少起河朔[4]，弓两石[5]，剑三尺，定襄汉，开虢洛[6]，洗洞庭[7]。北望帝京[8]，狡兔依然在，良犬先烹[9]。过旧时营垒，荆鄂有遗民[10]。忆故将军，泪如倾。

说当年事，知恨苦，不奉诏[11]，伪耶真？臣有罪，陛下圣，可鉴临[12]，一片心。万古分茅土[13]，终不到，旧奸臣。人世夜，白日照，忽开明。衮佩冕圭百拜[14]，九泉下，荣感君恩。看年年三月，满地野花春，卤簿迎神[15]。

【注释】

①岳鄂王庙：《宋史》载，宁宗嘉泰四年（1204）追封岳飞为鄂王。周密《武陵旧事》卷五谓杭州栖霞领下有岳王墓，注云"岳武穆所葬，其子云亦祔焉"。今称岳坟。

②中兴：宋高宗绍兴年间称中兴时期。

③身草莽：谓岳飞出身于平民与行伍。

④河朔：指河北。岳飞为相州汤阴（今河北正定）人。

⑤石（dàn）：一石十斗，古时为一百二十斤。此指弯弓力度。

⑥"定襄汉"二句：岳飞曾破金兵与伪齐联合进攻，收复襄阳等地，后又进驻朱仙镇，开拓虢（guó）州（今河南西部）洛阳（今属河南）新局面。

⑦洗洞庭：指岳飞镇压杨幺等洞庭湖地区农民起义。

⑧帝京：指北宋旧都汴京。

⑨"狡兔"二句：《韩非子·六微》："狡兔尽则良犬烹，敌国灭则谋臣亡。"《史记·越王勾践世家》："范蠡遂去，自齐遗大夫种书曰：'蜚鸟尽，良弓藏；狡兔死，走狗烹。'"谓事成后即抛弃有功之人。此指岳飞抗金有功，而被杀。

⑩荆鄂：古楚国属地，这里泛指湖北北部被金兵占领的地区。

⑪不奉诏：岳飞率军攻至离开封不远的朱仙镇，朝廷连下十二道金牌召回临安。秦桧等诬岳飞以"不奉诏"罪而加处死。

⑫鉴临：居上视下。

⑬分茅土：即分茅胙土，古时分封诸侯，以白茅裹泥土，象征权力的分享。

⑭衮（gǔn）：古代帝王及上公的礼服。佩：玉制的佩带饰物。冕：古代帝王、诸侯、卿大夫的礼帽，后专指皇冠。圭（guī），

古代贵族朝聘、祭祀时所用玉制礼器。以上指岳飞封王之后的服饰。

⑮卤(lǔ)簿：古时帝王驾出时扈从前后的仪仗队。这里指人们迎岳飞神像的队伍。

六州歌头

镇长淮，一都会，古扬州①。升平日，珠帘十里春风，小红楼②。谁知艰难去，边尘暗，胡马扰③，笙歌散，衣冠渡④，使人愁。屈指细思，血战成何事，万户封侯⑤。但琼花无恙⑥，开落几经秋。故垒荒丘，似含羞。
怅望金陵宅，丹阳郡⑦，山不断绸缪。兴亡梦，荣枯泪，水东流，甚时休？野灶炊烟里，依然是，宿貔貅⑧。叹灯火，今萧索，尚淹留。莫上醉翁亭，看濛濛雨，杨柳丝柔⑨。笑书生无用，富贵拙身谋，骑鹤东游⑩。

【注释】

①镇：镇守。长淮：即淮河。扬州：古九州之一，宋时为淮南东路之首府，今属江苏。南宋前期被金兵严重破坏。作者赴试不第，曾在此逗留。

②"珠帘"句：化用唐杜牧《赠别》诗："春风十里扬州路，卷上珠帘总不如。"此写扬州战前的繁华景象。

③胡马：指金人的军队。

④衣冠渡：指宋朝士大夫渡江逃往南方。衣冠：指上层人士。

⑤"血战"二句：意为抗金血战未得成功，却有人封侯。汉代制度，列侯食邑，大者万户，小者五六百户。

⑥琼花：相传扬州后土祠有唐人所栽的琼花，北宋时移植汴京宫苑，一年而枯，后载还场州，又复活，见《扬州府志》。

⑦"怅望"二句：金陵、丹阳，都在镇江附近，与扬州隔江相

望。唐代对镇江(京口)曾称为金陵,并以为丹阳郡。

⑧貔(pí)貅(xiū):猛兽,这里指军队。

⑨"莫上"三句:醉翁亭,原在滁州琅琊山上。欧阳修守滁州,曾筑醉翁亭于琅琊山上,又作《醉翁亭记》,自号"醉翁"。

⑩"笑书生"三句:《商芸小说》:"有客相从,各言所志。或愿为扬州刺史,或愿多赀财,或愿骑鹤上升。其一人曰:'腰缠十万贯,骑鹤上扬州。'欲兼三者。"此为作者自嘲,谓愚笨得不能为自身谋求富贵。他在《沁园春·送王玉良》《上袁文昌知平昌》等词里屡用此典。

西江月 贺词[①]

堂上谋臣樽俎,边头将士干戈[②]。天时地利与人和,"燕可伐欤?"曰"可"[③]。　今日楼台鼎鼐[④],明年带砺山河[⑤]。大家齐唱大风歌[⑥],不日四方来贺。

【注释】

①此词为祝贺时相韩侂(tuō)胄生日而作。韩为权臣,但后期计划伐金,曾得到抗金派的拥护。本词也给以鼓励。其后北伐失利,韩被杀。

②"堂上"二句:樽俎,盛酒食的器具。刘向《新序》:"夫不出于尊俎之间,而知千里之外,其晏子之谓也,可谓折冲矣。"干:盾。戈:平头戟。二句谓宰相堂上谋臣决策伐金,边防将士紧握武器以备战。

③"天时"三句:《孟子·公孙丑下》:"天时不如地利,地利不如人和。"沈同问曰:"燕可伐与?"孟子应之曰:"可。"此谓宋伐金具备各方面有利条件。

④鼎鼐(nài):鼎为炊器,古多以青铜为之。鼐是大鼎。旧时将宰相治国比喻为鼎鼐调和五味。

⑤带砺:《史记·高祖功臣侯年表序》:"封爵之誓曰:'使河

如带，泰山若砺，国以永宁，爰及苗裔。’”此预祝伐金胜利，韩侂胄将增封。

⑥大风歌：汉高祖衣锦还乡，击筑，自为歌诗曰：“大风起兮云飞扬，威加海内兮归故乡，安得猛士兮守四方。”（《史记·高祖本纪》）此喻战胜金国，恢复统一，大家同唱凯歌。